橋本紡

半分の月がのぼる空 上

アスキー・メディアワークス

もくじ

Designed by YOSHIHIKO KAMABE

半分の月がのぼる空

上

第一話　僕はそうして、彼女と出会ったんだ。

1

僕は父親を下らない男だと思っていた。

なにしろ奴は呑《の》んだくれのギャンブル好きで、妻子持ちのくせに女たらしでもあったのだ。実際、母親は泣きに泣き、苦労に苦労を重ねていた。そんなわけで、僕は父親を敵だと思い、常に嫌悪し、接触を避け、時に殴り合ったりなどしていた。

そんな父親が、いつだったか、しみじみと言ったことがある。

「おまえもそのうち好きな女ができるんやろな。ええか、その子、大事にせえや」

正気を疑った。眩暈《めまい》さえした。あんたはしてないだろうが、と。

僕の気持ちを察したのか、父親は気まずそうな顔をしたあと、なにか思い直したような顔をし、次に目を吊り上げ、そして最後になぜか、やけに穏やかな表情になった。

今度は案外、あっさりと言った。

「俺もな、昔は母さんのために命がけやったさ。いや、今でもや」

説得力ゼロだった。そんな微笑《ほほえ》ましい家庭では、決してなかった。

ちなみに真夏だった。気温が連日、三十度を突破するような記録的に暑い日々だった。というわけで、暑がりの父親は、パンツ一丁だった。パンツは紺と白の縞《しま》パンだった。その姿を見て、やはり説得力ゼロだと思った。

今になってみれば、説得力に欠けてはいても、あの言葉は父親なりの本心だったのかもしれないという気がする。確かに、あのとき、父親の目には——長年の放蕩《ほうとう》のせいですっかり薄汚れてしまった目なのだが——きらきらした輝きが宿っていた。馬券を選んでいるときの輝きとまったく一緒だったので、まず間違いない。あれは本気の目だ。どこかの偉人が「真実を告げるのは愚者である」なんて格言を残しているけれど、そのとおりというわけだ。

今の僕には、それがわかる。

父親の言葉は正しかった。

そう——。

今ならば、わかる。

少々ひどい目にあっていたとしても。


たとえば少々ひどい目というのはこういうことだ。里香《りか》に雑誌をぶつけてしまったのは、ただの偶然だった。おもしろい漫画を見つけたので、僕はわざわざロビーから雑誌を持ちだし、彼女の病室へ向かった。調子がよくない里香に、ほんの少しでも気晴らしをさせてやりたかったのだ。我ながら、いたいけで泣けてくる。飼い主に尻尾を振る犬みたいなものだ。けれど、そんな僕に彼女が返してよこしたのは、「ありがとう」という感謝の言葉ではなく、「裕一《ゆういち》は優しいね」といういたわりの言葉でもなく……ミカン爆撃だった。いくらか詳しく説明するならば、彼女の病室に入った瞬間、ミカンが降ってきたのである。見舞品のミカンを、ドアの上に挟《はさ》み、僕がドアを開けたら落ちてくるように仕掛けておいたというわけだ。昔の学園ドラマで、新任教師の頭に落ちる黒板消しというのがあるけれど、似たようなトラップだった。

　間抜けな僕は、古典的なトラップの直撃を喰《く》らった。そして、突然のことに慌《あわ》てふためき、持っていた雑誌を放り投げてしまった。その雑誌がベッドにいた彼女に当たってしまったわけである。断言するけれど、わざとではない。だいたい狙ってできるものか。不可抗力であり、むしろ下らない仕掛けをした彼女の責任だろう。

「なにするのよ」

　しかし里香はそう思わなかった。怒り狂った彼女は、手元にあったミカンを次々と投げつけてきた。一個、二個、三個――。立てつづけにミカンが飛んでくる。受けとめたけれど、四個目でついに両手がいっぱいになってしまい、五個目が顔を直撃した。衝撃に声を漏らし、僕は倒れた。その姿を見て、里香は大きな声で笑った。

「やった。命中」


　まったく、ひどい話だろう。ただ、こんなことがあっても、僕は諦《あきら》めない。めげるし、腹は立つけれど、それでも諦めたりはしない。

　父親の言葉を思いだすのは、そういうときである。


　ひとつ、断っておく。

　これは、なんでもない、ごく普通の話だ。

　男の子と女の子が出会う、ただそれだけの話だ。

　つけくわえることはなにもない。

まあ、いろいろなことはあったけれど、そういうのはたぶん、世界中のありとあらゆる場所で起きている本当に深刻なことに比べれば、たいしたことではないのだろう。たとえば何百万人も死ぬような飢餓とか、独裁者による圧政とか、株の大暴落とか。僕たちのあいだに起きたことなんて、たいしたことではない。

そう、なんでもない、ごく普通の話だ。もちろん、僕たちにとって、それは特別なことだったけれど。いや、待てよ。ちょっとだけ違うな。

言い直そう。

僕たちにとっては、本当に本当に特別なことだったけれど。

2

「ふう——」

息を吐くと、それはすぐさま白く凍りついた。気温は二度だろうか。三度だろうか。だいたい、そんなところだ。僕は立ち止まり、空を見上げた。冬の夜明けは遅く、重い闇を湛《たた》えた空に、たくさんの星が輝いている。もっとも強い光を放っているのは、南空にあるシリウスだ。僕は星の名前なんかに興味はないけれど、友達の司《つかさ》が詳しくて、いろいろ教えてくれたのだった。今でも覚えているのはシリウスくらいで、他はたいてい忘れてしまったっけ。少し歩くと、新道《しんみち》という名の商店街にさしかかった。アーケードの下は、恐ろしく静かだ。死んだように眠っている。いや、事実、死んでいるのだ。駅前から少しはずれたこの辺りは、すっかり寂《さび》れきっている。昔は賑《にぎ》わいのある商店街だったのに、店の大半は潰《つぶ》れてしまった。かつて色鮮やかに塗られていたシャッターは錆《さ》びつき、昼間でも開くことはない。シャッター銀座なんて呼び方をされているくらいだ。

僕が小さかったころはまだ、こんなふうではなかった。なにか欲しいものがあるとき、町中の人間が、この新道に来たものだ。

楽しそうな買い物客がいっぱいで、店の人たちは忙しそうに働いており、アーケードの下を歩いているだけでわくわくした。今でもまだ、鮮明に覚えている風景がある。あれは、そう、四歳か五歳のころだったと思う。母親に手を引かれながら、僕は新道を歩いていた。周りには人がたくさんいて、誰もが早足で、やたらと忙しそうな感じだった。活気があった。僕もなんだか楽しくなってきて、通りすぎていく人々や、いろんな店を、きょろきょろと眺めていた。あのころの新道は、町の中心だったんだ。

今はもう面影もない。すべては失われてしまった。

僕はたった十七年しか生きていないけれど、新道のアーケードの下には、思い出が詰まっている。初めて本を買ったのは新道の本屋だった。千円札を握りしめ、買いにいった。初めて映画を観たのは新道の映画館だった。気障《きざ》な船長が主人公のＳＦ映画だ。生まれて初めてお酒を飲んだのは新道の寿司屋だった。僕は小学生だったと思う。酒は父親に飲まされた。

「うまいで。飲んでみいや」

当時、まだ幼くて純粋だった僕は、本当においしいのだと思い、コップ半分くらいの日本酒を一気に飲み干した。直後、もちろん倒れた。目がくるくるまわり、世界はぐらぐら揺れ、なにもかもがぐにゃぐにゃになった。今でもはっきり覚えている。真っ赤になって倒れた僕を見て、父親は笑ったのだ。大声で。楽しそうに。最低の父親だ、まったく。

とにかく――。

この商店街には思い出が詰まっている。だから廃《すた》れていくのを見るのはちょっとだけ寂しかった。アーケードの下を吹き抜けていく冷たく乾いた風、その流れを頬に感じるとき、心にも同じような風が吹く。

携帯電話が派手に鳴りだしたのは、直後だった。いきなり響きわたった音に、びっくりしてしまった。

慌ててポケットに手を突っ込み、うるさい音をとめる。

誰かから電話がかかってきたわけではない。朝の五時にセットしてあったアラームが作動したのだ。まずい。早く帰らないと亜希子《あきこ》さんに怒られる。恐怖感に急《せ》かされ、僕は駆けだした。

商店街を抜けると、腰の高さぐらいの門に突き当たる。門を飛び越えたそこは病院だ。夜間スタッフのものだろうか、駐車場に数台の車が停まっていた。

もう明かりのついている窓がいくつかある。

焦《あせ》りを感じながら、さらに足を早めた。病院の正面玄関を通りすぎ、建物の右側へ進む。この時間、正面玄関は鍵がかかっているのだ。大きな自動ドアは電源を切られている。裏側にまわりこむと、そこに茶色のドアがあった。

ノブに手をかけた。一回だけ、深呼吸。そっと開ける。夜間に出入りができるところは、ここだけだ。

僕は慎重だった。

以前、亜希子さんに待ち伏せされて、入った途端にスリッパで顔を叩《たた》かれたことがある。亜希子さんはひどく怒っていて、その場で正座をさせられた上、二十分以上も説教された。いちおう病人なのだから、もうちょっと気を遣ってほしいものだ。

暗闇の中、身を固める。気配を探る。

いけるだろうか？

音に注意する。顔を巡《めぐ》らす。

人の姿はなく、そこにはただ、長椅子だけが整然と並んでいた。ロビーだ。昼間は人でいっぱいになるけれど、今はさすがに静かなものだった。

とりあえずの安全を確認した僕は、靴《くつ》を両手に持って、小走りで暗い廊下を進んだ。十メートルほど進んだところで左折。緩やかな上り坂になっている。車椅子用のスロープだ。スロープは安全のためにラバーが敷いてあり、足音が響きにくい。

ただし、このスロープには難点がある。途中で折れ曲がっていて、その先はナースステーションから丸見えなのだ。

僕は角のところで立ち止まり、向こうを覗いてみた。突き当たりのナースステーションには煌々《こうこう》と明かりが点《とも》っている。当直の看護師が起きているのだろう。角からナースステーションまでは、およそ十メートル。恐怖の十メートル、と僕は呼んでいる。身を隠すものはなにもない。看護師がこちらに顔を向けたら終わりだ。確実に見つかる。

一回だけ大きく息を吸うと、僕は飛びだした。できるだけ姿勢を低く保ち、できるだけ足音を殺しながら、駆けてゆく。

十メートル。

八メートル。

六メートル。

ああ、参った。心臓がどきどきする。慌てすぎたせいで足がもつれ、危うく転びそうになる。けれど、どうにか体勢を立て直し、そのまま速度を上げる。

五メートル。

三メートル。

一メートル。

スロープを上りきり、廊下へ出る。突破成功だ。僕は身をかがめたまま、すぐさま左に曲がった。ここから三番目のドアが僕の病室だ。胸に安堵《あんど》の気持ちがわきあがってきた。よかった。見つからなかった。これで大丈夫だ。しかし甘かった。まったく、僕は甘かった。ドアに手をかけた、そのときだった。

「裕一！」

背後から声。慌てて振り返ると、そこには思ったとおり、亜希子さんの姿があった。左足を高く上げ、右手を後ろにまわしていた。女にしては、なかなか見事な投球フォームだ。僕は立ち止まり、両手を振った。

「亜希子さん！　違うんやって！　ちょっと用事があって――」

必死の弁解は、途中で切れた。実に見事な音を立てて、亜希子さんが投げた茶色の物体、すなわち病院備えつけのスリッパが、僕の顔を直撃したからだった。

まず熱が出た。体がやたらとだるかった。風邪だと思った。今から二カ月ほど前の話である。風邪なんてものは放っておけば治ってしまうものだし、僕も母親も病院は好きなほうではなかったから、ひたすら眠りつづけた。睡魔が体の芯に住み着いており、いくらでも眠れるのだった。今にして思えば、このときにおかしいと気づくべきだったのだ。体の調子はどんなに眠ってもよくならなかった。熱は上がったり下がったりするものの、常に三十八度以上あったし、体のだるさは全然なくならない。

一週間ほど、そんな状態が続いた時点で、さすがに風邪ではないと気づいた。それでも僕は病院に行かないつもりだったけれど（病院は本当に本当に嫌いだ）、心配した母親が急に慌てはじめ、むりやりつれていかれた。

診察を終えた医者は言った。

「君、いますぐ入院ね」

それはもう、あっさりと。

「二カ月はかかるから」

病名は急性肝炎。ウィルス性の病気で、インフルエンザなんかと一緒なのだけれど、このウィルスは肝臓を駄目にしてしまうのだった。とはいっても、決して重病というわけではない。二カ月から三カ月で完治するし、後遺症もなし。ただ、そのあいだ、運動はいっさい禁止だ。ストレスなんかもよくないらしい。とにかく、なにも考えず、ひたすら眠りつづけるのが一番の特効薬なのだそうだ。

しかし、しかしである。

入院後、一カ月もすると、体の調子はだいぶよくなってきた。普通にしているかぎり、自分が病気だという感じはまったくない。僕はなにしろ十七歳の高校生である。自覚症状がないのに、ただベッドで眠りつづけるなんてできるわけがない。病院というのはだいたい、恐ろしく退屈な場所だった。まず夜の九時にはすべての明かりが消える。それ以降はテレビもラジオもつけられない。真っ暗だから、本を読んで過ごすというわけにもいかない。とにかく暇で暇でしかたなかった。僕はやがて、夜になると病院を抜けだすようになった。うまい具合に、友達の家が病院の近くにあるので、そこに避難するようになったのだ。テレビがあるし、ゲーム機があるし、漫画がある。病院に比べれば楽園だった。もちろん、看護師の亜希子さんにしてみれば、それを見すごすわけにはいかない。

というわけで――。

亜希子さんとの壮絶な駆け引きが、毎晩のように繰り広げられることになったわけである。

人生というのは、ままならないものである。これは父親がしばしば――はずれた馬券を引きちぎりながらだが――呟《つぶや》いていた言葉だ。僕は今、それを実感していた。まったく、人生というのは、ままならないものだ。

「あのさ、裕一」

なぜか亜希子さんはまだスリッパを持っていて、その先で僕の頭をつついた。

「何回言うたら、あんたはわかるん」

かなり怒っているらしく、声がやたらと低い。ちなみに、僕はナースステーションの前で、なぜか正座をしている。背筋を伸ばし、膝《ひざ》をきっちり揃え、両手はその上。まあ、見せしめみたいなものなのだろう。

入院歴が長いお爺《じい》ちゃんやお婆《ばあ》ちゃんはひたすら笑っているし、子供の患者が「あの人、なにしてるん?」とお母さんに尋ねている。お母さんは「見たらあかんよ」と早口で言って、子供の手を引きつつ、僕の前を早足で通りすぎていった。ああ、晒《さら》し者だ。ひどいものだ。無駄と知りつつ、僕は愛想笑いを浮かべてみた。

「いや、ちょっと散歩をしとっただけです」

駄目だ。自分でもうまく笑えていないのがよくわかる。

亜希子さんが半眼になった。

「ずいぶんと長い散歩やな。あんた、消灯時間の直後にはおらんかったやろ」

心臓が跳ねあがったけれど、落ち着けと自分に言い聞かせる。もしかすると、誘導尋問かもしれないじゃないか。

「そんなことないですよ。ちゃんと寝とりましたよ」

「確かに寝とったな」

「ですよね」

「あんたのバッグが、実に気持ちよさそうに、ベッドで寝とったわ」

出かけるとき、僕は布団の中にバッグを押し込んできた。ちゃんと人が寝てるように見せかけるためだ。亜希子さんがそれを知っているということは……確実にばれている。膝が震えた。慌てて両手で押さえる。顔を上げると、亜希子さんは笑っていた。ただし目は据《す》わったままだ。

亜希子さんはこの病院の看護師さんだった。わりときれいな顔をしていて、黙っていれば派手な美人という感じだけれど、これがもう、やたらと怖い。噂《うわさ》に聞くところでは、高校のころの亜希子さんはとにかく悪かったらしい。一度だけ、高校時代の、亜希子さんの写真を見たことがある。十七歳の亜希子さんが着ているのは、いわゆる特攻服という奴で、伊勢湾岸爆走夜露死苦とか女一匹愛死天琉とか喧嘩上等天下無敵なんて文字が刺繍《ししゅう》されていた。

まあ、要するに、そういう人だったわけだ。

今は看護師なんてしているから、たいていの患者相手には優しい顔で接しているものの、怒ると地が出る。

僕は笑いつづけた。亜希子さんも笑いつづけた。

異様で微妙な光景は、やがて断ち切られた。すごい音によって。亜希子さんが、僕の頭を、スリッパで殴ったのだ。ええと、正確には、スリッパの底だ。僕は頭を抱えた。角度が見事だったらしく、ひどく痛い。

亜希子さんの、ドスのきいた声が降ってきた。

「ちょっと体が良うなったからって、勝手に出歩いとったらあかんやろ。そんなことしとったら永久に退院できへんやん」

「あの、亜希子さん」

「なんや?」

「さっきから男言葉なんやけど」

「それがなんや?」

睨《にら》まれる。ものすごい迫力だった。僕は引きつった笑みを浮かべたまま固まった。まさしく蛇に睨まれた蛙という奴である。

「おい、裕一、約束しいな。もう二度と、夜中に病院を抜けださんって」

「します」

「本当やね? 約束を破ったらどうするん?」

「ええと、それは――」

「素っ裸で相撲甚句《すもうじんく》、それで病院内一周とかは?」

「あんた、吹上《ふきあげ》やったな？　できるやろ？」

伊勢の歴史は古い。それゆえ、各町ごとに、独自の踊りがある。盆踊りとかもそうだけれど、伊勢神宮が遷宮のときにだけ踊られるものとか。僕が住む吹上という町は、相撲甚句というのがあるのが特徴だった。踊りというか、節まわしというか。

「やりたい？　素っ裸の相撲甚句？」

そんなの、ただの脅しだろうと思うのは、愚かな間違いだ。亜希子さんはやると言ったら本当にやる女なのだ。僕の頭には、素っ裸で相撲甚句を披露する自分自身の姿が、くっきりと浮かんでいた。悲しいことに、また恐ろしいことに、幼少のころに教わった相撲甚句を、僕は完璧に覚えていた。

「や、やりたないです」

「じゃあ、約束を守るんやで。なにしろ、この病院には女の子もおるんやよ」

「はい」

素直に頷《うなず》いた僕はふと、亜希子さんの言葉に疑問を覚えた。女の子がいるだって？　僕が入院している市立若葉病院は小さな病院で、入院患者はせいぜい数百人しかいない。たいていは老人で、残りはおじさん、おばさんだ。女の子なんていただろうか。

「あとはあんたの心がけ次第やな。約束を破ったら――」

亜希子さんの言葉が途切れ、そのあと悲鳴が響いた。普段の強面《こわもて》とは違って、実に女らしい声だった。驚きつつ顔を巡らせると、亜希子さんの後ろに多田《ただ》さんが立っていた。にやにやと笑みを浮かべている。

「多田さん、あんた、お尻を触ったやろ」

振り返るなり、亜希子さんが真っ赤な顔で怒鳴った。今年八十になるはずの多田さんは、歯のない口で笑いながら、呑気《のんき》に言った。

「ああ、すまんね、亜希子ちゃん。ちょっと手が当たっちまったんだわな。ほら、この廊下、狭いもんでな」

もちろん嘘《うそ》に決まっている。多田さんはわざと、亜希子さんのお尻を触ったのだ。病室が隣なのでよく知っているけれど、彼は正真正銘のスケベである。なにしろベッドの下にエロ本を山ほど隠し持っているのだ。人間という生き物は、年を取ると枯れるとか、落ち着きが出るとか言うけれど、多田さんと知り合って以来、僕は考えを改めた。

もちろん、そんなことは亜希子さんもわかっているようだった。

「多田さん、嘘をつくんちゃうで」

「あんた、病気でよぼよぼの爺さんを疑うのかい。ひどい娘だねえ」

「こんなときだけ病人面すんやないわ」

「心臓がどきどきする。ああ、血圧が……」

「嘘つけ」

ふたりの、まあ、いつもどおりのやりとりを横目で見つつ、亜希子さんに気づかれないよう、僕はこっそり立ちあがった。今のうちに逃げだそう。

3

　亜希子さんの監視が厳しくなった。元不良はさすがに気合いが違う。消灯時間になったら、僕の病室の前に長椅子を置くことにしたのだ。この病院の扉は外開き式なので、なにか置かれると、病室内からはドアが開かない。問答無用の監禁だ。

「トイレに行きたくなったらどうするんですか？」

　抵抗を試みたら、亜希子さんが変な形をした透明の器を押しつけてきた。尿瓶《しびん》だった。あまりの仕打ちに呆然《ぼうぜん》とした。

「ほ、本当に？」

　尋ねてみた。いちおう。

　尿瓶を持ったまま頷かれてしまった。

「もちろん。よろしく」

　元不良はやっぱり気合いが違う。監視がきつくなったのは夜だけではない。昼間も厳しくなった。腹が減ったときなど、僕は病院の向かいにある小さなスーパーにパンとかお菓子を買いにいったりしていたのだけれど、それもすべて禁止された。ロビーに行っただけで、窓口の職員が睨んでくるのだ。しかたなく裏口にまわろうとしたら、今度は掃除のおばちゃんに腕をがっしり掴《つか》まれた。掃除のおばちゃんは、静かに、そして冷酷に、言った。

「ごめんな。実は亜希子ちゃんに頼まれとんさ」

　何度も何度も、しつこいくらいに頷き、逃げるようにして、僕はその場を去った。僕の想像を超えて、包囲の網は広く完璧に行き渡っていたのだった。ため息をつきながら、僕は病院の廊下を歩いた。もはや僕が気楽に行ける場所は病院の中だけである。その病院というのは、医者と看護師と病人しかいない最悪の場所だった。若い入院患者なんて、ただそれだけで珍しいから、下手に歩いているとお爺ちゃんやお婆ちゃんたちの世間話に巻き込まれるというトラップも用意されている。一度巻き込まれたら、少なくとも一時間は解放してもらえないという、恐ろしすぎるトラップだ。

悪友どもは入院生活というものを完全に誤解していて、

「なあなあ、美人の看護師さんとかおるんやろ?」

などと言ったりするのだけれど、それは幻想というものだ。

現実を知りたければ、亜希子さんに一度でも脅されてみればいい。連中も嫌になるほど思い知るだろう。ため息ばかりつきながら、午後の陽光が射し込む廊下を歩いていく。まったく退屈そのものである。最初のころは学校に行かなくてもいいのが嬉《うれ》しかったけれど、退屈な日々がこれだけ続くと、むしろ恋しくなってくるから不思議なものだ。

ああ、午後の教室で昼寝をしたい。まずい学食のうどんが懐《なつ》かしい。

やがて、僕は渡り廊下にさしかかった。

市立若葉病院には、東病棟と西病棟がある。僕の病室は西病棟で、主に軽い病気の連中用だ。そして、中庭を挟んだ向かい側が、東病棟だった。こちらは長期入院患者とか、重い病気の人がいる。

東病棟には、僕はあまり行かないことにしていた。

病院というのは、当たり前だけれど、病気を患っている人が来る場所だ。入院しているとなればある程度以上の病気ということになり、さらに重病用の病棟に入ってるとなれば本当に深刻な症状の人もいたりする。僕のような、いい加減な患者ばかりではないのだった。

渡り廊下の真ん中で、僕は立ち止まった。冷やかしや暇潰しで入っていくには、ちょっとばかり気が引けた。

入院したばかりで、なにも知らなかったころ、東病棟に迷い込んでしまったことがある。ぼんやり歩いていたら、どこからか泣き声が聞こえてきた。僕は深く考えず、興味本位で泣き声のほうへと近づいていった。もちろん心の準備なんてしてなかった。そして見てしまったのだ。廊下の隅で、若い男と女が寄り添って泣いている姿を。女は薄い唇を噛《か》みしめ、男のほうは女に向かって気丈そうに話しかけながら、それでも目元を拭《ぬぐ》っていた。

なにがあったのか、どういうことだったのか、僕にはわからない。

慌てて逃げだしてしまったからだ。

見てはいけないものを見てしまったと思った。

災厄なんて珍しくもなんともないのかもしれない。実際に触れることは滅多にない気がするけれど、あちこちに転がっているのだろう。

東病棟は、僕にそんなことを考えさせる。

「戻るか」

そう呟き、僕は体の向きを変えた。

屋上にでも行って、ひなたぼっこをしよう。給水塔の脇なら風が来ないし、この時間は暖かいんだ。ロビーから漫画を持ちだしてもいいな。そんなことを考えていると、なにかが目にとまった。黒い髪。白い肌。渡り廊下の窓からは、東病棟の一部が見える。東病棟の端の病室、その窓に、少女の姿があった。窓枠に両手を置き、辺りを見まわしている。

ちょっとびっくりした。

二カ月もいれば、入院している人の顔はだいたい覚えてしまう。若葉病院はそんなに大きい病院ではないからだ。

あんな子なんて、病院にはいなかったはずだ。

「お見舞いで来た子かな？」

呟いたあと、彼女の格好に気づき、僕は考えを打ち消した。彼女は淡いブルーのパジャマを身につけていた。お見舞いにパジャマで来る人間なんていない。病院でそういう格好をするのは入院患者だけだ。

亜希子さんの声が蘇《よみがえ》ってきた。

「この病院には女の子もおるんやよ」

そのとおりらしかった。


亜希子さんはもちろん、髪が長い女の子のことを知っていた。

「めざといんやな。もう見つけたんや」

にやにやと下世話《げせわ》に笑う。

僕は少しばかり腹を立てながら、しかし亜希子さんに怒っていたらきりがないので、ぐっと堪《こら》えた。それに今、亜希子さんの手には点滴の針があった。その尖《とが》った針先の目標攻撃地点は、僕の左腕の血管だ。要するに僕は点滴を受ける患者で、亜希子さんは準備をしている看護師というわけだ。

この状況で亜希子さんに逆らうと、ひどい目にあう。

「ああ、悪い悪い。間違えた」

とか言いつつ、まったく違うところに針を刺すことがあるのだった。

しかも三回くらい繰り返したりする。

最初にそれをやられたときは、ただのミスかと思ったのだけれど、同じことが何度か続くうち、ようやく僕は亜希子さんの恐ろしさを思い知った。針を持っている亜希子さんには、特に注意しなければならない。

「いつから入院してるんですか？」

迫ってくる針先を見つめながら尋ねる。ほぼ毎日のように点滴を受けているのだけれど、痛みにはどうしても慣れることができなかった。

「三日くらい前かな。県外の病院から転院してきたんやって」

答えると同時に、亜希子さんが針を血管に刺し込んだ。この作業にも上手下手があって、上手な人なら、ほとんど痛みもなしにやってのける。がさつな亜希子さんは下手なほうだ。今回もちょっとした痛みが走り、僕は小さく声をあげてしまった。

「あ、痛い」

「弱虫」

自分が下手なくせに、亜希子さんは罵《ののし》った。

「男なんやから我慢《がまん》しな」

ああ、そうだ。我慢、我慢だ。ここで文句でも言おうものなら、なにも教えてもらえないままになるかもしれない。

「その子、なんて名前なんですか？」

「秋庭《あきば》里香。十七やから、あんたと同い年やな」

「同い年……」

「今、よからぬことを考えたやろう？」

にやにやと、またもや下世話に笑った。

僕はむきになって否定した。

「そんなわけないですよ」

「ああ、そう？　ふうん？」

亜希子さんは同じ調子で笑いつづけている。

怒りを堪えつつ、僕は尋ねた。

「その子、東病棟やったですよね？　どこが悪いんですか？」

途端、亜希子さんの雰囲気が変わった。相変わらず笑っている。にやにやしている。でも違う。わかる。目だけが笑っていなかった。

「まあ、なんでもないよ」

嘘だ。いや、ごまかしだ。こういう反応を、僕はよく知っている。重い病気であればあるほど、医者や看護師の口は重くなる。曖昧《あいまい》なことしか言わなくなる。たいしたことないよという顔をする。滅多に病院に来ない人なら、なにも気づかず、無邪気に信じてしまうかもしれない。だけど僕は知っている。その言葉の意味を。表情の意味を。

彼女はきっと悪い病気なんだ。

重くて黒い塊《かたまり》が、僕の腹の中に居座《いすわ》った。それは、哀《かな》しみとか絶望に近い、けれど微妙に違う感情だった。

たぶん。

諦め、だった。


病院に病人がいるのは当たり前だ。

学校には学生がいる。

警察署には警察官がいる。

そういうのは当たり前なのだ。

たとえば、ものすごく重い病気を抱えている人がいて、希望も持てぬまま死んでしまうことだってある。それに異議を唱えることはできる。神さまに文句を言うことだってできる。どこか高いところに行って、大声で叫んでみたっていい。けれど病気は決して治らない。ゆっくり、しかし確実に進みつづけ、いつか死をつれてくる。そういうとき、人が最後に落ち着く場所を、僕は知っている。

諦めることだ。

胸の奥に溜めた重く湿った息を、ゆっくりゆっくり吐きだすのだ。

それしかないのだ。


点滴は二十三分で終わらせた。点滴の器具には、ペースを調整する部分がある。長いあいだ入院していると、いろいろなことを覚えるものだ。三ミリ動かすと大丈夫で、五ミリなら気持ちが悪くなるとか。その日の体調と、点滴の種類と、量を鑑《かんが》みつつ、適度なところを選ばなければならない。

「よし、終わった」

自らの技術に満足を覚えつつ、僕は針を外した。これだって、もう慣れた。簡単だ。僕はたぶん、亜希子さんより注射や点滴がうまいんじゃないかな。早々に点滴を終わらせた僕は、しばらく様子を見てから立ちあがった。二十三分はなかなかの記録だ。普通ならば一時間ほどかかってしまうのだけれど、そんなに長くベッドに縛《しば》りつけられるのはごめんだった。もっとも、この技を使えるのは、僕の病気が軽いもので、点滴もただの栄養剤だからだ。ちゃんとした薬を投与している場合、大変なことになりかねない。体が弱っている患者だと、命取りになることもあるだろう。

病室を抜けだし、ぶらぶらと歩いた。目的地があるわけではない。だいたい病院の中しか移動できないのだ。僕の足は意識しないうちに東病棟へ向かっていた。渡り廊下で立ち止まる。

ルビコン川を渡るという言葉があるそうだ。だいたい二千年くらい前、ローマの偉い将軍が禁を破って、ルビコン川を大軍とともに渡った。そして将軍は巨大な帝国の支配者になった。まあ、そんなにたいしたものではないけれど、渡り廊下はやたらと長く見えた。

進むか。

退くか。

そんな言葉を思い浮かべてから、なんだか馬鹿らしくなった。大袈裟《おおげさ》に過ぎる。たった今、誰かが死ぬわけではない。それに、見知らぬ人間が死んだところで、なんだというんだ？　僕には関係ないだろう？

自分に言い聞かせ、僕は歩きだした。ふらふらと、あっさりと、渡り廊下を進む。

勝手に歩きまわる患者が多い西病棟と違い、東病棟は静かなものだった。しんと静まり返り、看護師の足音だけが、遠くのほうから聞こえてくる。ああ、不思議だな。看護師の足音は、それが看護師のものだと確実にわかる。靴のせいだろうか。歩き方のせいだろうか。下らないことを考えつつ、東病棟の静けさの意味に怯《おび》えつつ、顔だけは呑気さを装って、僕は廊下を進んでいった。やがて、あの病室の前にたどりついた。髪の長い女の子の病室だ。

二二五号室　秋庭里香

プラスチックのプレートには、マジックでそう書いてあった。眠っているのか、あるいは検査にでも行っているのか。病室からはなんの音も聞こえてこなかった。ああ、こういうとき、つくづく思う。もう少しナンパな性格だったらって。そうすれば、「こんにちは」なんて軽く言いつつドアをノックして、言葉を交わしたりできるのに。一週間後くらいにはちょっといい雰囲気になって、二週間後には手を繋《つな》いだりして、三週間後には——。馬鹿げた妄想を、僕は頭から追い払った。もちろん僕には無理だ。そんな恐ろしいこと、できるわけがない。もしできるのならば、すでに彼女のひとりやふたりはいたはずだ。結局、ため息だけが漏れた。背中に敗北感を漂わせつつ、僕は東病棟をあとにした。西病棟に戻ってもまだ、東病棟の静けさが体の周りに漂っている気がした。

秋庭里香、か。

遠くから見ただけなので、どんな顔をしているのかまではわからなかった。もちろん病名だってわからない。なぜ東病棟なのかもわからない。僕になにができるのかもわからない。もし話すきっかけがあれば、病院のことをいろいろ教えるくらいはできるのにな。そんなことを考えながら歩いていると、いつの間にか自分の病室にたどりついていた。

「お出かけかい？」

ふと横を見ると、そこに多田さんが立っていた。あまりにも小さいせいで気づかなかった。老いぼれてしまった多田さんの背丈は、僕の胸くらいまでしかない。

「はい。なんとなく歩いてました」

「病院の中じゃ、つまらんだろう」

多田さんがへらへらと笑う。しわくちゃな顔がますます、しわくちゃになるものだから、どこに目があるのか本当にわからなくなった。

「そうですね。つまらんです」

僕もへらへらと笑った。東病棟にいる秋庭里香のことが頭の隅っこに引っかかり、うまく考えられなかった。東病棟が引っかかっているのか、それとも秋庭里香が引っかかっているのか、自分でもよくわからなかったけれど。

多田さんが自分の病室のほうに顔を動かした。

「どうだい？　寄ってくかい？」

「いいんですか？」

すべてを忘れ、僕は思わず息を呑んでいた。頭に浮かんだのはたったひとつ。多田コレクション――。それはもはや伝説になっている。多田さんが人生をかけて集めた膨大《ぼうだい》な数のエロ本のコレクションだ。

三二七号室の坂田《さかた》さんが、しみじみ言ったものだった。

「多田さんにはかなわんな」

それはもう、しみじみと。

二〇五号室の榛名《はるな》さんは遠い目で、どこかを、とにかく遠くを見つめていた。

「ありゃすごいで。俺があと五つ若かったらな」

五つ若かったら、どうだというのだろう？

まあ、とにかく、それくらいすごいらしい。並み居る男たちが、ことごとく、敗北を認めるのだ。ちょっとやそっとのコレクションではない。僕は多田さんの病室に顔をやった。ついにそれを拝むときが来たのだ。噂には聞いていたものの、当の多田さんは思わせぶりな言動を繰り返すばかりで、まったく見せてくれなかった。いや、まあ、そんなに見たいわけじゃないけどさ。いちおうというか。確認というか。見ておいても損はないだろう？

「本当にいいんですか？」

多田さんが頷きながら、そのドアを開ける。

「どうぞどうぞ」

「じゃあ、遠慮なく——」

ところが、ドアはいきなり閉まった。

「ああ、忘れとった。これから検査やった」

「え？　検査？」

「悪いねえ。亜希子ちゃんに念押しされとってねえ」

また今度と言い残し、多田さんは去っていった。立ちつくす僕をその場に残して。ああ、ひどい爺さんだ。期待させたのに検査だって？　たった今、思いだしただって？　そんなの、ずっと前からわかっているはずじゃないか。

さすが亜希子さんと張り合っているだけはある。

理屈ではそう思ったものの、たかぶった僕の気持ちは……期待は、まったく行き場を失ってしまった。僕はいったい、どうすればいいのだろう。

しばし考えた末、すごすごと、情けなく、僕は自らの病室に引っ込んだ。

4

市立若葉病院は町の高台にあり、屋上からだと町の大半を見渡すことができる。僕の住んでいる三重県伊勢市は小さな田舎町だ。人口は十万弱。ここ十年、その数字は少しずつ減りつづけている。要するに、寂れかけているというわけだ。実際、駅前にある店は次々と潰れているし、来年には町にひとつしかないデパートも閉店するという噂だった。何年か前には景気のいい再開発話もあったのだけれど、すべて頓挫《とんざ》した。あとは寂れる一方なのかもしれなかった。ゆっくり、ゆっくり、死んでいくのだろう。それはどうしようもないことだった。

町で有名なのは、伊勢神宮くらいだ。この伊勢神宮というのは、今の天皇さんの祖先を祭っている由緒《ゆいしょ》正しいお宮で、正月には総理大臣とかが参拝にやってくる。伊勢がどうにか寂れきらずにすんでいるのは、伊勢神宮のおかげだった。もし神宮がなくなったら、こんなちっぽけな町なんて、あっさり消えてしまうかもしれない。

ああ、長い長い欠伸《あくび》が漏れる。

僕は今、屋上の錆びた手すりにもたれかかり、町の風景をぼんやりと眺めていた。ひなたぼっこである。

さすがに太陽の日差しはありがたい。

町の中心部に、大きな森がある。それが伊勢神宮だ。伊勢というのは、もともと伊勢神宮を中心に栄えた町なのだった。高いビルなんてあるわけがなく、のっぺりと、地面に張りつくように、町は広がっている。左のほうに目を移すと、小さな山があった。龍頭山《りゅうとうざん》というのが本当の名前なのだけれど、地元の人間は砲台山《ほうだいやま》と呼んでいる。昔々、アメリカとまだ戦争をしていたころ、大砲の陣地があったからだそうだ。しかし、あんな大きな国とよく戦争なんてしたものだ。僕なら真っ先に逃げだすだろう。お爺ちゃんたちは意地や尊厳をかけて戦ったのかもしれないけれど、意地や尊厳なんて、この世で一番下らない言葉だ。命なんてかけられるものか。まったく下らない。

どうでもいいことを考えながら、故郷の風景を眺めていると、声をかけられた。

「なにしとんのさ」

目の前に、亜希子さんが立っていた。

「ひなたぼっこをしとるだけですよ」

本当にそうだったので、ぼんやりとした感じで答える。

「ふうん」

つまらなさそうに言うと、亜希子さんはナース服のポケットから煙草を取りだした。一本咥《くわ》え、実に慣れた感じで火をつけ、深々と吸い込み、大量の煙を一気に吐きだす。紫煙は冬の風に吹かれ、渦を巻きながら消えていった。

「ああ、うまい。最高」

呆《あき》れた。なんて看護師だ。

「看護師が煙草なんか吸っていいんですか？」

「実は看護師の喫煙者って多いんやで。なにしろストレスがかかるでさ、この仕事は。まあ、みんな、こっそりトイレで吸っとったりするんやけどね」

「患者の前ってのはまずいんじゃ――」

「なに？　なんか言うた？」

思いっきり睨まれる。僕はとりあえず黙っておくことにした。なんだか、亜希子さんにどんどん頭が上がらなくなっている気がする。

ところが、亜希子さんが突然、その顔を崩し、

「吸う？」

と言って、煙草を差しだしてきた。

「え？　いいんですか？」

「高校生やしな。煙草くらい吸ってもいいやん。わたしなんて、もっと前から吸っとったしさ。中三のころにはヤニ用歯磨きを使っとったよ」

僕は煙草を吸ったことがない。興味はあるけれど、積極的に吸おうとまでは思わなかったのだ。とはいえ、こういう機会があるのなら、試してみてもいいかもしれない。僕は煙草に手を伸ばした。

「じゃあ、遠慮なく」

直後、手の甲が熱くなった。いきなりだったので、なにが起きたのかわからなかった。ようやく理解できたのは、たぶん三秒くらいたってからだったと思う。亜希子さんがいきなり、煙草を手の甲に押しつけてきたのだった。いや、押しつけてきたというのは大袈裟か。かすかに

触れる程度だ。

「なにするんですか？」

涙目で叫ぶ。

亜希子さんは意地悪そうに笑っていた。

「あんたね、調子乗っとんやないわ。病人が煙草なんて吸っていいわけないやろ。この程度の誘惑を断れんでどうするんさ。それを試そうと思ったら、まあ、案の定や」

いつか復讐しよう。絶対にしよう。僕は固く誓った。亜希子さんはなにが楽しいのか、僕の顔を見ながら、にやにやと笑いつづけている。僕はといえば、怒りを胸に秘めつつも、亜希子さんが怖いので、いじけたように背中を丸めていた。そうして、しばらく黙ったまま、ふたりで町を眺めた。

「伊勢も小さい町やな」

「そうですね」

「あんた、あと一年ちょっとで卒業やろ。そのあと、どうすんさ」

「東京か名古屋の学校に行こうかと思ってるんですけどね」

「この町、出てくん？」

「まだわからへんけど、たぶん」

実のところ、それが一番の目的だった。学校をどこにするかとか、理系だとか文系だとか、僕にとってはどうでもいいことだった。僕は伊勢を出たかった。広い世界という奴を見てみたかった。こんな小さな町に生まれ、こんな小さな町で育ち、こんな小さな町しか知らないまま死ぬなんて嫌だった。

「行こうと思えば、人はどこにだって行ける」

そんなふうに言う人を、テレビや雑誌でよく見かける。けれど本当だろうか。高校生の僕は、どこにも行けない。たった数千円の小遣《こづか》いでは、出かけられるのは県内がせいぜいだ。たとえ県外に行ったところで、学校があるから、すぐに戻ってこなければいけない。ただ学校や親といった制約がなかったとしても、どこかに行くのは案外、難しいのだろう。人はいろいろなものに縛られている。見えるものばかりではない。見えないものもたくさんある。実は見えないもののほうが多いのかもしれない。そんなことを夜中に考えたりしていると、僕はたまらない気持ちになる。伊勢でずっと暮らしていく自分の姿が浮かび、本当に憂鬱《ゆううつ》で、いっそなにもかも捨ててやろうかとさえ思う。まあ絶対に無理だけれど。結局のところ、僕もいろいろなものに縛られているんだ。わかってるさ、もちろん。わかってるから、たまらない気持ちになるんだ。いちおう言っておくけれど、自分の育った町が嫌いというわけではない。好きだし、愛着がある。しかし、ずっとここにいたくはない。ここは、この町は、僕にとって世界の果てみたいなものだった。生まれた場所だからこそ、そうなんだ。歩きだしたい。切に願う。今すぐにでも歩きだしたい。

「うらやましいわ、あんたが」

亜希子さんの声には、妙にしみじみとした響きがあった。

「わたしはずっと、ここやからさ」

「そやったら、亜希子さんもどこかへ行けばいいやないですか」

さして深く考えることなく、無邪気に笑いながら、僕は言った。亜希子さんの目に、彼女らしくない、淡い輝きが宿った。

「まあ、そうなんだけどね。意外と難しいもんやで」

「そんなもんですか」

「ここしか知らんと出てくのが怖かったりするもんやで。うちの猫かって、ずっと家の中で飼っとるから、たまに外へつれてくと怖くて動けんようになってしまうもん。雌《めす》なのに気が強くてさ、わたしの手を引っ掻《か》いたりする猫なんやで。それやのに外は怖いみたいや」

　亜希子さんの口から怖いという言葉が漏れるなんて思いもしなかった。僕はちょっとびっくりして、亜希子さんの顔を見つめた。ああ、と僕は思った。同じなんだ。亜希子さんもまた、たくさんの見えないものに縛られているんだ。

　亜希子さんは照れくさそうに笑った。

「わたしも女やからね。男のあんたとは違うんさ。ところで、長椅子やけど、困っとん?」

　長椅子というのはもちろん、夜になると僕の病室の前に置かれる奴のことである。僕は何度も頷いた。

「困ってます。すごく困ってます」

「あれ、どけたろか」

「いいんですか?」

「そやな。でも、条件があるで」

「条件?」

「里香の話し相手になってやってくれへんかな」

　しばらく、なにを言われたのかピンと来なかった。里香?　話し相手?　そのふたつの言葉が繋がるのに、少し時間がかかった。

「話し相手ですか?」

「あの子、県外から来とるんさ。いきなり知らん町やし、初めての土地やと友達なんておるわけないし、心細いと思うんやよね。暇なときでいいで、少し話したってくれへんかな。この条件を呑んでくれるんやったら、長椅子をどけたるけど」

「条件って、それだけですか?」

「うん」

「いいですけど」

気づくべきだったのだ、このとき。甘い取引などあるわけがないのだと。けれど、なにも知らない僕は、あっさりと頷いてしまった。

「頼むで。ちょっと難しいとこもあるけど、いい子やでさ」

5

ふたたび二二五号室のドアの前に立った僕は、そっと咳払《せきばら》いをした。気分を落ち着けるためである。このドアの向こうに、秋庭里香がいるのだ。僕の通っている学校は共学だし、女の子なんて珍しくもなんともない。クラスの女の子と取っ組み合いの喧嘩をしたことだってある。ちなみに喧嘩は負けた。ごたごたやっているうちに、つい相手の胸を鷲掴《わしづか》みにしてしまったのだ。ふんわりとした柔らかさに驚いたあと、さすがにまずいと思って僕は怯《ひる》んだ。頭が真っ白になっていた。その隙《すき》をつかれ、怒り狂った相手に平手打ちを食らってしまったのだった。三時間くらい、左の頬がじんじんと熱かったのを覚えている。とにかく、女の子は珍しくもなんともない。とはいえ、まったく会ったことのない相手を訪ねるのは緊張するものだ。手の中にある文庫本を、僕は見つめた。芥川龍之介《あくたがわりゅうのすけ》という教科書でしか見たことのない人の本である。なんでも彼女が芥川龍之介の愛読者なのだそうだ。亜希子さんの立てた作戦はこうだった。

「ほら、あんたも芥川龍之介が好きやって彼女に伝えておくからさ。それをきっかけに仲良くなればいいいんやん。簡単やろ」

大雑把《おおざっぱ》だ。適当に考えたとしか思えない。考えれば考えるほど、うまくいかない気がしてきた。なんといっても、僕は芥川龍之介のファンなどではない。文庫は亜希子さんが買ってきてくれたものだった。これを読んでおけば、まだよかったのかもしれないけれど、渡されたのは昨日の夕方だった。読む暇なんかあるものか。僕は体の向きを変えた。駄目だ。出直そう。せめて、この本を読んでからにしよう。しかし現実は非情で、歩きだした僕は、よほど動揺していたのか、ドアノブに腕を引っかけてしまった。バランスを崩し、ドアに体をぶつけた。大きな音がした。

直後、ドアの向こうから、女の子の声が響いた。

「ねえ?　誰?」

緊張が全身を駆け抜ける。動けないでいると、また声がした。

「誰かいるの?」

僕は固まったまま息を呑んだ。こうなったら、もはや逃げだすわけにはいかない。もし逃げるところを見られでもしたら、それで終わりだ。二度とチャンスはない。長椅子鍵が復活する。

僕は深呼吸をすると、ドアをそろそろと開けた。

「こんにちは」

病室は個室だった。広さはおよそ六畳くらいで、ドアの横に洗面台と鏡があり、誰かの見舞いの品らしい花束が、水を張った洗面台に浸してあった。ベッドがひとつ、窓に沿うようにして置かれている。そのベッドは病院特有の丈夫なもので、長年使われつづけているため、白いペンキがあちこち剥《は》げてしまっていた。古い病院はどこでもそうだけれど、カーテンもシーツも真っ白だ。壁も床も天井も白い。遠近感が狂ってしまいそうな空間の中、彼女はひとりでいた。まるで置き去りにされた小さな子供のようだった。

「え、あの？　誰？」

彼女はどうやら、びっくりしたらしい。慌てて上半身を起こす。身を隠すように——あるいは守るように——シーツを胸の辺りまで引っ張りあげた仕草が、妙に艶《なま》めかしかった。

「もしかして、谷崎《たにざき》さんの言ってた人？」

怯えるような声。谷崎さんというのが誰なのかわからなくて戸《と》惑《まど》ったけれど、それが亜希子さんの名字であることを思いだした。僕は慌てて頷いた。

「そう。亜希子さんから頼まれて……いや話して、その、来たんやけど」

ふと思いだし、手に持っていた芥川龍之介の本を彼女に見せた。

彼女は嬉しそうに微笑んだ。

「わたし、それ、読んだわ」

「うん」

「あなたも読んだ？」

読んでないと言えるわけがない。僕はこくこくと頷き、いい加減な笑みを浮かべた。なんだか、話がいきなり、まずいほうに向かっている気がする。

「どうだった？」

「いや、その、おもしろかったけど」

「わたし、それに入ってる話の中だと『蜜柑《みかん》』が一番好き。短いし、素朴だけど、すごくいい話よね」

「ああ、そうやね」

僕は焦った。彼女の話は、どんどん詳しいほうへ進んでいった。作品の細かい内容だとか、オチだとか。あるいは短編集の、作品の並びだとか。僕にはまったくわからなかった。なにしろ読んでいないのだ。しかたなく生返事を繰り返したけれど、そんな演技でいつまでも騙《だま》せるわけがなかった。彼女の顔が少しずつ曇っていく。なにか別の件を持ちだし、話を逸《そ》らそうと思ったものの、頭に浮かんでこなかった。焦れば焦るほど頭は空っぽになっていき、そのあいだにも、状況はひたすら悪化していった。

「あなた、本当に読んでるの？」

彼女はやがて尋ねてきた。僕は黙り込んだ。嘘をつくのがうまくないからだ。もしうまいなら、こんなことになっていない。彼女も黙り込んだ。そして、ただじっと、僕を見つめていた。いつまでも。いつまでも。彼女の顔には、なんの表情も浮かんでいなかった。彼女の目には、なんの気持ちもこもっていなかった。僕はひどく情けない気持ちになった。こんなふうに見つめられるのが、これほど辛いことだなんて、考えもしなかった。彼女の視線は、僕をずたずたにした。伝えないという行為が、すべてを伝えていた。その瞬間、とても大切なものを壊してしまったのだと、僕はようやく気づいた。とんでもない馬鹿だ、僕は。たった一度のチャンスを失ってしまった。取り返しはつかない。起きてしまったことは元に戻らない。皿を落とせば、それは割れてしまう。ゲームのセーブを失敗すれば、データは消えてしまう。人を傷つければ、相手には嫌われる。元には戻らない。決して。実に惨《みじ》めだった。亜希子さんの作戦に問題があったのは確かだけれど、失敗したのは僕だった。馬鹿で子供で機転のきかない僕だった。うまく立ちまわれれば、それを笑い話にして、仲良くなるきっかけにすることだってできたはずだ。けれど、もう遅い。彼女は僕から視線をはずした。窓の向こうに顔を向ける。

なんとなく、僕は彼女と同じほうを見た。そこには小さな山があった。龍頭山だ。地元の人間である僕には、砲台山という響きのほうがしっくりくる、あの山だ。

ずいぶん長いあいだ、彼女はその山を見つめていた。

僕は立ちつくしたまま、ずっと居心地の悪さを感じていた。彼女に謝るべきだと思ったけれど、きっかけが掴めなかった。とはいえ、いつまでも、このままというわけにはいかない。彼女は僕が出ていくのを待っているのかもしれなかった。

「ええと――」

ありったけの勇気を振り絞って口を開いた、そのときだった。窓のほうを向いたまま、彼女が尋ねてきた。

「ねえ？　あの山、知ってる？」

「あの山？」

「そう、あそこに見える山よ」

「砲台山のこと？」

答えた瞬間、彼女の動きが、いきなり早くなった。少し慌てたような感じで、こちらに顔を向けた。

「今、なんて言ったの？」

「え？」

「今よ、今」

「いや、砲台山って」

「そう呼ぶの？　あの山？」

勢い込んで尋ねてくる。彼女の目は真剣だった。視線の強さに怯みながら、僕はどうにか説明した。

「もうずっと昔やけど、あそこに大砲があったんやって。地元の人間は、だから今でもそう呼んだりするんさ」

彼女はふたたび、山のほうに顔を向けた。沈黙が訪れる。けれど、さっきとは違い、その沈黙に気まずさは含まれていなかった。彼女は僕を無視するためではなく、なにか別の目的で、山を見つめていた。僕は彼女の背中に声をかけた。

「さっきはごめんな」

「え？　なに？」

彼女がこちらに顔を向けた。なにを言われたのかわからないという顔をしている。

「亜希子さんが……ああ、谷崎さんのことやけど、共通の話題があったほうがいいやろって言うとったから、この本を持ってきたんさ。君を騙すとか、そういうつもりやなくて。あの、でも、ごめん」

これで終わりだ。もう二度と彼女と話すことはない。彼女は僕のことを嘘つきの馬鹿野郎だと思いつづけるだろう。

ところが、意外なことに、彼女は微笑んだ。

「許してあげるわ」

「え?」

「探してたものを見つけてくれたから」

「え?」

わけがわからない。呆けたような僕を見て、彼女はさらに微笑んだ。

「ただし、条件があるわ」

「条件?」

「わたしの言うことを聞いて。なんでもよ。わたしが欲しいと言ったら、それを持ってきて。わたしが笑いたいって言ったら、なにかおもしろいことをして笑わせて。そうしたら、許してあげてもいいわ」

「う、うん」

なにもわからぬまま、僕は頷いていた。許してもらえるというだけで、嬉しくてたまらなかったのだ。このとき、僕はまだわかっていなかった。自分が泥沼に向かってダイブしてしまったことを。泥沼は恐ろしく深く、一度飛び込んでしまったら、脱出不可能だなんて理解していなかった。

このようにして、僕の奴隷生活は始まったのだった。

6

　里香は美人だ。長い髪はつやつやのまっすぐ。肌は雪国で育ったかのように白く、一目見ただけでわかるくらいキメが細かい。その、白と黒のあまりに鮮やかなコントラストは、ただそれだけで目を引く。しかも顔まで整っているのだから反則だ。日本人形のように清楚でおとなしい感じのする美人である。

　しかし。しかしだ。

　天は二物を与えずという言葉どおり——と言っていいかどうか微妙だけれど——里香は恐ろしく性格が悪い。自分勝手でわがまま。人の言うことなんて聞きやしない。自分の思うとおりにことが運ばないと、それだけで喚《わめ》くし泣くし、たまには殴る。これだけ外見と性格が一致しない女を、僕は他に知らなかった。


「ただいま」

　ちょっとばかり疲れた声で言いながら、僕は病室のドアを開けた。

　ベッドの里香が、不機嫌そうに呟く。

「遅かったわね」

　ちなみに僕はわざわざ市立図書館に行ってきたばかりである。今日はひどく寒かった。お天気キャスターが、すごい手柄でも立てたみたいに「今日はこの冬一番の寒さです」なんて誇らしげに断言していた。実際、たまらなく寒かった。風は強く、冷たかった。空は鈍色《にびいろ》の雲に覆われていた。やたらと重いダッフルコートを身につけ、マフラーを巻き、手袋をし、吹きつけてくる寒風に耐えながら、僕は市立図書館までの長い道程を踏破してきたのだった。指先は冷たく凍りついているし、体はすっかり冷え切っている。とにかく苦労したのだ。大変だったのだ。なのに、いたわりの言葉もない。それどころか、遅かったわねだ。

「本、あった？」

「あったよ」

僕はポケットに押し込んでいた本を差しだした。手のひらにおさまってしまうほどの大きさで、表紙には可愛らしいウサギの絵が描かれている。

ベッドに寝たまま、里香は受け取った。

「なに？　これ？」

途端、顔が険しくなった。形のいい眉の端が吊りあがっている。僕は焦りつつ言った。

「頼まれてた本やよ。ピーターラビットの」

「確かにピーターラビットのシリーズだけど、借りてきてほしかったのは別のなの」

「そうやったっけ？」

「わたしは『フロプシーのこどもたち』が読みたかったの。あんたが借りてきたのは『こわいわるいうさぎのおはなし』じゃない」

「それでもいいって言うたやろ？」

里香からはいくつか複雑な条件をつけられていた。あれを借りてきて、もしなかったらこれにして、これもなかった場合は——。やたらと細かかったので、里香の言ったことを、ちゃんとメモに取って出かけたのだが。

「なにを聞いてるのよ。それは絶対に借りてこないでねって言った奴じゃない」

「そうやったっけ？」

慌ててコートのポケットを探ったけれど、なかなかメモが出てこなかった。右か？　いや、ない。じゃあ、左？　やはりない。ということは、ズボンのポケットのほうか？　ありとあらゆるポケットをあたふたと探ったものの、しかしメモは出てこなかった。

なくした？

恐ろしい。もし、そんなことを口にしようものなら、さらに激しい里香の罵倒《ばとう》を浴びることになる。僕は顔面蒼白になり、うつむいた。

「あ――」

メモがあった。足元に。ポケットを探っているうち、落としたらしい。僕はしゃがみこみ、メモを拾った。あったあった、落ちとったよ、と愛想笑いをしながら、そのメモを広げる。僕の汚い字が紙片に並んでいた。里香の言うとおり、『こわいわるいうさぎのおはなし』のところには×印がつけてあった。選んでいるとき、その印を見逃してしまったらしい。

「そうみたいやな。なんでわからんかったかな」

場の空気を少しでも和《やわ》らげようと笑ってみたものの、うまくいかなかった。

里香はいきなり怒りだした。

「裕一の馬鹿。この程度のお使いができなくてどうするのよ。あんた、いくつなの。子供じゃないんでしょう」

「ご、ごめん」

うなだれつつ謝る。初めて話してから三日ほどになるけれど、僕はまったく頭が上がらなくなっていた。里香に命じられると、そのとおりに行動してしまうし、怒られると即座に謝ってしまう。たとえ自分が悪くなくても、頭を下げていたりする。もはやパシリ状態だ。やはり出会いのつまずきが大きかった。

「ちゃんと借りてきて。言ったとおりのを」

「え？」

「もう一回行って、わたしが読みたいのを借りてきて」

「今から？　帰ってきたばかりなんやで？」

　僕はいちおう入院患者である。一カ月前まで面会謝絶扱いだった病人だ。いくら外出禁止令が解かれているとはいっても、そう何度も出かけられるものではない。だいたい体にだって悪い。僕の病気は静養が第一なのだ。けれど里香はあっさりと言い放った。

「間違えたのは、あんたでしょう」

「今日はめっちゃ寒いんや。それに、今から出かけとったら、帰るころには日が暮れてしまうしさ」

「それがどうしたの」

　里香はまっすぐ、こちらを見つめていた。彼女の目は、びっくりするくらい色が濃い。覗き込んでいると、瞳の中で黒い水がゆっくり渦巻いているように感じられる。たまにだけれど、里香の瞳に吸い込まれそうな気持ちになることがあった。そして、あとでひとりになってから、なぜかひどく切ない感じがしてくるのだった。里香は今も、そんな瞳で僕を見つめていた。

「急いで借りてくるわ」

　言いながら、僕は病室を出た。

外はやたらと寒かった。日が傾いたせいで、一気に気温が下がったみたいだ。吹きつけてくる風もさっきより強くなっていた。東の空はもう暗くなりかかっている。ああ、これからまた、図書館かよ。けっこう遠いぞ。

「まいったな」

呟く息が白く凍りついた。僕はマフラーを首にぐるぐる巻き、コートの前をしっかりと合わせて歩きだした。体がちょっと重かった。具合がよくないのだろう。次の検査は一週間後だっけ。もしかすると、ひどい結果が出るかもしれなかった。

里香の、あの目が、脳裏に浮かんだ。どうして里香はあんな目をするんだろう。

結局、一時間ほどかかってしまい、僕は夕食抜きになった。ぐうぐうと鳴る腹を抱えながら里香の病室に入ると、そこは真っ暗だった。窓から射し込んでくる外灯の光が、女の子の輪郭《りんかく》を、うっすらと浮かびあがらせている。ベッドの上、里香はその上半身を起こし、外を見つめていた。

「明かり、つけへんの？　どうしたんさ？」

返事はない。

「本、借りてきたで。今度は間違いないから確かめてさ」

やはり返事はない。

こういうのにも慣れてしまった。普通なら怒るところだけれど、なぜか怒れない。僕はベッドに歩み寄ると、借りてきた本を置いた。そしてベッドのすぐ横にあるパイプ椅子に腰かけた。

里香はまったく動かなかった。声もかけてくれなかった。まあ、いつものことだ。里香の態度にいちいち文句を言っていたら、それだけで一日が終わってしまう。隣の病室から漏れてくるテレビの薄っぺらい音がよく聞こえた。病室の前を通りすぎていく人の話し声や、医療用のカートを動かしている音や、なにかが倒れる音も耳に入ってきた。急に温かい部屋に入ったせいか、なんだか頭がぼんやりする。夢の中を漂っているみたいだ。

ぼやけた頭のまま、僕はマフラーと手袋をはずし、手に息を吹きかけた。指の先まで凍りついてしまっていて、まるでぬくもりがわからない。

時間だけが、ゆっくりと流れていく。

さっきから里香は外を見つめたままだった。正確に表現するなら、龍頭山、すなわち砲台山を見つめたままだった。僕がここにいることを知らないみたいだ。こういう状況に慣れてしまった僕は、ただぼんやりと、里香の視線の先を見つめていた。一日に一度くらい、こんなことがある。なんの前触れもなく、急に里香が黙り込んでしまうのだ。そうなったら、なにをしても、言っても駄目だ。話しかけても彼女は無視するし、よくても生返事がせいぜいだった。ただでさえ遠い彼女が、さらに遠くへ離れてしまう瞬間だった。僕の手は彼女に届かない。だから僕は黙り込むしかない。沈黙に耐えるしかない。そして彼女のことを、いろいろと想像してみたりするのだ。

なにを考えているのだろうか?

なぜ砲台山を見つめているのだろうか?

あの山に登りたいのだろうか?

そんなことを頭に浮かべながら、手に息を吹きかけつづけた。だんだん、ぬくもりがわかるようになってきた。心に浮かんだ疑問を里香本人に尋ねてみること自体は簡単だったけれど、そうしようとは思わなかった。無視されるに決まっている。投げかけた言葉が、ただ空中で消えてしまうよりは、沈黙に耐えているほうがいい。僕は里香の背中を見つめた。ほっそりとした体だった。ベッドに座っているので上半身しか見えないけれど、肩から腰へのラインは見事だ。実に美しい曲線を描いている。見ているだけで、胸がどきどきする。それにしても、人間というのは不思議なものだ。どうしてあの曲線が、これほど魅力的に感じられるんだろう。花瓶の曲線だって十分に美しいけれど全然どきどきしない。ただし里香はあまりに細すぎた。その細さは、どことなく哀しさを感じさせた。僕はふと、思いだした。亜希子さんの言葉を。

「まあ、なんでもないよ」

里香の病気のことを、僕はまったく知らない。亜希子さんは教えてくれないままだし、里香本人に聞くのはためらわれた。正直なところ、僕は聞くのが怖かった。

そうして沈黙が続く中、実に恥ずかしいことが起きた。僕の腹がいきなり鳴ったのだ。見事な鳴り方だった。病室中に響き渡るほどだった。

まあ、現実なんて、こんなものだ。

僕自身は物思いという奴に耽《ふけ》っていたわけだけれど、体は忠実だ。確かに腹が減っている。振り返った里香に、僕はごめんと謝った。ひどく恥ずかしかった。ひどく情けない。暗いせいで里香の表情は見えなかった。もしかすると怒っているのかもしれない。腹が鳴ったくらいで怒るなんて理不尽そのものだし、そもそも夕食抜きになったのは里香のせいだけれど、まともな理屈が彼女に通じるとは思えなかった。

「それ食べていいわよ」

「え？　食べる？」

意外すぎて、すぐには意味を呑み込めなかった。

「よかったら食べてよ」

里香がドアの脇にある棚を指さす。見れば、その上に、トレイが載っていた。夕食だ。ご飯もおかずもスープも、ちゃんとそろっていた。驚き、僕は尋ねた。

「これ、どうしたんさ？」

「あんたの分よ。取っておいたの」

「俺の？　わざわざ持ってきてくれたん？」

夕食の時間になると、それぞれの料理を配膳係の人が病室まで持ってきてくれる。僕の夕食はもちろん、僕の病室に届けられたはずだ。ただ食事を食べようが食べまいが、決まった時間になると回収されてしまう。その回収時間はだいぶ前に過ぎていた。里香はわざわざ僕の病室まで行って、片付けられないように持ってきてくれたらしい。僕は本当に本当に驚いた。このわがまま女が、そんなことをしてくれるなんて、考えもしなかった。

「食べないの？　だったら捨てるけど？」

「あ、いや、食べるよ。食べるさ」

「ここ、使っていいわよ」

里香が体をずらし、ベッドの端を開けてくれた。

「明かりもつけていいから」

僕は明かりをつけると、ベッドに食事を運んだ。椅子に腰かけるなり、すぐさま箸《はし》を取る。ご飯もおかずもスープもすっかり冷めていたけれど、腹が減っているせいか、あるいは他に理由があるのか、とんでもなくおいしかった。

そんな僕の姿を見て、里香がおかしそうに笑った。

「裕一、犬みたい」

場合によっては悪口になる言い方だった。だけど、不思議と、そんな気はしなかった。こっそり顔を上げたところ、里香はなんだか嬉しそうに笑っていた。笑っているときの里香は天使のようにきれいだ。ずっとこんなふうに笑ってくれたらいいのにな。まさしく犬のように食べながら、僕は思った。

「どうしたの？」

視線に気づき、里香が首を傾げた。

僕は慌てて言った。

「めっちゃうまい」

「病院のご飯がおいしいなんて、変わってるね、裕一」

「本当にうまいって」

「よしよし。いっぱい食べなさい」

まるで犬を撫《な》でるように、里香が僕の頭を撫でてきた。やっぱり嫌な気持ちはしなくて、それどころか髪を滑《すべ》ってゆく里香の手の感触や、笑顔がやたらと嬉しかった。そんな自分の気持ちを悟られないよう、僕は丼に顔を埋めた。


「どっか行っとったのかい？」

自分の病室に戻る途中で、多田さんに会った。歯のない口を開け、多田さんは笑った。

「コレかい？」

小指を立てる。

まあ、なんというか、多田さんは正真正銘のお爺さんであり、いささか品性に欠けた言い方をするならばエロジジイであったりもするので、こういうのは当たり前なのだった。僕は曖昧に笑った。

「友達のところです」

女ではあるけれど、コレではない。

「まあ、それはいかんわ。おまえさんぐらいの年頃は一番の盛りじゃろうが。もう、どんどんアタックしんとな」

多田さんには妙な訛《なま》りがある。全国を放浪していたので、言葉が混ざってしまったそうだ。多田さんの話はたいていでたらめである。どこまで信用していいのか、さっぱりわからなかった。いつだったか北海道を旅した話を聞いたときは、なぜか広島が北海道にあることになっていたくらいだ。東広島だったかな。西広島だったかな。よく覚えてないけど。広島は中国地方ですと指摘したら、そういう時代もあったなあと言い張った。

相手をするのも面倒なので、僕は笑っておいた。多田さんもまた、歯のない口を開け、笑った。そして、手を差しだしてきた。

「これ、食べんさい」

多田さんが手を引っ込めると、僕の手のひらに、琥《こ》珀《はく》色の丸い物体が現れた。それは古き懐かしき飴玉だった。きれいに輝く甘い琥珀。

「どうも」

僕は頭を下げた。病室に戻ってから、琥珀を口に入れてみた。途端、あまりの甘さにむせ、吐きだしてしまった。情けない音を立てて、飴玉が床を転がる。

「甘すぎ、これ」

どうしよう。床に転がった飴玉を、僕は途方に暮れつつ、見つめた。

7

司の部屋は一階にあり、通りに面している。物騒この上ない。誰かが石でも投げればガラスが割れるし、簡単に侵入できてしまう。とはいえ、意図すべき、しかも歓迎されるべき訪問者、すなわち僕にとって、実にありがたい構造だった。なにしろ、窓を開けさえすれば、そのまま司の部屋に入れるのだ。夜でも家族を起こしてしまうことはない。いつでも出入り自由というわけだ。

「よう、司」

長椅子鍵を解除された僕は、すぐに司の部屋を訪ねた。窓を開けた瞬間、妙に小綺麗な男の顔が、目に入ってきた。なんだか女っぽい腰つきで、泡立て器を高速回転させていた。甲高い声が、テレビのスピーカーから溢《あふ》れ出る。

「ここがポイントですよ」

部屋に入るなり、わざとらしくため息をつきつつ、僕は言ってみた。

「十七の男がＮＨＫのルンルンクッキングを録画して、深夜に見とるのは、なんか問題がないかね？　我が友よ？」

「いいやん、別に」

むきになって、司は言った。世古口《せこぐち》司は少々変わった奴である。まず天文オタクであることを指摘しておく。奴のポケットには軌道計算用の関数電卓が常に仕込まれている。まあ、これはいい。理系コースが設けられている学校では、よくあることだ。次に特徴を挙げるならば、身長が百八十七センチで、体重は九十二キロである。まあ、これもいい。よくあることだ。ろくに鍛えていないくせに、体は鋼のような筋肉で覆われている。これもよくあることかも……しれない。問題なのは、趣味がお菓子作りということである。大きな手に、小さい計量スプーンを持ち、放課後の調理室で女子とお菓子作りなんかしていたりする。しかも、解《げ》せないことに、どの女子が作ったお菓子よりも、司のお菓子のほうが圧倒的にうまいのだった。というわけで、女子からつけられたあだ名は、シェフ世古口だ。時々、ファンレターが届いたりもするらしい。まったく、わけがわからない。

「しばらく来んかったけど、どうしたんさ?」

「いろいろあったんやって。忙しそうやで、あとで話すわ」

「そうか。悪いな」

おお、と司が声をあげた。

「今のホイップ見た? すごいやん?」

冗談で言っているのかと思ったけれど、見れば司は真剣そのものだった。大学ノートに——司が持っていると普通のノートがメモ帳のように見えるのだけれど——なにかを書き取っている。やがて番組は終わった。テレビを消すと、司はメモ帳、いやノートを真剣に見つめた。手順を覚えているのだろう。ひどく真剣だった。待ちくたびれた僕は、ゲーム機を立ち上げ、シヨートステージをクリアした。何度もやっているので簡単だ。

「裕一、そろそろ行こか」

やがて司が声をかけてきた。復習が終わったらしい。おう、と答えておいた。

「そやけど、どこに行くん?」

夜の十二時だ。田舎町なので、こんな時間に開いてる店は少ない。

「先輩がカラオケ屋でバイトしとるんさ。たぶん、ただで入れるで」

「カラオケか」

僕は音痴である。幼児向け番組の主題歌でさえ、半音はずすくらいだ。

「別に歌わへんでもいいやんか」

それを気遣い、司が言った。顔や体つきはいかついものの、司は優しい奴だった。どちらかといえば、料理を作っている司のほうが、彼の中身を表しているところがある。

いくらか考えた末、僕は言った。

「せっかくやから、サザエさんのオープニングとエンディングは歌うか」

「え、歌うんか」

ひどく嫌そうな顔を、司がした。あ、こいつ、僕を気遣ってくれたんじゃなくて、僕の歌を聴きたくなかったんだな。


半年くらい前まで、司とは友達でもなんでもなかった。ただのクラスメートだった。ああいう奴であるがゆえに学校では有名人だったけれど、ああいう奴であるがゆえに近寄りがたいわけで、普通なら友達になろうなんて思わなかっただろう。

きっかけは、雨だった。

春の、やたらと細い、なかなかやまない雨だった。

その日、僕は塾の帰りだった。進路指導の個別面談が行われ、僕はすべての志望校でD判定攻撃を喰らっていた。

塾の講師は顔をしかめながら言ったものだ。

「ランクを落とすしかないね」

言葉は丁寧だったけれど　出直してこいと顔に書いてあった。というわけで僕は憂鬱だった。この成績を見たら、母親がまたもや、「地元の学校でいいやないの」と言いだしかねないからだ。母親はたぶん、僕が進学しても伊勢に残ることを望んでいる。あんたの好きにしていいけどね、なんて口では言ってるくせに、いざ志望校の話になると、母親が薦《すす》めてくるのは地元の学校ばかりなのだった。反対を押し切って出ていく以上、それなりの成績を取っておく必要があった。D判定なんて最悪だ。

「しょうがないよな」

空から落ちてくる無数の雨粒を見つめながら、僕は呟いた。

「あいつも馬鹿やったもんな」

まあ、あいつというのは、父親のことだ。雨は降りつづいていたし、とにかく嫌な気持ちだった。なぜか火見台《ひのみだい》がある古めかしい駅舎の前を通りすぎ、踏切を渡り、家への近道である世《せ》古《こ》へ僕は入った。世古というのは小道を意味する方言だ。昔からある言葉らしく、司のようにこれが名前になっている人も多い。世古さんとか世古口さんとかが、地域によってはクラスに五人くらいいたりする。

こういうのは、歴史の古い町ゆえだろう。

歴史の深さは町並みにも現れていて、伊勢にはちょっと変わった造りの家が多い。家の間口は狭いのだけれど、奥のほうへやたらと長く伸びている。ウナギの寝床という奴だ。妻入町屋《つまいりまちや》という独特の形式らしい。そんな町屋の前を、僕はうつむきながら歩いていた。やがて角を曲がったところで、大きな背中がいきなり目に飛び込んできた。特徴的な顔と体で、クラスメートの世古口司であることはすぐにわかった。だけど、どうしたんだろう？　雨の日だぞ？　なぜ道端にしゃがみこんでいるんだ？

通りすぎる際に覗き込むと、司の足元で、小さな猫が二匹、かぼそい声で鳴いていた。捨て猫みたいだった。

僕は状況を把握した。要するに、この同級生は、世古に捨てられていた子猫を見つけてしまったのだ。わざわざ子猫に傘を差してやっているのだ。そして途方に暮れているのだ。子猫なんて、すぐに死んでしまう。捨てるほうは誰かに拾われることを期待しているのかもしれないけれど、とんでもない。捨てるということは、つまり殺すということなんだ。

中学のころ、校舎の裏に子猫が捨てられていたことがあった。とても可愛かったから、いろいろな人が餌《えさ》をやったりして、子猫はわりと元気そうに暮らしていた。僕も何度か、その柔らかい背中の毛を撫でたことがある。ごろごろと喉《のど》を鳴らして、本当に可愛かった。日溜まりの中で眠っている姿を見ると、ひどく幸せな気持ちになったものだ。

連休が明けたころ、子猫は突然、いなくなってしまった。

誰かに拾われたんだろうなと思った。勝手な幸せを描いた。子猫がいなくなってしまったのは寂しかったけれど、どこかの家でうまい餌にありついている姿を想像すると、それはそれで嬉しかった。

けれど事実は違っていた。

少ししてから、女の子たちが廊下で話してるのを、たまたま聞いてしまったのだった。

「なあなあ、あの子猫、死んでたんやって」

「ええ？　本当に？」

「校務員のおじさんが連休明けに来たら、自転車置き場の隅っこで丸くなっとったんやって。おじさん、生きとると思うて餌を持ってたったのに、動かへんからおかしいと気づいて、触ったら冷たかったたって」

「それで、どうしたん？　埋めてあげたん？」

「燃えるゴミの日に捨てたんやって。ちょっとグロいよね」

「ええ、最悪」

「しかたないやん」

馬鹿野郎。最悪なのはおまえたちだろうが。別に彼女たちが悪いわけではないのに、僕は心の中で悪態をついていた。そしてそのあと、落ち込んだ。なにが馬鹿だ？　そんなことを言う資格があるのか？　小さな子猫が生き残れないことくらい気づいていただろう？　わかっていただろう？　おまえはなにかしたのかよ？

連休のあいだ、子猫は餌をまったく貰《もら》えなかった。雨だって降った。ひどい土砂降りだった。子猫は生き残れなかった。

あのときの子猫の姿や、柔らかい毛や、小さな体に宿っていたぬくもりを思いだし、僕はさらに悲しい気持ちになった。そして、ほんの少しだけ迷った末、足音を殺し、司の背後を通りすぎた。僕にできることなんて、なにもないからだ。下手に関わり、またあんな哀しい思いをするのは嫌だった。自転車置き場で死んでしまった子猫の柔らかさとぬくもりが、僕を自然と早足にさせていた。雨の音がどこまでもどこまでも追いかけてきた。司の背中が頭に浮かぶたび、僕は慌てて打ち消した。

家に帰った僕は、いつものようにご飯を食べたりテレビを見たり漫画を読んだりして過ごした。つまらないなりに、普通の一日だった。

ところが、夜の十時ごろ、母親の叫ぶ声が聞こえた。

「裕一、お友達やよ」

こんな時間に誰だよ、なんて思いつつ玄関に行くと、なんと世古口司が立っていた。びしょぬれで、毛布でくるんだ子猫を胸に抱えていた。

「ごめんな。いきなりやってきて」

気弱そうに司は言った。

「君んち、猫を飼えへんかな」

僕は唖然《あぜん》とした。司とはクラスが一緒というだけで、親しくもなんともない。それなのに、なぜ僕を訪ねてきたんだろう。後ろを通りすぎたのを見られたのかもしれないと思い、不安になった。そんな気持ちを抱えたまま、僕は尋ねた。

「なんで俺のところに――」

来たんだよ、という続きの言葉は、口の中で消えてしまった。司の胸ポケットに一枚の紙が突っ込まれているのに気づいたからだ。服や体と同様、紙は雨に濡れており、そのせいで透けていた。クラス名簿という文字が見えた。要するに司は、住所がわかっている連中を片っ端から訪ねていたのだ。そして、猫を飼えないか、いちいち頼んでいたのだ。

馬鹿か、と思った。なに考えてんだ、と。

この雨の中、びしょぬれになりながら、捨てられていた子猫の貰い手を探すなんて、どうかしている。しかも、こんな時間まで。もう十時だぞ。僕は呆れた。思いっきり呆れ、なんだかよくわからないけれど、苛立ってさえいた。しかし、ふいに気づいた。司は子猫を一匹しか抱いていなかった。

世古で見かけたときは、確かもう一匹いたはずだ。

「もう一匹はどうしたん？」

「加藤《かとう》さんが貰ってくれたんさ」

同級生の名を挙げ、嬉しそうに司は笑った。ひどく開けっぴろげな笑みだった。よほどそのことが嬉しかったんだろう。

けれど、司は直後、不思議そうな顔をした。

「戎崎《えざき》君、なんで、もう一匹いたことを知っとんの？」

カチリと音がした。心の中で。しまった。あのとき、僕が通りすぎたのを、こいつは気づいていなかったんだ。僕は言葉に詰まった。答えられなかった。なにかのスイッチが入り、あるいは切れ、僕は立ちつくした。司はやたらと大きく見えた。いつもより、ずっとずっと大きく見えた。それは家の玄関が狭いせいかもしれなかったし、別のなにかのせいなのかもしれなかった。もしかすると自分がちっぽけになっただけなのかもしれなかった。僕は唾を飲み込んだ。ごくりという音がやけに大きく聞こえた気がした。司の腕の中では、小さな猫が、不思議そうに僕を見つめていた。その青い瞳に僕が映っていた。知らない振りをした僕が、隠そうとした僕が、瞳の中にいた。僕は馬鹿みたいな顔をして凍りついていた。

「どうしたん？」

司が尋ねてきた。

「あ、いや」

「ごめん。いきなり変なこと頼んでしもうて」

「それは別に……」

「無理やよな？」

気弱そうな声。

僕は頷いた。

「母親がいかんのさ。猫って」

司はごめんと何度も何度も繰り返した。こんな時間に来ちゃってごめん。変なことを頼んじゃってごめん。無理を言ってごめん。こちらが情けなるくらいに同じことを繰り返し、でかい頭を下げた。最後まで、ごめんと言いつづけながら、出ていった。小さな音を立てて、玄関の引き戸が閉まった。

僕はひとり、取り残された。

そうだ。

取り残されたんだ。

雨の音が響いていた。玄関の明かりは薄暗かった。家の奥のほうから、母親が見ているテレビの音が聞こえてきた。

司のびしょぬれの背中が浮かんだ。

子猫の姿が浮かんだ。

こそこそと通りすぎた自分の姿が浮かんだ。

飼い主が見つかるまで、司は歩きつづけるんだろう。探しつづけるんだろう。大きな背中を濡らしつづけるんだろう。

「どうしたん？　友達、帰ったん？」

廊下に出てきた母親が、いつもの呑気な様子で尋ねてきた。僕はなにか言おうとしたけれど、言葉がまったく出てこなくて、開きかけた唇を閉じた。わけのわからないものが、胸の中で渦巻いている。格好悪い。最悪だ。そう思う。なのに体は動きはじめていて、ぼろぼろになったスニーカーを慌てて履こうとしていた。スニーカーはまだ乾いていなくて、足を突っ込むと濡れた布地が皮膚に張りついて気持ち悪かった。

「ちょっと出かけてくるわ」

僕は叫んでいた。そして傘を持ち、家を飛びだした。辺りを見まわすと、降りつづく雨の向こうに、司の大きな背中が見えた。その背中に向かって僕は走った。どうせたいしたことはできない。もちろん、わかっていた。なにしろ僕はかつて、なんにも考えずに子猫を可愛がり、なんにも考えずに放りだしてしまった人間なのだ。拾われてよかったと呑気に思っていた無責任な人間だった。

それでも司と一緒に頭を下げることくらいはできるはずだ。

確かに、ただで入れた。しかし、その店は恐ろしく安っぽい店で、頼んだグレープジュースは水っぽかったし、壁はあちこち剥《は》げたり穴が開いたりしているし、テーブルは傾いているし、防音に至っては最悪だった。隣の部屋の歌声が丸聞こえなのだ。お隣さんは年配客のようで、ノンストップの演歌メドレーに突っ込んでいるようだった。冬の日本海やら、涙の岬やら、特徴的なフレーズがひたすら繰り返されている。まったく演歌を聞かない僕たちからすると、どの曲もまったく同じに聞こえた。

「最近、学校のほうはどうなん？」

間奏に入ったところで、僕は尋ねた。グラスを手に取り、グレープジュースで喉を潤す。やはり水っぽい。

「まあ、いつもどおりやよ。この前、三者面談があったんやけど」

「俺のとこにも通知は来とった」

「それで、どうしたん？」

「母親だけ行った」

僕たちはほとんど怒鳴り合っていた。そうしないと、隣から漏れてくる歌音のせいで、お互いの声がまったく聞こえないのだ。

「なんか言われた？」

「最悪や」

ただでさえ僕はあまり成績がよくない。その上、今度の病気で、長期の入院生活を強いられている。授業には出られないし、塾にだって通えないし、模試も受けられない。あと一年で受験だというのに。いちおう勉強はしているけれど、成績は下がるばかりだ。いや、成績どころか、出席日数の関係で進級さえ危うい。下手すると留年だ。——と、まあ、そんなことを、母親は担任から聞かされたらしい。

「浪人するって手もあるんとちゃうかな」

「それは嫌や」
浪人すると決めてしまえば楽になる。一年の余裕ができるのだから当然だ。けれどそれは、一年を無駄にするということだった。今の僕にとって、恐ろしく長い時間だ。浪人期間はもちろん伊勢で過ごすことになるだろう。少しでも早く、僕はどこかへ行きたかった。少しでも遠くへ行きたかった。僕の気持ちを知っている司は、難しそうに唸《うな》った。僕も唸った。隣の部屋からは、相変わらず演歌が聞こえてくる。

泣いて泣いて
忘れようとしたあなた
けれど
心が、体が
確かに覚えている
ああ、会いたい
ああ、たとえ一目でも
気持ちが、ほら、震えてる

歌っているのはおばさんで、なかなかうまかった。たいしたものだ。しかし現実に震えあがっているのは、むしろ僕のほうだった。将来という奴のことを考えると、まったく憂鬱になる。ところが、司に目をやったところ、奴は深刻な顔をしていた。他人である僕のことなのに、僕自身より悩んでいるように見えた。

この、やたらとでかい体と、やたらと変な趣味を持つ友達のことが、僕は好きだった。断っておくけれど、変な意味じゃない。悲しいとき、司は悲しい顔をする。楽しいときには楽しい顔をする。寂しければ背中を丸める。司は恐ろしく素直で単純だ。なかなか、こんなふうにはできないと思う。僕にはとても無理だ。妙な自意識の塊みたいなものが心のどこかにあって、悲しいときには笑ってやろうとするし、嬉しいときにはつまらなさそうな顔をしてしまう。まったく馬鹿みたいだ。僕はいったい、誰と戦っているのだろう。ああ、わかってるさ。下らないって。だけど、どうにもできないんだ。司のようには振る舞えない。

あの、雨の日の司のようには。

二匹の子猫たちは今や立派に成長し、幸せに暮らしている。二匹目は結局、隣のクラスの女子が貰ってくれた。

司は時々、猫たちの様子を見にいっているそうだ。

僕はどうにか笑ってみせた。

「まあ、なんとかするわ。いざとなったら、大学なんて底辺の底辺まであるわけやし」

「そやけど、お母さん、許してくれるん？」

「土下座でもする。それに、わりと追い込みがきくほうやから、ぎりぎりまで頑張るわ」

隣の部屋の歌声が、一気に大きくなった。どうやら参加者全員がそろって歌っているらしい。あまりの音量に、もはや話を続けることもできず、僕たちは演歌を聴くことになった。おじさんとおばさんたちはひどく盛り上がっている。連帯と友愛が伝わってきた。ちょっと迷惑だけれど、まあ、いいか。サビを歌い上げると、隣室の人たちは楽しそうに笑い、声をあげ、拍手をし、互いを称《たた》え合った。

「すごかったな」

司が拍手をした。

僕も拍手をした。

「まったくやな」

「大丈夫。裕一やったら、どうにかなると思うわ」

拍手をしながら、司はにっこりと微笑んだ。

8

その日、珍しく里香のほうから僕の病室にやってきた。

「どうしたんさ？」

慌てて本にしおりを挟み、そう尋ねる。

僕はちょうど本を読んでいた。里香が貸してくれた芥川龍之介である。今まで芥川龍之介を読みたいと思ったことはなかったけれど、里香が言うのだからしかたない。とはいえ、いざ読んでみたところ、案外と芥川さんはおもしろかった。なんというか、ちょっとばかり変わった人なんだと思う。

黙ったままの里香に、ふたたび尋ねた。

「なんか用でもあんの？」

彼女はやはり答えず、黙ったまま歩いてくる。僕の手から本を取りあげると、ページを捲《めく》った。しおりが挟んであったので、そこが開いたままになる。

「なにするんさ？」

「あんた、わたしが来たから、慌ててしおりを挟んで閉じたでしょう」

「ええと」

実はそのとおりだった。以前、やはり今みたいに本を読んでいたら、やはり今みたいに里香がやってきた。里香は僕から開いたままの本を取りあげると、いきなりそのページを閉じた。そして、意地悪そうに笑いながら、言ったのだ。

「ほら、これでどこまで読んだかわからないでしょう」

ただの嫌がらせである。僕の困った顔が見たいのだ。読めと言って貸してくれたくせに、そういうことをするのだ。まったく、わけのわからない女だった。教訓を生かし、僕は今回、しおりを準備しておいたのだ。

「だから、こうしてやるのよ」

そのしおりを本から抜き取ると、里香は本を閉じた。

僕は悲鳴をあげた。

「ああ　なにするんさ」

「小細工した罰よ」

「罰ってなんなん、罰って。俺は別に罪を犯したわけやないやろ。どこまで読んだかわからへんようになったやん」

「それより、ちょっとつきあいなさいよ」

「今から？」

「ええ、そうよ」

唐突な展開だ。まったくついていけない。けれど、里香はこちらのことなどおかまいなしという様子で、僕に背を向けると歩きだした。振り返りもせず、病室を出ていく。僕は慌てて起き上がり、後を追った。里香になにを訴えても無駄なのだ。せめて屁理屈のひとつでも言ってくれれば、頑張って舌戦を繰り広げようかという気にもなるけれど、彼女はいつでも問答無用だ。となれば、放りだすか、あるいは従うしかない。そして、なんといってもこれが一番不思議なのだけれど、なぜか僕は彼女を放りだすことができないのだった。もしかすると里香が美人だからかもしれない。

「里香、待ってや」

まるで金魚のフンみたいに、里香のあとを歩いていく。いったい、どこに行くつもりなのだろう。ただ歩いているのも暇なので、僕は彼女の後ろ姿をしげしげ見つめてみた。今日の里香はストライプ柄のパジャマを身につけている。少しばかりサイズが大きいらしく、里香の両手は半分くらい袖に隠れてしまっていた。それにしても小さな体だった。抱きしめたら、どんな感じがするんだろう。きっと腕の中にすっぽりとおさまってしまうに違いない。里香が右足を前に出すと、左の肩胛骨《けんこうこつ》が薄いパジャマの生地にうっすらと浮かびあがる。左足を出すと、右の肩胛骨が浮かびあがる。そして、そこからほっそりした腰へ続くラインを見ていると、胸が熱くなった。自然と顔が火照ってくる。

自らの不純を恥じたものの、十七の男なんて不純の塊みたいなものだ。そんな僕のよからぬ視線を感じたのかもしれない。急に里香が振り返った。当然のことながら目が合う。僕は焦った。じろじろ見ていたことを気づかれたのだろうか。だとしたら、里香は怒り狂うに違いない。

張り飛ばされるかもしれなかった。

「ど、どうしたんさ？」

里香は僕の問いに答えることなく、ふたたび前を向いて歩きだした。なにを考えているのか、さっぱりわからなかった。

「なあ、里香」

「なによ」

「どこ行くんさ？」

「ついてくればわかるわよ」

「別に教えてくれてもいいやろ。どうせ病院の中にしか行けへんのやしさ」

「黙っててよ」

僕は深くため息をついた。まったく、なんて女だろう。この物言いはさすがにないと思う。一度くらい、がつんと言ってやったほうがいいのかもしれなかった。僕はまたもや暇潰しに、里香に強く振る舞う自分の姿を想像してみた。そう、がつんと言ってやるのだ。彼女に言い返してやるのだ。

駄目だ。想像できない。

頭をぺこぺこ下げている自分なら、いくらでも想像できるのだけれど。そんなことを考えていると、里香が廊下の突き当たりで立ち止まった。両開きのドアがすぐ目の前にある。手術室とドアの上に書かれていた。まさかと思っていたところ、そのまさかどおり、彼女は手術室に入っていった。

「お、おい、里香」

慌てて、そのあとに続く。

「やばいって。怒られたら、怒られるで」

「大丈夫。怒られたら、裕一にむりやりつれこまれたって言うから。わたし、泣き真似するのうまいんだよ」

笑ってはいるものの、冗談だと思えない。

「なんか自分がかわいそうになってきた」

「どうして？」

「いや……」

「裕一は手術室に入ったことある？」

「ないよ」

「わたしも。こんなふうになってるんだね」

僕と里香は並んで立ったまま、室内をぐるりと見まわした。思っていたよりもずっと広い。六人部屋をふたつ合わせたくらいの空間だった。なにかを収容するための大きな棚が壁一面にあり、部屋の隅にボンベのようなものが三本並んでいた。その他にも機器があちこちに置かれている。僕にわかるのは心電図のモニターと点滴台くらいだ。そして、部屋の中心には手術台。手術台は黒のビニール張りで、今は緑色の布がかけられている。その上には大きなお椀を逆さにしたような照明装置があった。お椀の中に、丸いライトが十個、等間隔で並んでいる。

「裕一、寝てみてよ」

里香がそう言って、手術台を指さした。

「俺が？」

「他に誰がいるのよ」

　里香は妙に上機嫌だった。にこにこと笑っている。こんなに上機嫌な彼女を見たのは、もしかしたら初めてかもしれない。新発見だけれど、上機嫌な里香は、不機嫌な里香よりも、百倍くらい可愛かった。こんなに可愛いんだったら、いつも笑っていればいいのに。僕は彼女の笑顔に見とれ、なぜか手術台に登っていた。

「では、手術を始めます」

　わざとらしく、里香が宣言した。

「え？　手術？」

「そう、手術です。まず胸の真ん中を喉仏の下から鳩尾《みぞおち》まで切開し、胸骨も切開します。心臓が見えるようになったら、人工心肺装置で血液の流れを確保しつつ――」

「ちょ、ちょっと待って！　おまえ、なに持っとんさ？」

「メスよ」

　細長い銀の刃が輝いた。意地悪に笑いつつ、里香がそのメスを僕のほうに近づけてくる。

「なんでそんなもんがあるんさ？」

「そこにあったのよ」

　里香が指さしたのは、手術台のすぐ脇にあるカートだった。見れば、確かにメスやら注射器やらハサミやらが整然と並んでいる。

「信頼して。大丈夫だから」

「なにを信頼すんのさ？　なにを？」

「じゃあ、始めます」

芝居がかった口調で言いつつ、里香がさらにメスを近づけてくる。鋭い刃がまた輝き、光が網膜に届いた瞬間、僕は思わず悲鳴をあげそうになった。

そのとき、手術室の扉が開き、いきなり声が響いた。

「誰かおんの？」

亜希子さんだ。里香は慌ててしゃがみこみ、僕は手術台からそのまま横向きに転げ落ちた。床に腰と背中をもろにぶつけたけれど、痛みを堪えて手術台の下に潜り込む。そこにはすでに里香がいた。とんでもなく狭い空間で、里香と膝をくっつけるようにして向かい合う。

「ちょっと。近づかないでよ」

「だって、しょうないやろ」

「ああ、触った。もう嫌だ。馬鹿」

「叩くな。ばれるやろ。おい」

僕たちは口だけ動かして、声はほとんど出さず、怒鳴り合った。看護師特有の足音をさせながら、亜希子さんが手術室の中を歩きまわっている。誰かいないか確認しているのだろう。その足音が手術台に、すなわち僕たちのほうに近づいてきた。僕と里香はさすがに怒鳴り合うのをやめ、息を殺した。すぐ近くに、亜希子さんの足が見えている。動きがとまった。

ああ、どうすればいいんだ？

見つかったときの言い訳を必死になって考えていたところ、もっとまずいことが起きていることに、僕は気づいた。里香の頬をぴくぴくと動いているのだ。人間というのはおかしなもので、笑ってはいけないときにかぎって、意味もなく笑いがこみあげてきたりする。どうやら、里香はその状態に陥っているようだった。笑いだしたら、間違いなく見つかる。きっと怒られるだろう。長椅子鍵だって復活するかもしれない。もはや、しかたなかった。僕は里香の口を押さえた。里香が腕をばたばた動かす。力一杯押さえていたのだけれど、指のあいだから笑い声が少し漏れてしまい、背筋がひやりとした。

幸いにも、その声は亜希子さんの耳にまでは届かなかったようだった。ふたたび亜希子さんが動きはじめた。足音は遠ざかってゆき、やがて手術室の扉が開く音がし、続いて閉まる音が聞こえた。

「た、助かった」

亜希子さんが行ってしまったことを確認すると、僕は溜めていた息を吐き、里香の口から手を離した。

その途端、里香の笑い声が手術室に響きわたった。

「裕一、おかしいの。顔が引きつってたよ。おかしいの」

「そんなことで笑っとったん？」

「だって本当に引きつってたんだもの」

「誰のせいさ?」

僕はけっこう本気で怒鳴った。けれど、弾けるような里香の笑顔を見ていたら、怒りなんてどこかへ行ってしまった。里香もこんなふうに笑えるんだ。怒ってるときより、やっぱり可愛いじゃないか。なんだかまぶしいような気持ちになり、僕はその目を細めていた。

「ああ、おもしろかった」

里香は相変わらず上機嫌だった。

顔をしかめ、僕はため息をついた。

「全然おもろないわ」

とはいえ、本当のことを言うと、実はけっこうおもしろかった。里香の笑顔が見られたのだ。それだけで今日は最高の一日だった。

「だけど見つからなくてよかったね」

「まったくや」

僕と里香は今、屋上へ続く階段を上っていた。なんだかわからないけれど、里香が行きたいと言ったのだ。鉄製の扉は重い上に錆びついていて、小柄で力の弱い彼女は開けるのが大変そうだった。それで僕は後ろから手を伸ばし、扉を開けるのを手伝ってやった。里香は僕の腕越しに、少し恥ずかしそうな感じで微笑んだ。

やっぱり笑ってるほうがいいよな。絶対にそうだ。

外に出ると、冷たい風が僕たちを包んだ。屋上には洗濯されたばかりのタオルやシーツが干されていて、風を孕《はら》んで揺れていた。まるで病院で死んでいった人々の魂が、幽霊となって現れたかのような光景だった。いくつもいくつも、命が消えていったのだ。布の数よりも多くの命が。そして、これからも限りなく消えていくのだろう。病院とはそういう場所だ。

あまりに当たり前すぎて、はっきり意識したことはほとんどなかった。しょせん僕の病気は命に関わるものではない。でも今は違った。僕と里香はなにかから逃げるような感じで真っ白なタオルやシーツを避け、手すりのところまで行った。

町が眼前に広がった。

病室で見るより、なぜか、くっきりしているように感じられる。

灰色の町に、砲台山の緑と神宮の緑が、こんもりと島みたいに浮かんでいた。冬の空は晴れているくせに白く、降り注ぐ日射しは弱々しい。そのせいか、町に人気が感じられなかった。すべての住民が町を見捨て、どこかに行ってしまったみたいだ。僕と里香は置き去りにされてしまったのかもしれない。そんな下らない妄想が頭をゆっくりとよぎっていった。まあ、それでもいいな、と僕は思った。里香が一緒なら、かまわないや。

「ねえ、どうして聞かないの？」

立ち止まるなり、里香がそう言った。

意味がわからず、尋ね返した。

「聞くって……なにをさ？」

冬の冷たい風が吹いた。里香の細くて長い髪が揺れる。その踊る毛先を、僕はぼんやりと見つめてた。

「わたしのことよ」

「おまえの？」

「体のことよ」

突然、跳ねた。なにかが。確かに。

「知ってるんでしょう。よくないってことぐらい」

「う、うん」

「わかるのよ。あんたが気にしてるの。態度でばればれだから。だけど、なにも聞いてこないでしょう。そういう中途半端っていうか、バランスが悪い感じって、わたしは大嫌いなの」

すぐに言葉が出てこない。けれど里香は待っている。僕の言葉を待っている。わかったから、震える声で尋ねた。

「やっぱり悪いん？」

「わたし、たぶん死ぬの」

なぜか笑いながら、里香は言った。

「ほとんど決まってるの」

僕の視界は急速に歪んでいった。まるで水晶体が性能のいい魚眼レンズになってしまったかのようだった。なにもかもがやたらとくっきり見えた。細かいところまで目の奥底に飛び込んできた。手すりはすっかり錆びついており、剥げかかった白いペンキが、指先のささくれのようになっている。そこに置かれた里香の手はあまりにも小さかった。運命や幸運を掴み取る能力に欠けているかのように小さかった。爪は短く切られている。彼女くらいの年頃の女の子なら、爪を伸ばしたいだろう。マニキュアだって塗ってみたいだろう。けれど病人には許されない。なにかあったとき……たとえば苦しくなって暴れたりしたとき、医者や看護師を傷つける恐れがあるからだ。

同様の無惨さは、彼女の全身に偏在《へんざい》していた。

髪が長いのも、染めていないのも、ずっと入院しているせいで美容院に行くことができないからだ。彼女の髪の長さは、その入院生活の長さを物語っていた。

おそらく、彼女は服を買ったことだって、ほとんどないだろう。朝から晩まで、毎日毎日、ずっとパジャマのまま。パジャマ以外の服は許されない。せいぜい柄に凝るくらいだ。化粧だって駄目だ。マスカラ、アイシャドー、チーク、口紅――。同年代の女の子なら持っているはずのそれらを、里香はひとつも持っていないに違いない。

彼女はいろんなものを奪われていた。そして今も奪われつづけている。

「どこが悪いんさ？」

自分の声なのに、やけに遠く聞こえる。血が足りず、貧血を起こしているような感じだ。

「心臓よ。弁膜《べんまく》ってわかる？　心臓がポンプみたいに血を送りだすとき、逆流を防ぐためのものなの。それがちゃんと動かないわけ。移植するしかないんだけど、わたしは組織が脆《もろ》くて、うまくいかない可能性が高いんだって」

里香の声には抑揚というものがまったくなかった。まるで一昨日の夕食のことでも話しているかのような口調だ。わりとおいしかったけど、少しだけ辛かったかな。香草を使えば、もっとよかったのにね。同じ調子で里香は続ける。

「パパも同じ病気だった。パパ、わたしが六歳のときに手術したの。一回目は失敗して、それをどうにかしようとして二回目の手術をしたんだけど、やっぱり駄目だった。手術の途中で心臓がとまっちゃった。そんなことがあったから、わたしの手術を医者が怖がっちゃうのよ」

「そやけどさ、お父さんの手術って、だいぶ前やろ？　そのころよりは手術の技術もよくなっとるんと違うん？」

「成功する確率はパパのころより高いらしいわ。だけど、やっぱり分の悪い賭けみたい」

賭けと聞いて、馬券を破る父親の背中が浮かんだ。馬券を破るのは、もちろんはずれたからだ。思えば、いつもいつも父親ははずれていた。それが賭けというものだった。勝つことは滅多にない。競馬で負けても少し金を失うだけだ。はずれ馬券を破って、次の勝負を考えればいい。けれど里香が賭けに負けたとき、取りあげられるのは彼女自身の命だった。

「もし手術するんなら、覚悟しなきゃ駄目なの。パパみたいに」

「お父さんみたいにって？」

「パパがね、手術する前、山につれていってくれたの。パパがまだ小さくて元気だったころ、よく遊びにいってた場所なんだって。本当は駄目なのよ。山に登るなんて。だけど無理をしてつれていってくれたの。パパ、きっと覚悟してたんだと思う。駄目かもしれないって。その山がどこだったのか、わたし、いつか忘れちゃってた。そのうち引っ越しちゃったし、山のちゃんとした名前をパパは言わなかったから。パパはね、その山のこと、砲台山って呼んでた」

「え、じゃあ」

「裕一が教えてくれたよね。あの山が砲台山だって」

　僕は里香の視線を追った。砲台山がそこにあった。里香と父親の、最後の思い出。すべてを覚悟して出かけた場所。病室での彼女の姿を、僕は思いだした。時々、里香は黙り込み、ずっと窓の外を見つめていた。

　ああ、そうか。

　里香は砲台山を見つめていたんだ。そこに宿る思い出を追っていたんだ。自分と同じ病気で死んでしまった父親のことを考えていたんだ。そしてたぶん、自分自身の短い命を。

「もう一度、あそこに行ってみたいな」

　ずいぶんと時間がたってから、里香は呟いた。

「そうしたら、わたしも覚悟できるのかな」

9

消灯時間になった途端、病院を抜けだした。体がやけにだるかった。本当は眠らなければいけない。体を休めなければ検査の数字が悪くなる。検査の数字が悪くなるということは、つまり状態が悪化しているということで、とてもまずい。下手をすると退院の予定が立たなくなる。まいったな。僕はそう思った。どうしてこんなに悪くなってしまったんだろう。毎日のように出歩いているからだろうか？

体がだるいのは、明らかに悪い兆候《ちょうこう》だった。それとも、なにかが心に引っかかっているからだろうか？

けれど、僕は病院を抜けだした。

パジャマの上にコートを羽織り、冬の夜道を歩いた。

町は静まり返り、人の気配はまったくなかった。商店街はことごとくシャッターを下ろし、そのアーケードの下を風が吹き抜け、信号が点滅してアスファルトを闇と赤の順番に染めている。見上げると、そこには半分の月があった。周りに冬の一等星をいくつも従えている。さすがのシリウスも、月の光のせいで、いつもより輝きが淡い。

「あれ、どないしたん？」

窓を叩くと、司がすぐに開けてくれた。

「昨日も来たけど、そんな連続で抜けだしていいいん？　怒られへん？」

僕は笑った。

「ようない。怒られる」

「体のほうは？」

「それもようない」

笑いつつ、窓を乗り越える。

「いや、まいったわ」

「え、なにが？」

「ほら、この前、話したやろ。とんでもない女の子の面倒を見させられとるって」

カラオケ屋に行った日、僕は里香のことについて愚痴をこぼしたのだった。やってられないとか、あんなわがままな女は嫌だとか司に言って、憂さを晴らしたのだ。司は大いに同情してくれた。

「あの子のことなんやけどさ」

僕はひたすら気楽な感じで喋りつづけた。床に座るなり、ゲーム機の電源を勝手に入れ、シューティングゲームに取りかかる。効果音が派手に鳴り響いた。戦闘機が高速回転を繰り返し、目の前に現れる敵機を次々撃破してゆく。グッジョブ！　レッツゴオ！　ユアベスト！　敵機が炎を噴きあげるたびに副操縦士が叫び声をあげる。僕は現れる敵をひたすら攻撃しつづけた。

「里香ちゃんやったっけ？」

「そうそう。あいつ、死ぬんやってさ」

「え……」

「心臓の膜がいかれとる上に、組織が脆いらしいんさ。手術しても治るかどうかわからんのやって。お父さんも同じ病気で死んどるらしい」

背後にいきなり敵機が現れた。僕は高速回転を何度も繰り返したけれど、どうしても振り切ることができなかった。敵の銃撃が飛んできて、被弾音がする。画面右下にある機体図がだんだんと赤くなっていった。右翼被弾、左翼被弾、エンジン出力低下――。副操縦士が悲鳴をあげる。ガッデム！

「まいるよな、本当に」

「それ、彼女に聞いたん？」

「向こうから教えてくれた。曖昧にしとくのが嫌なんやって。そういう子なんさ。はっきりしとるっていうかさ」

機体のコントロールが難しくなってきた。そのせいで敵の攻撃をもろに受けてしまう。画面右下の機体図はやがて真っ赤に染まった。もう副操縦士の悲鳴も聞こえない。跳弾にでも当たって死んでしまったんだろう。悪いな、相棒。

直後、画面がブラックアウト――。

黒い画面を背景に、白い文字が浮かびあがってきた。あなたは撃墜《げきつい》されました。ふたたびミッションに挑戦しますか。僕はイエスを連打した。

「まあ、ちょっとはわかるんやけど、そういうのって。ずっと病院に入っとると、苛々《いらいら》してくんのさ。俺、最初の一カ月とか面会謝絶やったやろ。その程度でも、けっこう大変やったもん。里香はもう何年も病院におるしさ」

里香のわがままは、必然だった。人間なんて、そんなものだ。辛い状況に置かれれば苛々してくるし、笑ってばかりはいられない。どうしようもない。それに僕も里香も十七歳だ。ただの子供だ。感情をコントロールできるわけがないのだった。

里香の声が、頭に浮かぶ。

「うるさいわね。出てってよ」

少し機嫌を損ねると、彼女はすぐにそう叫ぶ。

そのくせ、こちらが本当に出ていこうとすると、

「なによ？　謝りもしないの？」

なんて言って、引き留めたりもする。

僕はうろたえ、おろおろし、馬鹿みたいに謝り、彼女の機嫌を取ろうとしてきた。すべてを知ってしまった今、里香の苛立ちまじりの声はあまりにも哀しかった。

「この馬鹿！　もう来ないで！」

いつか罵倒の声さえも聞けなくなる。今でも遠い彼女が、本当に遠いところに行ってしまう。そんなことを考えながら、僕は機体を操り、戦いつづけた。なかなかミッションをクリアできず、ようやくステージ3に達したころには、夜が白々と明けはじめていた。司はずっとつきあってくれた。今日、こいつは学校があるはずなのだが。

「帰るわ」

身勝手に宣言し、僕はいきなり立ちあがった。

「あ、あのさ」

司がそう言ったのは、僕が窓枠を乗り越えているときだった。

「なんや？」

「僕、不思議に思っとったんさ。どうして裕一が、その里香って女の子のわがままにつきあっとんのか。それってさ――」

「ああ、もう明るいな」

僕は司の言葉を遮《さえぎ》った。窓の下に脱ぎっぱなしになっていた靴を履いて歩きだした。

「司、悪かったな」

「う、うん」

「ありがとう」


半分の月はもうなかった。

シリウスもなかった。

明けかかった空は銀色に染まっていて、やたらと高く感じられた。背伸びをし、両手をいっぱいに伸ばしても、決してあの空には触れられないのだろう。僕の指先は虚空をさまよいつづけるに違いない。東の空だけが、地平線のすぐ向こうまで来ている太陽のせいで、眩《まばゆ》い金色に光り輝いていた。

一日が始まる。あるいは、終わる。

残り少ない命の日々が削られようと、そのことで誰かが傷つこうと、誰かが傷ついたことで他の誰かが同じように傷つこうと、ひとりのガキが友人に迷惑をかけようと、日常はいつもと同じように始まり、終わり、それをどこまでも繰り返す。だからこそ、日常は日常なのである。路上にとめられた車にも、道路のアスファルトにも、僕の吐く白い息にも、日常は等しく宿っていた。

そして死もまた、そういった日常の一部に過ぎない。逃れられない。

僕はよたよたと歩きつづけた。病院を抜けだしたときより、ずっと体がだるい。徹夜のせいだけではないのは明らかだった。体の芯が腐ってしまったようなだるさは、肝臓がよくないときに特有の症状だ。今度の検査の結果は、きっと最悪に違いない。

病院の朝は早く、すでにざわついていた。

これはこれで、かえってありがたい。ざわつきの中ならば、朝帰りもさして目立たないからだ。僕は堂々と玄関から入り、ちょっとジュースを買いにいっていただけですよという顔をしつつ、病室に向かった。あっさりと、誰にも見つかることなく、病室にたどりつく。けれど僕は立ち止まった。隣の、多田さんの病室のドアが、開きっぱなしになっていたからだ。ドアが閉まらないようにストッパーが挟んであった。ベッドは空っぽだ。誰も寝てないという意味ではない。マットレスがあげられているのだ。剥《む》きだしになったベッドの白いフレームは、まるで巨大な動物の骨格標本みたいだった。空っぽのベッドの意味はふたつしかありえなかった。退院か、あるいは——。

背後から声がした。亜希子さんだった。

「不良少年、あんた、昨晩も抜けだしとったやろ」

亜希子さんはひどく眠そうだった。そのせいか、あるいは別のなにかのせいか、恐ろしく不機嫌そうな顔になっている。

慌てて僕は尋ねた。

「多田さん、どうしたんですか？」

「昨日の夜、急変したんさ。午前三時に亡くなったよ」

「午前三時……」

「そやから、あんたが抜けだしとんのに気づいたんさ。ほどほどにしときや。ごまかすの大変なんやからさ。もう少しで婦長に見つかるとこやったし」

「はい」

頷くと、僕は自分の病室に入った。頭の芯のほうが麻痺したような感じになっていて、目に入ってくるものを、うまく捉えることができなかった。ぼんやりとベッドの前で立ちつくす。やがて思いだした。多田さんから貰った琥珀色の飴のことを。あの飴は捨てた。とても食えたものではなかったからだ。ゴミ箱に放り込んだら、カランカランと音を立てたっけ。僕はゴミ箱に走りより、中を探してみた。読み終わった雑誌、ミカンの皮、パンの切れ端、チョコレートの空き箱。それらを掻き分け、ゴミ箱を探る。なかった。指は薄汚い底を撫でるばかりで、琥珀の輝きには決して触れなかった。当たり前だ。飴を捨てたのはもう何日も前だ。あのときのゴミは回収されてしまっている。

ノックの音がしたと思ったら、ドアがすぐに開いた。

「ちょっといい？」

いきなり亜希子さんが入ってきた。大きな段ボール箱を重そうに持っている。

「どうしたんですか？」

「多田さんからの預かりもんでさ。まったく、あのエロジジイ、最後まで面倒かけるんさ。困ったもんやよな」

亜希子さんは段ボール箱を床に置いた。そして、中身をぶちまけた。音を立てて、雑誌が積みあがる。表紙はすべて、女の裸である。端的に言うとエロ本だ。

『女子大生　教室の誘惑』

『情事に燃える夜』

『禁断の夏　十六歳』

『スリーレディーズ&ビッグベイビーズ』

『女体温泉　わたしゆだってます』

『ああ、まぶたの乳よ』

『萌ブルマ』

実に多様性に富んだタイトルだった。頓知《とんち》のきいているものもあれば、ダサいものもある。ダサいがゆえに、独特の味を醸《かも》しだしているものもある。内容のほうも同様なのであろう。人という生き物には、なるほど、さまざまな形があるものだ。神は細部に宿るというのはこういうことだろうか。いや違うか。徹夜明けのせいか、下らないことばかり考えた。

亜希子さんが持ってきたのは多田コレクションだった。もちろん段ボール箱ひとつでおさまるわけがなく、亜希子さんは多田さんと僕の病室を何度も何度も往復して本を運んだ。まったく、とんでもない量だった。百冊や二百冊ではない。軽く十倍はある。結局、一時間後ほどかかっただろうか。僕の病室にはエロ本の山が――まさしく山だ――できあがっていた。壮観だった。実に見事だった。

「多田さんから頼まれたんさ」

息を切らしながら、亜希子さんは言った。

「この本、あんたにあげてくれって」

「俺に？」

「遺言なんさ。信じられる？　死ぬ直前に意識を取り戻したんやけどさ。言いたいことあるかって聞いたら、この本をあんたにあげてくれやって。もう死ぬって自分でもわかっとったはずやよ。それやのに、他のことにはいっさい触れんと、そんなことを言うたんさ。馬鹿やで、男って。本当に馬鹿や。というわけやから、あんた、ありがたく貰っときな」

病室を出ていくとき、亜希子さんはエロ本の山にヤンキーキックを喰らわしていった。

翌日、検査が行われた。結果は最悪だった。すべての数値が跳ねあがり、レッドゾーンに突入した。

担当医は呆れ、亜希子さんは怒り狂った。長椅子鍵が復活した。

10

夜――。

消灯時間を過ぎた病室内は真っ暗だった。カーテンを閉めていない窓から、外灯の光が入ってくるだけだ。白く淡い光に照らされ、なにもかもがぬるりと濡れたように輝いていた。天井のオバケみたいな模様、サイドテーブルに置かれたポットやカップ、ＯＸＹＧＥＮ（酸素）と記されたバルブ、点滴台、ペンキが剥げかかったベッドの縁。すべてに現実感がなく、まるで異世界に取り込まれてしまったかのようだ。

まったく眠くならない。当たり前だ。このところ、すっかり夜型生活になっていた。こんな時間に眠れるわけがない。

僕は起きあがると、ベッド脇に積まれているエロ本の山を見つめた。多田さんの遺産だ。虎は死して皮を残すという。多田さんは死してこれを残していった。しかも、僕に。なぜ僕なんだろうと考えたけれど、はっきりした理由は思いつかなかった。病室が隣だったせいかもしれないし、僕が十七歳だからかもしれない。

そのうちの一冊を手に取ってみた。当たり前だけれど、女の子の裸が載っていた。いっぱい載っていた。最初の一ページから最後の一ページまで、ずっとだった。多田さんは今年で八十歳になるはずだ。なのに、こんなものを、こんなにたくさん、集めていたのだ。僕は笑ってしまった。あまりにも哀しくて笑ってしまった。馬鹿だよ、多田さん。げらげら笑いながら思う。あんたは底抜けの馬鹿だよ。

そのときだった。どこからか不思議な力が降ってきたのは。

不思議な力は僕の心の奥底、いや僕という人間の奥底を刺激し、さらに大きな力を引きだした。それは奔流であり濁流であり激流であった。なにもかもを押し流すほどの強さだった。最初は戸惑ったものの、僕はすぐに飲まれた。その力は多田さんが送り込んできたものかもしれないし、あるいは僕のどこかに眠っていたものを、多田さんがむりやり呼び起こしたのかもしれなかった。僕はずっと、そういう力と、作用から逃げてきた。目を逸らすという表現が近いかもしれない。しかし今、僕の中に生じたものは、大声で叫びつづけていた。起きろ、起きろよ！　人なんていつ死ぬかわからないんだぞ！　待ってるうちになにもかもなくすかもしれないんだぞ！　起きろよ！　この馬鹿、起きろって！　どこまでも逃げられると思うなよ！

僕は右手で拳を作ってみた。不思議なことに、体中に力が満ちていた。

「わかったよ、多田さん」

呟くと、携帯電話を持って、ベランダに出た。

里香は起きていた。

「なによ？」

僕の顔を見るなり、びっくりした顔でそう言った。女の子の病室に忍び込むのは、さすがに気が引けたけれど、今の僕は見えざる力に突き動かされていたので平気だった。力が天から降ってきて、僕の手足を軽々と動かしていた。

「病院を抜けださへんか」

「え？」

「おまえ、言うたよな。砲台山に行ったら、覚悟ができるかもしれんって。そやったら、簡単や。砲台山に行こう」

「今から？」

「さすがに昼間は抜けだせへんやろ。今しかない」

薄暗がりの中で見る里香は、とても小さく思えた。いつか彼女は闇に溶け込んでしまう。消え去ってしまう。けれど、今はまだ、ここにいる。触れることだってできる。

「バイクがあるし、おまえは座っとるだけでいいから」

「でも」

「里香、行こう。前はお父さんがつれてってくれたんやろ。今度は俺がつれてったる」

まじまじと彼女が見つめてきた。里香の瞳は本当に力が強くて、そんなふうに見つめられると、いつもの僕なら即座に目を逸らしてしまう。今は不思議な力のせいで平気だった。

「行くわ」

やがて、里香はそう言った。彼女の瞳にも、なにかの輝きが宿っていた。

「つれてって」

「この人、誰？」

胡散臭《うさんくさ》そうに、里香は司を指さした。

司はぺこぺこと頭を下げた。

「こ、こんばんは」

呼びだしたのは僕だった。手伝ってもらうためだ。さすが友達という奴で、ろくに事情を説明しなかったのに、司は深夜にやってきてくれた。長椅子鍵をはずすというか、どけるには、誰かに頼るしかない。ちなみに司はタイガーマスクの仮面をつけている。従姉妹がこの病院で看護師をしているので、顔を見られたくないらしい。顔を隠しても、でかすぎる体までは隠せないと思うのだけれど。

「こいつは俺の友達のタイガーマスクや。タイガーマスクやから正義の味方や」

やはり胡散臭そうに、里香は司を見上げている。

「さあ、行こか」

かまわず僕は宣言した。僕が先頭、二番目が里香、しんがりは司という順番で、廊下を歩きだす。看護師の巡回時間ははずしてあるものの、いちおう用心しなければならない。最大の難関はあのスロープ、恐怖の十メートルだった。東病棟に夜間出入り口はなく、結局、僕がいつもそうしているように、西病棟の出入り口を使うしかなかったのだ。

その難関に、僕たちはさしかかった。

スロープの真向かいにあるナースステーションには、今も煌々と明かりがついていた。恐怖の十メートルは完全に運次第だ。ナースステーションに詰めている看護師がこちらを見るかどうかにかかっている。

「いいか、腰を低くうするんやで。中腰で走れ。振り向いたらあかんぞ」

僕は小声で言った。

タイガーマスクと里香が、そろって頷く。

「よし、行くで」

頷き返すと、僕は一気に走りだした。ただし、里香がいるので、あまりスピードは上げられない。恐怖の十メートルが、いつもより、ずっと長く感じられた。背中がひやひやする。もしかすると、それは予感だったのかもしれない。

「あんたら！　なにしとんの！」

真ん中まで進んだ辺りで、亜希子さんの声がした。

「あかんよ！　とまりなさい！」

やばい。見つかった。僕は焦りとともに叫んだ。

「走れ！」

中腰体勢を解除し、普通に走りだす。里香のことが心配だったので後ろを向くと、彼女も懸命に足を動かしていた。たぶん無理をしているんだろう。司はもちろん問題ない。その司の向こうに、亜希子さんの姿があった。目を吊りあげ、ものすごい勢いで追いかけてくる。

「裕一！　待て！　待てって言うとるやろ！」

亜希子さんの声が響く。

「待たんか！　このガキ！　えらい目にあわすで！」

伊勢には〝おらぶ〟という言い方がある。叫ぶと同じ意味だけれど、もっと強くて、もっときつい。亜希子さんは、まさしくおらんでいた。怖い。怖すぎる。追いかけてきた亜希子さんは、スロープの上段でジャンプした。その瞬間、なにもかもがスローモーションのように見えた。空中を飛んでくる亜希子さん。彼女の前に立ちはだかる司。亜希子さんは司を避けようとするけれど、司は巨大な腕を広げて阻止する。直後、亜希子さんの目が剣呑《けんのん》に輝く。ぶうんという風切り音とともに、亜希子さんの見事なヤンキーキックが司の太股にめりこんだ。よほどの威力だったらしく、司の膝があっさり崩れ落ちる。

「ああ、タイガーマスクが！」

里香が叫んだ。

強引に僕は彼女の手を引っ張った。

「行こう！　里香！」

「でもタイガーマスクが！」

「気にすんな！　タイガーマスクは正義の味方や！　大丈夫や！」

そのときだった。片膝をついたままの司が、左手で見事なガッツポーズを作り、さらに右手の巨大な親指を立ててみせたのは。まるで本物のプロレスラーみたいだった。そして司はポーズを決めたまま、にやりと笑った。

行け、という言葉が心に伝わってきた。

「ほら！　行くで！」

「うん！」

僕たちは走る速度を上げた。背後から声が聞こえてくる。

「こら！　足を掴むんやないわ！」

「いや！　でも！　すみません！」

「離せって！　離しなよ！」

「すみません！」

「離せって言うとるやろ！」

そのあとに響いたのは、殴る音だろうか。蹴る音だろうか。やけに鈍く、重い音だった。司の呻《うめ》き声が聞こえた。

「しつこいな！　あんたは！　離せって言うとるやろ！」

「すみません！」

また鈍く重い音と、司の呻き声。

「しつこい！　その手を離しいな！」

「すみません！」

振り向かなかったので詳しい状況はわからなかったけれど、ものすごいことになっているに違いなかった。鈍い音と司の呻き声が聞こえるたび、僕と里香は互いの手を強く握りしめた。なぜか力がこもってしまうのだ。きっと里香もそうだったんだろう。

夜間出入り口の真ん前に、原付バイクというか、要するにカブがとめてあった。司が持ってきてくれたものだ。前カゴに世古口商店と書かれたプレートがついている。ヘルメットはふたつあった。わかってるなと思いつつ、僕はバイクに跨《また》がった。シートの前のほうに腰かけ、後ろをできるだけあける。

「狭いけど、ここに座ってくれんか」

「うん」

「ちゃんと掴まるんやで」

「これでいい？」

「ああ、大丈夫や」

ほっそりとした手を、里香が腰にまわしてきた。僕の臍《へそ》の辺りで指を組み合わせる。香水をつけているわけではないのに、ものすごくいい匂いがした。首筋に彼女の温かい吐息を感じ、頭と体の芯がじんと痺れたようになった。鼓動があがる。思わず息を呑む。このまま振り返って、里香を抱きしめたかった。きれいな髪に、柔らかい首筋に、顔を埋めたい。もちろん、そんな余裕はないし、やったら殴り飛ばされるだろう。多田さん、と僕はハンドルを握りしめながら思った。本物の女の子ってすごいな。本当にすごいわ。

「行くぞ」

アクセルを捻《ひね》ると、甲高い音が、夜の空気を激しく震わせた。小さなふたつのタイヤがアスファルトを踏みしめて前へと進む。

そして、僕たちは走りだした。

たぶん――。

終わりのある永遠に向かって。

11

風が冷たかった。僕のかぶっているヘルメットはフルフェイスではなく、頭に乗せるだけのものだ。緑の縞が二本入っていて、島田建設と書いてあったりする。とにかく吹きつけてくる冷たい風のせいで、僕の顔はすぐに凍りついてしまった。けれど僕は平気だった。臍の辺りで、里香が手を合わせている。その感触が伝わってくる。背中に里香を感じる。里香の温かさを感じる。僕は平気だった。

夜の町はまるで死んだかのように静まり返っている。響くのは僕たちが乗る原付バイクのエンジン音のみ。

さまざまなものが僕たちの前に現れ、あっという間に流れ去っていった。夜の闇を背景に点滅する赤信号。不気味に突っ立っている電柱。空を切り裂く電線。シャッターを下ろした商店街。数年前に潰れたスーパーの窓は割れてしまっていて、誰も片付けないものだから、駐車場に散らばる無数のガラス片が、月の青白い光をきらきら反射している。

スーパーができる前、同じ場所にカメラ屋があった。もう十年以上も前の話だ。小学生のころ、父親によくフィルムを買いにいかされたものだった。父親の趣味がカメラだったからだ。カメラをいじっているときだけは、あいつもまっとうな人間だった。

機嫌がいいときはカメラを触らせてくれたっけ。

「ええか、落とすんやないで」

僕の小さな手にカメラを持たせた。恐る恐る手にしたニコン製の一眼レフはずっしりと重く、感触を今でも覚えている。

駅前を通りすぎたところで、

「あと十分くらいで、山の麓《ふもと》につくよって！」

僕は叫んだ。

後ろから、里香が聞き返してくる。

「なに?」

「もうすぐや！」

意味は伝わったらしく、里香が頷く気配が伝わってきた。僕はさらにアクセルをまわす。スピード違反など、まったく気にしていなかった。なにしろ僕は免許なんて持っていない。そして今、原付バイクにふたり乗りをしている。警察に見つかったら終わりだ。となれば、できるだけ早く砲台山につけるよう、飛ばしたほうがいいに決まっている。里香が落ちないように気をつけながら、僕はカーブに突入した。軽く減速。けれど手袋をしていない手は凍りついてしまっていて、一瞬だけ反応が遅れた。オーバースピード気味だ。心の奥底がひやりとした。まずい。曲がりきれない。里香も感じたらしく、腕で腹を締めつけてきた。どうにか曲がれたものの、ぎりぎりだった。後輪が滑り、嫌な音を立てた。

「裕一！　気をつけてよ！」

「わかっとる！」

けれど僕はわかっていなかった。証明されたのは、砲台山の麓にたどりついたときだった。

砲台山こと龍頭山は、標高百メートル程度の小さな山で、頂上にまで道がつけられ、ちょっとしたハイキングコースになっている。ただし、その道は舗装されていない。バイクでも登れるけれど、かなりスピードを落とさねばならなかった。地元の人間である僕は、もちろん知っていたので、砂利道が見えてきたときに思った。そろそろスピードを落とすぞ。しかし、かじかんでいた手は、すぐには動かなかった。まずい。どんどん砂利道が近づいてくる。手はどうにか動きだしたものの、力が入らない。ブレーキレバーを握りしめることができなかった。結局、さしてスピードを落とすことなく、僕たちを乗せたバイクは砂利道に突っ込んだ。途端、拳くらいの大きさの石に前輪を乗りあげた。あっという間にすべてが反転した。天と地、夜の闇と月の光——。気がつくと、僕は空中に投げだされていた。その瞬間はやたらと長かった。なんでこうなっているんだろうと思い、ああ転んだんだと思い、里香は大丈夫かなと思い、里香を空中で受け止めて助けるんだと思い、そのほかにも五つか六つくらい考えてから、地面に叩きつけられた。当然、里香を空中で受け止めるなんてことはできなかった。背中を打ったせいでしばらく息ができず、大声で呻きながら、体を丸めていた。ようやく体を起こすと、僕は里香を探した。五メートルくらい離れたところで、里香は膝をついていた。

「里香！」

慌てて、彼女に駆け寄った。

里香は僕の顔を見るなり、

「馬鹿！」

と泣きそうな感じで叫んだ。

「死ぬかと思ったじゃない！」

「ごめん！　怪我してへん？　大丈夫か？」

「わからない」

ヘルメットを脱ぎ、里香はゆっくりと立ちあがった。体のあちこちを動かす。痛みに顔をしかめはしたものの、動かないところはないみたいだった。

「大丈夫みたい。そこらじゅう痛いけど」

「よかった」

僕はほっと息をついた。けれど、直後、心臓が跳ねあがった。里香の左膝、パジャマの生地が、じんわりと赤く染まっていた。

「里香、膝」

「え?」

言われて、彼女も初めて気づいたらしい。パジャマの裾をあげると、里香のほっそりとした足が現れた。膝に大きな傷があった。切れたというより、衝撃で肉が割れたという感じだ。たくさん血が溢れだしていた。あまりの赤さに、僕は頭がくらくらした。赤い血が、白い肌を、伝って落ちる。

「血が……」

なんてことをしてしまったんだ。

最悪だ。

最低だ。

僕はとんでもない馬鹿だ。

「大丈夫」

けれど里香はそう言った。コートのポケットからハンカチを出すと、膝に巻きつける。血をとめる効果があるのかどうかわからなかったけれど、里香は立ちあがった。

「さあ、行こう」

「でも……」

「気にしないで。そんなに痛くないから」

嘘だ。ひどく痛むはずだ。

「裕一、言ったでしょう。つれていってくれるって」

里香の瞳には光が宿っていた。それはたぶん、僕の体の中で蠢《うごめ》いている不思議な力と、同種のなにかだった。

頷くと、足を引きずりながら、僕はバイクに歩み寄った。

「よし、行こか」

バイクは横倒しになっており、ふたつのタイヤが宙でカラカラとまわっていた。もしかすると壊れてしまったかもしれない。アクセルに手をやり、心の底から祈った。頼む。動いてくれ。もし壊れていたら終わりだ。ただでさえ体の弱い彼女を、頂上まで歩かせるわけにはいかなかった。しかも足に怪我をしているのだ。すべてを諦め、引き返すしかない。亜希子さんに助けを求めるしかない。そんなことを思うと、腹の中でなにかが縮みあがった。

動け――――！

祈りつつ、アクセルを捻る。甲高い音とともに、空中で後輪が勢いよく回転した。大丈夫だ。壊れていない。僕たちはまだ、先に進める。擦りむいた肘の痛みに耐えながら、僕はバイクを起こした。里香と一緒に、シートに跨る。

「今度はこけないでね」

「ああ」

慎重にアクセルを操り、ゆっくりと走りだした。車が通っていったところは轍状《わだちじょう》になっていて、大きな石が少ない。そこを選んで走った。とはいえ砂利道である。少し大きな石を踏むたび、バイクは激しく揺れた。そのたび、腰にまわされた里香の手に力がこもった。最初は怖くて掴まっているのだろうと思ったけれど、耐えるような声が聞こえてきたことで、そうではないとわかった。

足の傷が痛むんだ。

里香の怪我は、思ったよりも、ずっとひどいのかもしれない。引き返そうかという考えが、初めて頭に浮かんだ。けれど僕は考えを打ち消した。ここで帰るわけにはいかない。なんとしても登り切るんだ。でないと、これから先、僕たちはなにかも失敗してしまう気がする。

空には半分の月があった。

ひどく明るく輝いていた。

シリウスも近くにあった。

道が曲がるたび、半分の月は右に行ったり左に行ったり後ろに行ったりした。月はいつも、僕たちのそばにいてくれた。

道の両脇は、深い緑に覆われている。

真っ暗だ。

僕たちの進む道だけが、人の場所であるかのように。

長いあいだ、僕も里香もは無言のままだった。ただ前だけを見つめていた。そこにあるのは、決して普通の山道などではなかった。僕たちの未来だった。全力で走り、求め、ようやく得られるものだった。

僕はなぜか、多田さんのことを思いだしていた。

12

ずっと前のことだ。僕の面会謝絶が解けたばかりのころだったと思う。なにしろ病院の生活に慣れていなかったし、抜けだすことも覚えていなかったから、とにかく暇で暇でしかたなかった。ずっと病室にいると息が詰まるし、気がどうにかしそうになる。牢獄そのものだ。せめて外の空気を吸おうと、僕はよく屋上に行っていた。

ある日、いつものように屋上に行ったところ、先客がいた。多田さんだった。多田さんは給水塔の脇の日溜まりに座り込んでいて、彼の姿はまるで、ひなたぼっこをしている大きなカメみたいだった。

「坊ちゃん」

僕のことをそう呼んだ。

「彼女はおんのかい」

いきなり、これである。多田さんの頭の中には、きっと女の子のことしか詰まっていなかったのだろう。

僕は焦りながら呟いたと思う。

「いえ、それが、まあ、機会がなくって」

お爺ちゃんと話すことなんてあまりなかったから、とにかく老人という生き物にどう対処すべきかわからなかったのだ。

多田さんはたぶん、心の中で笑っていたんだろうな。

「ほう、おらんのかい。それは寂しいな」

「そうですね」

「亜希子ちゃんなんてどうかね」

「え？　亜希子さんですか？」

あまりにも意外な言葉だった。そのころすでに、亜希子さんの恐ろしさは身に染みて知っていた。なにしろ前日に点滴の針を三回刺されたばかりだったのだ。それだけではない。車椅子で遊んでいたら、車椅子ごとひっくり返され、腰をひどく打った。興味本位で霊安室を覗こうとしたら、頭をドアで挟まれ、強く押しつけられた。手加減を知らないんだ、あの人は。

「遠慮しときます」

腕と腰と頭の痛みを思い起こしながら、僕は憂鬱に辞退した。

そんな僕を見て、多田さんは笑った。

「可愛いとこもあるんや、亜希子ちゃんも」

「え？　可愛いですか？」

「ああ、亜希子ちゃんは可愛いな」

なにを言っているんだ、この老人は。呆けてしまったのだろうか。それとも多田さんの出身地では、可愛いという言葉は意味が違うんだろうか。憎たらしいとか恐ろしいとかを可愛いと言うのかもしれない。

まあ、確かに美人ではあるけれど。

「ええ娘や」

「はあ」

「わしの初恋の相手も、亜希子ちゃんみたいな子やったな。あれは零戦がＢ29を追いかけてたころやったから、そうさな、昭和も十八年か十九年かなあ――」

勝手に語りはじめた多田さんにびっくりしたけれど、聞いてみると、これがなかなかいい話だった。多田さんの初恋の相手は、庄屋の娘のトメ婆さんだった。いや、当時の多田さんだって、立派な青年の吉蔵《よしぞう》さんだったわけだから、実に美しいトメさんだったのだろう。とにかく、多田さんとトメさんは恋に落ちた。激しい恋だったそうだ。身分が違ったから、ふたりの恋は許されず、神社の裏で手を取り、馬小屋で逢瀬《おうせ》を重ね、ひとときのぬくもりに心を慰め、ゆえに別れの瞬間に涙し、若き日の多田さんはトメさんとの恋に身を捧げた。

しかしまあ、零戦だの、竹槍だの、庄屋の娘だの、トメだの吉蔵だの、すごい時代があったものだ。せいぜい五、六十年前だというんだから、びっくりするというか、ただ呆れる。庄屋なんて、もうどこにもないぞ。

でもな、と多田さんは言った。

「しょせんは身分違いでな」

ある日、トメさんは海軍の将校さんに嫁いでしまった。

親の都合という奴で、むりやり結婚させられたのだ。驚くことに、将校さんは結婚式の翌日、前線に行ってしまったらしい。生きて帰ってきたそうだけれど、それにしてもひどい話だった。もし死んでいたら、泣く泣く嫁に行ったトメさんは、どうなったんだろう。

いきなり未亡人ではないか。

「あの別れが人生で一番辛かったねえ」

多田さんの言葉に、僕はしみじみ頷いた。

「それは辛いですね」

感動的な話だったので、涙さえ流しそうな勢いだった。そう、あのころはまだ、知らなかったのだ。多田さんが嘘つきだということに。今になって思えば、実際にトメさんがいたかどうか怪しいし、もしいたとしても多田さんが言うような関係ではなかった気がする。ほら、釣り人が、逃した獲物を実際より大きく言うようなものだ。

どうしてそんなふうに思うかというと、

「坊ちゃんも好きな子ができたら、しっかり行きんさい。それでな、引いたらあかん。男なら、腹を決めにゃならん。引いたら後悔するばっかりやからな」

多田さんがそんなふうに言ったからだ。

もしかすると多田さんはトメさんに思いを伝えられなかったのかもしれない。身分違いの恋に臆してしまったのかもしれない。そしてそのことを、八十になってもまだ、後悔していたのかもしれない。

もちろん、僕の勝手な想像だ。

「とことん行くんや。そうしたら、たいていのことはなんとかなる。なんもせえへんうちに諦めるのが一番の阿呆やな」

阿呆というのは、多田さん自身のことだったんだろうか。

あのころはまだ秋で、空気はさして冷たくなかった。ぼやけた青空はやたらと高く広がり、雲の輪郭は曖昧で、前日に降った雨のせいか空気は湿って重く、かすかに水の匂いを含んでいた。秋刀魚《さんま》でも食べたくなるような季節だった。

多田さんは、もういない。死んでしまった。

13

月が何度も何度も僕たちの周囲を巡ったころ、まるですべてが決められていたかのように、僕は自分でも意識しないままスロットルを緩めていた。ゆるゆるとバイクが減速し、甲高いエンジン音がおさまった。闇と静けさに、すべてが飲み込まれる。

ヘルメットを脱ぐと同時に、溜めていた息を吐いた。

「どうしたの？」

「着いた」

「え？」

「ここが頂上や」

広さが直径二十メートルほどの空間だった。青白い砂利が敷き詰められており、車が何台か置けるようになっている。エンジンをとめると、いきなり世界が静寂の中に沈んだ。冬なので虫の声さえも聞こえてこない。外灯もない頂上は完全な闇に沈んでいて、ただ月の青白い光だけが世界を照らしていた。

「ここが頂上なの？」

里香の声は落胆に染まっていた。

「こんなところが？」

なにもない駐車場だった。里香の記憶とは違っているのだろう。

僕はバイクから降り、言った。

「五年くらい前に整備工事があって、今はここが頂上ということになっとんさ。そやけど、本当はもうちょい登れるんや」

「そこが本当の頂上？」

「うん」

「遠い？」

「たいしたことない。行こう」

ヘルメットをミラーに引っかけ、僕は手を伸ばした。里香がその手を取った。僕たちは手を繋いで歩きだした。深い森、そして静寂。そこにいるのは僕たちだけだった。怖くなったのか、里香が寄り添ってきた。彼女は今も足を引きずっている。パジャマの膝は真っ赤に染まっていた。血はまだ、とまっていないらしい。時々、里香は苦痛に顔を歪めた。けれど僕たちは歩きつづけた。ためらうことなく、獣道にわけいる。伊勢の冬はそんなに寒くならない。暖流が紀伊半島の南を流れているからだ。なのに今日はとても寒かった。僕たちの吐く息はすぐさま凍りつき、光に照らされたような白さだけを、僕たちの目の奥と心の奥に残して、やがて消えていった。

僕たちは歩きつづける。

手を繋いで。

しっかりと歩きつづける。

さして時間はかからなかった。たぶん十分くらいだ。もし里香の足が悪くなかったら、五分もしないで着けただろう。冬でも青い杉の葉を手で払いのけた瞬間、唐突に空間が現れた。さっきの広場よりはずっと狭く、せいぜい半分くらいしかない。整備されていないため、雑草が生い茂り、周囲の樹木が勝手気ままにその腕を伸ばしていた。

僕は立ち止まった。

「ここが本当の頂上や」

里香は辺りを見まわした。その視線が、やがて真っ正面でとまった。黒い塊がうずくまっていた。塊に向かって、彼女は足を引きずりながら歩み寄っていった。僕はなにも言わず、彼女のあとに従った。塊は巨大な碑だった。

古ぼけたコンクリートの表面に、里香が手を這《は》わせる。

「わたし、これ、知ってる」

「お父さんと来たの、ここやった？」

「うん」

「そうか」

「パパに抱きあげてもらって、この上に登ったの」

　おそらく幻想だったのだろう。突然、夜の闇が消え去った。世界は眩い光に包まれてた。周囲を覆う木々の葉は日に焼かれて濃く、雑草は生い茂り、真上で輝く太陽は狂ったように光を撒き散らしていた。夏だった。広場の真ん中に、父と娘が並んで立っていた。ふたりとも汗をたくさんかいていて、父は首にタオルを巻いている。娘のほうは涼しそうな水色のワンピース姿だった。娘が腕をいっぱいに伸ばして、父にしがみつく。娘の体を、父は青空に向けて持ちあげた。娘が嬉しそうに笑う。まるで光が弾けるように笑う。娘の小さな足が、やがてコンクリートの巨大な塊を捉えた。碑の台座だ。夏の強い日射しが、古ぼけた台座と娘を照らし、影が地面にくっきりとしたラインを描いた。風が吹き、娘の細い髪が揺れる。父はそんな娘をまぶしそうに見つめている。娘は嬉しそうに笑っている。幻想は一瞬のうちに去っていった。気がつくと、僕はふたたび冷たい冬の空気に包まれていた。里香と一緒にいるのは、彼女の父親ではなかった。僕だった。

「なあ、里香」

　静かに決意し、僕は言った。

「登ってみようか」

「え、でも」

「大丈夫。これでも男やで」

問答無用で里香を抱きあげる。思ったよりも重かったと言ったら、彼女はきっと怒るだろうな。それでも男の意地で、里香を台座の上に押しあげた。僕もあとに続いた。コンクリートの縁に手をかけ、欠けた壁面に足を載せて、どうにか這いあがった。

台座の上からだと、町がよく見えた。

「きれいだね」

「そやな」

ちっぽけな町。閉ざされた世界。僕はここで生まれ、育った。しばらく、ふたりとも黙ったまま、眼前に広がる光景を見つめていた。改めて見ると、確かにきれいなものだ。月明かりに照らされているせいで、まるで夢のような淡さを湛えていた。

火見台がある不思議な駅舎。

その前の大きな建物は文化会館だ。

今はもう寂れてしまった商店街のアーケードも見えた。

川が月明かりで銀色に光っている。

町の中心に、深い深い闇が横たわっていた。

神宮の森だ。

「ねえ、裕一」

やがて里香が言った。

「ありがとう」

「なんなんさ」

　礼を言われて、ちょっと慌てた。彼女からありがとうなんて言葉を聞いたのは、これが初めてかもしれない。なにか裏があるのかもしれないと思い、僕は身構えた。

　けれど里香は、やけに素直な感じで笑った。

「覚悟ができたわ」

「え？」

「死ぬ覚悟よ。これで満足して死ねるわ」

　その瞬間、闇の中に落ち込んでいく自分を感じた。なにもかもが間違っていたのだ。ようやく気づいた。

　屋上に立っていた里香の姿が頭に浮かぶ。

「もう一度、あそこに行ってみたいな。そうしたら、わたしも覚悟ができるのかな」

　覚悟という言葉の意味を、僕は深く考えていなかった。曖昧に受け止め、その響きに宿っている、どこか肯定的で前向きな部分しか捉えていなかった。きっと危険な手術に挑む覚悟なのだろう、と。生きることを求めるための覚悟なのだろう、と。

　けれど違っていた。

　里香は死ぬ覚悟をするため、ここに来たんだ。

　諦めるための覚悟だったんだ。

　微笑む里香を見つめながら、僕は立ちつくしていた。なにか言おうと思ったけれど、僕の中に言葉はひとつもなかった。こんなに頑張って、司に迷惑をかけ、亜希子さんを振り切ってきた。そうして僕は、里香に死ぬ覚悟をさせてしまったんだ。

「パパもこんな気持ちだったのかな？　パパもここで――」

言葉が切れた。里香の瞳から、なにかが零れ落ちる。月の光を宿し、きらきらと光りながら、柔らかい頬を滑り落ちていった。光の滴は、いくつもいくつも、溢れ出てきた。里香の口から、嗚咽《おえつ》が漏れる。彼女の涙には、いろいろな意味があるのだろう。父親の死、ここへ一緒に来た思い出、自分の心臓のこと、手術のこと。里香は今、そのすべてを抱えきれなくなっているのかもしれなかった。

本当のことはわからぬまま僕は里香の頭に手を置いた。

言葉は出てこなかった。

さらさらした髪を撫でる。

何度も。

何度も。

里香がその体を寄せてきた。なにも考えなかった。体が自然に動いていた。僕は里香の体を抱きしめた。腕の中にすっぽりとおさまった里香は、思っていたよりも小さかった。その小ささが、やけに切なかった。


半分の月が輝いていた。

シリウスが輝いていた。

その光は僕たちを照らしていた。

風が吹き、里香の髪が揺れた。髪の一本一本に、月の光が宿って、きらきらと輝いている。

かすかにシャンプーの匂いがした。

里香はずいぶん長いあいだ泣きつづけた。

「神宮って大きいね」

「そうやな。でもさ、伊勢神宮って、もうひとつあるんやで」

「え？　どういうこと？」

「駅前にあるのが外宮《げくう》で、ほら、あっちの、向こうのほうに暗いとこがあるやろ？　内宮《ないくう》と外宮っていうんやけど」

僕たちは台座に腰かけ、町を眺めていた。そして、いろいろなことを話した。どうでもいいことばかりだったけれど、それでも楽しかった。

「どうして同じ神社がふたつもあるの？」

「知らんけど、とにかくそうなんさ」

「紛らわしいじゃないの」

「とにかく両方とも伊勢神宮や」

「わけわかんない」

泣きやんだあと、里香はすごく元気になった。ただ、彼女の頬の辺りに、拭いきれない哀しさが残っていた。気づくたび、僕は里香を抱いていたときの感じを思いだした。その小ささを思いだした。

「ねえ、裕一」

「なんや？」

「どうしてここまでしてくれたの。病院を抜けだしたり、あの看護師さん怒らせちゃったりして大変でしょう」

まったく大変である。病院に戻ったら、きっと亜希子さんに怒鳴られるに違いない。そのことを思うと、体の芯がひんやりと冷たくなった。

里香の手前、僕は陽気に言った。

「父親が言うとったんさ。女は大事にしろって」

本当は少し違う。

「おまえもそのうち好きな女ができるんやろな。ええか、その子、大事にせえや」

そう言ったのだった。正確には。

なんてことだ。

父親の言いつけをしっかり守ってしまった。

顔がやたらと火照る。

「ふうん。いいことを言うお父さんね」

暗いせいで、里香にはばれてないようだ。

僕の顔はたぶん、真っ赤だった。

「そんなことないって。ひどい父親やったんやで。酒は飲むし、ギャンブル狂いやし、本当に最悪やった」

「やった？」

里香は賢い子だ。微妙な言いまわしに気づいた。

できるだけ、あっさり言うことにした。

「もうずっと前に死んだんさ。酒で体を壊して」

賭けごとに明け暮れ、女遊びをし、借金を重ね、さんざん母親を泣かせた末、あの男は去っていった。駆け抜けたという表現が近いかもしれない。ただしゴールはなかった。迷走しただけだった。だから今、僕には父親がいない。

いつだったか、遊びにいった夜の帰り、司が言った。

「僕、不思議に思っとったんさ。なんで裕一がその里香って女の子のわがままにつきあっとんのか」

あのとき、司の言葉を、僕は遮った。わかっていたからだ。あいつの言おうとしたことが。里香と僕は、ともに父親を亡くしていた。互いの、似たなにかが、僕たちを引きつけていたのだ。死者という名の不在が、僕たちの中に宿っているのかもしれなかった。

けれど僕は認めたくなかった。

決して受け入れたくはなかった。

小さいころから、僕はずっと父親を憎んできた。父親がなにかするたび、母親が泣くことになるのだ。そして、その敵は、父親は、僕が戦う力を身につける前に死んでしまった。

父親の声が、心の中で響く。

「おまえもそのうち好きな女ができるんやろな。ええか、その子、大事にせえや」

うるさい。勝手に死んだくせに、指図するんじゃない。

僕がいろいろなことを考えていたように、里香もいろいろなことを考えていたようだった。僕の話を聞いた里香は、なぜだか寂しそうな顔をした。

「だから、つれてきてくれたんだね」

里香の顔から、あの微笑みが、あたたかさが消えていた。

「裕一もパパがいないからだったんだね」

カチリという音した。司が子猫を抱いて訪ねてきたときに聞こえたのと同じだった。それはたぶん、歯車が違う方向に噛み合わさってしまった音だった。里香は誤解している。間違えている。はっきりとはわからなかったけれど、あるいはわかりたくないだけなのかもしれなかった。でも、そう、とにかく違うんだ。なにかが今、零れ落ちようとしていた。

「違うって！　そんなのは関係ないんや！　親父のことなんて、どうでもいいし！　そうやなくて、俺は――」

伝えなきゃいけない。違うって。ふたりとも父親がいないから、似たものを持っているから、興味を持ったんだと思う。でも今は違うんだ。それだけで、こんなことをしたんじゃない。もっと、そう、心の奥底にあるなにかが。

「俺は、あの、俺は」

「裕一？」

「俺は、だから」

あれ、と思った。おかしい。眩暈がする。ものすごい疲労感が、体の奥底のほうからわきあがってきた。今まで僕を突き動かしていたエネルギーがいきなり消えてしまったのだ。膝が崩れるのを感じた。コンクリートに肩を思いっきり打ちつけたけれど、痛みを感じない。視界が傾いた。里香が僕の名を叫ぶ。その声がだんだん遠くなっていく。

僕が覚えているのはそこまでだった。ぷっつりと意識が切れた。

僕たちを助けたのは亜希子さんだった。司から目的地を聞いた亜希子さんが駆けつけたとき、里香は僕を引きずって、山を下りようとしていた。僕は死んだように動かなかったし、里香は血塗れだし、泣いているし、とにかくひどい有り様だったらしい。さすがの亜希子さんも真っ青になったそうだ。

司の名誉のためにつけくわえておくけれど、奴は亜希子さんの鬼のような追及に二時間以上耐えつづけ、僕たちがなかなか帰ってこないので不安になり、ついに喋ってしまったのだった。まったく司はたいした奴だ。

結局、僕と里香に与えられた自由は、二時間ほどだった。二時間の代償は、ちょっとばかり高くつくことになった。ただでさえ症状が悪化していたのに、僕はかなりの無茶をしてしまった。そのせいで、僕の肝臓はまた壊れてしまった。入院当初並みに悪化したそうで、少なくとも、あと一カ月は病院を出られないらしい。病院での年越し決定である。

「こんなに悪うなっとんのに、よく動けたもんやな」

担当医は呆れながらそう言った。

呆れすぎて笑っていた。

その後ろで、亜希子さんが怒り狂っていた。

とにかく、一週間ばかり、僕はベッドから動けなかった。やけに体がだるく、起きあがることさえできなかったのだ。熱は三十九度辺りをさまよいつづけ、ありとあらゆる点滴をノンストップで受けることになった。熱に歪められた、夢とも現実ともつかない淡く歪んだ世界の中で、いろいろなことを考えたり思いだしたりした。けれど、そんなものは三十九度の熱に溶けてしまった。一度だけ、夢の中で、父親と話をしたような気がする。父親は不機嫌そうな声で、フィルムを買ってこい、と幼い僕に命じた。いいか、トライエックスの四百だぞ。僕は頷くと、渡された五百円玉を握りしめ、犬みたいな健気《けなげ》さで駆けだしていった。日射しの中、僕は笑っていた。嬉しそうに走っていた。まったく不思議な話だ。あのころだって、僕は父親を憎んでたはずなのに。まあ、夢だから、現実そのままというわけではないのだろう。夢の中で、里香とも話した。里香と僕は、あの夜のように原付バイクに乗っていた。

「飛ばさないでよ」

少し怒ったような声で、里香が言った。

僕は呑気に言った。

「わかっとるって」

そして里香を脅かしてやろうと思い、急にスピードを上げた。里香はきゃあと珍しく可愛らしい悲鳴をあげたあと、僕の頭をヘルメット越しに殴ってきた。

「この馬鹿」

殴られながら、それでも僕は笑っていた。夢の中でようやく気づいたのだけれど、僕は里香の怒る声がわりと好きだ。そのあと、どうなったのか、よく覚えていない。僕たちはどこかに着いたんだろうか。目的地はどこだったんだろうか。

ようやく体が動くようになると、僕は亜希子さんの目を盗んで、病室を抜けだした。ひどく体が重く、歩くのさえ一苦労だった。病院にはお爺さんやお婆さんがたくさんいるけれど、彼らのほうが僕よりよっぽど元気だった。のろのろ歩く僕を、あっさり追い越していく。あまりの情けなさに涙が出そうになったものの、自業自得という奴である。

三十分以上かけて、里香の病室にたどりついた。ノックをする。反応がなかった。まずい。検査に行っているのかもしれない。だとしたら無駄足だ。わざわざ来たのに。——と思っていたら、ものすごい勢いでドアが開いた。

「馬鹿！」

僕の顔を見るなり、里香は怒鳴った。

「あのさ」

僕は横たわっていた。里香のベッドに。もちろん、里香と一緒にではない。里香はパイプ椅子に座って、こちらを睨んでいる。亜希子さん並みに恐ろしい目だった。

「なんでこうなっとるんさ」

「病人だから」

「それはおまえもやろ？　俺よりおまえのほうが重病——」

睨まれたせいで、言葉を失った。

「裕一、まだ起きちゃ駄目なんでしょう。本当に馬鹿なんだから」

「ちょっとくらい大丈夫やって」

「駄目」

「そやけどさ——」

「駄目」

「あの——」

「駄目」

なにを言っても「駄目」なので、僕は黙り込んだ。昼間の病院はうるさくて、いろんな音が聞こえた。お婆ちゃん、危ないわよ。誰かが大声で叫んでいる。ぺたぺたという早足はたぶん看護師さんだ。看護師さんはいつも早足なのだ。隣の病室からはテレビのアナウンサーの声が流れてきた。さて、いよいよ今年も終わりに近づいてきました、美倉酒房《みくらしゅぼう》では伊勢神宮の初詣で毎年振る舞われる甘酒の準備に大忙しです。

神宮で甘酒を飲むと、ものすごい量のショウガを放り込まれる。なにを考えているのかわからないけれど、喉が痛くなるくらい入れるのだ。毎年飲むのをやめようと思うのに、それでも次の年になると、すっかり痛みを忘れて飲んでしまう。

意を決して、僕は言った。

「父親のことがあったからって、俺、砲台山におまえをつれてったわけやないから」

そう、僕はこれを言いにきたのだった。

熱を出して寝込んでいた一週間、考えつづけていたのは、このことだった。伝えようとして伝えられなかった言葉。気を失う直前に言おうとしていた言葉。なんとしても、できるだけ早く、伝えねばならない言葉。

「俺は自分がそうしたかったから、おまえをつれていったんや」

なのに里香は不思議そうな顔をした。明らかに戸惑っている。

「裕一、それを言いにきたの？　わざわざ？」

「そ、そうやけど」

「ということは、裕一、なんにも覚えてないの？」

「え？　どういうことなん？」

「だから、あの、砲台山で倒れたときの、こと」

里香はなぜか、しどろもどろになった。こんな彼女を見るのは初めてだった。しかも顔が赤くなっている。

「倒れたあと、あの、だから、言った、でしょう」

「俺、なんか言うたん？」

「うん」

頷く里香の顔は、真っ赤だった。

「言った」

なにを、とは聞けなかった。

僕もだんだん顔が熱くなってきた。手のひらが汗でぬるぬるする。胃が喉の辺りまでせりあがってくる。

僕はなにを言ったんだ？


答えは謎のままだ。三分後に乱入してきた亜希子さんによって、僕はむりやり車椅子に乗せられ、病室につれもどされることになったからだ。

病室に着くまでのあいだ、亜希子さんはずっと怒鳴っていた。

「あんたは何回言うたらわかるんさ。動ける体と違うんやでな。なんでわからへんの。きっと頭が空っぽなんやわ。絶対そうや。すかすかのピーマンで、叩いたらスカポンっていう音がすんのや」

言葉どおり、頭を叩かれた。スカポンとは鳴らなかったけれど。それにしても痛い。病人の頭を叩く看護師がいるだろうか。

そんな亜希子さんに、

「俺、気を失っとるとき、なにか言いました？」

と尋ねたら、いきなり笑いだした。

「え？　なんで笑うんですか？」

「あんた、覚えてないんやな」

「俺、なにを言うたんですか？」

何度尋ねても、亜希子さんは答えてくれなかった。「若いっていうのはええなあ」とか「うらやましいもんや」とか「わたしも誰かに言うてほしいわ」とか繰り返すばかりだった。

なあ？　僕はなにを言ったんだ？

15

若いというのは、確かにすごいことだった。寝ていたら体はぐんぐんよくなった。というわけで、砲台山事件から二週間後、熱はすっかり下がり、亜希子さんによる監禁も解けた。ただし病院の抜けだしは禁止である。せいぜい病院内を散歩するくらいだ。その散歩の途中、僕は里香の病室に寄ることにしている。相変わらず里香はわがままで、いろいろなことを命じてくる。情けない話だけれど、僕はその命令に従ってしまう。

里香の機嫌は、体の調子が悪いと、やっぱり悪くなる。

そんなときの里香の顔は青白く、ベッドに沈んでいる姿は痛々しい。命の火が揺らいでいるのが、はっきりわかる。里香はもっとはっきり感じているのだろう。ある日、里香が言ったことがある。死は隣人なのだと。目を閉じれば、そいつはいつも隣に立っているのだと。脅すこともなく、喚くこともなく、ただ静かに待っているのだと。

「おとなしく待ってるだけなんだけどね。絶対にいなくならないの。わかるのよ。そばにいるのが。手を伸ばしたら、わたしをどこかへつれていっちゃうの」

僕にはわからない。僕の病気はどんなに悪化しても死ぬようなものではないからだ。だから、そんなとき、僕はただ黙っている。そして、里香のそばにいる。同じようにそばにいるであろう死を、少しでも里香から遠ざけるために。僕は願う。いつでも、どんなときでも。

里香をつれていかないでください——。

かつて僕の願いは、伊勢を出ていくことだった。大きな町に住み、人混みにまぎれ、いろいろなものを見て、ときには泣きたくなったり情けなくなったりすることもあるだろうけれど、故郷で安穏と暮らす日々に比べれば、ずっとましだと思っていた。今だって、そう思っている。けれど、僕が手にしているぬくもりは、あまりにも確かで強かった。彼女のぬくもりに触れていられるのならば、なにを失ってもかまわなかった。だから僕は願う。

里香をつれていかないでください——。

もし死神の姿が僕の目に映るなら、二度と起きあがってこられないよう、何度も何度も殴ってやるのに。

ある夜のことだった。消灯前、いつものように里香の病室にいると、里香が言った。

「ねえ、裕一、あんたも大変よね」

妙にしみじみした言い方だったので、僕は警戒した。今度はなんだろう？　パンを買ってこいだろうか？　ジュースを買ってこいだろうか？　里香のことだから、どんなジュースを買ってくるか尋ねても答えないで、僕に任せると言うのだ。それで僕が買ってきたものを見るなり、こんなの嫌よ、別のを買ってきて、などと言うのだ。

「なにがいるん？」

僕は覚悟して、立ちあがろうとした。

けれど、次の瞬間、里香の口から出てきたのは予想もしない言葉だった。

「わたしの面倒なんて見なくていいのに」

「どういうことさ」

「だって、わたし、いつまで生きるかわからないよ。明日、いなくなっちゃうかもしれないよ。本当にそうなるかもしれないよ。はっきり言っておくけどね、わたしのそばにいても、いいことなんてなにもないから」

誇張でもなんでもなかった。真実だった。僕の手のひらで輝いている宝石は、いつ零れ落ちてしまうかわからない。どんなに強く握りしめても、落とすまいと誓っても、気がついたそのとき、宝石はすでに僕の足元で粉々に砕け散っているだろう。

里香は笑っていた。すべてを覚悟し、笑っていた。彼女の笑みを見ていたら、慰めの言葉など口にできなかった。里香はもう、自分の運命を知っている。すべてを諦めてしまった。あの日、砲台山に行った日、死ぬ覚悟を決めてしまった。

少しだけ考えてから、僕はうつむいた。

「それでもええよ」

　声が少しだけかすれた。

　本当なら、もう少しいろいろな言葉を口にして、里香に気持ちを伝えたかった。情けないことに、その言葉が出てこなかった。顔を上げると、彼女が僕を見つめていた。顔から笑みは消えてしまっていた。里香の顔に浮かんでいた表情はなんだったんだろう。僕はよくわからないまま、ふたたびうつむいていた。

　どこか遠くのほうから、亜希子さんの足音が響いてきた。看護師特有の足音なのだけれど、亜希子さんはそのリズムが少しばかり荒っぽいのだ。また怒っているんだろうな。誰かを怒鳴り飛ばしたあとなのかもしれない。亜希子さんの足音が聞こえなくなったちょうどそのとき、里香が口を開いた。

「わたし、もしかしたら、手術を受けるかもしれない」

「え、大丈夫なん？　すごく難しいんやろ？」

「でも、手術をしないと、命が短くなるだけだから」

「そやけど……」

「覚悟、できたから」

　裕一のおかげで、と里香は小さな声でつけたした。たった今、彼女が口にした覚悟が、砲台山で言った覚悟とは違うことに、しばらく気づかなかった。あのとき、里香はこう言った。死ぬ覚悟ができた、と。けれど、里香が今、口にした覚悟は、生きつづけていくためのものだった。だからこそ、危険な手術をわざわざ受けるのだ。ということは、どこかの時点で、覚悟の意味が変わったのだ。

どうしてなのか、それがいつなのか、僕にはわからなかった。わかる気もしたけれど、恥ずかしいので、わからないことにした。里香の顔は真っ赤だった。恥ずかしがり屋の里香にとってみれば、精一杯の表現だったのだろう。

僕もまた、どう言葉を返していいかわからず、頷くだけだった。

「う、うん」

恥ずかしさをごまかすため、僕たちはそろって窓の外に目をやった。神宮の森が見えた。砲台山も見えた。半分の月があの夜と同じように輝いていた。シリウスも輝いていた。その光が僕たちを淡く照らしていた。

最後にひとつ。

多田コレクションは僕のベッドの下におさめられている。時々、悪友どもがやってきては、一冊二冊と持っていく。それは今、戎崎コレクションと呼ばれている。

里香には秘密にしてある。

もちろん。

第二話　カムパネルラの声

1

恐ろしいことが起きた。

本当に本当に恐ろしいことが起きてしまった。

戎崎コレクションが里香にばれた。

ここのところ、僕と里香の関係は今までにないくらい、うまくいっていたのだ。里香のわがままは相変わらずだったものの、たまには優しい言葉をかけてくれたし、ふと目が合ったときなんて、少し照れた顔になったりした。

「なによ？」

そんなふうに尋ねてくるのだ。

頬を赤くして。

口調だけは生意気なまま。

里香は本当に可愛かった。強く抱きしめたくなるくらい可愛かった。なにしろ、あの里香が優しいなんて奇跡のような話で、ただそれだけで僕は有頂天だった。誰かが見舞いに持ってきたプリンを僕のためにとっておいてくれたし、一緒にお昼ご飯を食べようと誘ってくれたし、ミカンを半分わけてくれたし、まるで天国にいるかのような日々だった。渡された半分のミカンを持ったまま、しばらくぼんやりしてしまったくらいだ。

すごくいい感じだったんだ。

あと少しだったんだ。

なにがあと少しかというと……それはまあ、自分でもはっきりしないのだけれど、とにかくあと少しだったんだ。

しかし、すべて消し飛んだ。一瞬だった。


年が明けてから二回目の金曜日だった。僕の病室にはそのとき、クラスメートの山西《やまにし》が来ていた。山西はいつも下らない冗談ばかり言っているような奴で、小学校のころからの幼馴染みだ。ただ高校に入った辺りで、僕たちはだんだん、言葉を交わさないようになっていった。喧嘩をしたとか、仲が悪くなったとかではなく、新しい友達といるほうが楽しくなり、なんとなく距離ができてしまったのだ。悲しいし、寂しいことだけれど、よくあることだ。いや、逆なのかな。よくあることだからこそ、悲しいし、寂しいことなのかな。まあ、いいや。たいして変わらない。とにかく、その山西がなぜか、僕の病室に通いつづけていた。

奴の目的は、要するに戎崎コレクションだ。

最後の授業が終わってから一時間とたたないうちに、山西は僕の病室にやってくる。本人によると、見舞いなのだそうだ。もっとも山西は、学校の様子や友達のことなんかを、ほんの五分ほど話しただけで、「じゃあ、帰るわ」と立ち上がり、いかにもたった今思いつきましたという感じで、「あ、そうや、ついでやから一冊か二冊借りてってええよな」なんて言って、僕が返事をする前に、もうベッドの下に潜り込んでいるのだった。

「おい、山西」

　ベッドの僕は、なかば呆れながら、なかば感心しながら、言った。

「おまえは偉大やわ」

「なんか言うた？」

　山西の声は低くこもっている。なぜなら奴は、すでにベッドの下に潜り込み、戎崎コレクションを漁《あさ》っているからである。

「目的のためには恥も外聞もないってのは偉大やってことさ」

「聞こえへんて」

「おまえを褒《ほ》め称えとるんさ」

　僕は怒鳴った。

「おまえは偉大な阿呆やわ」

「だから聞こえやへんって。——おい、これ、すごいぞ」

「そ、そうなん？」

「本当にすごいで。戎崎、おまえも見ろよ」

「お、おう」

　正直に告白しておくけれど、ぜひとも見たかったわけではない。なんというか、ほら、男のつきあいという奴だ。誘われた以上、断るわけにはいかないだろう。僕は起きあがると、山西と同様、ベッドの下に潜り込んだ。

　なるほど。確かにそれはすごいものだった。

「おい、こんなんいいんか」

山西が唸った。

僕も唸った。

「いや、いかんやろう」

「でもさ」

「ああ」

「すごい」

「次のページに行くで」

「ちょっと待てよ」

夢中になって話していると、ふいに気配を感じた。恐ろしい気配だった。その瞬間、僕の背筋は凍りつき、手は震え、頭の中が真っ白になっていた。僕の様子に気づいた山西がどうしたんだよと尋ねてきたけれど、とても答えられない。というより答えたくない。言葉にしたら、事実と向き合わねばならなくなってしまう。しかしもちろん、向き合わねばならないのだった。僕はベッドの下から這い出た。

「あ、里香」

思ったとおり、里香が病室の中にいた。

明るい声で、彼女は言った。

「なにしてるの?」

うまく振る舞うことができれば、どうにかごまかせたのかもしれない。けれど僕の頭の中は混乱を極めていた。適当な理由をつけて病室を出よう理由ってなんだ理由理由ええと造反有理造反有理ってなんだっけ落ち着け里香はまだ気づいてないベッドの下だからわかるもんか反抗するのには理由があるということだっけ――。

背後で誰かが動いた。

「誰が来たん？」

どうしようもない馬鹿野郎の山西だった。

「戎崎、なんなん？」

あろうことか、山西は戎崎コレクションの一冊を持ったまま、ベッドの下から這い出てきたのだった。

「おい！」

戎崎コレクションに気づいた僕の口から、そんな声が漏れた。

「あれ？」

里香に気づいた山西の口から、そんな声が漏れた。

僕たちは凍りついた。


山西、それを早く隠せ！　隠してくれ！


心の中で叫んだけれど、もちろん口には出せない。

そして、すでに遅かった。

里香はまるで、汚いものでも見るかのような目で、僕たちを見ていた。さっきまでの笑顔は遠くへ、それこそ北極圏よりも遠いところへ吹き飛んでおり、戻ってくる気配はまるでなかった。そして北極圏よりも、さらに冷たい風が、病室の中を激しく吹き荒れていた。

里香がひょいと、ベッドの下を覗き込んだ。

その眉間《みけん》に皺《しわ》が寄る。

僕たちの脇をすり抜けて、里香はベッドの下に潜り込んでいった。僕と山西はただ凍りついていた。眼前で起きている出来事が理解できなかったのだ。いや、理解したくなかったのかもしれない。

やがて里香がベッドの下から出てきた。

「裕一、あれ、あんたの?」

「い、いちおう」

「ものすごい数だね?」

「え、ええと」

「百冊とか二百冊じゃきかないでしょう?」

「そ、そうかな」

「裕一って、すごい人だったんだ?」

里香が笑った。恐ろしい笑みだった。そして里香はなぜか、鼻歌を陽気に歌いながら、病室を出ていった。

あとには僕と山西だけが残された。

「あれ、誰? すごい美人やんか?」

少ししてから、山西が尋ねてきた。

僕はまだ、喋ることができなかった。あまりのショックに呆けてしまっていた。

「戎崎の彼女?」

「――になったらいいなって思っとった相手やよ」

「そうか」

なにかを悟ったらしく、山西はまるで禅僧のような顔をしつつ、神妙な調子で、僕の肩を何度か叩いた。

「しょうがない。諦めろ」

殴った。

山西を。

当然だ。

2

さすがに冬だった。吹きつけてくる風は冷たく、強く、そんな風に吹かれつつ顔を上げると、晴れ渡った空が広がっている。パジャマの上にセーターを着て、さらにジャケットとコートまで羽織り、上半身はあたかもダルマのごとき着膨《きぶく》れ状態だけれど、いかんせん下半身はパジャマのズボンのみ。足の爪先は冷えすぎて、じんじんと痛かった。体は芯まで凍りつき、腰がやたらと重い。というか痛い。

このままだと凍死しかねないだろう。

「病院で凍死か」

冗談半分、本気半分、僕は呟いた。

コートのポケットに放り込んである腕時計を取りだし、時間を確認する。午後三時。手術を受けるために、ある程度の体力がいるということで、里香は病院内を毎日散歩している。屋上は散歩コースの折り返し地点で、ここ一週間の統計では、おおむね三時すぎにたどりつくことになっていた。一番早かったのが三日前で、三時一分。一番遅かったのが昨日で、三時十五分。平均が三時八分。里香に見つからないように気をつけつつ、こっそり調べたのだ。

心に余裕を持つため三時前に準備を済ませようと、僕は屋上に来たのだけれど、自分でもよくわからなくなるくらい気が急いていたのか、着いたのはなぜか二時半だった。すでに三十分も寒風に吹かれ、ただ立ちつくしている。それが現状だ。

寒い。

情けない。

辛い。

さすがに限界だったけれど、すごすご帰るわけにはいかなかった。ありったけの勇気を振り絞って来たのだから。だいたい、ここで諦めてしまったら、一週間にわたる調査が無駄になってしまうではないか。

寒さに耐えるため、また呟く。

「早く来やへんかな、里香」

まあ、このまま来ないほうがいい気もしてきた。里香と顔を合わせるのが、とにかく怖い。想像しただけで身が竦む。

この一週間、里香の仕打ちは、あまりにひどいものだった。戎崎コレクションが見つかった直後、里香の病室に飛んでいった。土下座でもなんでもして、許してもらおうと思ったのだ。

「誰？」

ノックをしたら、病室内から声が聞こえた。もちろん里香だ。

「俺」

沈黙。

「里香、入ってええ？」

沈黙。

「話せばわかると思うんやけど」

沈黙。

「なあ？　里香？」

ふと希望が芽生えた。黙っているということは、きっと中に入って弁解しろということに違いない。弁解を聞く気があるということは、許す気も少しは……ほんの少しはあるに違いない。

ああ、そうに決まっている。ありったけの希望を強引に掻き集め、僕はドアノブに手をやった。

そのとき、気づくべきだったのだ。ドアが少しだけ開いていることに。なんだかやけに重たかったことに。けれど僕は、ドアを開け、里香の病室に足を踏み入れた。

「里香、ごめ――」

言葉が切れた。


ものすごい音がした。ものすごい音だ。

あとになってわかったのだけれど、里香は少し開いておいた扉の上に、日本語大辞典（高さ二十五センチ、幅十八センチ、厚さ七センチ、重さ五キロ、函《はこ》入り）を載せていたのだった。ドアを開けた瞬間、それが落下し、函の角が僕の頭を直撃したのだった。星が見えたと思う。絶望とともに。頭を抱えて転げまわる僕を、里香はまったくいたわることなく、病室の外へ放りだした。僕は五分近く病室の前でうずくまっていた。その五分のあいだに、二十人くらいの入院患者や看護師に笑われた。

二回目の挑戦は翌日だった。今度はドアの上に気をつけた。仕掛けはないようだった。よし、これなら大丈夫だ。ノブに手をやると、ドアを開け、里香の病室に入った。

「里香、ごめ――」

言葉が切れた。

ものすごい音がした。ものすごい音だ。

古典的な手法なのだが、ドアの下に紐《ひも》が一本、ピンと張ってあったのだ。それに足を引っかけ、転んだというわけだった。顔から床に突っ込んだ。鼻をもろに打った。頭の芯がくらくらし、鼻がやけに熱くなって、押さえた指のあいだから生温かいものが滴った。鼻血だった。

「ああ、鼻が、鼻血が」

正直に告白しよう。チャンスだと思った。いくら里香でも出血は見すごせないはずだ。やりすぎたと思って、駆け寄ってくるかもしれない。そして優しい言葉をかけてくれるかもしれない。戎崎コレクションを許してもらえるとは思えないけれど、話すきっかけくらいにはなるだろう。邪《よこしま》な希望を勝手に巡らせた僕は、しかし里香を見くびっていた。

痛みに声をあげ、転げまわり、血の赤さに焦る僕を、里香はまたもや病室の外に放りだしたのだった。問答無用だった。

いたわりの言葉？

なかった。

謝罪？

なかった。

「もう来ないで！　馬鹿！」

吐き捨てられた。

絶望と痛みに耐えながら、鼻血がとまるまで、僕は天井をずっと見つめていた。その模様が滲《にじ》んで見えた。


里香の病室を訪ねるのは諦めた。このままでは体がもたない。下手をすると、今度は点滴台が倒れてきかねない。いや、点滴台ならましだ。とんでもないものが飛んでくるかもしれなかった。なにしろ病院というのは凶器だらけなのだ。

というわけで待ち伏せ作戦に切り替えたわけである。

「寒い。寒いよ」

さすがに里香は強情だった。

この一週間、まったく口をきいていない。顔もろくに見ていない。僕はわりと呑気な人間なので、少しくらい嫌なことがあっても、すぐに忘れてしまうのだけれど、里香はまったく違う性格をしているらしい。

女の子とは、こういうものなのだろうか。

だとしたら狭量に過ぎる。

少しは人を許す気持ち、寛容さを持つべきだ。

半分は憤《いきどお》りつつ、半分は祈るような気持ちで、僕は屋上にいた。やがてドアが軋《きし》んだ。古いので、そんな音がするのだ。僕の心臓が弾んだ。鉄製のドアがゆっくり開き、そうして生まれた隙間に、白い手が見えた。

里香だ。

僕は息を呑み、練りに錬った手順を思い浮かべた。

「里香、ごめん」

叫ぶなり、すぐさま土下座だ。

「俺が悪かった」

薄汚れたコンクリートに頭を擦りつけ、とにかく謝って謝って謝り倒すのだ。里香がすっかり呆れて、嫌になって、許さざるを得なくなるまで続けるのだ。情けないだって？　かまうものか！　男のくせにだって？　どうでもいい！　里香に許してもらえるならば、プライドも、男らしさも、はるか彼方へ投げ捨ててやる。

「ふう――」

里香が息を吐く音。

そして、彼女の姿が現れた。目が合う。僕の存在に気づき、里香の顔が固まった。今だ。この瞬間を逃すな。

僕は土下座し、叫んだ。

「里香、ごめん」

シミュレーションどおりだ。

「俺が悪かった」

それから僕は、ありとあらゆる謝罪の言葉を並べた。ごめん、里香。あれは山西が勝手に持ってきたんだ。あいつは馬鹿でどうしようもなくて、だけど友達だから、隠しておいてくれって言われて、断れなかったんだ。友達は大事にしなきゃ駄目だろう。俺は嫌で嫌でしかたなかったんだけどさ。言い訳にならないことはわかってるし、やっぱり俺が馬鹿だった。だから謝るよ。里香、許してくれ。お願いだ。なんでもするから。毎日、図書館に行って、好きな本をいっぱい借りてきてやるよ。ピーターラビットの絵本、全巻プレゼントしてもいいからさ。とにかく悪かった。ごめん里香。喉が痛くなるまで喋りつづけたあと、恐る恐る顔を上げた。里香はいなかった。どこにも。

立ちあがると、僕はドアの前まで行った。きっちり閉まっている。どうやら里香は、僕の存在に気づいた直後、すぐに立ち去っていたらしい。

僕はずっと、ドアに謝っていたのだ。

「なんてことや」

泣きそうになった。本当に。自分でも情けなくなるくらい、僕は里香と喋りたかった。里香に笑いかけてほしかった。長い髪が揺れるのを見たかった。里香にわがままを言ってもらって、それに従いたかった。いや別にマゾとか虐《いじ》められ体質とかじゃなくて、なんでもいいから里香と接したかったのだ。

僕は里香が好きだった。

この世界の全部を合わせたよりも、里香のほうが大切だった。

しばらくのあいだ、僕は冷たいコンクリートの上で立ちつくしていた。ショックで動けなかったのだ。里香に嫌われたままだったらどうしよう。仲直りの機会さえなかったら最悪だ。そんなことを考えると打ちのめされた。人生の終わりだ。希望の終焉《しゅうえん》だ。ああ、どうすればいいんだろうか。ようやく動けるようになったのは三十分以上たってからで、僕の体は完全に冷え切っていた。とにかく別の方法を考えよう。なんとしても許してもらうのだ。鼻を啜《すす》りながら、僕はドアノブに手をやった。しかしノブは動かなかった。中から鍵をかけられたらしい。嘘だろうと思いつつ、強引にまわそうとしたけれど、どうにもならなかった。ノブを引っ張る。びくともしない。蹴る。足が痛くなった。殴る。手が痺れた。

冷たい風がひゅうと吹き抜けていった。

すでに日は傾き、屋上はすべて、深い影に沈んでいる。あと一時間もすれば完全に日が暮れるだろう。東の空は陽光を失い、藍の中に一番星が輝いていた。ロビーで観た、朝のニュース画面が浮かんだ。

若い気象予報士が叫んでいたっけ。

「今日はこの冬一番の寒気が日本列島を包んでいます。とても寒いですよ。セーターとコートをしっかり着ていってくださいね。行ってらっしゃい」

凍死という文字が頭に浮かんだ。

なんてこった。

天国へ行ってらっしゃい？

3

「ああ、やっぱり熱があるね」

　亜希子さんの声を、僕はベッドに横たわりながら聞いていた。熱があることなんて、言われなくてもわかっている。体がやたらと熱くて、おでこに薬缶《やかん》を載せたら一分で水が沸騰しそうだ。体中の関節が痛い。喉はもっと痛い。そして鼻水がとまらない。垂れてくる鼻水を啜り、僕は言った。

「何度ですか？」

「九度一分」

「ああ、そんなに」

「まあ風邪やろな。いちおう先生に診察してもらうに。肝炎のほうやったら、まずいから」

　僕は肝炎で入院している。肝炎の症状は風邪に似ているので、あっさり決めつけるわけにはいかないのだった。もし肝炎が悪化しているとなれば、それなりの処置が必要になる。たとえば連日二時間の点滴。三日に一回の検査。面会謝絶。入院期間だって延びるだろう。

　体温計を片付けながら、亜希子さんが尋ねてきた。

「裕一、なんで屋上なんかにおったん？　自殺でもするつもりやったん？　屋上で凍死して、わたしの管理責任を問わせようっていう嫌がらせ？」

「いや、それはその……」

「あのままやったら、本当に死んどったよ」

大袈裟ではなく、そのとおりだった。僕が救出されたのは夜の十一時で、屋上に閉めだされてから八時間ほどが経過していた。強い北風が吹きつづけ、気温はどんどん下がっていき、屋上はまるで冷凍庫の中みたいになっていた。僕は給水塔の脇に座り込み、亀みたいに背中を丸め、寒さに耐えた。本気で凍死を覚悟した。

ああ、こんなところで死ぬのか、死んだら里香も悪いと思ってくれるかな、ちょっとくらい涙を流してくれるかな……。

ぼんやりした頭で考えたりしていた。僕がどうにか死なずにすんだのは、警備の江戸川《えどがわ》さんが見まわりにきてくれたからだった。禿頭《とくとう》が見事な江戸川さんは、僕を見つけた瞬間、とんでもない悲鳴をあげた。たぶん幽霊だと思ったんだろう。僕は慌てて立ちあがったつもりなのだけれど、なにしろ寒さに体が凍りついていたので、実はひどくのっそりとした動きだった。しかも、両手が上がらなかったものだから、胸の辺りでぶらんとさせていた。まさしく幽霊みたいな動きだったらしい。江戸川さんは悲鳴をあげ、階段を駆け下りていった。その禿頭が蛍光灯を反射し、ぴかぴか光っていたのを、はっきりと覚えている。そして覚えているのは、そこまでだった。気がついたら、自分のベッドに寝ていた。江戸川さんの禿頭じゃなくて、蛍光灯が天井で輝いていた。

「閉めだされたんです」

正直に、僕は告白した。

亜希子さんが、その首を傾げる。

「閉めだされた？　誰に？　あ、里香？」

「はい」

「どうして？」

「いや、あの、見つかってしもうたんです」

「見つかった？　なにが？」

寝転がったまま、僕はベッドを——正確にはその下にあるものを——指差した。不思議そうに、亜希子さんが僕の指を眺める。考え込む。ベッドの下を覗く。眉をひそめる。唇を尖らせる。笑い声が爆発したのは数秒後だった。

「見つかったんや。それは怒るに。絶対に怒る。わたしでも怒る。それで閉めだされたんや。ああ、お腹が痛い」

腹を抱え、亜希子さんは思いっきり笑っていた。まったく容赦のない様子で、おもしろがっているのは明らかだった。ただ笑うだけでは足りないのか、僕のベッドを、ばしばしと叩いている。さすがに傷つき、僕は叫んだ。

「笑わんでもいいじゃないですか」

「だってさ」

「こっちは死ぬとこやったんですよ」

「死にたくなるような事態やん」

「看護師がなに言うとるんですか」

情けなさに涙が出そうだった。なにしろ里香に無視されつづけているだけで、僕はけっこう参っていたのだ。いや、かなり参っていたのだ。目に入る景色はすべて虚ろだし、ご飯はおいしくないし、テレビはつまらないし、人生は灰色そのものだった。たかが女の子に嫌われたくらいで、そんなふうになるなんて情けない話だし、もし他人事だったら、僕も亜希子さんと同じように腹を抱えて笑ったかもしれない。でも実際に味わうと、本当に辛いことだった。里香と話せなかったらどうしようと考えただけで泣きそうになる。亜希子さんの笑い声を聞いていると、本当に泣けてきた。

「あれ？　裕一、もしかして泣いとんの？」

「泣いてなんかないです」

「ああ、ごめん。まさかそこまで気にしとるとは思わんかったでさ」

「もういいです。放っといてください」

「それにしても見つかるとはな。あの年くらいの女の子って妙に潔癖症なところがあるし、おまけに里香はずっと病院暮らしの純粋培養やから、それは怒るわな。まあ、今まで隠し持っとったあんたが悪いな。うん。あんたが悪い」

念を押すように、亜希子さんは同じ言葉を繰り返した。そんなの、もちろんわかっている。だから、なんだっていうんだ。問題なのは、どうやったら里香に許してもらえるかということじゃないか
やがて僕は気づいた。亜希子さんも女であるということに。

こういう問題について、少なくとも僕よりは詳しいはずだ。なにしろ大人だし。彼氏のエロ本を見つけたことだってあるかもしれない。そのとき、どうやって許してあげたんだろうか。思いっきり笑われたことはまだ引っかかっていたけれど、僕はたとえ一本の藁《わら》でも掴みたい気持ちだった。もし里香に許してもらえる方法を教えてくれるのなら、亜希子さんに土下座だってしただろう。

「亜希子さん、どうしたらいいんですかね？」

「どうしたらって？」

「里香、ずっと怒っとるんですよ。全然、許してくれなくて。どうしたら許してくれると思いますか？」

「無理」

あっさりと亜希子さんは言い切った。目の前が真っ暗になった。

「不可能」

「そんな……冷たすぎますよ……」

「女って残酷な生き物なわけ。わたしの友達なんてさ、つきあってた男が約束を破ったんよ。煙草をやめるっていう約束や。たいしたことないやんか。でも、彼氏、やめられへんかったのね。どうしたと思う？　彼女、許さんかった。すぐに別れて、他の男と結婚したな」

「本当ですか？」

「もちろん。他人には下らないように思えても、本人にはすごく大事やったりするからね。ほら、古い歌にもあったやん」

そして亜希子さんは歌いだした。

抱きしめたいのに
君はもういない
あんなことで
終わりだなんて
I miss you

意外にもそれはきれいな声で、狭い病室によく響いた。僕の心にも響いた。鼻水がだらだら垂れる。そう、鼻水だ。もちろん。

「裕一、男なんやから泣くな。あかんかったら、わたしが可愛い子を紹介したるでさ。女は里香だけとちゃうで」

「いいです」

僕にとって、女はこの世で里香だけだった。他の子なんてどうでもいい。鼻水を垂らしつづける僕を見て、亜希子さんがやれやれというように首を振った。

「これは重症かもしれへんな」

「重症なのか？」

いきなり誰かの声がした。見れば、病室にひとり、見知らぬ男が入ってくるところだった。雰囲気は大学生のような感じだけれど、よく見ると年を取っている。三十代半ばだろうか。ぼさぼさの髪に無精髭《ぶしょうひげ》。着ている服はしわくちゃ。冴えない感じの奴だ。

「風邪だって聞いてきたんだが？」

亜希子さんが慌てて言った。

「あ、夏目《なつめ》先生。重症ってのは別の話で――」

夏目先生？　誰だ？

僕の表情に気づいたのか、亜希子さんが言った。

「そうか。あんたは知らへんな。こちらは外科の夏目先生。ちょうどあんたが入院してきたころから、東京の大学病院へ研修に行かれてたんやけど……ええと夏目先生、帰ってこられたばかりですよね？」

「昨日だ」

「そう、昨日から、また勤務されることになったんさ。今晩の当直やで診てもらうに」

「はい」

夏目先生がそばにやってきた。意外に丁寧な動作で僕の腕を取り、脈を診る。

「具合はどうだ？　喉は痛いか？」

「痛いです」

「屋上にいたんだって？」

「はい」

「呑気に星でも見てたのか？」

笑いながら夏目先生は言った。顔は髭だらけだが、なかなか優しそうな感じだ。長く入院していると、医者の善し悪しはだいたいわかるようになる。いい医者というのは、すぐ患者と馴染むのだ。警戒心を抱かせないという言い方が近いかもしれない。夏目先生の目は、小さな子供みたいだった。その表面に好奇心の輝きがいつも宿っているような目だ。

「まあ、そんなところです」

僕は適当に、いい加減に、答えた。初対面の相手に言えることではない。夏目先生の背後では、亜希子さんがその腹を抱え、笑いだしそうになるのを必死になって堪えていた。

4

病院の屋上には、今日も無数のシーツやタオルが、はたはたと舞っていた。まるで踊っているみたいだ。僕はそんな光景を眺めながら、ひなたぼっこをしていた。空は澄み切って青く、雲なんてひとつもなく、風は穏やかで、まるで春のように暖かい。三日ばかり寝込んだおかげで、風邪は抜けたようだった。まだ少しだるいけれど。

そういや、多田さんもよく、こうして屋上に座り込んでいたっけ。

まるで年老いた亀のように。

多田さんの病室には、もう新しい患者が入っている。足を骨折した大学生で、うらやましいことに……いや全然うらやましくないけれど、毎日、彼女が見舞いにやってくる。さっき病室の前を通りかかったら、ドアが開いていて、中の様子が見えた。まるで光の塊みたいな病室の中で、ふたりは楽しそうに話していた。男が笑うと、女も笑った。幸せそのものだった。

そうなのだ。

なにもかもが過ぎ去ってしまうのだ。

それが日常だ。

僕は病室に入っていって、彼らに教えてやりたかった。ここに多田さんという爺さんが住んでいたことや、多田さんが下らないエロ本を数千冊もコレクションしていたことや、死ぬ間際にすべて僕にくれたことを話してやりたかった。

多田さんは確かに生きていたんだ。

この世にいたんだ。

八十年も。

ああ、だけど多田さん、あんたは本当にひどい人だよ。あんたのせいで、里香に嫌われちゃったじゃないか。

死んだあとまで迷惑をかけるなんて最悪だ。

天国の多田さんは、さぞ楽しそうに笑っているだろう。間違いない。あの爺さんのことだから、腹を抱えて笑っているはずだ。

下らないことを考えていたところ、

「なにしてるんだ？」

そんな声が降ってきた。

眠気に霞《かす》んだ視界を上に向けると、まだ若い感じの男が立っていた。なかなかの二枚目だ。白衣を着ているということは、たぶん医者なんだろう。ただ、今まで見たことのない顔だった。大学病院から派遣されてきた新米君かな。入院してから知ったことだけれど、若葉病院みたいな地方の小病院は、どこかの大学病院の系列に属している。要するにコンビニのチェーンみたいなものだ。その本部、すなわち大学病院から、若い医者がたまに派遣されてくる。地方病院は医者を確保できるし、大学病院は若い医者に経験を積ませることができる。よくできたシステムだった。

僕は多田さんみたいにへらへら笑ってみせた。

「ひなたぼっこです」

若い医者はふうんと唸った。

「寒くなるまでに引き揚げろよ。まだ風邪が抜けてないんだからな」

「あ、はい」

あれ、どうして僕の風邪のことを知っているんだろう。若葉病院には数百人の入院患者がいるし、全員の病状を、すべての医者が把握しているわけではない。大学病院から来たばかりの医者が、僕のことを、特に引いたばかりの風邪まで知っているとは思えなかった。

僕が考えていることを悟ったのだろう。医者が笑った。

「おい、気づけって」

「え？　なんですか？」

「俺だって」

「あれ？　夏目先生？」

笑う顔はピンと来なかったけれど、その目の輝きはピンと来た。

二枚目はにやりと笑った。

信じられなかった。初めて会ったとき、顔は髭だらけで、髪はぼさぼさ、とにかく冴えないおじさんにしか見えなかった。しかし目の前にいるのは好青年そのものだった。髪は流行の感じでカットしてあって、流れる毛先がさわやかさを演出している。顔の彫りは深く、まぶたはきれいな二重で、長いまつげが、色の薄い瞳にかかっていた。唇を吊りあげる感じの笑い方は、少し気障な感じがしたけれど、なにしろ二枚目なので、
実に格好よく思える。

「東京じゃ忙しくてな。だいたい、あっちは好きじゃないんだよ。だから、髪も切らず、髭も剃らず、仕事ばかりしてたんだ。ずっと病院に泊まり込みさ。たまに行くと扱《こ》き使いやがる。しかも、伊勢に戻ってきたと思ったら、すぐ当直だ。ひどい話だろう。医者なんて、なるもん

じゃないぜ。当直が明けたんで、風呂に入って、髪を切ってきたよ。ようやく人間に戻った気がするな」

　喋りながら、夏目はすとんと、僕の脇に腰を下ろした。煙草を吸うらしく、少しだけ煙ったい匂いが漂ってきた。そうして隣で見ると、やっぱり三十は越えてるみたいだった。結婚して子供のひとりやふたりはいてもおかしくない年だろう。ただし、雰囲気だけは、やたらと若い。年寄りくさくないという言い方が近いか。

　学校にも時々、こういう先生がいる。ざっくばらんな性格で、先生というより兄貴みたいな感じで、喋るのがうまくて、たいてい女子に人気がある。嫉妬《しっと》というわけではなく、僕は夏目先生みたいなタイプが苦手だった。肌が合わないのだ。

　さっきまで、心の中で夏目先生と読んでいたけれど、夏目と呼び捨てにすることにした。

「おまえ、里香に嫌われてるらしいな」

　警戒しようと思っていたら、心構えができる前に、いきなり言われた。動揺した。まさか、この角度から、こんなふうに攻めてくるとは。

　僕は慌てて尋ねた。

「なんで知っとんですか？」

「里香に愚痴を言われたんだよ。あいつ、本気で怒ってたぞ。目が燃えあがってたもんな。こう、めらめらって感じでさ。あいつ、怒ると、おっかないだろう」

「おっかないです」

　何度も僕は頷いた。里香の怒り狂った目を思い浮かべると、背筋が寒くなってきた。

「なにしろ、あの里香だからな」

しかし、どうしてだろう。夏目の声を聞いていると、なぜか落ち着かない。胸がむかむかする。よく考えてみたところ、答えがわかった。夏目が里香の名前を呼び捨てにしているからだ。他の男が、こんな二枚目が、里香のことを呼び捨てにするなんて気に食わなかった。

「里香のこと、知っとるんですか？」

「もちろん知ってるさ。里香の主治医だからな」

「主治医？　じゃあ……心臓の？」

尋ねると、夏目が意外そうな顔をした。

「病気のこと、里香に聞いたのか？」

「はい」

ふうん、と夏目が唸った。妙な表情をしている。不満そうな、あるいは不思議そうな。

「珍しいな。里香が病気のことを話すなんて」

「そうなんですか？」

「あいつとは長いつきあいなんだ。静岡の病院にいたときからだから、もう五年か六年、いや、もっとかな。あいつが自分の病気のことを他人に話すなんて、一度もなかったはずだ。なにしろ、あの性格だろう。友達という存在自体、ほとんどいなかった。そういうのを遠ざけてたっていうか。だから、おまえがいてくれるのは、里香にとって、いいことなんだ。あいつとは、これからも仲良くしてやってくれ」

この人は、夏目は、本当に嬉しそうに笑う。大人じゃないみたいだ。

僕は考えを改めた。

もしかすると悪い奴ではないのかもしれない。

「友達というのは大切なものだ」

「まあ、そうですけど」

「おまえと里香が、友達としてつきあっていくのはすばらしいことだよな」

「ええ、はい」

あれ？

今、友達って言葉を妙に強く言った気がするぞ？

気のせいかな？

「友達には、いろんなことを話したりできる。恋人と友達じゃ絶対に越えられない壁があるけど、しょうがないよな。だって友達なんだから。男と女で友情が成り立たないという説があるけど、あれは嘘だ。だって、おまえと里香は友達だろう」

だんだん腹が立ってきたぞ。

どうして友達という言葉を連呼するんだ？

恋人じゃない？

絶対に越えられない壁？

僕と里香はただの友達なんかじゃないぞ。ちゃんと言葉にして、つきあおうと言い交わしたわけではないけれど、そんな軽い関係ではないというか。はっきりしたものはないとはいえ、とにかく、ただの友達などではないはずだ。

気がつくと、僕は夏目を睨んでいた。

その視線を受けながら、夏目は不敵に笑った。

「里香と仲良くしてやってくれよな。ただの友達として」

やっぱり僕はこいつが嫌いだ。

さっき改めた考えを、また改めることにした。

すごく嫌いだ。

5

世の中には理不尽なことが多い。本当に本当に多い。さすがに十七年くらい生きていると、そういう理不尽の数をいちいち数えたりはしないし、まあ世の中なんてそんなもんだよなと諦めたりもしている。

しかし、だ。

その理不尽が、目の前で、しかも盛大に繰り広げられているとなると、話はいささか違ってくる。人間の我慢には限界というものがあって、限界があるからには、どうしても納得できないことだって出てくるわけだった。

「ほら？　食べる？」

「食べる食べる」

「焦ったらいかんよ」

「いいやんか」

「いかんって」

「おい、焦らすなよ」

僕は今、いくらか……いや、かなり腹を立てている。あまりにも腹が立ちすぎて、目の前にある椅子を蹴り倒してやりたいくらいだ。実際、さっきからその衝動に駆られ、二回くらい足を上げてしまった。まあ、どうにか抑え込んだけど。

僕の病室には今、四人の人間がいた。

まずは僕。

ベッドに寝転んで、いろいろな感情を抑え込んでいる。

それから司。

ベッドの脇に突っ立ち、ひたすら曖昧に笑っている。

次は隣の病室に入院してる大学生。

僕がさっきから蹴り倒したいという衝動に駆られている椅子に座り、ギプスをはめられた足を投げだしている。ああ、本当に蹴り倒したい。

あと、そいつの彼女。

大学生の脇に立ち、フォークに突き刺したケーキを食べさせてあげている。

「ほら、がっついたらいかんよ」

「早く食わせてさ」

「おいしいんやで味わってな」

女が差しだしたケーキに、大学生がかぶりついた。ああ、うまい、すごくうまい、と甘えたような声で言う。

女のほうが満足そうに笑った。その笑みを、今度は僕と司に向ける。

「ありがとう、君たち。そやけど、よかったんかな。お呼ばれしてしもうて」

苛立ちを抱えたまま、けれど僕は笑った。

「もちろんですよ。なあ、司」

そして司を思いっきり睨みつける。

司は目を瞬かせながら頷いた。

「う、うん」

何度も何度も、虎の首振り人形みたいに頷いている。

大学生が、実に朗らかな声で、話に入ってきた。

「このケーキ、ものすごくうまいな。そこらのケーキ屋以上やわ。ほんまに君が焼いたん？男やのにケーキを焼くやなんて変わっとるな。おい、弓子《ゆみこ》、早く食わせてや」

「じゃあ、口を開けて」

「弓子に食べさせてもらうと、さらにうまいわ」

「もう、そんなこと言うて」

「本当やって」

ああ、そろそろ限界だ。僕は心の中で呟いた。そして、この悲惨な状況を招いた張本人、つまり司を睨みつけた。

お菓子作りが趣味の司は、見舞いと称しつつ、自分が焼いたケーキやらクッキーやらを持ってくる。僕は甘い物がわりと好きなので、司の見舞いと、見舞いの品を、それぞれ歓迎していた。中には失敗作もあるけれど、司は本当にお菓子作りがうまいんだ。

ところが、だ。

いつものように見舞い品を持った司が病室にやってきたとき、僕はちょうど夏目と屋上で話していた。もちろん病室は空っぽである。誰もいない病室を覗き込みながら、ケーキを持った司が途方に暮れていたところ、隣のカップルがそばを通りかかった。そして司は彼らに話しかけられた。そうなのだ。司はよく人に話しかけられるのだ。人に警戒心を抱かせない雰囲気をしてるからだろう。いつだったか、駅前でバスを待っていたら、どこかの知らないお婆ちゃんに話しかけられ、なぜか『伊勢名物七越《ななこし》ぱんじゅう』を十個も貰っていたことがあった。

いつまでたっても僕が帰ってこないので、司はカップルとの世間話の末に、

「あの、ケーキ、食べますか？」

と言ってしまったらしい。

そういうわけで、僕が怒りに燃えつつ——もちろん夏目に対する怒りだ——帰ってきたとき、カップルは僕の病室でケーキを食べていたのだった。恋は盲目なんて言うけれど、まさしくそのとおりだ。

僕と司がそばにいるのに、カップルはふたりきりの世界に突入していた。

「おいしい？」

「うん、うまい」

「もっと食べたい？」

「食べたい」

「ケーキだけでいいん？」

「おまえ、それは……子供の前でまずいやろ」

「そういう意味やないわ」

「じゃあ、どういう意味なんさ」

耐えきれなくなって、思わず声が出ていた。

「あの――」

カップルがそろって、僕のほうを向く。

彼らの口元には、いちゃついていたときの笑みがそのまま残っていた。

ものすごく幸せそうだった。

たとえ愚かに見えようが、実際に愚かだろうが、たっぷりの幸福感が脳内麻薬物質の働きによるものであろうが、とにかく、そう、彼らは確かに幸せなのだった。ふたりのそんな笑顔を見ていたら、残りの言葉が出てこなくなった。ただ沈黙が続く。

ごくりと音を立てて、司が息を呑んだ。

「おふたりはどうやって知り合ったんですか？」

気がつくと、呑気に笑いながら、僕はそう尋ねていた。


結局、およそ数十分にわたってノロケ話を聞かされることになった。話すだけ話して、自分たちの幸福をたっぷり確認したカップルは、相変わらずいちゃつきながら自分たちの病室に戻っていった。


そして、病室には、僕と司だけが残された。

「あの、裕一、ごめん」

司は謝った。

「つい誘ってしもうたんさ」

天井の模様を眺めながら、僕は言った。

「いいよ。気にせんで」

「あ、あのさ」

「なんや」

「裕一、さっき怒りだすかと思うたわ」

「ああ、そやな」

実際、怒鳴りかかっていた。

「なんで怒らんかったん？」

「いや、幸せなんやなって思うてさ」

「幸せ？」

「ふたりとも笑っとったやん。俺らがおんのに、あんなにいちゃついてさ。できやんよな、ああいうの」

司は頷くと、椅子に腰かけた。

「そやな。普通はみっともなくてできやへんよな」

違う。そういう意味じゃない。自分でもよくわからないけれど、ふたりの笑顔を見ていたら、彼らの幸せがとても貴重に思えてきたのだった。滅多にないというか。大切というか。そして、そんな貴重な瞬間を、邪魔したくなくなった。うらやましいというわけではないし、あやかりたいというわけでもない。自分のことなのに、いったいどういう気持ちなのかよくわからなかったけれど。とにかく、彼らを幸せなままにしておきたくなったのだった。

そういうことを司に話してみようかと思ったけれど、やめておくことにした。言ったって、なにがどうなるもんじゃない。

伝わるかどうかもわからない。

もし言葉の奥底に宿るものをそっくり伝えられるのなら、僕はたぶん、大学生にこう言っていたはずだ。

「あんたの病室にな、ちょっと前まで、多田さんっていうお爺さんがおったんです。多田さんは喰えへん人で、しかもエロジジイで、ベッドの下に、ほら、あんたが寝てるベッドの下に、山のようにエロ本を隠しとったんです。多田さん、もう死んでしもたんですけど、そのときにね、死ぬ間際にね、言い残していったんです。自分が溜め込んだエロ本を、僕に全部あげてくれって。下らんでしょう。つまらへんでしょう。多田さんの最後の言葉なんですよ。人生のね、最後の最後に残したのがね、そんなことやなんて。どうかしてますよね」

話しても伝わらないだろう。

僕の言いたいことは言葉と言葉のあいだに埋もれてしまうだろう。

だから僕は話さない。

伝わらないこと、伝えられないこと、そんなものは心に放り込んでおくんだ。言葉も感情も、心の奥底に沈み、やがて消えてしまう。そして二度と戻ってこない。

そのほうがいいんだ、きっと。

「ところで学校はどうなん?」

だから僕は話を変えた。

「変わったこととかないん?」

「ええと、別にないよ。三学期はつまらへんよな。文化祭とか体育祭とか、イベントがまったくないしさ。そういや、裕一、まだ退院できへんのやんな。単位は大丈夫なん?」

「やばい」

嫌な汗が滲んできた。なにしろ僕は、すでに三カ月近く入院している。しかも、このままだと、あと一カ月は入院生活が続く可能性がある。もちろん出席日数は足りないし、受けていない授業の内容なんてわかるわけもない。

「担任の川村がちょっと前に来て、さんざん脅された」

「じゃあ、もしかして留年なん？」

留年。

ダブり。

落第。

なんて恐ろしい言葉だろう。

「本当やったら、もう留年は決定なんやってさ。出席日数がどうしようもなく足らんからさ。そやけど原因が病気やで、救済措置があるらしい。全科目のレポートを提出したら、内容次第で、なんとか進級させてくれるって」

「よかったな」

まるで自分のことのように、司は嬉しそうな顔をした。

「僕ら、一緒に三年生になれるんや」

その無邪気な言い方に、おまえは小学生の子供かと突っ込みたくなった。だけど、もちろん僕は突っ込まなかった。僕は司のこういうところが大好きだった。司だって、僕と同じ年月を生き、同じくらい嫌な目にあったり、世間という奴に小突きまわされたりしてるはずなのに、これほど無垢な言葉を、ためらいもなく、言えるんだ。僕には絶対に無理だった。だから僕は司が好きだ。本当に好きだった。もちろん、そんなことを、いちいち口にしたりはしない。男には、言えることと、言えないことがある。そして、大切であるがゆえに、決して言うべきじゃない言葉も。

「きついって。全科目のレポートやで」

僕はわざと、大きな声で派手に嘆いてみせた。

「教科書丸写しはあかんって念押しされたし」

「頑張れば大丈夫やよ。一緒に三年になろや」

ああ、そうだな。

胸の中でだけ、大声で言っておく。

一緒に三年になろうぜ。

僕はそれからも、ひたすら進級の大変さを愚痴った。司はにこにこ笑いながら、愚痴を聞いてくれた。

やがて、その司が、なにかを思いだしたような顔をした。

「山西君から渡してくれって言われとったものがあるんや」

自分のカバンに手を突っ込む。

「なに？　ＣＤ？」

司が大きな手で差しだしてきたものは、銀色の円盤だった。

「ＤＶＤやよ。お詫びやってさ。僕にはようわからへんけど」

「意外と律儀なんやな、山西って」

おそらく里香を怒らせてしまったことに対する詫びなのだろう。それにしても、本当に律儀な奴だ。怒りにまかせて一発殴ってしまったのに、恨みもせず、こうして詫びの品を送ってくるとは。


「山西君、すごかったんやって」

「すごいって？　なにが？」

「東高の悪い連中と喧嘩したみたい。五人に囲まれて脅されたのに、ひとりで立ち向かったって話やわ。頬に殴られた傷があって、めっちゃ痛々しかった。僕、山西君って調子がいいだけの人やと思うとったけど、けっこう勇気あるんやな」

　ちょっと待て。

「おい、司」

「なに」

「山西の殴られた傷って右なん？　左なん？」

「ええと、左やよ」

　間違いない。僕が殴った痕《あと》だ、それは。

「もしかしてさ、山西って、男気があることになっっとるん？」

「どうやろ。周りの見る目が変わったって感じはするかな」

「なるほど」

「どうしたん？　裕一？」

　僕は手の中のＤＶＤを見つめた。

　山西よ。

　これはお詫びじゃなくて、口止め料なんだな？　そうだな？

6

なにを考えているのかさっぱりわからないけれど……いや、すごくわかる気もするけれど、山西がくれたＤＶＤにはよからぬものが入っていた。少しだけ説明すると、要するに多田さんがくれたものと同種で、しかも現代文明の利器らしく、動いたりもする。

まあ、それはいい。いや、よくないけど。

問題だったのは、ＤＶＤの最後におさめられていたものだ。どうやら収録できる時間が余ったらしく、ＤＶＤの最後のほうは、山西が選んだ、いわば山西セレクトのアニメソング集になっていた。素晴らしいシャウトの連続だ。声優というのは、歌がうまい。声を使う仕事だからだろうか。まあ、そんなことはどうでもよくて。

問題はこのＤＶＤをどうするかだ。

「さて――」

考えに考えた末、ゴミ箱に向かって投げた。ＤＶＤは壁に当たり、見事、ゴミ箱に入った。からからと音が響いた。

世の中、本当にわけのわからないことが多い。理不尽そのものだ。

たとえば夏目。

あんなに二枚目で、あんなに性格が悪くて、その上、里香の主治医だなんて。

たとえば山西。

あんなに調子がよくて、あんなに軽くて、その上、今は人気上昇中だなんて。

たとえばＤＶＤ。

まさかあの曲が入っているだなんて。

窓の外を見ると、まるで春のような光が降り注いでいた。僕はぼんやりと、光を見つめつづけた。考えてみれば、あれも冬だった。そして、こんな光が降り注いでいた。痛みに耐えながら這いつくばっていたとき、冬なのに背中が温かかったっけ。

どうして、あの曲が、山西のＤＶＤに入っていたんだろう。偶然だというのはわかっている。しかし、だからといって、平静ではいられなかった。思いだしてしまったのだ。まったく、わけがわからない。理不尽そのものだ。現実とは。


昔話をしよう。

そう。

昔話だ。


一度だけ、父親と本気の喧嘩をしたことがある。父親が死んだのは僕が十四のときで、つまりは三年前の出来事だ。殴り合いの喧嘩をするのには、力の拮抗《きっこう》というものが必要になる。十歳と大人では、たとえどれほど憎み合っていたとしても、殴り合いにはならない。一発殴られたら、それで終わりだ。僕はそういうことをよく知っている。なぜなら、体で味わってきたからだ。

九歳のとき。

平手で叩かれて鼻血を流して終わりだった。

十歳のとき。

やっぱり鼻血を流して終わり。

十一歳のとき。

これまた鼻血を流して、ついでに涙も流して、終わり。

僕はそれでも挑み続けた。やがて十二歳になった。春ごろから、僕は身長が急に伸びた。今まで掴まることさえできなかった一番高い鉄棒に掴まれるようになったし、その鉄棒で逆上がりだってできるようになった。言い争いになったとき、僕は息巻いて父親に挑戦した。しかし駄目だった。平手打ち一発で終わった。

このころまで、僕は悪戯をして、親に叱りとばされるだけの子供以上のものではなかった。ただの悪ガキと言っていい。

鬱屈《うっくつ》しながら、僕は十四歳になった。

あるとき父親が本当にひどいことをした。母親が一カ月かけて稼いだパート代を、残らず競馬に突っ込んだのだ。もちろん父親は負けた。実に見事な負けっぷりだった。一カ月分の生活費を、たった三レースで消費されてしまった母親は、目を腫《は》らして泣いた。奥の座敷で背中を丸めている姿を見ているうちに、なにか言いしれぬものが僕の中にわきあがってきた。

言っておくけれど、僕はマザコンなんかじゃない。

むしろ母親なんて鬱陶《うっとう》しいと思ってるくらいだ。

誰だってそうだろう?

だから、その怒りがなんなのか僕自身にもよくわからなかったけれど、とにかく怒りを発露させるのに、怒りの根源がなにであるか探る必要などないわけで、というより探りようがないわけで、僕は父親のもとへ向かった。

父親は狭い庭で煙草を吸っていた。

僕はそのころ、父親のことをオヤジとかお父さんとか、ましてパパなんて呼んだりなんかしていなかった。だいたい「なあ」とか「おい」ですませていた。

だから、いつものように、

「なあ」

と声をかけた。

父親はその薄汚れた目で、僕を見た。

「なんや」

「金、返せ」

僕は怒鳴っていた。そんなつもりはなかったのに、気がついたら、なぜか声が大きくなっていたのだった。

「返せって」

「ないわ。使うてしもうた」

「競馬やろ」

「そやから、ないんや」

「返せよ」

父親が煙草を地面に投げ捨てた。あの男の頭にはマナーという言葉はなく、いつもそこらに煙草を捨てるのだった。

「なんや、おい」

父親の声は低くなっていた。

「親になんちゅう口をきくんや」

自分でも意外なことに、怒り狂いながらも、頭の一部分だけは妙に冷静だった。僕はさらに体が大きくなって、声変わりもすんでいた。とはいえ、それでも父親に比べれば、ずいぶん小さくて、腕なんか半分くらいの太さしかなかった。まともにやったら、ひどい目にあうのはわかりきっていた。

奇襲しかない。

頭のどこか、冴えた部分で、僕は思った。父親はズボンのポケットに両手を突っ込んでいる。僕を舐《な》めきっているんだ。今しかなかった。

父親が手をポケットから抜こうとした瞬間、僕は縁側から跳んでいた。乾坤一擲《けんこんいってき》のドロップキックだった。

自分でもびっくりするくらい、それはうまくいった。縁側を蹴り、両足を揃え、体を伸ばし、跳躍した力のすべてをひとつの矢と変え、父親の腹へ突き立てていた。完全な不意打ちだ。爪先が父親の腹にめりこみ、なにかを潰したような音がその口から漏れた。きれいに着地することなんて、もちろんできるわけがなく、僕は地面に叩きつけられた。飛び石に肘をぶつけた。興奮状態だったので、まったく痛さを感じなかった。僕はすぐさま起きあがった。父親はタフな男だ。手強い。凶暴な獣だ。すぐ戦闘態勢を取らなければ。パンチの一発や二発は飛んでくるに違いない。あるいはキックか。

けれど、キックは飛んでこなかった。パンチも来なかった。

父親は腹を抱え、地面にうずくまっていた。

今もはっきり覚えている。

驚くべき光景を目にした僕は、なすすべもなく、ただ立ちつくしてしまった。今まで僕の攻撃が父親にヒットしたことは一度もなく、記念すべき最初の一撃が、父親をいきなりノックアウトしてしまったのだった。あまりにも予想外で、望外で、法外なことが起きたのだ。そのせいで僕はミスをおかしてしまった。父親が回復するまで、ぼんやりしたままだったのだ。やがて、ゆっくり立ちあがった父親は、僕を睨んだ。その目には怒りの炎が燃えており、まるで猛り狂った雄牛みたいだった。視線に射すくめられ、僕は足が動かなくなった。体中に汗が噴きあがった。逃げたい。そう思うのに、足はまるっきり動かなかった。逃げろ、おい、逃げろって。父親が一歩、二歩、と近寄ってくる。逃走か闘争を選ぶべきなのに、僕は動けず、立ちつくしたままだった。足だけではなく、心が動いていなかった。

自分の口から漏れた間抜けな声を。

「え――」

どん、と衝撃が来た。

いきなり顔を殴られたのだ。痛さは感じず、ただ頭がくらくらした。また衝撃が来た。今度は頬がひどく痛くなった。さらに衝撃が来た。腹を殴られたのだ。これはもう、本当に苦しかった。息ができなくなって、ひゅうひゅうという声というか音だけが喉から漏れた。僕は許しを請うように父親を見つめたけれど、その目にはまだ怒りが宿っていた。逃げだそうとしたら、襟首を掴まれた。父親は本気で怒っていたんだ。それから殴って殴って殴られまくった。頭を、頬を、腹を、殴られた。立っていられなくなって倒れると、父親は足で蹴ってきた。僕は泣いた。痛かったせいなのか、情けなかったせいなのかわからなかったけれど、とにかく涙が溢れ、とまらなかった。

父親はどれくらい僕を蹴っていたんだろう。一時間にも二時間にも感じられたものの、実際は数分だったのかもしれない。父親はなんだかはっきりしない言葉を吐き捨てたあと、体を揺すりながら、どこかへ立ち去っていった。僕が毎週のように観ていたアニメの主題歌を歌いながら。

音程がはずれまくった歌声が遠ざかっていき、ついに聞こえなくなると、僕は心底から安心した。もうこれ以上、殴られることはないのだ。途端、痛みがひどくなった。痛みに気づいたというか。口の中が切れて、血の味がした。土が入ったらしく、煙ったい味もした。立ちあがって、僕は近くの水道に歩み寄った。冷たい水で、血と土でどろどろになった顔や手足を洗った。水が傷口に沁《し》みて、ひどく痛かった。上着を脱いだとき、また涙が溢れてきた。ちくしょう。呟きながら、僕はまるで小さな子供みたいに泣いた。ちくしょう。

そのとき、僕の頭に浮かんでいたのは、殴られていた僕自身の姿ではなかった。背中を丸めていた母親の姿ではなかった。

僕の蹴りが決まったあと、地面にうずくまっていた父親の姿だった。

気がつくと病室は闇に沈んでいた。もうすぐ夕食の時間だ。腹が減った。病院のご飯は全然おいしくないけれど、それでも腹が空けば食べたいと思う。人間なんて、そんなものだ。喉が渇けば、きっと泥水だって飲んでしまうんだろう。

ぺたぺたと足音が聞こえる。

看護師さんだ。

ふたり並んで歩いている。

「志賀《しが》さんの検温終わったん？」

「まだ。気をつけやんと、志賀さん、すぐにごまかすんやわ」

聞こえたのはそれだけで、声も足音も遠ざかっていく。

しばらくして、また足音が聞こえる。

ああ、この荒っぽい歩き方は亜希子さんだ。

「池波《いけなみ》さん！　それは食べ物やないから！　違うよ！」

かなり苛立っているらしく、声が大きい。

「お爺ちゃん！　いかんて！　食べたらいかんてば！」

なにもかもが幻のように思える。

現実がぐらつく。

足の先に柔らかい感触が蘇ってきた。父親を蹴ったときの感触だった。あれから何年もの時がたったというのに、今もはっきり残っている。殴られた痛みも、噛みしめた血の味も、情けなさも、うずくまる父親の背中も。あのときのことはみんな心に残っている。

僕はベッドから降りると、ドアの脇まで行って、明かりをつけた。ゴミ箱の中でＤＶＤが、父親が去っていったときに歌っていた曲の入っているＤＶＤが、表面をきらきらと光らせていた。僕はそれをゴミ箱の中から拾った。しばらく眺めた。だいぶたってから、また捨てた。

7

ちょっと考えてみよう。もし自分が深い深い山奥で暮らしているとしたら、その生活はどんなものだろうか。熊や猪や猿と楽しい生活？　ありえない。そんなのは映画の中だけだ。熊には襲われるだろうし、猪は追いかけてくるだろうし、猿には小馬鹿にされるだけだ。前に『モスキートコースト』という映画を観たことがある。自然かぶれの父親がジャングルに移住すると言いだし、実行し、巻き込まれた家族がひどい目にあうという話だった。結局、父親は狂い死にして、残された家族は文明社会へと戻っていく。

主義？

主張？

確かに必要なものかもしれないけれど、常にいい方向に働くというわけではない。そのせいで、ひどい目にあうことだってある。適当に暮らすのが一番なのだろう。適当にやっていれば、適当にいいこともあるだろうし、適当に悪いこともあるだろう。とにかく、本当にひどい目にあう確率は下がる。僕は今まで、そんなふうに生きてきたし、だいたい想像どおりの人生を送ってきた。さして輝きに満ちてはいないけれど、悪いことばかりでもなかった。つまらなくて退屈で楽しくてそこそこ笑える生活を過ごしてきた。

けれど、今回ばかりは最悪だった。

相変わらず里香は僕を避けている。廊下で会ったら背を向けるし、話しかけようとすると聞こえない振りをする。それでも追いすがったら、肘打ちを喰らった。派手に痛がってみたけれど、里香はあっさり立ち去ってしまった。

まったく、ひどいもんだった。

最悪だ。

最低だ。


というわけで、僕は今日もまた、どうやったら里香に許してもらえるかということを考えていた。このことは毎日毎日、だいたい一日当たり二十四時間ほど考えている。それだけ考えれば、なにかいい知恵が浮かびそうなものだけれど、全然出てこないのだった。僕は馬鹿なのかもしれない。

そういえば、里香にも罵られたっけ。

「裕一の馬鹿」

実に可愛らしい声で、そう言うんだ。

「本当にどうしようもないのね」

怒る顔が、また可愛いいんだ。

僕は屋上でひなたぼっこをしていた。風が少し冷たい。もうすぐ寒波が来るそうだ。病院は暇なので、テレビの天気予報ばかり観てしまう。朝のＮＨＫのニュースというのは、何度も何度もお天気情報を流すのだった。僕は他のチャンネルの、芸能ネタもやるような軽いニュースを見たいのだけれど、ロビーにあるテレビのチャンネル権を握っているのは古株のジイサンたちなので、どうしようもない。

ああ、それにしても眠い。本当に眠い。

欠伸をすると、僕は教科書を広げた。

とにかく少しでも勉強をしておかないと、このままでは進級が危うい。まずはレポートだ。文章にまとめやすいところを見つけておかないと。

教科書を捲っていると、頭上から声が降ってきた。

「偉いやん。勉強しとるんか」

いつの間にか、亜希子さんがそばに立っていた。

火がついた煙草を口に咥えている。

「煙草、やめたほうがいいですよ。体に悪いし」

「え？　なんか言うた？」

「痛い痛い痛い。やめてくださいって」

背中を思いっきり踏まれ、僕は身をよじった。亜希子さんは爪先立ちで、しかも膝を曲げて、全体重を僕の背中にかけていた。

「なにするんですか、看護師のくせに」

どうにか逃れ、叫ぶ。

亜希子さんは笑いながら、咥え煙草を吹かした。

「あ？　どうしたん？」

「だから――」

「なんか言いたいことでもあるん？」

亜希子さんの目が剣呑に輝く。なんというか、実に楽しそうで、生き生きしている。たぶん亜希子さんは僕を虐めるのが趣味なんだろう。

悔しいので、あえて笑っておいた。

「なんもないですよ。言いたいことなんて」

「わたしは心が広いで、言いたいことがあったら、どんどん言うていいんやよ。たいがいは許したるで」

「いや、ないですよ」

「それはよかった」

僕たちは大声で笑った。やけになって、笑ってやった。

「ねえ、裕一」

「はい」

今度はなんだろう。

僕は身を固めた。

さすがにいきなりヤンキーキックはないと思うが。

「あんた、まだ里香と喧嘩しとんの？」

「それは、つまり、あの、まあ」

「ああ、しとるんやな。里香も強情やわ。あんたくらいのガキがエロ本の一冊や二冊くらい隠し持っとるなんて当たり前やんか。許したったらいいのにな」

そう、そのとおりだ。もっとも隠し持っているのは一冊や二冊ではないけれど。

「あの子もちょっと参っとるみたいやよ」

「え？　参っとるって……里香がですか？」

亜希子さんが頷いた。

「あの子、あんまり感情を表に出さんから、はっきりわからんのやけどね。きつい検査とかが続いて辛いときなんかも全然辛そうな顔しやへんし。逆に嬉しいことがあっても、たいして喜ばんしさ。そやけど、あんたと喧嘩してからは、ちょっと落ち込んどるように――」

「あの、亜希子さん」

「なんや」

「感情を出さんって言いました？　里香のことですよね、それ？」

「そやよ」

「思いっきり怒ったり笑ったりしますよ？」

亜希子さんが目を瞬かせた。

「本当に？」

「はい」

怒り狂う里香がどれだけ恐ろしいことか。亜希子さん以上に恐ろしいのだ。亜希子さんより怖い女なんて、僕は里香しか知らない。泣くわ、喚くわ、文句を言いまくるわ。とにかく手に負えない。その一方で、笑うときは、大きな声をあげる。たいていは僕を馬鹿にするときだけれど。ああ、僕は知っている。あの子が怒るところも、泣くところも、笑うところも。

へえ、と亜希子さんが呟いた。

「裕一、あんたさ」

「え？　なんですか？」

「――されとるね」

風のせいか、言葉が聞き取れなかった。なんと言ったのか尋ねてみたけれど、亜希子さんはちゃんと答えてくれない。いやいや、こっちの話、なんて言うばかり。明らかにごまかされているのだけれど、そのうち、亜希子さんは腕時計に目をやった。

「もうそろそろかな」

「なにかあるんですか？」

「里香、午後の点滴のあと、ここに来ると思うで。わたしが呼びだしといたからさ。今度はうまいことやるんやで。あの子は走れへんから、とりあえず手すりのほうに来るまで、どこかに隠れとき。入り口に立ちはだかるような感じで出ていけば、この前みたいに閉めだされたりしやへんやろ」

「あ、亜希子さん」

「土下座でもなんでもして謝っときな。わたしの勘やけどさ、里香もあんたと仲直りしたがっとると思うに。あんたが土下座して、涙でも流して、そやな、百年ずっと下僕になるとか言うたら許してくれるんとちゃうかな」

「百年は長いですよ」

「どっちがいい？　このままと、百年と？」

考えてみた。いや考えるまでもなかった。そんな僕の気持ちを見透かしたように、にやにやと笑ってから、亜希子さんは吸いきった煙草を携帯用の灰皿にしまい、屋上を去っていった。僕はその背中に手を合わせた。ありがとう、亜希子さん。亜希子さんは天使だ。神様だ。仏様だ。僕はしばらく信じられない気持ちで立ちつくしていたけれど、ふと我に返った。どこかに隠れなければ。慌てて辺りを見まわし、とりあえず給水塔の脇に身を潜ませた。陰になって寒かったものの、そんなことを言っている場合ではない。

五分くらいたったころ、ドアの開く音がした。

里香が来たんだ。

絶対に失敗は許されない。とにかく、土下座をして、涙を流して、コンクリートに額をごし押しつけて、許してもらうのだ。耳を澄ますと、足音が聞こえた。あちこち歩きまわっている。亜希子さんを捜しているのだろう。だんだんと、その足音が近づいてきた。息を呑み、タイミングを計る。あと少しか。一歩、二歩、三歩。よし、今だ。

「里香！　ごめん！」

僕は飛びだすなり、コンクリートに這いつくばった。十分に時間を置き、顔を上げる。

夏目がいた――。

どれくらい沈黙が続いたのか、僕にはよくわからない。僕は呆けたように夏目の顔を見つめつづけ、夏目もまた呆けたように僕の顔を見つめつづけていた。

先に立ち直ったのは夏目のほうで、

「おまえ、なにしてるんだ？」

と呆れたように尋ねてきた。

僕は顔を真っ赤にしながら立ちあがった。

「なんでもないです」

「いきなり飛びだしてきて、いきなり這いつくばったから、びっくりしたよ。そうだ、戎崎、いいものを見せてやろうか」

「なんですか」

「ほら」

夏目が取りだしたのは、なんと輸入物のエロ本だった。どぎついというか、凄まじいというか、あまりの大胆さに、つい目を逸らしてしまったほどだ。

「これ、おまえにやるよ」

「いらないですよ」

「いいからいいから。貰っておけって。年上の好意は受けるもんだぞ」

夏目はやけに早口だった。呆然とする僕に本を押しつけ、慌てて去っていく。いったい、なにをしにきたんだろう。とにかく、僕の手には、どぎついエロ本だけが残った。まあ、本というのは、手に持っていると捲ってみたくなるものだ。部屋の掃除をしてると、買ったのに読まなかった本が出てくることがある。そういうとき、僕は本に申し訳ないような気持ちになる。買われたのに読まれないなんて、本にとっては実に哀しいことだろうから。

とにかく、それだけだったんだ。別に見たいわけじゃなかったんだ。僕はついページを捲った。ぱらぱらと見てゆく。やがて足元に影が落ちた。ほっそりとした影だった。僕はさして深く考えることなく、反射的に顔を上げた。

里香がいた。そこに。

僕は瞬間、なにもかも悟った。なぜ夏目があんなに慌てていたのか。なぜこんな本を持ってきたのか。なぜ僕に押しつけていったのか。夏目はきっと、亜希子さんの計画を知っていたのだろう。なによりも深く悟ったのは、僕自身の馬鹿さ加減だった。里香が来ることはわかっていたのに、なにを捲っているんだ？　おまえは馬鹿か？

「里香」

僕はエロ本を投げ捨て、叫んだ。
「違うんやって」
しかし里香は無表情のまま、くるりと背を向け、歩きだした。僕は追いすがったけれど、見事な肘打ちを腹に喰らい、息が詰まった。そのあいだも里香はどんどん歩いてゆく。僕は痛みをこらえながら里香に追いつこうと走った。しかし目の前でドアが閉まった。

ガチャン――。

続いて、そんな不吉な音がした。僕はドアノブに手をやった。まわそうとするけれど、まわらない。やられた。また鍵をかけられたのだ。強引にノブを引っ張った。開かない。蹴った。足が痛くなった。殴った。拳が痛くなった。僕は立ちつくした。日はすでに傾き、風が冷たくなりはじめていた。
この冬一番の寒さ更新だと、そういえば朝のお天気キャスターが言っていたっけ。

8

僕は手すりの向こうを覗き込んでいる。どうにか下階のベランダに行けないかと考えながら。胸の高さほどの手すりを乗り越えると、一メートルくらいの庇《ひさし》だ。下がどうなっているかを確かめる。下階のベランダははるか下で、そこまでは切り立ったコンクリートの壁。恐ろしさに息を呑む。冬の冷たい風に、手が、心が、冷たくなる。

秋庭里香は階段を下りている。足音が響く。夕日の赤い輝きが、天井付近にある窓から斜めに射し込み、階段を、壁を、少女を、赤く染めている。影が伸びている。少女の影だ。赤い光の中、長く長く伸びている。少女の髪が揺れる。ふわふわと。ゆらゆらと、まるで彼女の儚《はかな》い命のように揺れる。少女が呟く。馬鹿。その目には涙が滲んでいる。谷崎さんの呼びだしに裏があることなんて、もちろん気づいていた。谷崎さんじゃなくて、他の誰かが……あの馬鹿が待っているんだろうと。頭を下げて謝るなら、渋々だけれど、チャンスをあげてもいいと思っていた。本当は許したくない。もっとひどい目にあわせてやりたい。けれど自分には時間がない。どんどん減っていく。だから許そうと思っていた。そのためにやってきた。無視されるのがよほどこたえたらしく、最近はげっそりしていた。少しかわいそうだなと思う。

許すつもりだった。

ううん。

許したかった。

僕はため息をつく。下りるのは無理だと諦め、今度は反対側を見にいこうと手すりを乗り越える。くしゃみをする。もう一回、くしゃみをする。

夏目吾郎《ごろう》は非常ドアの脇に隠れている。足音が近づいてくる。他の人間にとっては普通だが、秋庭里香にしては大きな足音だ。よほど怒っているらしい。足音がすぐそばまで来ると、夏目は見つからないよう身を竦める。足音が通りすぎ、病棟のほうへ消えてゆく。夏目はくすくす笑う。作戦成功だ。立ち去るタイミングがあと少し遅かったら、自分も見つかるところだった。里香はひどく怒っている。目を吊りあげているに違いない。里香とのつきあいは長く、彼女の性格は知りつくしている。これでしばらく、あいつが里香に近づくことはないはずだ。里香が許さない。土下座しようが、涙を流そうが、無理だろう。里香に怒鳴られるガキの様子を思い浮かべ、夏目は笑う。腹を抱え、身を曲げ、ひたすら笑いつづける。その笑いがなぜかヒステリックなものに変わってゆく。

さんざん脱出経路を探し、すべて無駄に終わった僕は、もうすっかり諦めている。警備の江戸川さんが来るのを待ちつつ、風を避けるため、給水塔の脇にしゃがみこむ。鼻を啜る。目元が熱くなる。寒いせいかもしれない。悲しいせいかもしれない。里香、と呟く。俺のせいじゃないんだって。あの医者のせいなんだよ。

「内田《うちだ》さん、いかんて。返しな」
谷崎亜希子はいつものように怒鳴っている。とにかく入院患者というのは、どいつもこいつも、わがままなのだ。自分が大変な目にあっているから、少々のわがままは許されると思っている。家族に甘えるのなら、いい。家族に当たるのなら、いい。だって家族なんだから。だけど看護師は勘弁してよと思う。とはいえ看護師であるからには、できるだけ患者によくしてあげたい。かつては伊勢の女帝だの赤い悪魔だの呼ばれたものだが、なにしろ今の自分は白衣の天使なのだ。恥ずかしいから誰にも言ったことがないけど——だってガラじゃないし——小さいころからの憧れだった。きれいで優しくて可愛い看護師さん。本当はにこにこ笑っていたい。

天使のようでありたい。けれど重度の糖尿病で、食事制限を受けていて、下手すると命に関わるというのに、陰で饅頭《まんじゅう》を食べているような相手に優しく笑うのは難しい。おまけに見つかったら饅頭を抱えて逃げるなんて最悪だ。怒鳴りたくもなる。本当はにこにこ笑っていたいのだ。優しい看護師でありたいのだ。とりあえず今は叫ぶ。罵る。鬼みたいな顔で追いかける。患者が自分を恐れるようになるとしたら、それはそれでいいことだ。言うことを聞いてくれるのなら、患者の命が延びる。早く退院できるようになる。本人はもちろん、家族が笑えるようになる。とにかく、あの頑固な内田さんから、饅頭を取りあげなければいけない。

「それをよこしなさい。内田さん、本当に死んでまうんよ」

僕は空を見上げる。冬の夜空に、いくつもの一等星がキラキラと輝いている。東の空に月がのぼってくる。半分の月だった。

夏目は非常ドアにもたれかかっている。誰かが自分を呼んでいる。夏目先生、どこですか、と声が聞こえる。けれど夏目は立ちあがらない。座り込んだまま宙を見つめている。さきほどのヒステリックな哄笑はどこかへ消え失せ、彼の顔には空白が宿っている。夏目は白衣のポケットに手を入れる。ずっと持ち歩いているライターを取りだす。握りしめる。関節が白く浮かびあがるほど強く。しかしその強さに夏目自身は気づいていない。彼の目は遠くを、決して届かぬ場所を、見つめている。ぬくもりを、優しい声を、追っている。もう戻らないと知りながら、ゆえに求めている。

「ねえ、吾郎君」

甘く儚い声が聞こえる。
「ねえったら」
夏目の瞳が輝いた。辺りを見まわす。なにかを探すように、きょろきょろと、ひどく慌てた様子だ。けれど、その目に求めるものは映らず、ただペンキの剥げかけた非常ドアと、リノリウムの床と、白い壁のみ。夏目は自分の愚かさに苦笑いを浮かべ、けれど笑みはすぐに消え失せ、まるで虐められた子供のような弱々しい顔になり、いつしか唇が小さく動いて、なにごとかを呟くが、その声はあまりにも小さく、誰の耳にも……夏目本人の耳にさえも届かない。

僕は給水塔の脇で膝を抱えている。半分の月を眺めながら。

少女は自分の病室に戻る。闇の中、立ちつくす。サイドテーブルに積みあげられた本が目にとまる。同じタイトル、同じ背表紙。タイトルの下についた数字だけが違う。わざわざ母親に頼んで買ってきてもらったものだった。裕一には頼めなかった。だって秘密だから。いつか、そのときが来るまで、知られたくなかった。こんなことに時間と手間を費やした自分が馬鹿に思えてきた。本当に情けない。また目に涙が滲む。少女は足早に歩きだす。まずサイドテーブルの前に立つと、四冊の本を薙《な》ぎ払う。函入りの本は、重い音を立てて、床に落ちる。いっそ捨ててしまおう。なにもかも忘れてしまおう。けれど、本を拾った手が、ゴミ箱に捨てようとした手がとまる。十秒、あるいは三十秒、もしかすると一分。いつしか少女は手を下ろし、表紙を見つめている。闇の中、唇が動く。馬鹿と動く。

9

　ほんの少し前は診療を待つ人で騒がしかったロビーも、今はしんと静まり返っていた。午後五時三十七分。診療時間は終わり、外来患者はすべて帰ってしまった。長椅子が広い空間に整然と並び、沈黙が塵《ちり》のように積もりつつある。それなのに、なぜか人の気配だけが色濃く残っていた。思念みたいなものかもしれない。病院にはもちろん、病人がやってくる。あるいは病人の家族が。長く入院して初めてわかったのだけれど、そういう人たちというのは、普通の人たちより、ずっとずっと強い思念を自然と放っているのだった。

　まあ、当たり前だ。

　病気というのは、なかなか辛いものなのだった。僕なんて軽いほうだけれど、体がたまらなく重くなることがあるし、動くことさえできなくなってしまう。痛みというのは残酷なものだ。痛みに耐えられる人間はいない。痛みはすべてを、命を、心を、削り取ってしまう。

　そんな張りつめた気配の残滓《ざんし》が、ロビーに漂っていた。

　僕は長椅子の一番前の列、つまりテレビの向かいに陣取っていた。この時間に他の患者がロビーに下りてくることはなく、つまり僕がチャンネル権の主である。けれど問題があった。なにしろ午後五時半。この時間にやっている番組といえばニュースくらいだ。とにかく、つけてみようじゃないか。

　さて――。

赤いジャケットを着た女性アナウンサーがにこやかに笑っている。

「今日は千葉県の銚子にやってきました。全国屈指の水揚げ高を誇る漁港があります。銚子といえば、秋刀魚で有名ですが、他にもいろいろな魚が捕れるんですよ」

甲高い声が耳に障る。

後ろで漁師のおじさんがわざとらしく網の手入れをしている。

「あ、こちらに漁師さんがいらっしゃいました。少し話を伺ってみましょう」

次――。

さわやかなお兄さんとお姉さん。

たくさんの子供たちは、そろって蜂の着ぐるみ。

ああ、ＮＨＫの教育番組か。

「みんな！　お兄さんとお姉さんと一緒に歌ってみようか！」

お兄さんとお姉さんがぴょんぴょん跳ねる。

蜂と化した子供たちがぴょんぴょん跳ねる。

次――。

背広を着たニュースキャスター。

深刻な表情。

「S議員が収賄《しゅうわい》容疑で逮捕されました。議員は選挙区内の建設会社から現金三千七百万を受け取っており、その他にも外国製高級車を——」

いいな、高級車。

ベンツかな？　それともBMW？

現金で三千七百万かよ。

次——。

ずらりと居並ぶ裸の男たち。

ちょんまげ。

まわし。

その前に女性アナウンサーがいきなり飛びだしてくる。

「ちゃんこ鍋に小松菜を入れると栄養バランス抜群なんですよ！」

振り向いてから尋ねる。

「みなさん、それで強いんですよね？　小松菜パワーですよね？」

説明はないけれど、明らかに相撲取りだろう。

その相撲取りたちが低い声で叫ぶ。

「おおっす！」

「小松菜パワーです！」

「おおっす！」

ああ、全滅だ、全滅だよ。午後五時半なんて、こんな番組しかやっていない。しかたなく、僕は音声だけ消すと、長椅子に寝転んだ。天井にテレビの光が映って、赤や青の淡い色彩を踊らせている。どうせ観ないいんだから消してもいいのだけれど、それも少し寂しかった。天井に踊る光を眺めているほうがましだ。

こうして横になると、体の芯にだるさを感じる。二度目の屋上閉めだし事件のせいで、僕はまた、風邪を引いてしまったのだった。今も少し熱があるはずだ。

里香は怒ったままだった。

ここまでこじれると、どう謝っていいのかさえわからない。

会わせる顔がないというのはまさしくこのことで、ここ数日、僕は自分から彼女を避けていた。避ける……いや、逃げるというほうが近いかもしれないな。

どうすればいいんだろう。

相変わらず天井では淡い光が踊っていて、テレビに目を移せば、司会業で生き残っている元アイドルがマイクに向かってなにか喋っており、満面の笑みを浮かべているのに、ふたつの目はまったく笑っておらず——。

「おい、戎崎、なにしとるんや?」

そんな声とともに、誰かが覗き込んでくる。

「どうした?　死んどるんか?」

なんと山西だった。

僕はのっそり、体を起こした。

「おまえさ、人気上昇中なんやって？」

「お、おう」

「東高の連中と派手に喧嘩したんやって？」

「ま、まあな」

「ところで、あのＤＶＤはなんなん？」

「ちょっとすごかったやろう」

顔を寄せてきた山西は、楽しみを分かち合おうという表情を浮かべていた。まあ、気持ちはわからないでもないけれど、里香と喧嘩になった原因を、こいつは理解しているのだろうか。

「座れよ、山西」

「なんで」

「ちょっと座れって」

山西が腰を下ろした瞬間、僕はがっちりとヘッドロックを決めた。そのまま横に転がり、同時に足と腕を絡め取り、ぎゅうぎゅうと締め上げる。

「痛いって。戎崎、痛いって」

「おまえのせいで、俺がどんなにひどい目にあっとるんかわかっとんのか」

「本当に痛いんやって」

「当たり前や。ちゃんと痛くしとるんや」

袈裟固《けさがた》めからキャメルロックへの連続コンボに持ち込もうと思ったものの、息が切れてきたし、最初の技がよほど苦しかったのか、山西が涙目になっているのでやめることにした。僕はとても寛容な人間なのだ。

「ひどいな、戎崎。死ぬかと思ったわ」

喉をぜいぜい鳴らしながら、山西が言う。

僕は一言、吐き捨てた。

「死ね」

「あ、本当にひどい」

「うるさい」

確かに僕は殺伐《さつばつ》としていた。死ねなんて言葉は、どんなときだって口にするべきではない。ましてや、ここは病院だ。自らを制御できない自分はみっともないと思うし、いつも冷静で、理知的で、論理的でありたいと思うけれど、さすがにできなかった。

ああ、それにしてもみっともない。

なにに腹を立ててるんだろう、僕は。

山西にじゃない。

こいつのせいで戎崎コレクションがばれてしまったし、里香に嫌われたけれど、思いっきり殴ったことでチャラになっている。もしかすると……僕は僕に怒ってるのかもしれなかった。至らぬ自分に。

僕たちはしばらく黙ったままでいた。

山西はよほど痛かったのか、首の辺りをずっと擦っている。なんとなくテレビに目をやると、画面にはなぜか、遊園地とかでやっている戦隊ショーが映しだされていた。レッドが次々と雑魚敵を倒してゆく。ブルーもイエローもグリーンもピンクも大活躍だ。けれど敵の怪人が出てきたところで、形勢が一変した。ヒーローたちはまったく歯が立たない。そこで客席が映った。

子供ばかりかと思ったら、むしろ声を張り上げているのは若いお母さんたちだった。

「こういうのってさ、最近、暇な主婦のアイドルになっとるんやってな」

山西がそう言った。

「ヒーロー役が二枚目なんやってさ」

ちょっと皮肉っぽい口調だ。

僕は頷いた。聞いたことがある。

「ああ、そうらしいな」

「俺さ、行ったことあるで。戦隊ショー。三交《さんこう》百貨店の屋上やったかな。幼稚園のころやけど、わくわくしながら行ったよ。なにしろ本物やと思っとったからさ。あれ、よくできとるんや。途中で、ほら、今みたいに、ヒーローがピンチになるんさ。怪人が強くて、全然勝てなくなる。そういうとき、司会の奴が俺たちに……子供たちに呼びかけるんや」

「呼びかける？　なんて？」

「ちょっと恥ずかしいな、こういうの」

「なんなん？」

「待てって。わかりやすいほうがいいやろう」

山西はやれやれという感じで立ち上がると、辺りを見まわし、僕たちしかいないことを確認すると、声を張り上げた。

いきなりだったので、びっくりした。

「みんな！　頑張れって叫んでくれ！　そうすれば、みんなの勇気がヒーローに届くから！　ほら、一、二の三で叫ぼう！　いっち、にの、さん！　頑張れ！　駄目だ！　もっと大きな声じゃないと届かないよ！　ほら、もう一度！　頑張れ！　叫ぶんだ！　頑張れ！」

広いロビーに言葉は響き渡った。当の山西は、両手を握りしめ、何度も何度も振り上げ、すっかり司会になりきっている。山西が叫ぶのをやめると、ふたたび静けさが戻ってきた。ただ以前のそれとは違って、もっと静かに感じられた。

僕を見たあと、山西は懐かしそうに笑った。

「俺、腹の底から叫んだ。ヒーローを応援した。涙が出そうなくらい……いや、出てたかもな。それくらい気持ちが入ってた。そうしたら、当たり前やけど、ヒーローが力を取り戻すわけ。いきなり強くなって、怪人をやっつけるんさ。今になって考えてみると、完全な子供騙しやけど、あのころは本当に自分がヒーローを救ったんやと思ったよ。感動した」

山西の顔を、僕はさりげなく観察した。

右の頬にニキビがある。山西はニキビができやすい体質なのだ。よく目をすがめるのは、本当は目が悪いくせに、眼鏡なんて格好悪いと言い張って、かけないでいるからだ。目をすがめると、ひどく人相が悪くなって、そのほうがよほど格好悪くなることに本人は気づいていないらしい。まあ、二枚目だとは、とても言えない。頭もよくない。いつだったか授業中に「発明は九十九パーセントの努力と一パーセントの閃《ひらめ》きであると言ったのは誰か」と先生に問われ、胸を張って「聖徳太子です」と答えたことがあるくらいだ。もちろん、その瞬間から、山西の綽名《あだな》は聖徳太子で決定だった。昔からの友達には、いまだにタイシと呼ばれつづけている。とにかく山西は正真正銘の馬鹿なのだった。

山西のような馬鹿にも、不細工にも、可愛い子供のころがあったのだ。

「頑張れ！」

そんなふうに声を枯らして叫んだときがあったのだ。

いくらか考えた末、山西の、左膝の後ろを、僕は蹴飛ばした。膝の裏を蹴られると、誰だってバランスを崩す。山西も当然、倒れ込んだ。ただし、軸足の右はそのままだったので、どうにか体を半回転させ、長椅子にしがみつくことができた。感謝しろよ、山西。両膝の裏を蹴っていたら、前のめりに倒れ込んでいたんだからな。

「おい、戎崎！　なにするんや？」

「うるさい。勝手に話を始めて、勝手に思い出に浸っとるだけやろが。そんなのに、俺をつきあわせんなよ。時間の無駄や」

「元気なさそうな顔しとるから、慰めたろうかと思ったんや」

「だいたい慰めになってへんやろ」

僕たちはまた、しばらく黙っていた。亜希子さんが早足でロビーを横切っていき、僕を見つけると、右手を銃の形にして、バーンと言いながら去っていった。僕はわざとらしく胸を押さえ、長椅子に寝転んだ。女好きの山西は、今の誰だよ、すごい美人じゃないかと興奮した様子で聞いてきた。僕は長椅子に寝転んだまま、やめとけと本気で言った。亜希子さんだけはやめておけって。

「ほんなら帰るわ」

やがて山西は立ちあがった。

僕は尋ねた。

「おまえ、なにしに来たんさ」

「暇つぶし」

「ああ、そうかよ」

呆れていると、山西の顔に迷いが浮かび、消え、また浮かび……結局、ひどく弱々しい声がその口から漏れた。

「実は女に振られたんや。だから家に帰りたなくてさ。まあ、誰でもいいで、ちょっと話したかったんや」

「おまえ、彼女なんかおったん？」

「おらへんよ。おらんから、告白したんや」

「そういうことか」

告白して、振られた、と。

「つまらんよな」

「次を探せよ。女なんて、いくらでもおるやん」

「まあな」

山西は歩きだすと、軽く手を振った。

「俺、帰るわ」

「元気出せ」

「おまえもな。彼女と仲直りできそうなん？」

「全然。まだ怒り狂っとるよ」

「あと三日たっても仲直りできんかったら、俺が土下座しにいったろか？」

「やめてくれ。火に油を注ぐだけや」

「里香ちゃんだっけ。あの子、本当に可愛いな」

可愛いという言葉に、僕は誇らしい気持ちになった。ああ、里香はとんでもなく可愛いさ。あんな子は滅多にいないだろう。でも、そのすぐあと、彼女の性格の悪さを知らない山西に抗議したくなった。里香のわがままのひどさを、ひとつひとつ説明してやりたいものだ。
「戎崎、おまえがうらやましいわ」
背中越しに言いつつ、山西は一度も振り返ることなく、去っていった。山西のせいで、いろいろ嫌な目にあってきたし……というか今もあいつづけているけれど、それでも僕は山西を許すことにした。あいつはあいつでいろんなことを抱えているんだ。僕や山西だけではない。誰だってそうだ。目を閉じ、耳を澄ますと、どこからか声が聞こえた気がした。

頑張れ！

そう叫ぶ声が、ロビーに響いているように思えた。もちろん幻聴だ。目を開けば、そこには誰もいないロビーが、ひどく寂しい世界が、ただ広がっているだけなんだ。ああ、わかってるさ。だから、そう——。誰か、僕のために、山西のために、そしてなによりも里香のために叫んでくれよ。頑張れって。声が枯れるまで叫んでくれ。僕たちは怪人と戦わなきゃいけないんだ。現実という名の、とてつもない怪人と。

10

もちろん応援だけじゃ意味がないわけで。まずは自分自身で戦わなければならない。たとえ勝機が少なくても、徒労に終わるかもしれなくても、とにかく戦うしかないのだった。戦うことから逃げていては、勝つチャンスさえも逃してしまう。それが勝負というものだ。

勝負……勝負という言葉で僕が思いだすのは、小学校三年の運動会だ。

そのころ僕はなぜか奇跡的に足が速かった。今は普通だけれど、小学校三年の僕には徒競走の神様が降臨していたらしく、勉強は全然だったし、球技なんかも下手くそだったのに、なぜか走るのだけはクラスで一番だった。追いついてくる奴さえいなかった。そんなわけで僕はクラス対抗リレーのアンカーに選ばれた。

見事に晴れ渡った運動会の当日、最終種目であるリレーが始まったとき、赤いタスキを斜めにかけた僕は、クラスメートが走る姿を緊張しながら見ていた。一番目の走者はタケダ君で、わりと速いほうだったから、他のクラスを引き離し、真っ先にバトンを次の走者に渡した。二番手はユヅキ君。女子に人気があるユヅキ君だ。そういう奴はたいてい男子から嫌われるものだけれど、ユヅキ君は本当にいい奴だったので、男子からも人気だった。ただユヅキ君はあまり足が速くなくて、リレーという競技においては女子に人気だとか、男子にも人気だとかはいっさい関係なく、タケダ君が築いたリードを失ったばかりか、最後尾まで下がってしまった。三番手のヨシダ君はそれでも必死に猛ダッシュをかけた。徐々に前との距離をつめてゆくものの、相変わらず最後尾のままだ。ああ、と僕は情けない気持ちで思った。どんなに頑張ったところで、もう一位は狙えないな。しかし近づいてくるヨシダ君を見ているうち、胸が熱くなってきた。ヨシダ君は猿みたいな形相で走っていた。見るからに必死で、苦しそうで、なにより一生懸命だった。

気がつくと、僕はすでに走りだしていた。完璧なタイミングだった。ヨシダ君の走力をぎりぎりまで引っ張り、僕自身も十分に加速してから、バトンを受け取った。右手で受け取ったバトンを、走りながら左手に持ち替える。バトンに残っていたヨシダ君の熱が伝わってきた。僕はさらに加速した。

すぐ前の三組を抜いた。一瞬だった。そして、少し先の二組。併走したのは数秒で、あっさりと置き去りにした。ちょっと前で、競いながらふたりが走っていたけれど、彼らは両方とも遅かったので、僕は大まわりをしつつ、軽くぶっちぎった。

前にいるのは、たったひとりだった。

四組の奴だ。

しばらく走って、僕は状況を悟った。駄目だ。無理だ。四組のランナーは速い。絶望感がわきあがってくる。僕がどんなに頑張っても追いつけないだろう。彼の背中はあまりにも遠かった。悔しかったけれど、クラスのみんなで頑張った結果だから、まあ、しかたない。それに二位だ。悪くはないよな。僕は四人も抜いたんだぜ。

そんなことを考えながら走っていると、声が聞こえてきた。

「裕一！　おい、裕一！」

父親だった。

筒みたいに丸めた運動会のパンフレットを、ゴール前に陣取った父親がぶんぶん振りまわしていた。

父親は僕に向かって叫んだ。

「させ！　走れ！　させ！」

その目は血走っていて、声と一緒に大量の唾が飛び散っているらしく、ビデオを撮っている他の父兄が迷惑そうな顔をしていた。僕は恥ずかしくてたまらなかった。だいたい、させってなんだ？　指せ？　刺せ？

「裕一！　ちょいさしだ！　それでいい！　ちょいさし！」

父親は最後まで叫んでいた。

周りの迷惑も顧みず。

あとで知ったことだけれど、ちょいさしというのは競馬用語で、ゴール前ぎりぎりで相手の馬をちょっとだけ抜くことらしい。さすというのは、やはり競馬用語で、抜くという意味だ。まったく、なんて親だ。せっかくの運動会なのに、可愛い子供を馬扱いかよ。

ちなみにリレーの結果は最低だった。ゴール直前でこけてしまったのだ。父親のあまりの姿に、集中力を切らしたせいだった。

何度思い返しても、あれはひどい風景だ。ひどい父親だ。

とにかく、だ。そういうハプニングが起きるかもしれないとはいえ、戦わねばならない。だって、僕のすぐ後ろを走っていた奴は、諦めなかったせいで二位になれたのだ。そう、僕は戦うさ。戦うとも。

息をつめ、僕は身を縮めていた。なにがあっても気づかれてはならない。ひどく寒かった。指先が震える。こんなことで貴重な体力を使っていいんだろうか。だいぶよくなったとはいえ、僕は病人なのだ。もし亜希子さんに見つかったら、怒鳴り散らされるだろう。

おや——。

僕は耳を澄ました。足音が聞こえる。このリズムは間違いない。タイミングを計る。あと三メートル、二メートル、一メートル。今だ。僕は掃除道具用のロッカーから飛びだした。思ったとおり、そこに里香の姿があった。僕はずっと、検査帰りの彼女を待ち伏せしていたのだった。そして、里香がロッカーの前にさしかかった途端、飛びだしたというわけである。人目も気にせず、僕は叫んだ。

「里香、話を聞いてくれ」

願いは叶えられなかった。まったく。里香がロッカーの扉を蹴飛ばしたのだ。扉は見事、僕の顔に命中し、とんでもない痛みに襲われた僕はその場でうずくまってしまった。

痛い。すごく痛い。

ようやく顔を上げると、そこに里香の姿はなかった。もちろん。とっくの前に消え去っていた。車椅子に乗ったお婆ちゃんが、看護師さんに押され、通りすぎていっただけだった。

またもや飛びだした。

「里香、話を聞いてくれ」

今度は近くに扉がない場所だ。ここなら扉での攻撃はできない。僕の顔を見た里香は、その手に持っていたカゴからミカンを取りだすと、ひょいと放ってきた。反射的に受け止めてしまう。もし投げつけられたのならば、ただ避ければいいのだけれど、こんなふうに軽く投げられると受け止めてしまうのだった。また、ひょいと投げてくる。また受け止めてしまう。さらにもうひとつ、ふたつ、みっつ――。

僕の両手はミカンで埋まった。

「里香、話を聞いてくれ」

ミカンを抱えながら僕は叫んだものの、里香はすれ違いざま、僕の頭になにか載せた。

「それ、コップだからね」

「コップ？」

「落としたら割れるよ」

里香の足音が遠ざかっていく。なんだって？　コップだって？　いつも彼女が使っているものだろうか。可愛らしいウサギの絵がついた奴だ。両手いっぱいにミカンを抱えている状態では、頭のコップを取ることはできない。下手に動いて落とすわけにもいかない。どうしようもなく、僕は立ちつくした。もちろん里香を追いかけることなんてできるわけがない。

「裕一、なにをやっとんの？」

やがて亜希子さんがやってきた。不思議そうに尋ねてくる。

僕は訴えた。

「亜希子さん、頭のコップを取ってください」

「コップ？　頭の？」

亜希子さんが、僕の頭に載っているものを取った。ミカンだった。

一計を案じることにした。僕の肩の上に載っているのは、スイカではない。かなりスカスカかもしれないけれど、いくらか考えることはできる。重さもスイカと同じくらいあるんだから、それなりのものが詰まっているはずだ。

「あのさ、里香」

　またもや飛びだした僕は、彼女を見上げながら叫んだ。いつもなら逃げだすのに、さすがに今回ばかりは里香も驚いたようだった。目を見開き、その場に立ちつくしている。

「足を挫《くじ》いたんさ」

　僕は今、車椅子に乗っていた。しかも、それだけではなく、右足には包帯を——かなり大袈裟な感じで——ぐるぐる巻いてある。自分で巻いたから下手くそだけれど、これはまあ、しょうがない。驚いている里香に向かって、僕は早口で言った。

「ほら、この前、おまえに突き飛ばされたやろ。あのとき、足をやったみたいでさ。ああ、でも、気にせんでええよ。別におまえのせいと違うでさ。突き飛ばしたのはおまえやけど、俺が受け身を取れへんかったのが悪いんさ。自分が突き飛ばしたからって、おまえが責任を感じる必要なんてないんやでな」

　もちろん、たっぷりと責任を感じてもらう必要があった。里香はひどく強情だけれど、優しい気持ちだって持っている。うまく表に出せないだけなのだ。要するに、人とのつきあい方が下手なのだった。

　普通の人のように学校へ通っていれば、人間関係は誰だって鍛えられる。そうだろう？　愛想笑いくらい平気だし、それほど親しい奴じゃなくても、教師の悪口で盛りあがることくらいはできる。

　だけど、里香はずっと、学校に行っていない。

　鍛えられていない。

　あまり里香のことを知らない奴らは、彼女がわがままで、手に負えなくて、思いあがってると思うらしいけれど、やっぱり普通の女の子なんだ。

優しい気持ちも温かい気持ちも持っている。

「なあ、里香、話を聞いてくれよ。俺が悪かったんや。それに、あのエロ……いや、あの本は夏目先生から預かっただけで、俺のと違うんさ。たまたまやったんや。ベッドの下のも、隣の病室にいたお爺さんから押しつけられたもんでさ」

「ああ、あった。車椅子、ようやく見つけたわ」

早口で訴えている最中、後ろから声が聞こえた。亜希子さんだった。

「裕一、車椅子を勝手に持ちだすんやないの」

「亜希子さん。それは事情があって」

僕は慌てふためき、こちらに駆けてくる亜希子さんを見て、次に里香を見て、また亜希子さんを見て、里香を見た。亜希子さんの言うとおり、車椅子は僕が持ちだしたものだった。もちろん足はなんともない。里香に話を聞いてもらうための演技だった。

事情を察した里香の目が、すっと冷えた。

「卑怯者」

言ったあと、僕の胸を人差し指で押す。

放たれた言葉は短く、動作も単純なものだったけれど、効果は絶大だった。卑怯者という言葉に傷つき、チャンスを失った悲しみに耽《ふけ》る暇もなく、車椅子が動きだした。後ろに向かって。なにしろ背後だからまったく見えないけれど、長く入院しているので、そこになにがあるのか僕はよく知っている。

階段だ。

衝撃に襲われた僕は、気がつくと床に寝転がっていた。ありがたいことに、三段くらいの短い階段だったので、たいしたことはなかった。車椅子から放りだされるとき、どこかをぶつけたくらいだ。とはいえ、ものすごい音がした。びっくりした亜希子さんが駆けつけてきた。

「裕一！　大丈夫？」

寝転がったまま、僕はただ風景を眺めていた。天井は白く、階段の踊り場なので、やたらと高かった。細長い窓から午後の陽光が射し込み、その光の柱の中で、無数の塵が優雅に踊っている。くるくる、ふわふわ、踊っている。人間の気持ちも、塵みたいなものなのかもしれない。くるくる、ふわふわ、踊っているのかもしれない。

「大丈夫？　裕一！　生きとる？」

右手を少し挙げ、ひらひらと僕は振った。

亜希子さんがつまらなさそうに言った。

「なんや。生きとるんや」

「いや、死んでます」

力無く、僕は呟いた。

11

夏目吾郎はもちろん大人である。大人であるからには当然、煙草を吸ってもかまわない。しかしながら、病院内はこれまた当然、禁煙である。不良高校生のようにトイレで吸うのは――まあ、たまには昔を思いだして悪くはないのだが――たいていの場合、あまり楽しいものではない。せっかくの一服なのだ。というわけで、夏目吾郎は今、屋上で煙草を吹かしていた。銘柄はショートピース。味がいい。うまい。そして体にはよくない。実に素晴らしい。

夏目はひとり、呟いた。

「のんびりするねえ」

眼下には伊勢の町が広がっている。田舎町だ。人口十万は三重県内では立派なほうだけれど、夏目が生まれ育ったのは人口百万の大都市だった。そこに比べると……いや、比べる気にもならないか。

駅前の商店街は寂れきってる。

デパートはひとつきり、それも潰れかかってる。

遊び場所？

ない。まったくない。

映画館は小さいのが二軒か三軒。少しマニアックな映画になると、まず上映されない。

赴任先はどこでもかまわないと言ったが、まさかこんなところに来ることになるとは想像もしなかった。心身を磨り減らすような、懲罰的な場所かと思っていたのに。いささか拍子抜けだ。もっとも、こういう場所のほうが、見せしめとしてはいいのかもしれないが。

「まあ、どうでもいいけどな」

ひとり呟く。もはや習慣になっている。他人と暮らすことを知らなければ、黙っているのが普通だったろうに。

ああ、そう。そうだ。もはや、どうでもいいのだ。田舎だろうが、小さな市立病院だろうが、映画館がなかろうが、駅前の定食屋の客引きがやたらとしつこかろうが、知ったことか。一本、吸い終わる。続いて、二本目。口に咥えつつ、ライターを探す。白衣の右ポケット。ない。左ポケット。ない。落とした可能性が頭に浮かび、ひどく焦ったものの、さっき使ったばかりだったことを思いだした。どこかにあるはずだ。ああ、ほら、あった。右のズボンのポケットだった。渋い色のオイルライター。火をつける。煙を吸い込む。深々と。ありとあらゆる毒が、自分の体を攻撃していると思う。煙草の害というのは、なかなかのものだ。口腔《こうくう》ガンの発生率は、非喫煙者のおよそ三倍。食道ガンは二倍。肺ガンだと四倍。喉頭ガンに至っては、なんと三十二倍だ。実にいい。素晴らしい。

　ライターを見つめる。

「なあ、煙草をやめろと言ってたくせに、なんでライターなんかくれたんだよ？」

　もちろん答えは返ってこない。夏目吾郎はひとりきりなのだから。二本目も短くなったので、そろそろ引き揚げようかと思ったところ、屋上のドアが開いた。

　誰かと思えば、看護師の谷崎亜希子だった。かなり美人だが、かなり気が強い。

「よう」

　陽気さを装い、声をかける。谷崎は目を細め、不快そうな表情を浮かべた。まったく、正直な女だ。

　正直な女は嫌いじゃないが。

「ショッピですか？」

「そうだよ」

「体に悪いですよ」

　どうやら相当嫌われているらしい。手すりにもたれかかると、谷崎はポケットからセブンスターを取りだした。

「谷崎も吸いにきたのか。へえ、セッターかよ。ピースとそんなに変わらないだろう」

「そっちの方がニコチンもタールも倍くらいありますよ」

「そんなに違ったか?」

「一緒にせんといてほしいですね」

伊勢弁にもだいぶ慣れた。最初はなにを言っているのかさっぱりわからなかったが、今では馴染みつつある。谷崎は黙り込んだまま煙草を吹かしていた。慣れた吸い方だった。指の先のほうで煙草を挟み、少し斜めに咥えている。たぶん若いころから吸っていたんだろう。他の看護師が嬉々と話してくれたが、谷崎は元暴走族だったらしい。

「なあ、谷崎」

「なんですか?」

「もしかして、俺、嫌われてる?」

睨まれた。おもしろい。これだけ強い目をした女は、なかなかいないぞ。

「好感は持ってませんね。まったく持ってないですよ」

「なんでだ?」

また睨まれる。視線の強さに、背中がぞくりとした。おいおい、本物じゃないか。たっぷりの修羅場をくぐっていないと、こういう目はできないものだ。若かったころ、飲み屋でヤクザに絡まれたことがある。その場をおさめてくれた店のママが同じ目をしていた。

「まず、そういうことをズケズケ聞くところですかね」

「なるほど」

「まじめな話をしとるのに、にやにや笑っとるところも」

「ふむ」

「なにより、裕一をからかって遊んどるのが気に食わないですね。せっかく仲直りできるようにしたのに、夏目先生がぶち壊したそうですね。裕一ね、参ってますよ。あと里香も」

「そうか」

「なんで、あんなひどいことしたんですか？」

元暴走族の看護師は、まだ睨んでいる。本当に気が強い女だった。怖いという言葉を知らないみたいだ。少し睨み返してやったが、まったく怯まない。しかたなく、こちらから目を逸らした。空を見上げる。青というより白に近く、雲はひとつも浮かんでおらず、高いビルに遮られていないため遠くまで広がり、神代の昔から町を見守ってきたであろう山々が彼方に見えている。どこからか、少年の叫ぶ声が聞こえてきた。誰のだろう。あのガキかな。

「理由はないさ」

「じゃあ、夏目先生はただの意地悪な人ってわけですね？」

「そうかもな」

「なに笑っとるんですか？」

「なんでだろうな」

谷崎が舌を鳴らした。顔をしかめた。ナース帽の後ろの髪を掻き乱した。ナース帽が横にずれた。ああ、面倒くさい、と吐き捨てた。

「もう敬語はやめるわ。文句があるんやったら、誰にでも言うたらいい。あんた、最低やね。あんな子供たちを弄《もてあそ》んでなにが楽しいんさ。裕一は欠点だらけやけど、いい子やよ。里香だって、そうやんか。なんでひどいことするんさ」

「悪いか？」

「主治医だから、わかっとるやろ。里香はあんな体なんや。いつまで保《も》つかわからへん。もしかしたら、ふたりが一緒におれる時間は、ほんの少しかもしれんやろう。その、ほんの少しの時間を、あんたが削っとる。わかっとるんやよね。わかっとるのに、意地悪しとるんやよね」

「ああ、おまえの言うとおりだ」

「もう一度聞くよ。なんで、あんなひどいことするんさ」

谷崎は本気で怒りはじめている。まずいなと思った。背中の寒気が、さっきより強くなっている。まるで綱渡りだ。ちょっとでも言葉を間違えたら、真っ逆さまに落ちるだろう。心のどこかに、それをおもしろがっている自分がいた。望んでいる自分がいた。真っ逆さまに落ち、あっさり死ぬことができるのならば、どれほど楽だろうか。その、おもしろがっている自分が、笑いながら口を開いていた。

「決まってるだろう。ガキどもをからかうのがおもしろいからさ」

谷崎の体が動いたのは、直後だった。腰の回転といい、膝から下の振りの速さといい、完璧だ。振りがあまりに速いせいで、軌道が予測しづらい。避けることはできただろうが、さっきから成り行きをおもしろがっている自分は、ただ突っ立っていた。強烈なキックが左の腿にめりこむ。折れたのかと思うほど痛くて、思わず笑ってしまった。足を抱え、うずくまりながら、顔には笑みが浮かんでくる。ひひ、と声が漏れる。あまりに痛すぎて、気が狂ったのかもしれない。あるいは別のなにかのせいかもしれない。

「この阿呆」

いたわってくれるかと思ったが、しかし谷崎は吐き捨て、歩きだした。立ち去るつもりのようだ。

　なんておもしろい女だろう。最高だ。

「おい、谷崎」

　足の痛みのせいで、言葉が長く続かない。顔を上げられない。ただ痛みに耐えるばかり。それでも、元暴走族の看護師が立ち止まったのは、気配でわかった。

「里香を説得してやるよ」

「説得？」

　訝しげな声。

　ああ、と言っておく。

「戎崎と仲直りしろってな。里香はさ、俺の言うことなら、聞くと思うぞ。なにしろ長いつきあいだからな」

「どういう風の吹きまわし？」

「おもしろいからさ」

「なんやって？」

「なあ、谷崎、本当に蹴りがうまいな。死ぬほど痛いぞ。折れたかと思った」

　大の字に倒れ込み、谷崎のほうに顔を向ける。谷崎は戸惑った表情を浮かべ、立ちつくしていた。痛みに耐えつつ笑いかけてみたが、もちろん笑い返してはもらえなかった。ああ、そうか。白い空を見上げながら、夏目はふと思った。俺は罰を与えたかったんだ。自分自身に。

12

風が吹いている。ゆっくり、のんびり、吹いている。今日はやけに暖かく、空気には少しだけ春の匂いがした。僕たちが立ち止まっているあいだも、季節は確かに移ろい、揺らぎ、変化しつづけているのだった。あと一カ月もすれば、本格的に春の足音が聞こえてくるだろう。それにしても寂しい。たまらなく寂しい。風に吹かれている自分に、孤独に耐えている自分に、うっとりと自惚《うぬぼ》れたくなってしまう。たいていのテレビドラマや映画には、孤独で冷静な敵がいるものだ。屋上で風に吹かれている僕は、あんなふうに格好いいに違いない。心の中で言い張ってみたものの、わずか五秒後にはため息が漏れていた。どんなに格好をつけても、今の僕は、女に振られかかっている若造に過ぎなかった。びしょぬれの負け犬みたいものだ。孤独が格好いいなんて、とんでもない間違いだった。なぜなら僕は寂しくてたまらない。里香のそばにいたい。声が聞きたい。話したい。触れたい。

ああ、ため息ばかりが漏れる。

自分がこんなに弱い男だなんて考えもしなかった。もちろん強い男だと思ったことはないさ。小学生のころだけれど、ドブに落ちて泣いたことがあるし、大きな犬に追いまわされて半ベソをかいたことだってある。仲間はずれが怖くて、別の誰かの仲間はずしに加わったことさえある。そう、僕はちっとも強くない。わかりたくないくらい、わかっている。けれど弱い自分を突きつけられるのは楽しくなかった。ああ、ちっとも楽しくないさ。

空は青くて高かった。手を伸ばしても触れられそうになかった。商店街のアーケードが遠くに見えている。潰れかかったデパートの青い看板も。少し奥に伊勢神宮の森がこんもりと盛りあがっている。世界はどこまでもどこまでも広がり、ちっぽけな僕が、ちっぽけな痛みやら、ちっぽけな欲望やらを抱えて、ちっぽけに立っている。

「強くなりたいよ」

そっと呟いた。心からの望みだ。僕は誰よりも強くなりたかった。

こほん——。

抑え気味の咳。背後で。

僕は反射的に後ろを見た。そして、またもや反射的に体を反転させた。手すりに背中を預けつつ、目をいっぱいに見開く。里香が、いた。そこに。パジャマの上にカーディガンを羽織り、立っていた。どうしていいかわからず、僕はしばし凍りついたままだったけれど、やがて異変に気づいた。怒っている顔ではない。僕と同じように戸惑っているふうに見える。

最初に口を開いたのは、なんと里香のほうだった。

「え、えっと」

恥ずかしそうに、視線を逸らした。

「い、いい天気ね」

「う、うん」

「あ、暖かいし」

「そ、そやな」

「か、風が気持ちいいね」

「た、確かに」

言葉が途切れた。一瞬だけ里香が視線を戻す。目が合った瞬間、胸の奥でなにかが弾んだ。この目を、この視線を、僕はずっと欲していたんだと悟った。言葉ではない。理屈でもない。感覚だ。里香がそばにいるだけで、温かなものが湧きあがってくるのを感じた。まるで泉のように、心を浸していった。

里香がまた視線を逸らす。ただし拒絶ではない。なんとなくだけれど、わかる。里香は立ち去るわけでもなく、怒りだすわけでもなく、僕の前に立っていた。こんな里香を見たのは初めてだ。あれ、なんだろう。自分でもよくわからない、不思議な感情が、胸に渦巻いた。それを分析する前に、里香が足を前に出した。一歩、二歩と、ゆっくり近づいてくる。僕は思わず、息を呑んでいた。里香のことだから、なにをするかわからない。いきなり殴られる可能性だってある。けれど里香は、僕の横に立ち、手すりに腕を預けた。

「裕一なんて大嫌い」

「え……」

「馬鹿だし、うるさいし、エッチだし」

「それは……」

「大嫌い」

反論すべきだったのかもしれないけれど、僕は黙っていた。不思議なことに、僕を罵倒しながらも、里香の声はまったく怒っていなくて、むしろ拗《す》ねたような感じだった。それにまあ、確かに僕は馬鹿だし、うるさいし……少しはエッチだ。

「ごめん、里香」

「謝ればいいってもんじゃないんだからね」

「そうやけど、ごめん」

「うん」

　里香が頷いた。驚いた。うん、だって？　謝罪を受け入れてくれたのか？　僕は思わず、早口で、さらに謝っていた。

「ごめん。もう嫌な思いはさせへんから」

「当たり前よ、そんなの」

「そうやな。当たり前やな」

「裕一なんて大嫌い」

　不思議だった。大嫌いと言われれば言われるほど、心が満たされていく。温かいもので溢れてゆく。世界が丸ごと自分のものになったみたいだった。今なら、なんだってできそうな気がした。溜まりに溜まっているレポートだって、一日で片付けられそうだ。僕は体の向きを変え、里香と同じように、ふたたび手すりに向かった。

「俺、死ぬかも」

「死ぬ？　なんで？」

　幸せすぎて、とは言えなかった。さすがにそれは恥ずかしい。けれど里香には、ばれてしまったのかもしれない。

　彼女はくすんと笑った。

「女々しいね、裕一って」

「悪いかよ」

「別に悪くはないけど」

「じゃあ、いいやろ」

「開き直ってるし」

「復活した」

「さっきまで泣きそうな顔してたのに」

「そんなことないって。あ、飛行機、見つけたぞ」

「え？　どこ？」

「神宮のほう。雲をちょっとだけ引っ張っとるよ」

「本当だ。あの飛行機、どこに行くのかしら」

「どこやろう。海外やったらええよな」

「変なの。裕一が乗ってるわけじゃないのに」

「そやけどさ。なんかいいやん。遠くまでってのが」

「遠くがいいのね」

「どこまでもどこまでも行きたいんさ」

僕と里香は下らないことを喋りつづけた。僕がちょっとした冗談を言うと、里香はくすくす笑った。馬鹿みたいと繰り返した。そんな彼女の声を聞くだけで、僕は本当に幸せな気持ちになれた。こういう時間。彼女の声。ぬくもり。優しさ。離れてみて、どれだけ貴重だったのか思い知った。絶対に失ってはいけない。宝物だ。この世で一番、大切なものだ。

「どうして、わたしをじっと見てるの？」

「いや、別に。なんとなくやって」

「ろくでもないことを考えてたんでしょう?」

拗ねた顔が可愛くて、僕は笑ってしまった。

「なあ、里香」

「うん?」

「なんで許してくれる気になったん。おまえのことやで、このままかと思っとった」

「——ったから」

「え?」

「夏目先生がね、許してやれって言ったから」

意外な名前にびっくりした。

「夏目って、あの外科医の夏目?」

「他にいないでしょう」

「主治医なんやったっけ?」

「前の病院にいたときから、ずっと夏目先生に診てもらってるの。夏目先生がこの病院に移ったから、わたしも転院したの」

「夏目を追ってってことなん?」

「まあね」

胸が気持ち悪い。さっきまで、すごく幸せだったのに。そんなものはすべて吹き飛んでしまっていた。里香が僕を許す気になったのは、夏目に言われたからなんだ。夏目の言うことなら、彼女はなんでも聞くんだ。さっきの幸せは、あの嫌な奴のおかげだったんだ。

「あいつに言われたから、俺と話そうって気になったん?」

「そうだよ」

　里香は頷いた。

「でなきゃ絶対に許してやらないもの」

　照れ隠しだ。そのままの意味じゃない。思ったけれど、しかし里香の言葉を正面から受け止めている自分がいた。どうしようもなく傷ついている自分がいた。嫉妬に狂っている自分がいた。下らない感情だ。誰のおかげであろうと、なにを犠牲にしようと、里香と仲直りできるのならかまわないはずじゃないか。けれど僕は笑えなくなっていた。なにかがおかしい。どうかしている。おまえは小さい人間だ。自分を罵ってみるけれど、声はどこにも響かず、深い闇にそっくり吸いこまれてしまう。景色が遠い。視界が狭い。線路がふと、頭に浮かんだ。いつもいつも、僕は線路を見つめていた。線路はどこかへ続いている。知らない町が、未来が、先にある。僕はそんな未来を捨ててもいいと思っていた。里香といられるのならば、かまわないと思っていた。急にそれが惜しくなった。

　本当に捨ててしまっていいのか？　どこか遠くへ行きたかったんじゃないのか？　知らない町を、人々を、世界を見てみたかったんじゃないのか？　女の子のために捨ててしまっていいのか？　他の男の言うことを、あっさりと聞く子だぞ？

　里香がなにか喋る。なのに聞こえない。耳に入ってこない。いや、入ってくるのだけれど、頭が理解しようとしない。芯に熱くなっている場所があり、そのせいで、すべての言葉が溶けてしまうのだった。里香の顔が険しくなる。僕がなにか言う。早口で、吐き捨てるように。里香の顔がいっそう険しくなる。さらに言葉をぶつける。もはや制御がきかなくなり、嗜虐《しぎゃく》的な快感さえ覚えるようになっている。辛くて苦しいのに、それをエネルギーとして快感は暴走し、ますます辛さは増し、苦しさは深まり、悲しさが輪郭を鋭くしてゆく。

里香がなにか言う。

すぐに僕は反論する。

里香の口が開きかけ、しかし言葉を失ったかのように閉じ、また開きかけ、結局は閉じたままになる。

僕は言った。

「あんな奴なんかに――」

声が聞こえた。

ようやく。

僕は突然、言葉を失った。自分がとんでもないことをしてしまったという感覚だけが残っている。里香がなにかを投げた。僕に向かって。言葉ではなかった。反射的に避ける。それは顔の横を通りすぎ、手すりも通りすぎ、ばさばさと音を立てながら空間を落ちていった。

やがて里香が顔を凍りつかせた。手すりの向こうを慌てて覗き込む。僕もまた、彼女の視線を追った。一メートルほどの庇があり、その先は垂直に切り立った壁面だ。各階ごとに設けられた庇が、壁面の途中に突きだしていて、さっきの本が落ちていた。

「お父さんの本が……」

泣きそうな声で里香が言った。

13

ずいぶん迷ってから病院を抜けだした。砲台山事件以降、もちろん抜けだしは禁止されていたので——というか許可されたことなんてないけれど——明らかな約束違反だ。見つかったら、亜希子さんに怒鳴られるだろう。

あるいは怒鳴られたかったのかもしれない。ぶらぶらと夜の町を歩いた。まあ、実に静かなものだ。

夜は更け、そろそろ日付が変わるころだった。人気のない田舎町を、いくつもの外灯が照らしだし、寂れっぷりを際だたせていた。ゆっくり歩く。一歩、二歩、と数えながら歩く。商店街の脇を通りすぎたとき、コンビニの明かりが見えた。店内に客の姿はなく、暇そうな店員が漫画を読んでいた。僕はまるで光に吸い寄せられる蛾のように、コンビニに入った。僕に気づいた店員が、ものすごく面倒くさそうに、いらっしゃいませと言った。買いたいものなんてないし、そもそも金だってないのに、僕はいろんなものを手に取っていった。地域限定のスナック菓子、フィギュアがおまけについたペットボトル、鮭のおにぎり、発売から四日たった少年サンデー。それらをレジに持っていった。

「七百六十七円です」

「あ、はい」

財布の中を見ると、千円札が一枚に、小銭が数枚だった。全財産の七割を使ったことになる。僕はなにをしてるんだろう。菓子なんか食べたくないし、おにぎりもいらない。少年サンデーだって？　買うのは三年ぶりじゃないか。

「あの――」

「あ、すみません」

不審な表情の店員に、つい愛想笑い。店員はますます不審そうな表情になった。僕は慌てて七百六十七円を払い、店を出た。スナック菓子とペットボトルとおにぎりと少年サンデーが入ったレジ袋をぶらぶらさせ、さらに夜道を歩いていく。

今日の出来事がふと、頭に浮かんだ。

「あんな奴なんかに――」

自分の、嫉妬に狂った声が浮かんだ。

あのとき、里香は泣きそうな顔をしていた。いや、目の端には涙が少し滲んでいた。僕のせいだった。ちっぽけで下らない、それこそ屑《くず》みたいな感情で、一番大切なものを傷つけたのだ。

僕はいったい、どんな顔をしてたのだろう？


思ったとおり、司は起きていた。

「あれ、どうしたん？」

窓を開けた僕を見るなり、そう聞いてきた。

僕は窓枠を乗り越えつつ言った。

「鍵くらいかけろって。危ないやろ」

「そうやけど、裕一がいつ来るかわからんでさ」

「人をナマハゲみたいに言うな」

僕はへらへらと笑った。

司もへらへらと笑った。

「まだ寝やへんの？」

「ちょっと勉強しとったんさ」

「勉強？」

「実力テストやで、もうすぐ」

「ああ、そうか」

考えてみれば、そういう時期だった。あと少しで僕たちは三年になる。いよいよ受験生というわけだ。

「裕一は勉強しなくてええん？」

「レポートでＯＫということになっとるでさ。だいぶ進んだし」

「ええな、それ」

司は本当にうらやましそうな顔をした。恐ろしく単純なのだ、司は。いつだって思ったままの表情を浮かべる。僕には無理だった。こんなふうに感心したり笑ったり泣いたりできない。下らない？　ああ、そうだよ。確かに下らないさ。だけど、できないものはできないんだ。僕はちっぽけな人間なんだ。だから里香にもあんなことを言ってしまったんだ。

「裕一、どうしたん？」

司が尋ねてきた。

いつのまにか、ぼんやりしてたらしい。

僕は慌てて笑った。

「ほら、お土産」

「え、いいの。ありがとう。ちょうどお腹が空いとったんさ」

「食ってくれ」

さっそくおにぎりを取ると、大きな手を、びっくりするくらい器用に動かしながら、司は包装をはがした。

「ここの鮭おにぎりって、わりとうまいよね」

「おにぎりはやっぱり鮭やろ」

「焼きたらこも捨てがたいけど」

「ああ、確かに」

「明太子と焼きたらこやと、どっちが好き？」

「それは厳しい質問やな」

下らないことを話していると、少しだけ心が落ち着いた。自分の狂態を忘れられた。司は僕が冗談を言えば笑い、怒ればごめんごめんと謝った。僕も司が冗談を言えば笑い、司が怒れば謝ったり話を逸らしたりした。なあ、司、僕たちが友達になったときのことを覚えているか？あのとき、おまえ、子猫を胸に抱えながら、ぶるぶる震えていただろう？　おまえ、すごく大きな体なのにさ、まるで子猫みたいだったぞ。だから僕はおまえを追いかけたんだ。なにも考えなかったよ。いや、ちょっとは考えたけれど、その前に足が勝手に動いていた。どうしたら、もう一度あんなふうにできるんだろうな。教えてくれよ、司。どうしたら、おまえみたいになれるんだよ。

時間はやけに早く流れ、気がつくと夜一時を過ぎていた。小さな音を立てて動く時計の、細い秒針を眺めていると、司が尋ねてきた。

「裕一、なんかあったん？」

「なんかって？」

「わからんから、聞いとるんやわ」

司はひどく真剣な顔をしていた。へらへら笑っても、下らない冗談を言っても、馬鹿みたいにはしゃいでも、すべて見透かされていたんだ。

僕は悩みひとつ、隠すことができない。

「なんでもないよ」

「そやったらいいけど」

馬鹿、と笑いながら僕は言った。自分でもわかるくらい、それは弱々しい笑みだった。

「そんな顔すんなよ」

「うん」

「本当になんでもないんやで」

嘘だった。司は気づいたようで、黙っている。僕も黙っている。異変に気づいたのは、その沈黙のおかげだった。

小さな音が、窓の外から聞こえてきた。僕は慌てて立ちあがり、窓を開けた。

「ああ、やばい！」

「裕一？　どうしたん？」

「雨が降っとる！」

空はいつのまにか雲に覆われており、星はまったく見えなかった。僕が病院を抜けだしたときには、もうこんな空になっていたのだろう。顔を上げなかったから、まったく気づかなかった。外灯が作りだす光球の中、無数の雨が線を引いて落ちてゆき、アスファルトには小さな染みが増えつつあった。

「天気予報で言うとったけど、今晩から本降りやって。雪にはならへんみたいやよ」

本が浮かんだ。コンクリートの庇に引っかかった本。里香が投げた本。気がつくと、僕は窓枠を乗り越えていた。

「裕一、どこ行くん？」

「やばいんさ。早うしやんと。本が、里香の大切な本が、濡れてしまう。そうや、司、おまえも来い。手伝え」

「え？　今から？」

「ほら、来いよ。時間がないんさ」

「待ってや。まずいんやって。この前、怖い看護師さんにすごく怒られたし。従姉妹にもばれて、親に怒られたし。だいたい蹴られたとこが今も痣《あざ》になっとって――」

「とにかく来い」

「わ、わかったから。ちょっと待って。ちょっとだけ」

「なんでや？」

「すぐやって。ちょっとだけ」

「ほら、行くで」

嫌がる司の腕を取り、僕は走りだした。なにも考えず、足が動いていた。

14

雨はゆっくり、けれど確実に、その勢いを増した。僕たちが病院にたどりついたころ、地面はすっかり濡れていた。早くもできた水たまりに外灯の明かりがにじみ、雨粒によって作りだされた波紋が、淡い光を絶え間なく揺らしている。僕と司は水たまりを飛び越え、その勢いのまま、夜間出入り口から病院内に入った。

恐怖の十メートルなんて知ったことか。

僕は全速力でスロープを駆け抜けた。見つかることなんて、まったく考えていなかった。司が大きな足音をさせながらついてくる。通り過ぎるとき、ナースステーションを見ると、人の姿はなかった。仮眠を取っているのかもしれない。階段の手前で用具室に入り、中を見まわして、目当てのものを見つけだす。すぐさま手に取って、階段へ向かった。

「裕一、どこ行くんさ？」

ぜいぜい言いながら、司が尋ねてくる。

「屋上！」

走って走って、喉の奥が熱く焼けただれるまで走って、僕は屋上の鉄扉を跳ね開けた。途端、雨粒が顔を打った。雨はずっと強くなっていた。焦りが膨れあがった。急かされるように手すりに駆け寄ると、僕はその向こうを覗き込んだ。里香の本はまだ庇に載ったままだった。

「司、俺の手を――」

叫びながら振り返った僕は、息を呑んだ。司がいない。いや、まあ、確かにいるのだが……確かにいないというか。僕の目の前にいるのは、スーパーストロングマシーンだった。あまりのことに、なにもかも忘れ、三秒ほど固まってしまった。

スーパーストロングマシーンというのは、十年くらい前に活躍したプロレスラーだ。マスクマンであるからには、当然、その正体は秘密ということになっていたのだけれど、対戦相手やマネジャーなどの関係者はもちろん、一般のファンでさえも正体を知っていた。

平田《ひらた》淳嗣《あつし》である。

ただ、いちおう正体はわからないことにしておこうという、暗黙の了解があった。なにしろマスクマンなのだから当たり前だ。それなのに、当時の新日本プロレスのエースだったドラゴン藤波《ふじなみ》はなぜか、周囲の配慮をあっさり無視し、言ったのだった。

「おまえ、平田だろう？」

実に見事な演技だったらしい。眉間に皺を寄せ、首を傾げ、いかにも推理しましたという感じだったそうだ。明らかな掟破りなのだけれど、それがどういう意図によるものかわからず、会場は奇妙な沈黙に沈んだらしい。お客さんも含め、誰もが思っていたのだ。そんなことを今さら指摘してどうする？

そのスーパーストロングマシーンが、僕の目の前にいた。

僕は思わず、呟いていた。

「おまえ、司だろう？」

司が……いや、スーパーストロングマシーンが驚いた。なんというか、不思議な驚き方だった。いろんなことに驚いたという感じだった。

「いや、その」

「だいたい、おまえ、なんでマスクかぶっとるん？」

「ほら、従姉妹に見つかるとまずいんで」

そんなものをかぶっても、すぐにおまえだとわかるぞ。

「もしかして、おまえさ」

「な、なに」

「プロレスオタクなん？」

「違うって」

「じゃあ、なんでそんなマスク持っとん？」

「これはお兄ちゃんの趣味で」

「お兄ちゃん？　鉄《てつ》さん？」

司の兄貴は、伊勢では有名人である。なにしろ、ただでさえ大きい司よりも、さらに大きく、相撲部屋とプロレス団体からスカウトが来たという逸材だった。怒らせると鬼のように恐ろしいらしく、ヤクザをまとめて病院送りにしたとか、暴走族をひとりで潰したとか、いろんな伝説がまことしやかに囁かれている。

「鉄さんのものを勝手に持ちだしてきてええんか？」

「う、うん」

「それ、おまえの部屋にあったよな？」

「あ、うん」

「やっぱりおまえのなんやろ？」

「ち、違うって」

「実はプロレスオタクなんちゃうん？」

「そ、そんなことないって」

どのジャンルでもそうだけれど、なぜおたくというのは、自分がおたくであることを指摘されると、むきになって否定するのだろう。

呑気なやりとりは、そこまでだった。雨足が急に強くなったのだ。顔に当たる雨粒が大きくなり、勢いを増していた。まずい。こんな下らないことをしてる場合ではない。ふたりそろって手すりを乗り越える。その先には一メートルほどのコンクリートの庇があるだけだ。少しでもふらついたら、地面まで一直線だった。庇に両手と両膝をつき、僕はその向こうを覗き込んだ。本はもちろん、まだあった。手を伸ばしても届く距離ではない。下階の庇までは、たぶん二メートルくらいあるだろう。飛び降りることも考えてみたけれど、さすがにそれは危なそうだ。うまく着地できればいいものの、濡れたコンクリートで足を滑らせたら最悪だ。となれば方法はやはりひとつしかなかった。

「司、紐の端を持っといて」

「紐？　どういうことなん？」

用具室から持ってきたビニール紐の束を差しだした。ビニール紐といっても、ちゃんと編まれたもので、太さが一センチくらいある。僕の体重を支えることはできるはずだ。ただし頼りないといえば、確かに頼りない。もっとしっかりしたものを使うべきだ。

「これを使うん？」

「ああ」

怯む司を無視して、僕はビニール紐を両脇の下に通して、ぐるぐると体に巻きつけた。そして、しっかり体の前で結ぶ。二回だと心配だったので、さらに一回、結んだ。

「やめようや。危ないって」

「濡らすわけにはいかんのや、あの本は」

「え？　本って？」

「いいから、持っとって」

あたふたしている司に紐の束を押しつけると、僕はビニール紐を手のひらに巻きつけた。これで少しくらい滑っても大丈夫なはずだ。けれど、絶壁を眺めた途端、恐怖が喉の辺りまでこみあげてきた。落ちたら死ぬかもしれない。本能的な恐怖だった。

「行くで」

決断させたのは風だった。強い風が吹きつけ、濡れた肌を冷やした。心を冷やした。けれど、そんな風に吹かれても、本は捲れもしなかった。濡れているのだ。このままだと本は駄目になってしまう。テレビで観たロッククライミングの様子を思いだしながら、僕は壁面に足をつけた。両手で庇の縁を掴み、ゆっくりゆっくり、足を下にずらしていく。

「大丈夫、裕一？」

「な、なんとか！」

新しいスニーカーを履いてきてよかった。まだゴム底が柔らかいおかげで、しっかりと壁面を掴まえることができた。両手で庇を掴んだまま、右足を少し、下へ。次に左足を少し、下へ。力を入れ過ぎたせいか、恐怖のせいか、庇を掴む両腕が震えた。堪えろ。堪えるんだ。腕に力を込め、さらに足を動かす。まったく下を見ることができないので、どれくらいで下階の庇に足が届くのかわからなかった。十センチ？　三十センチ？　あるいは一メートル？

　限界が訪れたのは、いきなりだった。ほんの少し指を伸ばした瞬間、壁面を捉えていたはずの右足が滑った。左足も同じように滑る。

「ああ！」

「裕一！　危ない！」

「頼む！」

　僕と司の悲鳴が、思いが、交錯した。一瞬のことなので、僕にはなにが起きたのかわからなかった。どこまでもどこまでも落ちていくような気がした。寝ているとき、布団から落ちるときに味わう、恐ろしい落下感覚。もちろん布団から落ちてもなんともない。たかが数センチ。目が覚めれば、胸を撫で下ろす。けれど今、自分は夢を見ているわけではない。落ちたら死ぬ。死ななくても大怪我だ。亜希子さんは怒鳴るだろう。馬鹿と罵るだろう。里香は怒るだろうか。呆れるだろうか。もし僕が先に死んでしまったら泣くだろうか。

　気がつくと、僕は空間にぶら下がっていた。両足はどこにもついておらず、虚しく宙を揺れるばかりで、両手はビニール紐を握りしめている。脇の下にビニール紐が食い込んで痛い。ようやく状況を飲み込んだ。僕は落ちたんだ。足を滑らせた。ただ体に三回も巻きつけたビニール紐が救ってくれた。紐を握る両手に、自然と力がこもる。司のことが心配だったので顔を上げると、僕の体重を支えるため、手すりにしがみつく司の姿があった。まるで巨大なアナコンダみたいな感じで、手すりに太い腕や足を絡めている。あたかも魔神風車固めのように。それはスーパーストロングマシーンの必殺技だ。相手に体を絡め、その動きを封じるということになっているけれど、実は全然封じられない必殺技。手すり相手に魔神風車固めを決めた司の姿は、スーパーストロングマシーンそのものだった。

「司、大丈夫か？」

「なんとか！」

「裕一は？」

「こっちもなんとかや！」

状況は最悪だった。

「裕一！　下りられる？」

「わからん！」

「早く！　手が滑るわ！」

恐る恐る下を見ると、二階の庇は足のすぐ先にあった。あと十センチくらいだろうか。これなら下りられる。胸の前にあるビニール紐、その結び目に手をやった。駄目だ。引っ張られているせいで、ほどけない。紐を持つ右手に力を入れ、体を持ちあげる。脇に食い込む圧力がなくなった。残った左手を動かし、どうにか結び目をほどく。慎重に、けれど素早く確認すると、僕は勇気を振り絞って飛び降りた。たかが十センチくらいとはいえ、たまらなく怖かった。ありがたいことに、僕の両足はコンクリートの庇を捉えた。ふらつくと危ないと感じたので、すぐさま、その場にしゃがみこむ。

「司！　もういいで！」

僕は叫んだ。両手がひどく痛かった。きっと皮が剝けてしまっているに違いない。見れば親指と人差し指のあいだに血豆ができていた。碁石みたいに大きくて、ずきずき痛む。全身が濡れていた。雨のせいなのか、汗のせいなのか。とにかく達した。至った。僕はすぐ本を拾った。

すっかり濡れてしまっていた。

「ちくしょう」

情けない声が漏れる。間に合わなかった。里香、ごめんな。僕のせいだ。僕が馬鹿だったせいで、大切な本が駄目になってしまった。すっかり落ち込みながら本を眺めていた僕は、ようやく違和感を抱いた。なんだ、これは？　小説じゃないぞ？　漫画？　僕は慌てて表紙をまじまじと見つめた。黄色い服を来た眼鏡少年（頭頂部装着式回転翼付き）と、未来から来た猫型ロボット（頭頂部装着式回転翼付き）が、楽しそうに微笑み合っていた。これは里香の本ではない。少なくとも、あのとき、里香が僕に投げた本ではない。

「なんや？　これ？」

壁面に突きだした庇の上で、僕は呆けた声を出した。

「どういうことや？」

「裕一！　大丈夫？　おい！　どうしたん？」

司が頭上から叫んでくるけれど、答えることもできず、僕はただ立ちつくした。

15

下りるのも苦労したけれど、庇から屋上へ戻るのは、もっと苦労した。なにしろビニール紐しか僕たちにはなかったのだ。そんなもので垂直の壁を登るのは無理だった。結局、司が梯子を探しだしてくるまで、僕は一時間ばかり、庇に取り残された。雨は勢いを増し、気温は下がりつづけた。ようやく司が見つけてきた梯子で屋上に戻り、それから自分の病室に帰ったとき、体はすっかり冷え切ってしまっていた。立っているだけで体が震え、上の歯と下の歯がぶつかって、がちがち鳴る。慌てて布団に潜り込み、エアコンの送風を最高にしたものの、寒気は消えなかった。

朝の検温にやってきた亜希子さんが声をあげた。

「ええ？　なんでこんなにあるんさ？」

「何度なんですか？」

尋ねる僕の声は、嗄《か》れきっていた。

「三十九度七分」

「そんなに……」

「もう一回計るわ」

亜希子さんは言ったけれど、結果は同じだった。ひどいものだった。とりあえず、点滴を打たれた。一本打つのに一時間。終わったら、次の一本。やはり一時間。さすがにスピードを調整するわけにもいかず、僕はやがて眠りに落ちていった。いろいろな夢を見た。熱に歪められた意識の中、父親が出てきて笑った。きっと万馬券でも当てたんだろう。母親には愚痴を言われた。まあ、これはいつものことだ。司も出てきた。スーパーストロングマシーンと化した司は、上半身裸、下半身黒タイツという格好で、なぜか猪木《いのき》と戦っていた。

もちろん夢だ。熱が見させたものだ。ただの夢だ。

猪木が叫び、渾身《こんしん》のパンチを司に打ち込む。派手に倒れた司は、素早くマットから起きあがると、今度はウニベルサル・デ・ガルーザ、すなわち変形ダイヤル固めを決めた。猪木の顔が苦悶《くもん》に歪む。やがて技がはずれた。怒り狂った猪木は、すぐさまロープへと走った。背中からぶつかり、ロープの反動を利用して、さらに加速。どこかで見ていた僕は叫んでいた。

「司！　逃げろ！　ラリアートが来るぞ！」

忠告は役に立たず、司の胸に、猪木のラリアートが決まった。吹っ飛ぶ司。叫ぶ猪木。余裕の表情を浮かべ、猪木はマットに這いつくばる司を見下ろしていた。ああ、これで終わりなのか。もう駄目なのか。立てないのか。しかし司の手がわずかに動いた。

「司！　いけ！」

僕は立ちあがって叫んだ。拳を振りあげた。

「やっちまえ！」

声に応えるかのように、司は素早く体を起こした。同時に猪木の足を取った。スーパーストロングマシーンの必殺技である魔神風車固めが決まる。猪木の顔が歪む。猪木は必死になって逃れようとするけれど、司の巨大な腕はしっかり食い込んでいた。

「司！　いけ！　負けるな！」

僕は叫んだ。

飛び跳ねた。

もちろん夢だ。熱が見させたものだ。ただの夢だ。

里香がいた。

僕の病室に。

そう、そんな夢だ。

里香の顔を、僕はじろじろ見つめた。どうせ夢なんだから、見ておかなければ損だと思ったのだ。彼女は人に凝視されるのが嫌いで、五秒も見つめていると、必ずなにかが飛んでくる。あんなに可愛い顔をしているんだから、ゆっくり見させてくれてもいいのに。夢の中の里香は、さすが夢だけあって、怒ったりしなかった。同じように、じっと僕を見つめていた。

ちぇっ、やっぱり可愛いな。

腰よりも長い髪は漆黒で、まるで濡れたように輝いていた。まったく癖がなく、風が吹くと、さらさら揺れる。ゆっくり触ってみたいけれど、そんな機会はなかった。ああ、砲台山で、頭を撫でたっけ。ただ、あのときはいろいろなことで心がいっぱいになっていて、彼女の髪の感触を味わう余裕はなかった。里香の肌は、陶器のように白く、滑らかだ。なにしろ里香はほとんど病院の外に出たことがない。何年も何年も、ずっと病院暮らしなのだ。看護師さんがいつだったか、そんな里香の肌を誉めていたのを聞いたことがある。白くてうらやましいわねって。里香は困ったように笑っていたけれど、その気持ちが僕にはよくわかった。だって里香は日焼けをする機会さえ与えられていないんだ。

里香を見ると、だから僕は少しだけ悲しくなる。

その美しさを生みだしてしまった運命を思い知らされるからだ。

なあ、里香、と僕は言った。

「いつか、どこかへ行こうな。そうや。海に行こう。手術が終わって元気になったら、弁当を持ってさ。鳥羽《とば》がいいかな。あの辺りって、わりときれいなんやで。国立公園に指定されとるくらいやし。透明な波が、浜に打ち寄せてくるんさ。沖縄の海とか、テレビでやってるやろ。あんな感じやよ。おまえ、海に行ったことある？」

「ないよ」

里香が答えた。ああ、本当にリアルな夢だ。こんなにちゃんと答えてくれるなんて。調子に乗って、僕は続けた。

「だったら、俺がつれてったるよ。そうや。鳥羽と違うて、南島町《なんとうちょう》でもいいかもな。南島町には、俺の叔父さんが住んどるんさ。漁師をやっとるから、頼めば船に乗せてくれるかもしれへん。俺、一回だけ乗せてもらったことがあるんや。沖に行くと、なんにもないんやで。海と空がどこまでもどこまでも広がっとって、見とるうち、だんだん海と空の境がわからなくなってくる。すごく寂しくなるんさ。ああ、こんな広い世界に、自分はひとりきりで生きとるんやなって、ちっぽけやなって、それで——」

急に苦しくなった。胸の奥から空気が噴きだしてきて、僕は咳き込んだ。とまらない。息ができなくなり、僕は体を曲げた。

里香が背中を擦ってくれた。

「裕一、大丈夫？」

「ああ」

おまえがこんなに優しくしてくれるのなら、いつだって僕は大丈夫だよ。それにしても、なんて素晴らしい夢なんだろう。目覚めるのが怖くなってきた。

ようやく咳がおさまると、里香は僕が寝ているベッドに腰かけた。

「熱いね」

そう言って、僕のおでこに手を置く。そして頭を撫でてくれた。子供にするような仕草で、普段の僕ならば、たとえ相手が里香でも怒っただろう。子供扱いされるのは我慢ならない。けれど、これは夢なので、しっかり味わっておくことにした。目覚めるのが怖く、僕は喋るのをやめ、彼女の顔をただ見つめた。彼女はとても優しい顔をしていた。

「ねえ、裕一、どうして本を拾ってくれたの？」

おかしいな。なんで、そのことを知っているんだろう。ああ、そうか。これは夢だ。いわば僕の妄想だ。

辻褄《つじつま》が合わないのは当たり前だった。

「ずっと昔やけど、俺、黄色いミニカーを持っとったんさ」

「ミニカー？　それがどうしたの？」

「妙な遊びが流行っとったんや。俺たちは隠し物ゲームって言うとったけど。まず、自分の大切なものを、どこかに隠すんさ。生け垣の中とか、天井裏とか、橋の欄干《らんかん》の脇とか、どこでもいいんやけど。隠し終わったら、今度は他の奴が捜すわけ。隠しきったら、もちろん自分のものままやよ。ただ、もし見つけられたら、それは見つけた奴のものになる。なかなか厳しいルールやろう。今の説明でわかるかな」

里香は頷いた。

「なにしろ大切なもんやで、みんな必死になって隠すんさ。山西なんか、すごかったよ。普通にすごいって意味と違うてさ。馬鹿さ加減がすごいというか。親戚から貰った輸入物のチョコレートを魔法瓶の中に隠したんや。あのころ、外国のチョコレートなんて珍しかったから。今やと、どこでも売っとるけど。山西の奴、よっぽど慌てて隠したみたいで、魔法瓶の中にお湯が残ってることに気づかんかったんやよな」

「じゃあ、溶けちゃったの？」

「ゲームが終わったあと、隠しきった山西が、得意気に魔法瓶を開けたら、チョコレート味のお湯ができあがっとった。山西、半ベソかきながら、残ったナッツだけ囓って、負け惜しみで言ったんさ。ああ、うまいなうまいなって。その顔が、悲しいようなおかしいような感じでさ。みんなで大笑いしたけど、あとで考えてみたら、物悲しくてたまらんかったな。うまいうまいって言うとった山西の顔、今でも覚えとるよ」

なあ、山西、あのころからおまえは馬鹿だったんだな。

「それで裕一はなにを隠したの？」

「最初に言った黄色いミニカーを隠したよ」

「誰かに見つけられた？」

首を横に振る。

「取られなかったんだ？」

首を横に振る。

「え？　どういうこと？」

「うまく隠し過ぎて、俺自身も見つけられなくなったんさ。すぐに隠し場所から出せばよかったんやけど、他の遊びに夢中になってしもて。しばらく、そのままにしてしもうたんや。どこに隠したのか自分でもわからんようになって、いくら捜しても見つからへん。日が暮れるまで捜して、次の日も捜して、その次の日も捜して、結局見つからんままやった」

あれは父親が買ってくれた、数少ないオモチャのひとつだった。モデルチェンジしたほうではなく、大昔のワーゲンビートルだ。その滑らかなルーフを、安っぽい塗装を、思いだした。父親がくれたとき、僕はびっくりした。笑いながら、父親は言った。なあ、おい、かっこいいだろう。いつかこんな車に乗ろうな。願いは結局、果たされなかった。外車を買うような余裕など、うちにあるはずがなかった。ミニカーそのものはなくなってしまったけれど、記憶だけは今も残っている。まるでなにかの傷跡のように。引き攣《つ》れるように残っている。

「すごく悲しかったな。今でも思いだすと悲しくなる。だから、おまえの本、拾おうって思ったんさ。あれ、親父さんから貰ったものやったんやろ。駄目になったら、やっぱり悲しいよな。でも、なんでかな。せっかく拾ったのにさ、その本が……。ああ、もしかすると夢やったんかな。そうか。そうやよな。今と同じで夢なんやよな」

だんだんと意識が薄れていった。いくら夢の中とはいえ、喋り過ぎて疲れたのかもしれない。世界が遠くなっていく。里香の可愛い顔が遠くなっていく。なあ、里香——。僕はもう声にならない声で話しかけた。おまえ、どうして泣きそうな顔をしてるんだ。

「ゆっくり休んでいいよ」

優しい声で、里香が言った。

「ありがとう、裕一」

ああ、なんてすばらしい夢なんだろう。最高だ。こんな夢なら、いつまでだって見ていたいな。そう思いながら、僕は目を閉じた。

もちろん夢だ。熱が見させたものだ。ただの夢だ。

いろんな夢を見た。それからも。まったく熱という奴は厄介だ。人の心の中に眠っている、思いやら記憶やらを勝手に引っぱりだしてくるのだ。しかも現実どおりではないのがたまらない。

「させ！　裕一！　させ！」

丸めたパンフレットを振りまわし、父親が叫んでいた。

「裕一！　ちょいさしや！」

その声を受けながら、必死にトラックを走った。前には四組の奴がいて、だんだん背中が近づいてくる。僕は腿に力をこめ、トラックを思いっきり蹴った。そして、ゴール直前で、四組の奴と並んだ。差は少し。胸を張った分だけ、僕が先にゴールテープを切った。

父親は大喜びで叫んだ。

「やったぞ！　裕一！　万馬券やぞ！」

一番の旗を持った僕は、得意気に笑っていた。

父親に向かって、誇らしげに手を振っていた。


もちろん夢だ。熱が見させたものだ。ただの夢だ。


「よしよし」

そんなことを言いながら、僕は子猫の頭を撫でていた。

「いっぱい食べろよ」

校舎の裏に住み着いていた子猫。野良猫のくせに人懐っこくて、気弱で、大きな物音がすると、いつも身を震わせていた。猫にはコゴローという名前がついていた。三組の女の子たちがつけたものだ。もっとも、三組の女の子たちはすぐ子猫に飽きてしまい、一週間もするとコゴローのことなんて忘れてしまったけれど。

それからは、校務員さんだけが、コゴローにご飯をあげていた。

コゴローはたいてい腹を空かせていて、食べ物を見ると、どんな人間にだってすぐ近寄っていった。一匹で暮らしているのが寂しいみたいで、いつも情けない顔をしていた。そんなコゴローを見ていると、僕も情けなくなった。まるで自分を見ているようだったからだ。僕にはもちろん家族がいる。友達だっている。コゴローみたいに腹を空かせたりしないし、寂しくなったりもしない。でもコゴローが抱える心細さや情けなさは、僕の中にもあるもので。時にはそれに囚われたりもするわけで。コゴローは僕だった。まったく同じだった。子猫が可愛いから、かまっていたわけではない。なんだか情けなくて悲しくてたまらなかったから、朝ご飯の残りを、ハムの切れ端とか焼き魚とかを、いちいち運んでいたんだ。

「まあ、しょうがないな」

校務員のオジサンは、コゴローが死んでしまったあと、僕にそう言った。

「あの子猫は弱かったで、どうせ生き残れへんかったわ」

強いものは生き残り、弱いものは死ぬ。

自然の摂理だ。

だとしたら、僕は生き残れるんだろうか？　そして里香は？

16

ようやく熱が下がって歩けるようになると、僕はその足を東病棟へ向けた。すっかり慣れてしまった東病棟への渡り廊下を過ぎ、静かすぎる通路を抜け、突き当たりの、ふたつ手前にある里香の病室へと向かう。ゆっくり歩いたつもりなのに、五分もしないうちに着いてしまった。まあ、当たり前だ。なにしろ小さな病院なのだから。

二二五号室。

秋庭里香。

そう書かれたプラスチックのプレートをしばらく見つめていた。この向こうに里香がいる。今日もベッドに沈んでいる。

夢の中の光景が、浮かんできた。

「ゆっくり休んでいいよ」

頭を撫でる、その手のぬくもり。

「ありがとう、裕一」

急に顔が熱くなってきた。いくら夢とはいえ……いや願望というのが近いけれど、とんでもない夢だった。里香があんなに優しいわけないじゃないか。看護師連続五人泣かせの里香だぞ。亜希子さんでさえ手を焼いてる里香だぞ。熱くなっていた顔が、急に冷たくなった。今日はやめよう。引き返そう。風邪も治りきっていないし、ひどい目にあったら、また熱が上がってしまう。そうして体の向きを変えたときだった。

「ねえ？　なにしてるの？」

ドアがいきなり開き、そんな声が聞こえてきた。ああ、後ろを向きたくない。もちろん、そのままでいられるわけもなく、僕は慌てて振り向いていた。たっぷりの笑顔を浮かべた。

「よう、里香」

「さっきから、人の病室の前でなにしてるのよ」

「え？　気づいとったんか？」

「ぶつぶつ呟いているんだもの」

もう、と里香が言った。

「まるで変質者みたいじゃないの」

僕は目を見開いていた。ものすごい違和感があった。いつもの里香はこう、なんというか、まるで熱の塊みたいな感じなんだ。触ったら火傷するし、近づくだけでも恐ろしい。きれいな顔で黙り込んでいると、それだけで圧倒されてしまう。まして本気で怒りだしたら、誰もどうにもできない。なのに、目の前の里香は、妙に優しい顔つきをしていた。

「ご、ごめん」

戸惑ったまま、とりあえず謝る。

里香は自分の病室のほうを見た。

「ほら、入ってよ」

「ああ」

「今日は寒いね」

里香はベッドに腰かけた。彼女の病室に入るのは本当に久しぶりで、僕はどうしていいかわからなくなってしまい、しばらく入り口の辺りで立ちつくした。きょろきょろと、室内を見まわす。女の子の病室にしては、素っ気ないものだった。キャラクターグッズなんて、ない。ぬいぐるみも、ない。まるで短期入院者の部屋みたいだった。少しだけ入院して、すぐに去っていく。そんな感じだ。僕の病室は下らないものでいっぱいなのに。

「どうしたの？」

「あ、いや、別に」

僕は慌てて、ベッドサイドの丸椅子に腰かけた。

「おまえの部屋、こんなに物が少なかったっけ」

「ちょっと処分したの」

「処分？」

「気分転換みたいなものよ」

やけに素っ気なく言ってから、里香はなにかをひょいっと放ってきた。びっくりしたけれど、手の中に収まったのは、ただのミカンだった。

「それ、わりとおいしいんだよ」

「貰っていいのか？」

「いいけど、半分っこね」

里香は微笑むと、その両手を伸ばした。今度は僕が、ひょいっと、里香にミカンを投げる。ミカンを受け止めると、彼女は微笑んだ。

「どうして得意気なんや」

「受け止められたから」

「当たり前だろう。こんなに近いんだからさ」

里香のほっそりした指がミカンを剥いていく。皮が硬いらしく、妙に一生懸命だ。その姿はまるで小さな子供のようだった。彼女の顔はうつむき気味で、午後の陽光が斜め上から射し込んで、長いまつげが影を落としていた。病院暮らしの里香の肌はミルクのように白く、僕の心を哀しくさせた。

なんとしても、里香を護りたい。

そう思った。

もちろん、僕にできることなんて、なにもないのかもしれない。砲台山に行ったときのように、大きな失敗をしてしまうのかもしれない。それでも僕は彼女のそばにいたかった。彼女のために、なにかしてあげたかった。

俺はおまえが一番大事だよ。

なあ、里香。

世界よりも、自分よりも、大事だよ。

僕はもちろん、そんな言葉を口にしたりはしなかった。心の中で、まるで呪文のように唱えただけだ。言わないほうがいい。こういうことは。胸の奥に、そっとしまっておくのだ。だいたい、恥ずかしくて言えるわけがない。

「大丈夫、ちゃんとわかったから」

ところが、里香がそう言ったので、僕はびっくりした。もしかすると、思っていることを、僕はそっくり喋っていたのだろうか。熱にやられて、口が閉まらなくなってしまったのか。焦っていると、里香が続けて言った。

「あの本、裕一が拾ってきてくれたって、すぐにわかったから」

「あ、ああ」

ほっとした。よかった。そっちの話か。いや、待て。それはそれでよくないぞ。

「朝、起きたらね、枕元に本が置いてあったの。びっくりしちゃった。誰かが拾ってくれたことはわかったけど、誰だろうって。考えてみれば、裕一の他にいるわけないよね。それで、裕一の病室に行ったら、熱を出して寝込んでるんだもの。本当に馬鹿なんだから。雨が降ってるのに、本を拾いにいくなんて。本当に馬鹿なんだから」

わけがわからない。本は拾ったさ。だけど別の本だった。枕元にあっただって？　僕じゃないぞ？　僕はそんなことしていない。しばし悩んだ末、僕はようやく、すべての仕掛けに思い至った。ちくしょう、夏目だ。あいつが小細工をしたんだ。里香の本を先に拾っておき、別のに置き換えた。僕が拾いに行くと予想して。

だけど？　あれ？　どうしてそんなことをしたんだ？

僕と里香を仲直りさせようと考え、眠っている里香の枕元に本を置いてくれたのかもしれない。いやいや、ありえないよな。あの意地悪野郎が、そんなことをしてくれるものか。だとしたら、なんのためなのか。いくら考えてもわからなかった。

「はい、あげる」

剥き終わると、里香はミカンを半分に割った。

「食べて」

ひょいっと、その半分を投げてくる。

僕は受け取った。

「おいしいね、ミカン」

「ああ、うまいな」

「そっちも甘い？」

「だって同じミカンやんか」

「そうだけど」

「本当に甘いな、これ」

「男の子って、皮ごとミカン食べちゃうんだね」

ああ、里香が優しい。どうして、こんなに優しいんだろう。どうして、こんなに嬉しそうな顔をしているんだろう。この機嫌のよさがずっと続けばいいのに。

ふと、思いだした。さっきの、里香の言葉を。

「裕一の病室に行ったら、熱を出して寝込んでるんだもの」

僕の病室に来た？

え？

熱を出しているときに？

だんだんと顔が熱くなってきた。あの夢は……夢だと思っていたものは、夢ではなかったのかもしれない。里香の小さな手。温かい手。それがおでこに載せられたときの感触。柔らかさ。ありがとうという声。

「裕一、顔が赤いよ。暖房、強すぎる？」

「あ、いや、別に暑うはないけど。い、いや、そ、そうかな。暑いな。むちゃくちゃ暑いかもしれへんな」

「温度、下げてもいいよ」

「そ、そうする」

17

ごうごうと、音を立てていた。

熱を放っていた。

なにかといえば、それは病院の裏にある焼却炉だ。学校にあるのと、だいたい形も大きさも一緒で、高さは一メートルくらい、幅は五十センチほど。その放り込み口は開け放たれていて、真っ赤な炎が盛大に揺らいでいる。

それにしても、よく燃える。

次々と紙が放り込まれているのだから、当然だけれど。

「ああ、鼻水が」

僕はティッシュを出し、鼻をかんだ。

まだ風邪が治っていないのだ。

ついでに目の辺りも拭っておく。

揺れる炎を見つめながら、熱を出して寝込んでいたときのことを思いだした。とにかく、あのときはよく眠った。一日二十時間くらい。それだけ眠れば、夢だって見る。幻想だって見る。おでこに置かれた、里香の手のぬくもりが蘇ってきた。あまりにも優しくて、心地よくて、ますます現実の出来事だとは思えなくなった。ああ、きっと夢なんだ。幻想だったんだ。おいおい、顔が熱いよ。まだ風邪が治っていないし、これだけ炎が近かったら熱いのは当然だ。他の理由なんてないさ。そうだろう。

　さて作業を続けなければ。

「さよなら」

　そして、本を一冊、焼却炉に放りこむ。タイトルは『萌ブルマ』だ。

「めっちゃ可愛かったで」

　僕の言葉に応えるかのように、炎が大きくなった。『萌ブルマ』が燃えてゆく。まるでこの世の刹那を訴えるかのように、悲しさを叫ぶかのように、炎をめらめらと揺らしながら、燃えてゆく。僕は次の一冊を放り込んだ。

「さよなら」

　さらに炎が大きくなる。『未亡人旅情』だ。

「色っぽかったです」

　また一冊。『メガネっ子ふぃーばー』だ。

「さよなら」

　ああ、燃えているよ。眼鏡をかけた女子高生が、女教師が、赤い炎に飲まれていく。燃えたものは二度と戻ってこない。僕は天を見上げ、言った。

「ごめんな、多田さん」

　僕が燃やしているのは、そう、戎崎コレクションだった。多田さんから譲り受けた、膨大な数のエロ本だ。それは今、僕の横に積みあげられていた。改めて見ると、すさまじい数だった。よくもまあ、こんなものを、こんなにたくさん、集めたものだ。多田さんのことを、僕は思いだした。いつもにやにや笑っていたっけ。毎日のように亜希子さんのお尻を触っては、毎日のように怒鳴られていた。思えば、亜希子さんに対抗できたのは、多田さんだけだった。このエロ本は、多田さんが残していったものだ。いわば、多田さんの生の証だった。燃やしてしまうのは忍びないし、護りきれなかったことが、ひどく申し訳なかった。

「ごめんな、多田さん。もっと大事なものがあるんさ」

燃えろ。燃えろ。どうせ消えてしまうのなら、盛大に燃えてくれ。やけになって、僕は次々と本を焼却炉に放り込んでいった。二冊三冊四冊五冊。ええい、まとめて十冊だ。炎は律儀に燃えあがり、ためらうことなく、本をこの世から消し去った。あとに残るのは灰のみ。見上げると、冬の白い空に、煙がたなびいていた。

「おまえ、なにをやってるんだ?」

そんな声がしたのは、半分くらい燃やしたころだった。とはいっても、千冊以上の本が残っているけれど。

振り向くと、背後に立っているのは夏目だった。僕は鼻水を啜り、言った。

「本、拾ってあったんですね」

「うん?　本?」

「庇に落ちとった里香の本ですよ」

「庇?　里香の?　なんのことだ?」

ああ、白々しい。僕は夏目を睨みつけた。

「とぼけやんといてください。夏目先生ですよね、里香が落とした本を拾ったのって。それで別の本に置き換えたんですよね」

「なんだ。ばれてるのか」

「他に誰があんなことするんですか」

「ただ拾うだけじゃおもしろくないからな」

夏目は悪びれることもなく、楽しそうに笑った。

「なかなかの趣向だっただろう」

「まったくおもしろうなかったです」

「俺はおもしろかったぞ」

ちくしょう。なんて嫌な奴なんだろう。僕がいつか本を拾いにいくと、夏目は予想していたのだろう。だから先に本を拾い、別のに置き換えた。ただ僕をからかうためだけに。

「おまえ、なに燃やしてんの？」

「なんでもないです」

「見せろよ」

「嫌です」

拒否したものの、夏目が聞くわけがなかった。しゃがみこむと、一冊、手に取る。その途端、夏目は驚きの声をあげた。

「おい、すごいな」

「ええ」

「これ、どうしたんだよ？　おまえのか？」

「貰ったんですけどね」

「いや、これは本当にすごいぞ。しかも、こんなにあるのか。ちょっとした文化的財産じゃないか。戎崎って意外な趣味があったんだな。あれ？　おい？　これを燃やしてるのか？　こんな貴重なものを？　もったいないだろうが」

「言われたんですよ、里香に」

「里香に？」

「はい。全部、燃やせって」

一冊、焼却炉へ。さよなら。『いけない放課後』。一冊、焼却炉へ。さよなら。『午後の誘惑』。一冊、焼却炉へ。さよなら。『団地妻の妄想』。

「それで許してくれることになったんです」

エロ本を捲っていた夏目の手がとまった。信じられないという目で、僕を見つめてくる。

「許すって言ったのか？　里香が？」

「はい」

ひたすら焼却炉に本を投げ込んでいく。ああ、それにしてもよく燃えるな。さよなら。『いんらんぼう』。さよなら。『寝室を駆ける少女』。さよなら。『マル秘クラブの女』。

「本当か？　あの里香が？　許すだって？」

「全部、燃やしたらですけどね」

「なるほど。だから、こんな貴重なものを燃やしてるのか。だけど、あの里香だぞ？　わがままで、傍若無人で、ご飯ぶっかけ事件の里香だぞ？　許すなんて信じられないんだが？」

「ごはんぶっかけ事件？　それ、なんですか？」

「前の病院であったんだよ。俺の同僚なんだけどさ、里香の機嫌を損ねたんだ。里香、そいつになにをしたと思う？　まったく、ひどいんだぜ。まずペンを床に落としたんだ。もちろん、わざとだけどな。それで、俺の同僚が床にしゃがんで拾うおうとしたら、お粥のドンブリをそいつの頭に落とした」

「ええ？　それ、本当にやったんですか？」

「やったよ。もちろん、そいつはお粥まみれだ。同僚が怒ろうとしたら、今度は味噌汁だったな。また頭を狙ってな」

「味噌汁ですか？」

「ああ。その日はワカメと豆腐の味噌汁で、ワカメがそいつの頭に載っているのを見たときは、笑っていいのか怒っていいのかわからなかったよ。しかも、それで終わりじゃなかったんだ。トレイにあったおかずを、一品一品、最後には漬物まで落としてたな。ただし、プリンだけは残してたが」

　話をおもしろくするために誇張してるわけではない。僕にはよくわかった。里香なら、やる。それくらいは平気だろう。

「同僚さ、本当に参ったらしくて、里香の担当をはずしてくれって泣いたんだぜ。その里香が許すだって。ありえないだろう」

　不思議そうに首を傾げながら、それでも夏目はエロ本に見入っている。ううむ、と唸っていた。すごいとか、これはなかなかとか、おおとか、声がいちいち漏れている。僕は複雑な気持ちになった。こいつのせいで仲直りできたんだろうか。それとも違うんだろうか。たまたまなんだろうか。よくわからない。

　思い出したのは、里香の手だった。おでこに置かれた手。火照る顔を感じながら——いや、もちろん目の前で燃えている炎のせいだ——僕は味わうように、何度も何度も、あのときの記憶を蘇らせた。

18

病室のドアが勢いよく開いたと思ったら、亜希子さんが顔を覗かせた。

「よう、色男」

そう言って、にやりと笑う。僕はベッドに寝転がり、本を読んでいた。里香から渡された、宮沢賢治の『銀河鉄道の夜』だった。僕が拾ったことになっているけれど、本当は夏目が庇から拾った本だ。ジョバンニは、口笛を吹いているようなさびしい口つきで、檜《ひのき》のまっ黒にならんだ町の坂をおりて来たのでした。——という一文を読み終えてから、僕は本を閉じた。口笛を吹いていると、確かにちょっと寂しい感じがするよなと思いながら。

「なんですか、色男って」

「里香が呼んどったに」

「俺を?」

「そう、あんたを」

亜希子さんは相変わらず笑っている。僕は不機嫌そうに顔をしかめながら——心の中では喜びながら——ベッドから下りた。

「ああ、面倒くさいな」

僕は言った。

途端、亜希子さんが意地悪なことを口にする。

「じゃあ、里香にはさ、裕一は忙しくて来れやへんって言うとこか?」

「い、いや、別にいいっすよ。そ、そこまでしゃんでも」

「遠慮せんでいいよ?」

亜希子さんの笑い方は、ちょっとばかり……いや、かなり意地悪だった。ああ、夏目といい、どうしてこんな人ばかりなのだろう。

「いや、行きますよ」

「ふうん。結局、行くんやん」

ああ、負けました。負けましたよ。

ちくしょう。

僕は悔しさを紛らわすために尋ねてみた。

「亜希子さん、口笛って吹けますか?」

直後、見事な音が病室に響いた。亜希子さんだ。得意気に笑っている。

「吹けるで」

「うまいもんですね」

「合図に使っとったでな」

「え? 合図?」

「バイクで走っとると、声はなかなか届かへんのさ。そやけど、口笛みたいな高い音は、ちゃんと届くんさ。吹き方で、仲間への合図を決めとくんや。Uターンするとか、ぶっちぎれとか、ぶっ殺せとか、そんな感じで」

ぶっちぎれ? ぶっ殺せ? なんだか物騒な気がしたけれど、亜希子さんが生き生きと話しているので、細かいことを尋ねるのはやめておいた。スリッパを突っかけ、部屋を出る。そうしたら、後ろから声をかけられた。

「あのさ、裕一」

「なんですか」

「あんた、里香に優しいしたんないな」

亜希子さんの顔からは、いつの間にか楽しそうな笑みが消えていた。まだ少し笑っているけれど、少し寂しそうでもあり、少し悲しそうでもあり、なにか別のものも混じっている。それがなんなのか、僕にはわからなかった。

「早く行きな。待っとるんやから、彼女」

「は、はい」


裕一が里香の病室に向かっているころ――。

若葉病院の医局は二階の中央にあり、その右端の席が夏目のものだ。机の上は書類やら鉱石やら本やら写真やら、ありとあらゆるもので溢れ返っており、今にも崩れそうである。さして遠くない未来に雪崩を起こすのは目に見えていた。

夏目は煙草を咥えたが、通りかかった看護師に注意された。

「先生、ここで吸わんといてくださいね」

「これはシガレットチョコなんだよ」

「吸わんといてくださいね」

「だからシガレットチョコだと言ってるだろうが」

言い張る自分はまるで子供のようだ。ああ、こんなときこそ、煙草を吸いたい。でないと、やっていられないではないか。屋上で煙草を吸ってこようかと思ったが、時計を見ると、そんな時間はなかった。案の定、時間に正確な客が姿を現した。

「どうぞ」

向かいの席を勧める。客は——というか患者の母親だが——黙りこくっていた。うつむき、膝の上で両手を組み、その身を固くしている。まるで過酷な運命に備えるかのように。いや、備えているのだろう。夏目は煙草をしまい、言った。

「お嬢さんの病状について説明させていただきます」


「おい、里香」

病室のドアを開けると、頭になにかが降ってきた。ミカンだった。床に転がるそれを眺めながら、僕は自らの間抜けさと、里香の意地悪さに、深くため息を吐いた。またやられた。ため息とともに、言う。

「おい？　用事ってこれ？」

里香は楽しそうに笑っていた。その顔を見た瞬間、腹の中で渦巻いていた怒りというか憤りが消えていった。まあ、いいか。なぜか、そんな気になる。今日の里香の顔色は、なかなかよかった。毎日、顔を合わせていれば、彼女の体の具合はだいたいわかる。悪いときは、ただ動くのも辛いようで、じっとしている。顔は青ざめ、ふっくらした唇から吐きだされる息さえも震えている。そんなときは、僕も震えてしまう。

「裕一は懲りないね」

けれど、今日の里香は元気そうだった。笑っていた。

「また引っかかったんだ」

「うるさいな」

「気をつけないと、そのうち、ひどい目にあうよ」

「ひどい目にあわせとんのは、おまえやんか。まったく。毎度毎度、ミカンを何個も落としやがって」

わかってないな、と里香は言った。

「わたしは裕一を教育してるの」

「教育？」

「そう、現実は怖いよ。気をつけないと、すぐに足元をすくわれるんだから」

里香が口にすると、その言葉はやけに鋭かった。まるでガラス片のように。いい加減に触ったら、手が切れそうだ。

どう応じていいのかわからず戸惑っていると、里香がベッドから下りた。

「ねえ、屋上につれていって。少し日に当たりたいの」

「わかった」

なんだ。そのために呼んだのか。里香に頼りにされていると思うと、僕は誇らしかった。この、たまらないほど可愛い女の子が、僕を信頼してくれている。そして僕は彼女のために、なにかをすることができる。僕は輝かしい未来なんて信じていない。下らない。そうだろう？

けれど、里香といるときだけは、未来も、世界も、幸福も、信じることができた。いや、信じたいと思うことができた。

「裕一、どうしたの？」

「いや、なんでもないよ。行こか」

「うん」

僕は里香の背中に手をやった。彼女がバランスを崩しても、すぐ支えられるように。そう、しっかり抱きしめ、守るのだ。里香になにがあったとしても。


レントゲン写真を投影機に挟む。映しだされたのは拳大の臓器。人の命を司るもの。英語では心と同じ名を持つ存在。ハート。心臓。ペンの先で、夏目はその中央を指した。

「問題はここです」

「はい」

「弁膜付近の組織が脆くなっています。おわかりになりますか。輪郭が以前に比べて曖昧です。周辺の組織が肥大化しつつあると思われます。状況を放置すると、手術はいっそう困難になっていきます。しかしながら、この時点で手術に踏み切るのも危険です。ひとつの選択肢ですが、あえて現状の維持を優先するという考えもあります」

淡々と言葉を並べていく。医者になってから、何度も何度も、この行為を、あるいは儀式を繰り返してきた。けれど、いっこうに慣れない。患者や、その家族に対すると、心のどこかが石のように固くなってしまう。

母親の握りしめた手は、その関節が白くなっていた。

「あの」

「はい」

「現状の維持を選んだ場合、里香に与えられる時間はどれくらいでしょうか?」

「一カ月かもしれないし、三年かもしれません」

「最長で三年ということですか？」

「それは断定できません」

「はっきりとおっしゃってください」

夏目は言葉を選んだ。たっぷりと考えた。事前に検討したことを、もう一度、検討した。結果は変わらなかった。

「こういう言い方が正しいかどうかわかりませんが、たくさんの時間ではありません」

「手術が成功した場合はいかがですか？　どれくらい生きられますか？」

ああ、なんと聡明な女性だろう。たったひとりの家族、愛する娘の行き先を、しっかり認識し、表面上は冷静を保ち、的確な質問を投げてくる。少女が死んでしまったら、ひとりきりになってしまうというのに。こういうとき、感情的になる患者や家族を何人も見てきた。むしろ、それが普通なのだ。

「手術の成否にもよります。しかし、わたしが執刀し、全力を尽くすことができたならば、現状よりは、たくさんの時間が与えられると思います。それが四年なのか、五年なのか、今はまだ、わかりません。明言できないのです」

少女の母親は、しばし考えていた。言葉が口から漏れたのは、一分後だったろうか。二分後だったろうか。

「それでは――」

選択を聞いたとき、夏目吾郎はまぶたを閉じた。そして、ただ祈った。

里香に歩調を合わせ、ゆっくりと階段を上っていく。ひとりなら、あっという間なのに、屋上への道のりはひどく遠かった。最後の階段なんか、天にまで続いているかのようだ。長いな。僕は思った。信じられないくらい長いよ。この階段は。

　里香が息を吐いた。しんどそうだ。

「大丈夫か？　里香？」

「うん」

「少し休んだほうがいいんとちゃう？」

　僕は心配になった。胸の奥がざわつく。その底をぎざぎざの爪で引っかかれる。不安はいつだって、僕たちのそばにいる。素知らぬ顔で、騒ぐわけでも喚くわけでもなく、ただじっと立っている。

「大丈夫、行こう」

「あ、ああ」

　里香は僕を見上げ、力無く、それでも精一杯、笑った。

「心配ないよ、ジョバンニ」

　え、なんだ？　ジョバンニだって？　しばし考えた末、それが『銀河鉄道の夜』の主人公であることに気づいた。なるほど。そういうことか。

　彼女の趣向に、僕は乗ることにした。

「そうかい、カムパネルラ」

「ああ、そうさ」

　男の子みたいな口調で、里香が言った。ちょっと可愛かった。カムパネルラもまた『銀河鉄道の夜』の登場人物だ。

　階段を上りきると、すっかり天の野原に来た」

「ぼくはもう、すっかり天の野原に来た」

「銀河鉄道の台詞なん？」

「あとはね、こう続くの。それに、この汽車石炭をたいていないねえって」

「おまえ、よく覚えとるな」

「だって何回も読んだもの。あの話、大好きなの」

「ほら、天の野原だよ」

　そう言って、屋上に通ずる扉を開ける。光と風が、僕たちを一瞬にして包んだ。眩い光に照らされ、風に髪を揺らされ、里香は微笑んでいた。

「ありがとう」

「うん」

　びっくりした。里香がありがとうだって。ほとんど奇跡だ。屋上に出ると、いつものように白い布がいっぱいはためいていた。僕たちはあいだを縫うようにして進んだ。里香の歩調はゆっくりだったけれど、その心が弾んでいるのがなんとなく感じられた。僕も嬉しくなってきた。変なものだ。里香が笑っていると、それだけで幸せだなんて。

「暖かいね」

　手すりのそばの日溜まりに、里香が腰かけた。

　僕も腰かける。

「そうやな。あと一、二カ月もしたら春やな」

「春か」

「もっともっとぬくたなるよ。そしたら、ちょっとだけ病院を抜けだして、河原まで行こや。桜並木があるんやけど、めっちゃきれいなんや」

「あ、行きたい」

はしゃぐように、里香が言った。

「つれてって」

僕は誇らしげに頷いた。

「ああ、いいよ」

たいしたことじゃない。わかってるさ。なんでもないことだ。けれど、女の子に約束するという行為は、どうしてこんなに幸せを感じさせてくれるんだろう。本当にたまらない。僕たちはしばらく、たっぷりの日射しをただ受けていた。こうして彼女といると、心も体も暖かかった。目の前には、見慣れた光景、伊勢の町が広がっている。僕が知っている唯一の場所。世界の果て。そして中心。

やがて、日射しに目をすがめたまま、里香が言った。

「おっかさんは、ぼくをゆるしてくださるだろうか」

ぼんやりとした声だった。

ああ、また銀河鉄道か。

僕はポケットに入ったままの、その本を取りだし、今の里香の台詞が載っているところを探した。運良く、すぐに見つかる。

咳払いをしてから、続きの台詞を僕は読みあげた。

「ぼくはおっかさんが、ほんとうに幸《さいわい》になるなら、どんなことでもする。けれども、いったいどんなことが、おっかさんのいちばんの幸なんだろう」

「きみのおっかさんは、なんにもひどいことないじゃないの」

「ぼくわからない。けれども、誰だって――」

「ほんとうにいいことをしたら、いちばん幸なんだねえ。だから、おっかさんは、ぼくをゆるしてくださると思う」

台詞を途中で引き取った里香の声は、まったくよどみがない。

喉を鳴らして、僕は笑った。

「本当によく覚えとんのな」

里香が笑う。得意気なのに、目元がなぜか寂しそうだ。少し戸惑った僕は、手元の本に目を落とした。さっきの台詞に続く言葉が、目に入ってきた。


カムパネルラは、なにかほんとうに決心しているように見えました。


胸が騒いだ。

「もうじき白鳥の停車場だねえ」

里香の声。

僕はページを捲った。

「ああ、十一時かっきりには着くんだよ」

少し先にこんな文章があった。

二人は、その白い岩の上を、一生けん命汽車におくれないように走りました。そしてほんとうに、風のように走れたのです。息も切れず膝もあつくなりませんでした。

こんなにしてかけるなら、もう世界じゅうだってかけれると、ジョバンニは思いました。


そのとおりだ。里香と一緒なら、どこまでだって走れる。砲台山に行ったときも、あんなに具合が悪かったのに、平気だったじゃないか。手術だって、うまくいく。そうに決まっている。こんな暖かい日射しの中、里香と寄り添って座り、『銀河鉄道の夜』なんか読んでいると、自然とそんなふうに思えた。ああ、神様だって祝福してくれるさ。


夏目は黙り込んでいた。体を丸めて泣きつづける母親の背中を見つめていた。慰めることも、気休めを言うことも、できない。そんなことをしたところで、なんの役にも立たない。現実はそこにあり、逃げることなど不可能だった。となれば戦うしかないということになる。たとえ望みが少なくとも、敗北が決定的であろうとも、投げだしてしまえば、そこで終わりだ。しかし、どこまで、いつまで、戦えばいいのだろう。この一瞬一瞬にも少女の心臓は弱りつづけている。実際、いつとまってもおかしくない。もう刀は折れた。矢も尽きようとしている。

おい、あの子はいつまで戦えばいいんだよ?

なにもない空間に、夏目は問うた。もちろん答えは返ってこない。母親は手を合わせていた。祈っているのかもしれない。けれど無駄だ。そんな祈りは、どこにも届きはしない。なぜなら神などいないからだ。もし神がいるのならば、少女をこれほど苦しめるわけがない。かつて自分だって神に祈った。ありとあらゆる神に祈り、胡散臭い祈祷師《きとうし》のもとにまで通い、狂ったように祈った。けれど、なんの役にも立たなかった。大切なぬくもりは、するりと指のあいだを抜け落ちてしまった。そうだ。自分はよく知っている。人はただ死んでいくのだ。まるで櫛《くし》の歯が欠けるように、朝日が昇るように、あるいは夕日が沈むように、ただ死んでいくのだ。そこに特別な意味などない。死は穏やかな顔でそこに立っているだけだ。夏目は自嘲的に笑った。医者だって、神と同様、無力ではないか。どれほど技術が進歩しても、できることは知れている。流れ落ちていくものを、完全にとめることはできない。この俺がいい実例だ。自分の一番大切な存在さえ救えなかったこの俺が。

煙草が吸いたかった。無性に吸いたかった。

僕たちはそれからも、銀河鉄道ごっこを続けた。僕がジョバンニで、里香はずっとカムパネルラだった。いかにも男の子という感じのジョバンニに比べると、カムパネルラはなんだか弱々しくて、里香らしくなかった。

僕は不満げに言った。

「なんでおまえがカムパネルラなんさ」

「いいじゃない、別に」

「全然似合っとらへんし」

「どういうことよ」

不満そうに、里香が顔をしかめる。

僕は慌てて言った。

「いや、なんとなくやって。深い意味はないって」

「ねえ、裕一」

「なんや」

「この本、もう最後まで読んだ？」

「まだ最後までは読めてないな」

里香がじっと見つめてくる。彼女の瞳には、さっきまでの不満はなかった。ただ穏やかで、静かで、深い湖のようだった。その表面が一瞬だけ揺らいだように見えたのだけれど、気のせいだろうか。

「だったらいいいの。ゆっくり読んでね」

「ああ、そうする」

「わたしだったら一日で読んじゃうのにな」

「無理やって。俺、本を読むの、そんなに慣れてへんもん」

もちろん自慢ではないけれど、僕は今まで、あまり本に触れたことがない。いくら短篇集といっても、そんなに早く読み終えることなんてできるわけがなかった。だいたい里香が貸してくれた本は古くて、字は小さいし、たまに旧字が交じっている。ひどく読みづらい。僕は本をぺらぺらと捲った。この調子だと、あと二、三日はかかるかな。

ちょうど開いたページを、里香が覗き込んできた。

「あなた方は、どちらへいらっしゃるんですか」

里香が言う。

僕も言う。

「どこまでも行くんです」

「それはいいね。この汽車は、じっさい、どこまででも行きますぜ」

僕はあることを思いだして笑った。

どうしたの、と里香が尋ねてくる。

「いや、汽車ってさ、本当にどこまでもどこまでも行くんだよな。俺、よく線路を見つめてたんだ。あの先に行きたいなって。線路を見てると、いつもそう思うよ」

「裕一はどこか他のところに行きたいんだ？」

「いつかはな。でも、今はいいや」

「今は？　どうして？」

おまえがここにいるからだよ。

本音はもちろん口にせず、僕はわざとらしく笑った。

「だってさ、進学しようと思うたら、勉強しやんといかんやろ。俺、勉強は苦手なんさ」

「裕一、馬鹿そうだもんね」

「うるさいな」

「自分で言ったんじゃないの」

「そやけど」

日溜まりの中、下らないことを喋りつづけた。里香は本のあちこちを指差しては、ここが好きとか、この言葉の響きがいいねとか、教えてくれた。僕はうんうんと頷きつづけた。どうやら里香は古風な言いまわしが好きらしい。それにしても、『銀河鉄道の夜』に出てくる人たちは、誰もが本当の幸を求めていた。幸を求めて、それをジョバンニに問いつづけていた。

なあ、そんなの簡単じゃないか——。

風は穏やかで、日射しは柔らかく、まるで春のような日だった。やけに暖かくて、僕はもうなにも考えず、悩まず、ひたすら幸福に浸っていた。世界はたくさんの幸に満ちている。探す必要なんてない。だって、そうだろう。ここにあるんだぜ。欲しいものは全部、そろっている。里香がいれば、それでよかった。他にはなにもいらなかった。

19

夜の病院は静かだ。なにしろ入院患者といえば老人ばかりで、ただでさえ夜が早くて朝も早い。しかも病院であるからには消灯時間も早いわけで、夜も十二時になると、起きている人間なんて当直の看護師と警備員くらいしかいない。

もちろん、僕は老人ではないわけで。

若者であるわけで。

若者であるからには、少々病気をしてても、元気が有り余ってるわけで。

「眠れへん」

闇の中で呟き、起きあがる。いちおう周囲の気配に耳を澄ましてから、僕はベッドを抜けだし、コートを羽織った。そして『銀河鉄道の夜』を右のポケットに放り込む。司はたぶん、まだ起きているだろう。勉強の邪魔だと言って嫌がるかもしれないけれど、知ったことではない。友達というのは、そういうものだ。そっとドアを開け、僕は通路を確認してみた。よし、人影はない。靴を手に持ち——足音を殺すためだ——歩きだした。意外とあっさり恐怖の十メートルを突破し、夜間出入り口に向かう。

「よう、戎崎、なにしてるんだよ？」

声がしたのは、ロビーにさしかかったときだった。

本当にびっくりした。背筋が凍りつき、足元から、なにか寒いものが上ってくる。

「あれ？　夏目先生？」

見れば、ロビーの長椅子に夏目が寝転んでいた。よろよろと起き上がる。

「なんだよ？　抜けだしか？」

「まあ、えっと……」

「元気が有り余っているのはいいことだ」

立ちあがると、夏目が近寄ってきた。足元がふらふらしていて、口元はへらへらしている。どうも様子がおかしい。夏目が近づくにつれ、強烈な匂いが漂ってきた。

僕は思わず、顔をしかめた。

「もしかして飲んどんですか？」

「悪いか？」

「当直でしょう？　急患とか来たらどうするんですか？」

「なんとかするさ。俺はな、ザルなんだよザル。ちょっとくらい飲んでも酔わないんだ。学生のころは、教授の財布が空っぽになるまで飲んで、恨みをかったものだ。危うく単位を落としかけたくらいだぞ」

わけのわからない自慢だ。いや、そもそも自慢なのか。ところで、この匂いからすると、ちょっとくらいなんて量ではないはずだ。

「おい、戎崎、ついてこい」

「なんですか」

「酔いざましだ。来いよ」

夏目は僕の腕を掴むと、問答無用という感じで歩きだした。逆らうこともできず、僕は引っ張られていった。ああ、司の家で漫画を読むつもりだったのに。


あちこちで転び、そのたびに僕を巻き添えにしながら、夏目は屋上へ向かった。今日というか昨日というか、とにかく十二時間ほど前に僕が里香と過ごした屋上だ。里香と一緒にもたれかかっていた手すりが見えてくると、自然と顔がにやけてしまう。

「なに笑ってるんだよ、戎崎」

「いや、別に」

「おまえも飲め」

夏目がウィスキーの瓶を差しだしてきた。おいおい、やけに大きい瓶じゃないか。しかも残りは三分の一くらいだ。医者がこんなに飲んでいいのか。

「先生、僕の病気、知ってますか?」

「ああ? 肝炎だろう?」

「酒はまずいんと違いますか?」

「そうだったな」

夏目はへらへら笑った。酔っぱらいの笑い方そのものだ。

「気にするな。A型肝炎なんざ、風邪みたいなものだ」

ほら飲め飲め、と瓶を押しつけられ、しかたなく僕は受け取った。ウィスキーの強烈な匂いが漂ってくる。飲めと言われて飲まないのも無粋なので、僕は軽く呷《あお》った。熱い液体が舌を滑り、そのまま喉を灼《や》きながら下ってゆく。胃の辺りが熱くなった。

「うまいだろう」

「まあ、はい」

「いい酒なんだぞ。ほら、もっと飲め」

また呷る。少し慣れたので、さっきより多めだ。うまいとは思えなかったけれど、体が一気に火照ってきた。冬の夜空の下だというのに、あまり寒さを感じない。それに、なんだか気持ちよくなってきた。足元がふわふわする。

「酒っていいですね」

「嬉しいことというな、おまえ。もっと飲めよ」

「はい」

「いい飲みっぷりじゃないか」

僕たちは一緒になって笑った。ああ、気持ちいい。最高の気分だった。今日は本当にすばらしい日だ。それにしても、夏目も意外といい奴じゃないか。

「夏目先生――」

笑いながら横を見ると、しかし夏目は笑っていなかった。まったく酔っていないふたつの目が、僕を捉えていた。

あとの言葉が出てこない。

僕はなにを言おうとしていたんだ？

「なあ、戎崎、楽しいだろう？」

「え？」

「楽しくて楽しくてたまらないっていう顔をしてるぞ、おまえ。里香は美人だもんな。とんでもなく可愛いよな。俺はこういう商売だから、いろんな人間を、男も女もさんざん見てきたけど、里香みたいにきれいな子は滅多にいないぞ」

夏目はなにを言いたいんだ？　あと、この表情はなんだ？　笑っているのか？　泣いているのか？　それさえもわからない。

「おまえ、十七だろう。まったく最高だよな。あんなに可愛い女の子と一緒に過ごせるんだ。それだけで舞いあがるよな。俺もそうだったから、よくわかるよ。だけどな、儚いぞ。そんなもの、すぐに消えちまう」

十二時間前のぬくもりが蘇ってきた。カムパネルラを真似る里香。くすくすと笑う声。ぬくもり。優しさ。ここで、この場所で、自分は最高の時を過ごしたんだ。夏目なんか知らないような幸福を味わったんだ。それを汚された気がした。

「夏目先生、大人のくせに嫉妬ですか」

つい嫌味っぽい口調になった。

「酔っぱらってるからって、みっともないですよ」

「おまえはわかってない」

「わかってますよ。あんた、俺が気に食わへんのでしょう。里香がずっと俺のそばにおるから、それが――」

言葉を最後まで続けられなかった。あまりのことに、なにが起きたのかわからなかったくらいだ。え？　殴られた？　しばらくしてから、痛みというか、痺れが伝わってきた。口元をぶたれたのだ。

「なにするんですか」

「おまえはわかってない」

「だから、わかっとるって言うとるやないですか。あんたは――」

　また、ぶたれた。今度はさっきより強く。酒を飲んでいたせいもあったのかもしれないけれど、僕の中でなにかが燃えあがり、ほとんど反射的に殴りかかっていた。しかし殴り方が悪かったらしく、肩に当たってしまった。拳が痺れ、僕は怯んだ。その途端、ウィスキーの瓶で頭を叩かれた。とんでもない痛みに視界が真っ白になり、ふらつく。ちくしょう。なんて医者だ。こんなことをしていいのかよ。考えているあいだに、続いて腹を殴られた。そして頭を殴られた。どすん、という重い衝撃は、たぶん蹴られたんだ。気がつくと、僕は薄汚れたコンクリートに横たわっていた。十二時間前、里香と並んで腰を下ろしていたコンクリートの上に。情けなさと怒りが混じり、僕は叫び声をあげながら夏目に組みついた。夏目がよろける。このまま押し倒して殴ってやる。むちゃくちゃに殴りまくってやる。大人だからって手加減するものか。いいか、里香は僕のものなんだ。僕だけのものなんだ。思い知れ。ところが夏目は倒れず、膝を突きあげてきた。無防備の腹に膝が食い込み、すべての内臓が飛びだしてくるのではないかというほどの痛みがやってきた。僕は腹を押さえ、呻いた。途端、また蹴られた。今度はさっきより、はるかに痛かった。むりやり詰め込んだ夕食が喉の辺りまでせりあがってくる。どうにか堪えたけれど、吐き気がおさまったときには、顔を二、三発殴られていた。ふらつきながら、僕は夏目を睨んだ。目の焦点が合うのに、少し時間がかかった。夏目の顔がはっきり目に入ってきた瞬間、意外なことが起きた。体中に満ちていた怒気が抜けた。なぜなら夏目が泣きそうな顔をしていたからだ。ひどく痛そうな顔をしていた。おい、と僕は思った。なんでおまえがそんな顔をしてるんだよ。殴られてるのは僕じゃないか。あんたが殴ってるんじゃないか。それなのに、どうしてあんたが殴られてるような顔をしてるんだよ。直後、こめかみの辺りを殴られ、意識が白くなった。夏目は喧嘩慣れしていた。僕がかなう相手ではないことを思い知った。だけど逃げるわけにはいかない。僕は男なんだ。逃げることなんてできるものか。ふらついた足で夏目に飛びつく。けれど視界が揺らぎ、僕の手は虚しく宙をさまよった。バランスを崩しているちょうどそのとき殴られた。蹴られた。また殴られた。さらに蹴られた。ちくしょう。僕は呟いた。ちくしょう。なんで勝てないんだ。こんなに痛いんだ。情けない。悲しい。痛い。苦しい。馬鹿らしい。逃げたい。逃げたい。逃げたい。それでも逃げなかったのは、意地でも勇気でもなく、もう逃げることさえできなかったからだった。僕は赤ん坊みたいに体を丸め、コンクリートに横たわっていた。夏目が容赦なく蹴り、踏みつけるてくる。僕はいつのまにか泣いていた。コンクリートの冷たさと、痛みと、情けなさに耐えながら泣いていた。たった十二時間前のぬくもりが遠ざかっていく。

やがて、なんの衝撃も来なくなった。

夏目はまだ、そばにいた。気配と、酒の匂いが濃密に漂っているからわかる。僕には抵抗する気持ちはなかった。完全に叩きのめされていた。体だけではなく、心も。今はだから、背を丸め、耐えるしかない。蹴られようと、殴られようと、馬鹿にされようと。僕は負けたんだ。ああ、そういえば、父親に殴られたときもこんなふうだった。抵抗することさえもできず、ただ地面に這いつくばっていた。

クソガキ、と夏目が吐き捨てた。

「どうして楽観的なんだ。能天気にへらへら笑ってられるんだ。なにもかもうまくいくわけないだろうが。世界はおまえのためにあるわけじゃないんだ。泣いて病気が治るかよ。喚いて治るかよ。希望なんかにすがりつきやがって。ありもしない幻想ばかり追いやがって。おまえが認定医試験の準備だの論文だの教授の意向だの気にしてるあいだに……」

言葉が切れた直後、腹をまたもや蹴られた。苦しみに呻きながら、頭のどこかで夏目の言葉を考えていた。世界が自分のものだなんて思ってないぞ、僕は。わかっている。僕はちゃんとわかっているさ。だけど、なんだよ？　認定医試験って？　論文って？　そんなもの、僕は知らないぞ。

なんなんだよ！　なにわけわかんないこと言ってるんだよ！

ようやく苦しみが少しおさまったころ、夏目の気配が遠ざかった。僕はじっとしていた。やがて鉄製の扉が動くときの軋む音がした。開いたのだ。また同じ音がした。閉じたのだ。

夏目は去っていった。

丸めていた体を伸ばし、僕はごろりと転がった。今日の空に、半分の月はなかった。ただ無数の星々だけが輝いていた。南空のあれは、きっとシリウスだろう。口の中が鉄錆くさかった。満ちているものを吐くと、それは唾液ではなく、真っ赤な血だった。

ちくしょう。

涙が次から次へと溢れてきた。こんなふうに殴られたのは、久しぶりだった。父親に叩きのめされて以来だ。

ちくしょう。

まったく太刀打ちできなかった。殴り返すことさえもほとんどできなかった。

ちくしょう。

自分自身のプライドのために、涙を拭き、体を起こす。体中があちこち痛い。コートの汚れを払いながら、立ちあがったとき、気づいた。

ない――。

ポケットに入っていたはずの『銀河鉄道の夜』が消えていた。里香の本なのに。僕は慌てて辺りを見まわした。どこだ。どこにいったんだ。探しまわった末、ようやく見つけた。屋上にたったひとつ設置された外灯の下に落ちていた。駆け寄り、拾う。表紙が少し破れていた。

「ちくしょう」

言葉にした途端、また涙が溢れてきた。

20

夜が更け、星が空を東から西へと動いてゆき、湿気を孕んだ風が吹きはじめ、コートの襟《えり》が揺れ……僕はずっと屋上に座り込んで本を読みふけっていた。銀河鉄道には、さまざまな人が乗り込んでは去っていく。銀河鉄道の旅は続く。あまりの寒さにページを繰る手が震えた。

本当に寒い。体の芯まで凍りつきそうだ。

さっさと病室に戻るべきだ。もちろんわかっていた。こんな寒いところで、こんな暗い外灯を頼りに本を読んで、なんになるんだ。馬鹿なことをしている自分を、どこか遠くから見つめている自分がいた。なんにもなりはしないだろう。また風邪を引くだけだ。わかってはいるものの、それでも、ただ本を読みつづける。すっかり黄ばんだ紙に並ぶ文字を追いつづける。

本の中で、灯台守が言っていた。

「なにがしあわせかわからないです。ほんとうにどんなつらいことでもそれがただしいみちを進む中でのできごとなら、峠の上りも下りもみんなほんとうの幸福に近づく一あしずつですから」

そうなんだろうか。

「ああそうです。ただいちばんのさいわいに至るためにいろいろのかなしみもみんなおぼしめしです」

わからない。

もしそうなら、どうして僕はこんなところで本を読んでるんだろう。僕の手はなぜ、こんなに震えてるんだろう。

それは寒いからだ。

そうに違いない。

ジョバンニが、カムパネルラが、他の誰かが言っていた。

「いまこそわたれわたり鳥。いまこそわたれわたり鳥」

「ああ、そうだ、今夜ケンタウル祭だねえ」

「もうじきサウザンクロスです。おりるしたくをしてください」

「僕たちと一緒に乗って行こう。僕たちどこまでだって行ける切符持ってるんだ」

だんだん悪い予感がしはじめた。どうしてジョバンニは銀河を旅しているのだろう。カムパネルラはなぜ、ここにいるんだ。途中で乗車してきた少女は、天上へ行くと言って、やがて銀河鉄道を降りていった。神様のもとへ行くと言って、降りていった。天上？　神様？

ページを繰る手が速くなる。

心臓の鼓動が速くなる。

ふたりきりになったジョバンニとカムパネルラ――。

ジョバンニが言った。

「カムパネルラ、また僕たち二人きりになったねえ、どこまでもどこまでも一緒に行こう。僕はもう、あのさそりのように、ほんとうにみんなの幸のためならば僕のからだなんか百ぺん灼いてもかまわない」

その台詞に、僕は微笑んだ。唇を動かすと、痛みが顔中に走ったので、微笑みはすぐに消えてしまったけれど。

里香が、カムパネルラが、僕のそばで同じように笑っていた。

「うん。僕だってそうだ」

「けれどもほんとうのさいわいはいったいなんだろう」

ああ、なんだろう。

カムパネルラが、里香の声で言った。

「僕わからない」

途方に暮れる声。

わざと元気な調子で、だから僕は言ってやった。

「なに言うとるんさ。しっかりしろよ」

笑うと顔が痛い。

でも笑わなきゃいけないんだ。里香を励ますために。

「あ、あすこ石炭袋だよ。そらの孔《あな》だよ」

見れば闇が広がっていた。それは光を飲み込み、僕たちの希望を、夢を、そっくり飲み込もうとしていた。絶望はどこにでもある。逃れることなどできないのだ。里香が言っていたじゃないか。それはいつも、そばに立っているのだと。手を伸ばすときを待っているのだと。でもさ、里香、僕がついてるんだぜ。死神なんて、ぶっ飛ばしてやるよ。なあ、そうだろう。

ジョバンニが夜空を見上げ、言った。

「僕もうあんな大きな暗《やみ》の中だってこわくない。きっとみんなのほんとうのさいわいをさがしに行く。どこまでもどこまでも僕たち一緒に進んで行こう」

僕は呟いていた。

「そうや。里香、一緒に行こうな」

震える声で呟いていた。

けれど返事はなかった。そばにいるはずの里香は、カムパネルラは、なにも言葉を返してくれなかった。辺りを見まわすと、そこには誰の姿もなかった。気配さえも消え去っている。僕はひとりきりだった。薄汚れたコンクリートの上に、寂しく座り込んでいた。

しばらくのあいだ、ぼんやりとしてから、読み進む。

「こどもが水へ落ちたんですよ」

そんな台詞が飛び込んできた瞬間、目を閉じた。

もう読みたくない……。

けれど目を開き、僕は文章をふたたび追いはじめていた。水に落ちた子供とは、やっぱりカムパネルラだった。カムパネルラは友達のザネリを救おうとして、ザネリは救ったけれど、自らは救えなかった。カムパネルラは死んだ。水に溺《おぼ》れた。

「もう駄目です。落ちてから四十五分たちましたから」

事情を知るカムパネルラのお父さんが言った。

ジョバンニは銀河鉄道に乗って、死んだカムパネルラと旅をしていたのだった。銀河鉄道の旅は、死への旅だった。

僕は呟いた。

「そうか」

里香はこの本を最後まで読んでいた。それどころか、台詞のひとつひとつまで、覚えていたくらいだった。もちろん、内容も、暗喩の意味も、最後のシーンも、里香はちゃんと知っていたのだ。だからこそ、僕にこの本を渡したに違いない。

昼間の、里香の声が蘇ってきた。

「心配ないよ、ジョバンニ」

カムパネルラの台詞ばかり里香が読んでいた理由を、僕はようやく悟った。

「どうして楽観的なんだ。能天気にへらへら笑ってられるんだ。なにもかもうまくいくわけないだろうが。世界はおまえのためにあるわけじゃないんだ」

夏目が吐き捨てていった言葉の意味を理解した。

里香の手術は、失敗する可能性のほうが高いんだ——。

自らの愚かさに、頭の芯が熱くなった。

勝手に希望を作りだし、それだけしか見ようとせず、現実を知らず、知ろうともせず、ただ笑っていた自分を殴ってやりたかった。無知は罪悪だ。知らないからといって、許されるものではない。夏目、どうして僕をもっと殴ってくれなかったんだ。もっともっと、百回でも、二百回でも、殴ってくれればよかったんだ。

目が熱くなった。また涙が溢れていた。さっきよりも、ずっとずっとたくさんの涙が、頰を流れ落ちていった。

拭うことさえもできなかった。

空には星が輝いていた。冬の空には一等星が多く、まるで競い合っているかのように光を放っている。けれど、いつまで待っても、半分の月はのぼってこない。それでも僕は待ちつづけた。朝までだって、待つつもりだった。

どこに行ってしまったんだ、月は。

僕と里香の月はどこに行ってしまったんだ。

第三話　灰色のノート

1

一時間待った。

二時間待った。

三時間待った。

風はどんどん強く、そして冷たくなり、僕の体からぬくもりを奪っていった。それでも僕は屋上に座り込んでいた。星がゆっくり東から西へ動いていく。冬のきらびやかな一等星たちはもう西空に大きく傾いていた。リゲルは建物に隠れて見えない。ベテルギウスのぎらぎらした輝きもすっかりくすんでいる。プロキオンはまるで二等星みたいだ。シリウスだけが強い光を放ちつづけているけれど、それもあと少しで山に隠れてしまうだろう。

唇が震えた。

手が震えた。

心が震えた。

ああ、僕はなにをしているのだろう。そうだ。月を待っているのだ。大丈夫。待っていれば、いつかのぼってくるさ。太陽がのぼらない日がないように、月だってのぼらない日はないはずだ。青く澄んだ光で、僕を照らしてくれるだろう。

ぼんやりとした視線を、僕は夜空にさまよわせた。けれど月はどこにもなかった。東の空はまだ、闇に染まりきっていた。かまうもんか、朝までだって待ってやる。うつむき、開いたままの本に目を落とした。

こんなにしてかけるなら、もう世界じゅうだってかけれると、ジョバンニは思いました。

彼女の名が胸に浮かぶ。里香。途端、僕は震える。声が。手が。心が。かけれると思ったんだ、本当にそう感じたんだ。里香と一緒なら、なんだってできるって。がたんという音がしたのは、そのときだった。顔を上げると、扉を開ける亜希子さんの姿があった。僕のほうに向かって早足で歩いてくる。目が吊りあがっていた。口は右端が歪んでいた。ものすごい形相だ。怒り狂っているのが一目でわかった。

亜希子さんは僕の真ん前にやってくるなり、

「このクソガキ！」

そう言って、僕を殴った。

夏目にぼこぼこにされたばかりだというのに、さらに亜希子さんにまで殴られたというわけだ。しかも握り拳で。おさまりかかっていた顔の痛みがそれでぶり返し、僕はううと声を出して呻いた。亜希子さんに文句を言おうと思ったけれど、口の中の傷が痛んで、言葉がすぐには出てこない。だいたい、僕の中には、もはや誰かに刃向かう言葉も力もなかった。意気地《いくじ》は夏目の拳で粉々に砕かれてしまっていた。

黙り込んでいる僕の首根っこを掴むと、亜希子さんは強引に立たせようとした。

「ほら！　行くで！」

「い、嫌です」

「立ちな！　立て！　このクソガキ！」

「い、嫌です」

すがるように繰り返す。僕は月を待たなければいけないんだ。ここを立ち去るわけにはいかないんだ。

「俺、ここにいます」

僕がそう繰り返すと、亜希子さんはじろりと睨んできた。恐ろしい目だった。ああ、もう、という言葉が唇から漏れる。結局、僕はむりやり立たされ、屋上を去ることになった。亜希子さんに逆らうなんてできるわけがないのだった。亜希子さんに引きずられ、薄暗い階段を下りながら、僕はコートのポケットに本をしまった。


こんなにしてかけるなら、もう世界じゅうだってかけれると、ジョバンニは思いました。


僕の足音が、どたどたという無様な足音が、響く。亜希子さんの足音が、どすどすという怒りに満ちた足音が、響く。僕は振り向く。月はのぼっただろうか。僕と里香の月は。ふいに腹の底が重くなった。月を見逃したら、なにか大切なものを失ってしまう気がした。もちろん、そんなのはただの思い込みだった。突っ走った強迫観念にすぎない。下らない。つまらない。わかっている。そんなこと。けれど僕の足はとまっていた。亜希子さんが睨んできた。

「なにしとんのさ？　行くよ！」

「嫌です」

今度こそ、僕はきっぱりと言った。

「屋上に戻ります」

「あんた、なに言うとんの？」

「月を……月を見やんといかんのです……」

「なんで？　月？」

ポケットに入れたままの手で『銀河鉄道の夜』に触る。その尖《とが》った角を撫でる。

こんなにしてかけるなら、もう世界じゅうだってかけれると、ジョバンニは思いました。


本の尖った角を、僕は撫でつづけた。

「月を見やんといかんのです……そやないと里香が……里香が……」

なんで声が滲んでるんだ。

なんで目が熱いんだ。

なんで手が震えるんだ。

膝からいきなり力が抜け、薄暗い階段にしゃがみこむ。亜希子さんがそばにいることなんてもう考えられなくなり、月が、月が、と小さな子供みたいに呟くことしかできなかった。説明しなければいけない。そうだ。亜希子さんだってわかってくれる。ほら、早く言えよ。月を見なきゃいけないんだって。里香を助けなきゃいけないんだって。

言葉はけれど、出てこなかった。

僕はずいぶん長いあいだ、しゃがみこんでいた。なぜ亜希子さんが黙っていたのかはわからない。呆れていたのかもしれないし、戸惑っていたのかもしれない。亜希子さんの顔を見てみたかったけれど、顔を上げることなんてできなかった。顔を上げたら、いろんなものが零れてしまう。僕はもう押しとどめられない。

少し落ち着いてから、僕は立ちあがった。

「屋上に戻ります」

振り向いて歩きだした途端、背中のほうから、あまりにも冷たい真実が届けられた。教えてくれたのは、もちろん亜希子さんだ。

「裕一、今夜は新月や」

「え――」

「月はのぼらへん」

こんなにしてかけるなら、もう世界じゅうだってかけれると、ジョバンニは思いました。

「のぼらへんのや、月は」

またた。また下らない間違いを犯した。確かに太陽は毎日のぼる。一日も欠かすことなく。けれど月は違う。満ち欠けを繰り返す。時に満ち、ゆえに欠ける。そして今日は新月、僕と里香の月は欠けきってしまっている。

自分はなんて愚かなのだ。

もちろん、わかってはいた。わかりすぎるくらい、わかってはいた。しょせん、ただのガキにすぎないのだ。田舎に縛りつけられ、たった数百キロしか離れていない場所を夢見ることしかできない程度の存在だ。なのに里香といるうち、なにかがずれてしまった。どこかで自分は万能だと思い込み、世界中の幸福がここにあると勘違いしていた。

だって。

それくらい幸せだったんだ。

こんなにしてかけるなら、もう世界じゅうだってかけれると、ジョバンニは思いました。

光に満ちた場所から、闇に染まった奈落へ。

手を強く握りしめた。

いったい、どこまで落ちればいいのだろう。自らの愚かさを、馬鹿さ加減を、どれだけ思い知らなければいけないのだろう。ふいに自虐的な気持ちがよぎった。夏目みたいな下らない奴に殴られて、いいザマだ。おまえにはその程度の価値しかないんだよ。

里香を好きになる資格さえないんだ。

「あんた、傷だらけやんか。肝臓が弱っとると、抵抗力が落ちるんや。そのままやと、ひどいことになるに。傷の消毒くらいはしやんと。ほら、行こう」

立ちつくす僕の腕を取ると、亜希子さんは階段を下りはじめた。まるで幼稚園児みたいに腕を引っ張られながら、僕は亜希子さんが放った言葉の意味を、何度も頭の中で繰り返していた。

月はのぼらない。どんなに待っても。望んでも。願っても。祈っても。決してのぼらない。あぁ、世界は冷酷だ。僕のようなガキには、どうにもできないことで満ちている。僕には月を見ることも、里香の命を救うこともできないのだ。

やがて思いだした。砲台山で里香と一緒に月を見上げたこと。藍色の夜空に、それはくっきりと輝いていた。里香を淡く照らしていた。けれど、月は今、完全な闇に食われているのだ。まるで里香の命のように。

最後に一度だけ、僕は後ろを振り向いた。闇の中、屋上に通じる鉄製の扉がぼんやりと見えた。一歩足を踏みだすたびに、だんだん遠ざかっていく。

「裕一、ちゃんと歩きな」

「はい」

前を向く。鉄製の扉が見えなくなる。その瞬間、なにもかもが断ち切られた。もう戻れない。誰かが歌っていたっけ。諦めたときが、終わるときだって。僕ははっきりと悟った。なにかが今、確かに終わったんだ。

「夏目の阿呆が電話かけてきたんさ。あいつ、べろべろに酔っぱらっとった。屋上で戎崎が倒れとるから回収してこいとか言うてさ」

え？　夏目？　あいつが亜希子さんを呼んだのか？

「大変だったんやで。あんなに酔っぱらっとったら急患に対応できへんから、他の先生に来てもらわないかんかったし。そっちを都合つけて屋上に来てみたら、あんたはこんなんやし」

「すみません」

「それ、殴られた傷やね？　夏目にやられたん？」

答えられない。

「まあ、いいわ。なにがあったんか、あとで聞かせてもらうで」

「はい」

「男のくせに泣かんとき」

「はい」

「泣くなって言っとるやろう」

「はい」

2

逃げたい。そう思うことしかできなかった。

もし里香に会ったら、言葉を交わさなきゃいけない。笑わなきゃいけない。下らない冗談のひとつも言わなければいけない。けれど自分にそんな器用な真似ができるだろうか。里香の状態を知ってしまった今、呑気に笑えるだろうか。

絶対、無理だ。

情けないことに、それがわかるくらいには、自分を理解していた。自分の才能だの、潜在能力だの、そんなことはまったくわからないくせに。だから里香に会わないことばかり考えた。検査のせいにして病室をずっと出ていようか。いっそ転院してしまおうか。だけど転院なんかしたら、里香とは永遠に会えなくなってしまう。それは嫌だ。駄目だ。無理だ。一日一日と季節は律儀に春へ近づき、病室の窓から見える世界は暖かさに満ちているように思えた。陽光はもう春のそれで、病室の中にいると、つい眠ってしまいそうになる。

頭にふと、屋上で過ごした瞬間が思い浮かんだ。カムパネルラの台詞を読みあげる里香の声。

暖かな日射し。コンクリートの上に、並んで座った。同じ本を覗き込んだ。肩が触れるたび、どきどきした。抱きしめたくてたまらなかった。最高の瞬間。誰もが追い求める幸を、僕は確かに掴んでいた。夏目に殴られたこめかみの辺りが痛い。腹が痛い。蹴られた腿が痛い。なにより……心が一番痛い。

ノックの音がしたのは、そんな午後のことだった。

叩き方で、すぐ里香だとわかった。

僕は目を閉じ、呼吸を整えた。できるかどうかなんて、知ったことか。だけど、やるんだ。それしかない。自分に言い聞かせ、目を開く。

やがて言った。

「おう」

ドアが開く。

思ったとおり、現れたのは里香だった。思ったとおり、彼女の頭に、情けない音を立ててミカンが落ちた。

僕は精一杯の勇気と、そして声を振り絞り、叫んだ。

「よし、やった！」

さらにガッツポーズ。拳を突き上げる。頭の中で何度も何度も、思い描いたシミュレーションだった。夏目との殴り合いを……あれを殴り合いと言っていいかどうかわからないけれど、里香は知らない。僕の腫れあがった顔を見たら、彼女は訝《いぶか》るだろう。誤魔化すためには、なにかが必要だった。たとえば派手な騒動とか。だからこそ、僕はこんなことをしているのだ。予想どおり、里香の目が吊りあがった。立ちつくしたまま、恐ろしい目で僕を睨んでいる。恐ろしかったけれど、とどめの一言を放つ。

「大当たり！」

　里香が早足で近づいてくる。とんでもなく怒ってる。怒りのオーラが、ほっそりした肩の辺りで渦巻いている。まずい。いや、でも、これでいいんだ。大騒ぎをすれば、それで誤魔化せる。下らない気遣いなんて吹っ飛ぶ。そんな計算。

　ただし、実際に起きたことは、いささか計算とは違っていた。なにかを投げつけられる程度だろうと思っていたのに、なんと拳で殴られたのだ。僕は派手にのけぞり、バランスを崩し、ベッドから転げ落ちてしまった。

「なにするんや」

「裕一の馬鹿」

　ああ、しまった。

　里香の目が潤んでいた。まさか、こんなことで、いつも自分がやっていることで、彼女が涙ぐむとは思わなかった。

　すべての計画が頭から吹っ飛び、僕は本気で慌てた。

「ごめん、里香」

「裕一の馬鹿」

「だってさ、俺、いつもやられとるからさ」

「もういい」

　里香が病室を出ていこうとする。ベッドを飛び越えると、僕は彼女の腕にすがった。振り払われる。里香の手が顔に当たって、まだ腫れているこめかみが痺れる。

「悪かった。謝るよ」

「黙ってよ」

「だから謝るって」

「うるさいわね」

「里香、なあ、頼むから」

なぜか泣きそうな声になっていた。その調子に気づいたのか、あるいは単純に気が変わったのか、里香が立ちどまった。冷たい目で見つめてくる。僕は思わず息を呑んでいた。見透かされた予感に、心の底がひんやりと冷える。おい、裕一、黙り込んでるんじゃない。喚け。叫べ。馬鹿騒ぎの中に、いつもどおりの騒音の中に、下らない気持ちを消してしまえ。心の中は言葉でいっぱいなのに、口からは出てこない。

「裕一、なに、その顔?」

「あ――」

右の頬を触られ、僕は痛みに呻いた。

「腫れてるよ?」

「うん」

「どうして?」

「ええと」

「なにかあったの?」

怒りは消え去り、里香の瞳に別のなにかが宿った。

「裕一、馬鹿みたい」

　里香はそう繰り返した。

「本当に馬鹿みたい」

　僕は精一杯の演技力を発揮して、不機嫌そうに言った。

「だってさ、しかたないやろ」

「しかたなくない」

「男やから、売られた喧嘩は買うに決まっとるやん」

　よくもまあ、あんな嘘がとっさに出てきたものだ。

　自分でも感心する。

　いや、参ったわ。夜にさ、腹が減ったから病院を抜けだしたんさ。弁当を買って、司のところへ行こうと思うたら、コンビニの前でヤンキーに絡まれてさ。ひどいんやで、あいつら。俺の弁当、叩き落としたんや。なんか、ほら、赤いウインナーとかが地面に転がっとんの見たら、頭に来てさ。気がついたら取っ組み合いの喧嘩やったわ。あいつら五、六人やったから、ひどい目におうたわ。卑怯やんな。男やったら一対一やろう。そやけど、俺、けっこう頑張ったぞ。ひとりは倒したったもん。一対一やったら、絶対に勝っとったな。

　圧勝やったな、うん、と僕は繰り返した。絶対に圧勝やで。

「どうして逃げないのよ？」

「逃げられるわけないやん」

「だから、どうして？」

「男やから」

「ええ？」

「そういうもんなんさ」

わけがわからない、と里香が言った。

「怪我をしたらつまらないでしょう」

「つまんなくないわ」

うまく説明できなかった。もし戦わないで夏目から逃げていたら、僕はもっと情けない気持ちになっていただろう。

理屈なんかじゃない。

「とにかく、そういうもんなん」

「男の子って馬鹿みたい」

頭をこづかれ、殴られたところが痛み、僕は呻いた。けれど里香はまったく心配してくれず、怒り心頭といった感じで睨んでくる。

「叩くなって」

「うるさい」

「だから叩くなって言うとるやろ」

「罰よ、罰」

僕はベッドに寝そべり、里香は丸椅子にちょこんと腰かけていた。午後の陽光が窓から射し込み、病室の半分を照らし、残り半分は陰になっている。里香はちょうど、その境目に座っていた。彼女の顔や肩は光で輝いているけれど、足元は影に沈んでいる。僕はふいに、ひどく不安になった。このまま里香が闇に呑みこまれてしまったらどうしよう。

「だいたい、そんな相手だったら、ナイフとか持ってたかもしれないじゃない」

「そやけどさ」

「刺されちゃうかもしれないじゃない」

「いや、でも」

「どうして考えられないのよ」

里香が睨んでくる。ああ、だけど、と口ごもりながらも、なぜか僕は浮かれた気持ちになっていた。なんだろう、この感じは。少し戸惑った末、気づく。里香が心配してくれているのが嬉しいんだ。里香は確かに怒っている。怒り狂っている。それは僕のためなのだ。

「どうして、裕一、にやにやしてるの？」

「え――」

しまった。顔に出ていたらしい。

「もう。この馬鹿」

「叩くなって。傷に響いて痛いんやわ」

「罰だって言ったでしょう」

「わかった。わかったから。悪かった。ごめん。謝る。とにかく、叩くなって」

春を感じさせる日射し。ぬくもり。光と闇の境目にいる里香。彼女の怒る声。だからこそ優しい声。至福のとき。誰もが探し求める幸が今、確かに、ここにある。腕で頭を庇《かば》い、振りおろされる里香の平手から頭を守りつつ、僕は今にも泣きだしてしまいそうな顔を隠していた。こんな幸せな時がいつまで続くのだろう。どれだけ残されているのだろう。

光が強ければ強いほど、闇は深かった。

3

それでも世の中というのは呑気なものだった。放っておいても時間は過ぎていくし、どんなに寒い冬だろうが春になってしまう。僕たちの意志とは、なんの関係もなかった。喚こうが抵抗しようが、あるいは急かそうが、勝手にやってきて、勝手に去っていく。

僕たちはちっぽけだ。

まあ、当たり前だけどさ。わかってはいるさ、もちろん。時の流れをどうこうできるどころか、僕にはひとりの女の子を救うことさえできない。せいぜい彼女を笑わせることができるくらいだ。それだって、かなり難しい。怒らせてばかりなんだ、実際は。里香は滅多に笑ってくれない。情けないけれど、僕なんて、その程度のものだ。

「ふう——」

というわけで、僕は実に少年らしく、十七歳らしく、ため息をついた。屋上には暖かい日射しが降り注いでおり、こうして手すりにもたれかかっていると、だんだん眠くなってくる。ふと、僕は尻の下、つまりはコンクリートの床を見た。

ここだったよな。

里香と一緒に座って『銀河鉄道の夜』を読んだ。

「たまらへんよな」

まったくだ。

たまらない。

まんぷく食堂のからあげ丼を食うのは最高だし、難しいゲームをクリアするのも快感だし、誰かに誉められるのだって悪くない。けれど、里香と一緒にいるのは、彼女が笑ってくれるのは、そんなのとは比べものにならなかった。

まったくだ。

たまらない。

やがて実にわざとらしい咳払いが聞こえた。顔を上げると、そこに夏目が立っていた。なぜかわからないけれど、眉間に皺ができている。無精髭がだらしなく伸びている。髪はぼさぼさだ。顔自体は相変わらず二枚目とはいえ、さすがに少々むさい。

迷った。

睨むべきか、突っかかるべきか、あるいは目を逸らすべきか。

ところが、先に視線を外したのは、夏目だった。

「あの、戎崎、ええと」

なんだ？　この曖昧な喋り方は？

戸惑っていると、夏目は右手で髪を掻きまわした。どういうわけか、その視線が泳ぎまくっている。

一瞬だけ目が合ったけれど、すぐに逸らされた。

「俺、おまえになにかしたらしいな」

「え？」

「いや、実は谷崎から聞いたんだけどな」

「もしかして覚えてないんですか？」

僕の隣に、夏目はすとんと腰を下ろした。

「すまん」

そして、あっさり言った。

なぜだかわからない。自分でも理解できない。その瞬間、胸の奥底でなにかが燃えあがった。隣の夏目を殴りたい衝動に、身も心も支配され、右手を固く握りしめた。日射しが揺れている。生ぬるい風が吹いている。今日は暖かい。とても穏やかな日だ。

もしかすると夏目は、僕に殴られるつもりなのかもしれなかった。

僕はもちろん、殴りたかった。夏目をぼこぼこにしてやりたかった。たとえ無抵抗だろうが、決して手を抜かず、殴って殴って殴りまくってやりたかった。僕がやられたように。どうして衝動を抑えられたのか、自分でもよくわからない。

「いや、まあ、たいしたことないですよ」

なぜ笑っているのか、それもよくわからない。

「そ、そうか？」

「はい」

夏目は愛想笑いを浮かべたけれど、右の頬が引きつっていた。ああ、夏目だけではない。僕の右頬だって引きつってるじゃないか。それからしばらく、僕たちは愛想笑いを浮かべつづけた。端から見たら、かなり気持ち悪い光景だったに違いない。

愛想笑いに疲れたころ、僕は尋ねた。

「認定医試験って、なんですか？」

意外な質問だったのか、夏目が目を丸くした。

「要するにあれだ。医者って奴には専門があるわけだ。簡単に言うと、その専門医であることを認められるための試験だな」

「なるほど」

「ところで、おまえ、なんでそんな言葉知ってるんだ？」

「え？　覚えてないんですか？」

「俺が言ったのか？」

ようやくまともに視線が合う。驚いたことに夏目は動揺しまくっていた。口は半開きだし、視線は定まらないし……。顔全体がこわばっていた。そうか。やがて言葉が漏れる。そうか。かすれた声。

次の瞬間に起きたことを、僕はずっと忘れられなかった。いつまでもいつまでも、たとえば食事の合間に、その光景を思いだしたりした。一緒に食べていた里香に、どうしたのよと尋ねられ、なんでもないと慌てて言ったりした。

夏目は膝を抱え、そのあいだに顔を埋めた。

最初はなにが起きているのかわからなかった。突然の行動に、僕はただ戸惑ってしまった。たぶん十秒くらいかかったと思う。夏目の肩が震えていることに気づくまで。

夏目が恐ろしく小さく見えた。まるで子供みたいだった。

さっきまで本気で殴ってやりたかった。右手で殴り、左手で殴り、腹に膝を突き立て、爪先で顔を蹴飛ばしたかった。

誰を？

この、目の前の、ガキみたいな背中を？

半殺しに？

日射しが夏目の震える背中で揺れていた。真新しい白衣の表面が光に輝いていた。風が吹き、夏目のボサボサの髪をさらに掻き乱した。

口を開いたのは、夏目のほうだった。

「戎崎、俺にもな、十七のころがあったんだぞ。嘘みたいだけどな。そのころのことを思いだすと、俺は笑っちまうんだ。自分のことで精一杯でさ。格好つけてばっかりで、そのくせ空っぽで、空っぽなのを誰かに知られるのが怖くて。まあ、ばればれなんだがな。思いっきり虚勢を張ってたよ」

僕は黙って聞いていた。それしかなかった。

「楽しいよな、でも。最高だよな。未来なんて遠いし、どこからでもやり直せる。学校はつまらねえし、嫌な教師もいるけど、たいした問題じゃない。虚勢を張って、女の尻を追っかけて、馬鹿みたいにはしゃいで」

なにを言いたいんだ、この人は？　震える声で、なにを言ってるんだ？

「失うなんて、ろくに考えもしなかったよ。未来は怖かった。将来も怖かった。でもさ、なにも持ってなかったんだ。まだ。失うってことがどういうことなのか、ろくにわかっちゃいなかった。持ってないんだから、落としたときの怖さなんてわかるわけないだろう。まったく、たまんねえな。なんなんだろうな。くそっ。いったいなんなんだろうな。なんでこんなことになっちまうんだろうな。おい、戎崎」

「なんですか？」

「おまえ、あっちへ行け」

「え？」

「ここから出ていけ」

「出ていけって……屋上なんですけど」

「うるせえ」

震える声。

「出ていけ」

どう考えても理不尽だった。さっきまでの殊勝な態度はなんだったんだ。わけがわからない。けれど僕は立ちあがっていた。日射しを背中に受けながら、自らの影に向かって歩きだす。僕が右足を前に進めると、影も前に進む。左足を前に進めると、やはり影は前に進む。僕は決して僕自身の影に追いつけない。影はどこまでも逃げてゆく。そんなふうに影を追いかける僕の後ろで、誰かが泣いていた。白衣を着た誰かが。

「おい、戎崎」

呼びとめられた。振り向くかどうか迷った末、僕はただ立ちどまり、体の向きを変えることなく尋ねた。

「なんですか」

「里香を大切にしてやれ。できるだけ大切にしてやれ」

「あんたに言われんでもわかっとりますよ」

「時間がねえんだ」

「それもわかってます」

そうか。呟きが聞こえてきた。

「出ていけよ、クソガキ」

「わかりましたよ、馬鹿医者」

反論はなかった。きっと夏目自身もそう思っていたのだろう。僕は上着のポケットに両手を突っ込み、背中を丸めながら、屋上をあとにした。薄暗い階段を下りる。一段飛ばしで下りる。そして最後の一段を下りきったとき、厚い鉄扉の向こうから声が聞こえてきた。呻くような叫ぶような声。僕はその場で目を閉じた。大人が泣く姿を見たのは久しぶりだった。


父親が死んだとき、僕は喜んだ。

強がりなんかじゃない。

快哉《かいさい》を叫びたいくらいだった。

なにしろ父親は本当にひどい奴だったのだ。父親がしでかしたさまざまな悪事……いや悪事とも呼べないような下らないことを挙げていったら、きりがない。本当にあいつは最悪の男だった。人間として屑だった。もちろん僕だって、実の親のことを屑だなんて呼びたくはない。当たり前だ。けれど、親だからこそ、身近で見てきたからこそ、僕はそう呼ぶ。屑、と。

涙なんて出やしなかった。ああ、嬉し涙なら出たかもしれないな。

父親の最後はあっけないものだった。死ぬ直前まで苦しみぬいて、それなのに病院を抜けだして飲み屋で倒れたり、母親以外の女の家に通ったりして、いろいろあったけれど、死んだあとは実に静かなもので、通夜のあいだは黙ったまま寝転んでいるだけだったし、焼き場で真っ白な骨になっても、やっぱり静かなものだった。

小さな骨壺ひとつ。

喋らない。

動かない。

親戚のおばさんが、葬式の途中で、

「裕一君、かわいそうにな。元気出すんやんな」

と言ってきた。

僕は思わず、笑いだしそうになった。なぜなら、僕はちっともかわいそうでもなかったし、落ち込んでもいなかったからだ。

本当はこう告げたかった。

「いや、十分に元気で、むしろ嬉しいくらいですよ。せいせいしましたよ」

もちろん本音は出さず、殊勝に頷いておいたけれど。

十代で父親に死に別れるというのは、いわゆる世間さまにとっては、相当にかわいそうに思えるらしい。

すぐに別のおばさんがやってきて、

「あんたがこれから家を守るんやからね」

さらに下らないことを言ってきた。

おばさんはレースのハンカチで涙を拭っていたけれど、拭いきれないのではないかというくらい泣いていた。まったく変な話だ。そのおばさんがどこの誰なのか、僕はまったく知らなかった。僕が知らないということは、そんなに近い関係ではないということだ。

どうして泣いているのだろう。

親と死に別れるってシチュエーションに泣いとるだけやないんですか？　悲しいから泣いと

るんじゃなくて、泣くのが楽しいから泣いとるんやないですか？　手近で、身近で、安っぽいドラマってことですよね？


実に妥当な意見だと思う。

僕はどうにか堪えた。そのころ、僕はもう十五になっていて、十分に子供だけど、下らないことを口にしない程度の分別は持ち合わせていた。偉いぞ、十五の僕。

僕はひたすら頷き、

「はい」

と殊勝に頷いておいた。

葬式が終わったのは夕方近くになったころで、僕はくたくたになっていた。誰かが頼んでおいてくれた店屋物を食べ、二階にある自分の部屋に引き揚げた。早く寝てしまおう。夢なんて見ないくらいぐっすり寝よう。そう思って布団に入ったものの、なぜかまったく眠くならなかった。夜の十二時になっても起きていた。疲れ切っているくせに、心のどこかがぴりぴりしていた。まあ、たまにあるんだ。実は父親の死がこたえていたということはない。うん。断言する。絶対にない。疲れすぎて眠れなかっただけだ。

というわけで、夜の一時くらいだったろうか。ホットミルクでも飲もうと思って、僕は階下に向かった。

ちょっと前のラジオの深夜番組で、ホットミルクを飲むと眠れるという話を聞いていたからだ。カルシウムだのメラトニンだの、そんな物質がきくらしい。薄暗い電灯の下、僕は古ぼけた階段を下りた。ぎしぎしという音がした。僕の家はいわゆる町屋という奴なので、とにかく古くさいのだ。大きな地震が来たら、二秒か三秒で天国に強制連行されるだろう。ついてないときというのはあるものだ。

「牛乳、ないぞ」

冷蔵庫の中は、ほとんど空っぽだった。

考えてみれば当たり前だ。

緊急入院だの、危篤だの、輸血だの、手術だの、同じ血液型の方はいませんかだの、親子でも血液型が違ったら駄目なんですよだの、手を尽くしたのですがだの、残念ですがだの、通夜だの、葬式だの……とにかく大忙しだったのだ。

牛乳を買っている暇なんて、あるわけがなかった。

いくらか迷った末、僕は近くのコンビニに牛乳を買いにいくことにした。そこまでして牛乳が飲みたかったわけではないけれど、気晴らしのつもりだったのだろう。父親が死んだというのに、世界はなにも変わっていなかった。そのままに存在していた。信号は相変わらず赤い点滅を繰り返し、原付バイクが甲高い音で静寂を壊し、コンビニの前ではヤンキーが実に正しいヤンキー座りで煙草を吹かしていた。

店に入ったところ、なんと牛乳はなかった。どうやら深夜のコンビニには牛乳なんて置いてないらしい。

しかたないので少年ジャンプとヤングマガジンを立ち読みし、そのころ大人気だった美少女アイドルの——今では名前も見ないけれど——水着姿をじっくり鑑賞したあと店を出ようとしたら、そこに見慣れた姿があった。

なんと山西だった。

「どうしたんさ、おまえ」

びっくりしたように、山西が言ってきた。

僕もびっくりした。

「お、おう。そっちこそ、なにしとん」

「勉強しとったら腹が減ってきて。気晴らしも兼ねてカップラーメンでも食おうと思うて」

「俺もそんなとこ」

牛乳が目的だったことは秘密にしておいた。

ガキっぽい気がしたからだ。

ちょっと気まずそうな感じで、山西が尋ねてきた。

「おまえ、今日、葬式やったんやろ？」

「めっちゃ疲れたわ」

「大変やったな」

山西の声には、同情が山盛りになっていた。丼に盛ったら、こぼれそうなほどだった。強調しておきたいのだけれど、僕と山西のあいだにあるのは、魂と魂で結ばれた友情なんて立派なものではない。ただの幼馴染みで、ただの腐れ縁で、ただの悪ガキ同士だ。遊ぶときはいつも下らないことを言い合ってばかり。本音で話したことなんてほとんどない。

とにかく、山西は下らない奴なんだ。

僕と同じくらい、下らない奴なんだ。

その山西が、今日いっぱい会ったおばさんたちと同じような反応をしたことに、僕は頭を抱えたくなった。

あまりの情けなさに、陳腐さに、泣きたくなった。

おいおい、そんな顔をせんといてさ。たいしたことと違うやろ。親が死んだだけやん。それに俺の父親は下らん奴やった。おまえも知っとるはずや。だいたい、親なんて、うるさいばっかりでさ。なあ、山西、そうやろ。


思わず本音が出てしまった。

「いや、全然悲しないんやけど。むしろ笑いたいくらいやわ」

そして実際に笑ってやった。

僕は今でも、直後に山西が浮かべた表情を、はっきり覚えている。山西は僕の笑顔をじっと見つめながら、しばらく黙っていた。両目の端っこがだんだん下がっていった。瞳の色が少しだけ薄くなり、コンビニの白っぽい照明を映して、濡れたように輝いた。

はっきり告白する。

僕は山西を殴ってやりたかった。うるさいと言ってやりたかった。ありふれた同情に浸ってるんじゃないって。けれど僕はへらへら笑いつづけた。なぜかはわからない。おばさんたちの同情攻撃に疲れ果て、へらへら笑いが顔に張りついてしまったんだろう。

あのときの山西の顔を思いだすたび、僕は後悔する。

殴ってやればよかったんだ。

いや、殴っておくべきだったんだ。

僕自身のために。

カップラーメンを選んでいる山西をそのままにして、僕は先に店を出た。夜道をぶらぶら歩いた。相変わらずヤンキーたちはヤンキー座りをしており、信号は赤い点滅を繰り返し、原付バイクが甲高い音を鳴らしていた。

そうして真っ暗な家に帰り、出かけたときよりも疲れて重い体をむりやり動かして、二階に向かおうとしたとき、僕はふいに気づいた。真っ暗な居間に、母親がいた。どうしたんだよと声をかけようとしたけれど、言葉は喉に引っかかってしまった。

床に座り込む母親の背中がやたらと丸かったからだ。

真ん前のテーブルに父親の遺影が載っていたからだ。

丸まった母親の背中がぶるぶると震えていたからだ。

闇の中、もちろん母親の姿に影はなく、外から射し込むうっすらとした明かりに輪郭だけが浮かびあがっていた。うっ、という声が時折聞こえた。母親は僕がいることに気づいていないみたいだった。それどころではなかったのだろう。僕は立ちつくしてしまった。どうして母親が泣くのか理解できなかった。

なあ、そいつはどれだけ迷惑をかけたんや？　何回浮気したか知っとるやろ？　結婚せえへんかったらよかったたって、いつも言うとったやろ？　我慢ばっかりだったやろ？　そやのに、なんで泣いとるん？　おかしいって！　そんなの変や！

どれだけ立ちつくしていたのか、僕にはよくわからない。たぶん一分か二分……いや、もう少し長かったかもしれない。その日、誰もが悲しみと寄り添っていたというのに、ただ僕だけが戸惑ってばかりいた。気がつくと、足の先が冷え切って、少し痛かった。ずっと泣きつづける母親を置き去りにし、僕は痛む足先を気にしながら、けれど決して音を立てないように注意しつつ、体の向きを変えた。薄闇の中、廊下を歩いた。それから階段を一段上った。ぎし、という音がした。さらに一段上った。ぎし、という音がした。母親の泣き声が聞こえていた。目を強く閉じ、一段二段と数えながら、僕は階段を上りつづけた。

大人だって、たまには泣く。

ああ、わかってるさ。

そんなの、当たり前だ。なんでもない。そう、なんでもないんだ。

三年前の母親の泣き声を思いだしながら、僕は階段を下りきった場所に立ち、ずっと目を閉じていた。目を開ければ、そこには世界がある。誰かが泣こうが、悲しもうが、なにひとつ変わることなく存在している。

「裕一、なにしてるの？」

そんな声で、僕は目を開けた。

里香がいた。

不思議そうに、僕を見上げている。

彼女を見た瞬間、恐ろしく強い衝動が、僕の心を埋めつくした。里香を抱きしめたかった。小さな体を、僕の腕にすっぽりとおさめ、自分のものにしたかった。もし明日、世界が滅びるのだとしたら、僕は神に祈るだろう。里香だけは助けてくれって。たとえ世界を火で焼きつくそうとも、里香だけは見逃してくれって。

目の前にいる、ただの少女。

確かにきれいだけれど、やたらとわがままで、性格の悪い女の子。

世界よりも、自分よりも、彼女が大切だった。

「裕一、どうしたの?」

立ちつくす僕に、里香がまた尋ねてきた。

僕は慌てて笑った。

「なんでもないわ。それより、おまえこそ、どうしたんさ」

「もう忘れてるんだ」

里香が険しい顔になった。

「いつもの散歩だよ」

あ、そうか。

手術に向けて体力をつけるため、毎日散歩しているのだった。途中で屋上に行くてのが、お決まりの散歩コースなのだ。

僕はふと、気づいた。屋上には夏目がいる。膝を抱えている。

「今日は屋上には出られへんみたいやで」

「え? なんで?」

「給水塔の塗り替え工事やってさ。なあ、俺の病室に行こや。赤福あるで一緒に食べよ」

「赤福? なにそれ?」

「赤福、知らんの?」

「うん」

「じゃあ来い。すぐ来い」

「もう。手が痛いよ」

「赤福を知らん奴に文句言う資格なし」

僕は里香の手を引っ張って歩きだした。珍しく強引な僕に、里香は少し戸惑ってるみたいだった。僕を罵る声に、いつものほどの切れ味がない。それにしても赤福を知らないなんて。たっぷり食べさせて、赤福の偉大さを教えてやる。——と下らないことを思いつつ、僕は別のことも頭に浮かべていた。

おい、夏目。これでひとつ貸しだからな。しっかり覚えておけよ。

4

どうにか日常という奴が戻ってきた。口の中の傷は治っておらず、水を飲むだけでも痛かったし、腹や足は痣だらけだし、プライドはずたずたのままだけれど。

朝はまず検温。朝食。そして点滴。終わったら、すぐ昼食。いそいそと里香の病室へ。下らない話をしながら、里香の散歩につきあい、屋上で太陽の光を浴びる。彼女を病室に送り届けたあと、たまに検査。夕方の検温。そして夕食。病院の生活なんて、実につまらないものだ。多田さんがエロ本を集めていたのもよくわかる。なにか熱中できるものを見つけないと、退屈でやっていられない。もっとも、あのコレクションは、さすがにとんでもないけれど。

ところで相変わらず亜希子さんは点滴が下手だった。今日なんか針が血管に入ってなかったせいで、血管の脇がぷっくりと膨れてしまった。慌ててナースコールで呼びだしたら、来たのはまた亜希子さんで、僕の腕を見るなり、頭を抱えた。

「ちぇっ」

舌打ちし、頭を抱えるばかりで、針を抜いてくれない。点滴液が血管に入らないと、けっこう痛いのだ。

僕は叫んだ。

「取ってくださいよ。早よう。痛いですよ」

泣きそうな勢いだった。

僕は痛みに弱い。ちょっとしたことで、ぎゃあぎゃあと喚いてしまう。誰でもそうだろうと思うかもしれないけれど、世の中には痛みに強い人もいて、ろくに麻酔がきいていない状態で縫合手術をしても、顔色ひとつ変えなかったりするそうだ。

「亜希子さん、なにしとるんですか」

「いや、反省を」

「その前に取ってくださいって」

「本当にうるさい子やな」

まったく理不尽な話なのだけれど、亜希子さんは怒りながら、実に荒っぽい手つきで針を抜き取った。

どうして僕が怒られなければいけないんだろう。

「じゃあ、やり直すね」

「今度は外さんといてくださいよ」

「わかっとるって」

あ、外した。

「勘弁してくださいよ。誰か他の看護師さん呼んでください」

「他の看護師？　あんた、わたしを馬鹿にしとるわけ？」

「だって外しとるし」

「そういうこともある。たまには」

「しょっちゅうやないですか。亜希子さん、絶対に看護師の才能ないですって。どうして、こんなに外すんですか」

「なんでやろ」

「考えとらんと、早よう抜いてください。痛いんですってば」

やり直して、ようやく点滴針は僕の血管に入った。たかが点滴で、なぜ痛い目にあわなければいけないのだろう。

「いや、悪かった。ごめんな」

珍しく亜希子さんが謝ってくれた。

もちろん謝ってくれたからといって、痛みが消えるわけではない。

「もういいです」

「男なんやで泣かへん」

「泣いてないです」

「あのさ、裕一」

亜希子さんの声が少し低かった。

「なんですか」

「看護師の才能ってのも、あんのかな」

「どんな仕事やって向き不向きはあるんやないですか」

当たり前のことを、深く考えず、僕は答えていた。

「そうやんな」

亜希子さんが考え込んでしまった。

予想外の反応だったので、ちょっと戸惑った。

「どうしたんですか、亜希子さん」

「いや、まあ」

「なにか悪いものでも食べたんですか」

「そんなとこ」

そして亜希子さんは「じゃあ」とか「お大事に」とか「おとなしく寝てろクソガキ」とか言わず、無言のまま去ってしまった。

いったい、どうしたんだろう。


「裕一の馬鹿」

散歩の途中、亜希子さんのことを話すと、里香は呆れたような顔をした。

「無神経なんだから」

「なんでさ?」

「向いてないって言われて、喜ぶ人がいるわけないじゃない。谷崎さんだって、そういうのが気になるときはあるよ」

亜希子さんのことを、里香は名字で呼ぶ。

「でもさ、亜希子さんやで」

「それがどうしたの？」

「普通の神経なんてあるんかな、あの人に」

いきなり足を踏まれた。

「あ、痛いって。なにするんさ」

「たまたまよ」

などと言いつつ、また踏まれた。

「里香、絶対にわざとやろ」

「ごめんごめん」

「その言い方は反省してへんな」

「してるしてる」

「嘘つけ」

まったく、なんて性格の悪い女なんだ。やがて屋上へと続く階段にさしかかった。相変わらず、里香と一緒だと、たかが十数段の階段が恐ろしく長く感じられた。彼女に手を貸し、ゆっくり上る。ようやく屋上の鉄扉の前にたどりついた。少し錆びついて固くなった扉を、肩を使って押し開けた。そうだ。次に病院を抜けだしたら、司の家から機械油を持ってこよう。蝶番《ちょうつがい》に油を差せば開けやすくなるはずだ。僕がついてこられないとき、里香は自分で扉を開ける。こんなに重いのでは大変だろう。

鉄扉を開けた途端、冷たい空気が流れ込んできた。今日は早めに引き揚げよう。里香の体に障る。急な気温の変化でさえ、彼女の体にはよくないんだ。

たまらない気持ちになったせいか、力がこもった。

「裕一、手が痛い」

「ごめん」

「ふらつかないでよね。裕一がこけたら道連れじゃないの」

「ああ」

そう、わかってるさ。僕はもう、あの本を最後まで読んだんだ。おまえがなにを考えているのか、ちゃんと知っている。

「里香、寒くないか？」

「ちょっと」

「さっさと引き揚げようや」

「だけど、わたし、寒いのは嫌いじゃないの」

「へえ、そうなんか？」

「自分の輪郭がわかるっていうか」

「輪郭……」

「世界と自分の境目っていうか。夏だと、ほら、空気が生ぬるいでしょう。ああいうのって嫌いなの。世界と自分の境目が曖昧になっちゃう気がして」

「なるほど」

わかるような気もしたし、わからないような気もした。ただまあ、冬の凜とした空気は、確かに気持ちがいい。自分の心も澄んでいくような感じがする。里香が言っているのはそういうことなんだろうか。あるいは全然違うんだろうか。尋ねてみたい気もしたけれど、僕は黙っていた。言葉にしたら、大切なものが失われてしまうように思えたからだ。それにしても言葉というのは不思議なものだ。言葉でしか伝えられないことはたくさんあるのに、言葉にすると駄目になってしまうこともたくさんある。もっと長く生きて、大人になって、いろいろなことをできるようになったら、使える言葉も増えていくのだろうか。うまく思いを伝えられるようになるのだろうか。

そろって手すりにもたれかかる。前を向いたまま。手すりは冷たくて、ひんやりとした。今日はやっぱり早く引き揚げよう。

西から雲が流れてきて、太陽が霞むのと同時に、里香が口を開いた。

「谷崎さんね、怒られてたの」

「なんで？　誰に？」

「婦長さんに。ほら、わたしの病室の隣に、おばあちゃんが入院してるでしょう。その人にした点滴、別の人のと間違えちゃったんだって」

「ええ、それはまずいやろ」

点滴といったって、僕がしてるような栄養剤みたいなものばかりではない。きつい薬が入っていることもある。ただでさえ病人は体が弱っているわけで、下手をすると命に関わるくらい大きなミスだった。

「ただの補液だったから、なんでもなかったみたいだけどね」

「ついとったな、亜希子さん。抗ガン剤とかやったら、とんでもないことになっとったもんな。それは怒られるって。でもまあ、いい教訓になったんと違うの。あの人は不注意でガサツやからさ。――あ、痛い。なんで足を踏むんさ」

ああ、もう。さっきから、なんなんだよ。何度も何度も足を踏まれてるじゃないか。左足の爪先がじんじんする。

「裕一が谷崎さんの話するから教えてあげたのに」

「え――」

「誰だって落ち込むことはあるよ。当たり前じゃない」

階段を上る前、里香に話したことが蘇ってきた。里香に馬鹿、無神経と言われたことだ。

今日の亜希子さん、ちょっと変やったんさ。ぼんやりしとるっていうか。俺に看護師の才能とか聞いてくるんやもん。春が近づいてくると、人間ってちょっとおかしくなるんかな。あの亜希子さんでも。笑うてしまうよな。あの亜希子さんが物思いとか。

里香に言われたとおり、自分の馬鹿さ加減が嫌になる。

たとえ亜希子さんだって、いろいろ悩んだり落ち込んだりするのは当然だった。そんなことにさえ思い至らなくて。気がまわらなくて。自分のことで精一杯で。なのに根拠のない自信だけはあったりして。他人を馬鹿にして。嘲《あざけ》って。見下して。ただ、しょせんは根拠がないわけで。薄っぺらい自信なんてそっくり吹き飛んで。実は見下されているかもしれないという不安に怯えて。嫌な汗をかいたりして。

おかしいな。おかしいよ。そうだろう。

子供のころは、大きくなったら、いろいろなものに手が届くようになると思っていた。ゆえに少しでも早く大人になりたかった。でもさ、まったく届かないじゃないか。十七になっても触れられないものばかりだ。

そんなことを考えていたせいで、気がつくと、体がすっかり冷え切っていた。僕の体が冷え切っているということは、もちろん里香の体も冷え切っているということだ。

「里香、戻ろうや」

僕は慌てて言った。

放ったらかしだったから、里香は怒っているかもしれない。

「そうだね」

けれど里香はまったく怒ってなかった。それどころか、なんだか優しい顔をしていた。あまりにも意外だったので、僕はちょっと戸惑ってしまった。

「行こう、裕一」

「あ、ああ」

取った手が冷たい。僕はやっぱり馬鹿だ。自分のことで、いっぱいいっぱいになっていた。落ち込んだそばから、またこれかよ。救いがない。里香の唇が青いじゃないか。

屋上の鉄扉を強引に肩で押し開けたとき、

「あのね、裕一、ちょっとお願いがあるんだけど」

里香が後ろから声をかけてきた。

鉄扉を押さえながら振り向く。

「お願い？」

悪い予感がした。

「うん」

里香は優しい顔をしたまま頷いた。

5

悪い予感という奴は、どうして当たるのだろう。まったく理不尽だ。たとえばサイコロを振ると、出てくる数字は半分が奇数で、半分が偶数だ。世の中にはだいたい同じくらいの幸運と不運があるんだろうし、いい予感も悪い予感も等しい確率で当たるはずだ。

ところが。

当たるのはいつも悪い予感ばかりだった。

世界は理不尽だ。

だから僕は参ってしまう。いやいや、もちろん参っている一番の原因は、今日の昼食のおかずが、はんぺんのチーズ包み焼きだったということだ。苦手なのだった。独特の柔らかさとか、チーズが入ってることとか、たまらないくらい嫌いだ。あんな食べ物があるなんて、どうかしている。味といい、食感といい、最悪だ。

そうだ。はんぺんのチーズ包み焼きのせいで参ってるだけだ。それだけさ。

「写真を撮って」

里香の声が心に響くのは、まったく関係ない。

屋上から戻る途中、里香が言ったことが、それだった。写真を撮って、と。なんの写真だよと尋ねると、いろいろと里香は答えた。わたしとか、裕一とか、谷崎さんとか、夏目先生とか、この病院とか。裕一はカメラ持ってるの。いちおう持っとるよ。インスタントカメラでいいから。いや、あの、もっといいカメラがあるんや。へえ、そうなんだ。今度、家に行って取ってくるわ。また病院抜けだすんだ。いけないいんだ。おまえな、ようそんなこと言えるな。おまえに言われて、昨日も市立図書館に行ってきたばっかりやろ。亜希子さんの目を盗むのがどんだけ大変かわかっとんのか。わかんない。軽く言うな。ちょっと前に見つかって土下座させられてたよね。ナースステーションの前で。おまえ、あのとき、にやにや笑いながら、三回くらい前を通っていったよな。用事があったのよ。嘘つけ。——と、僕たちは普通に笑って、普通に怒って、普通に喋り、普通に病室で別れた。写真のことには、あまり触れないままだった。

世の中なんて下らないものだ。

そうだろう？

腹が空けばなにか食いたくなるし、ナースステーションの前で正座させられるとさすがに落ち込むし、喉が渇けば泥水だって飲んじまう。

下らないんだ。

僕も世界も。

ありふれたことや当たり前のことで満ちてるんだ。

里香もまた、そういった下らなさから逃れることはできない。自分の命がいつ消えるかもしれないというときに、なにかを残したくなったとしても不思議ではなかった。もっとも、僕が人一倍下らない人間だから、ありふれた考えをしてしまうだけなのかもしれない。里香にはなにか、とんでもない思惑が、下らなくないアイデアがあるのかもしれなかった。

なにしろ里香なんだ。そうに決まってるさ。

僕は翌日、すぐさま病院抜けだしを計った。真っ昼間である。なかなか危険な賭けだけれど、最近は夜の警戒も厳しいので、逆をつくつもりだった。ところが、裏口を出た瞬間、いきなり亜希子さんに見つかった。

「おや、裕一、奇遇やね？」

笑いながら。

「それで、どこ行くん？」

僕はもちろん、ひどく焦った。

「い、いい天気ですよね。ちょ、ちょっと外の空気を吸いたなりますね。い、いや、ちょっとですよ。も、もちろん。そ、そこの裏庭を散歩するとか」

「なんでコートを着とるんやろ」

「春めいてきたけど、やっぱり寒いやないですか。あと、急に冷えることもあるし。春は三寒四温とか言うし」

「そやったら、つきあうに」

「え？」

「散歩するんやろ」

「悪いからいいですよ。だって亜希子さん、仕事中やないですか。看護師が忙しいことくらい知っとるし」

「もう上がりやからさ、わたし。帰るだけなんさ」

「帰ってゆっくり休んだらどうですか」

「なんかおかしいな？　迷惑なん？　わたしがいると？」

言いつつ、亜希子さんは不敵に笑った。

僕は怖くなり、首を横に振った。それはもう、盛大に。

「そんなことないですよ」

「じゃあ歩くで」

「はい」

「ほら、早よう」

亜希子さんと並んで、裏庭を歩く。裏庭なんて寂しいものだ。枯れた芝生とか、貧相な松とか、そんなものしかない。ゆっくり歩いても、三分もしないうちに一周してしまう。

「あの、亜希子さん」

「なに？」

「ええと」

本心を言えば、僕は亜希子さんに謝りたかった。この前、無神経なことを言って、ごめんなさいって。けれど、そんなことを言ったら、亜希子さんはよけい傷つくかもしれない。僕の気遣いなんて、身勝手な優しさなのかもしれなかった。自分を許すために謝るっていうか。

「なんでもないです」

ごめんなさい。

心の中でだけ、謝ってみる。

なにかが亜希子さんに伝わればいい。

いや、伝わらないほうがいいのかな。

よくわからないや。

「今日はぬくたいな」

「そうですね」

「日差しが気持ちええわ」

亜希子さんはナース服のポケットに両手を突っ込み、足を投げだすようにして歩いていた。まるで小さな子供みたいだった。そういえば、僕も亜希子さんと同じように、小さな子供みたいな歩き方をしている。ふと、自分の靴が視界に入ってきた。安売り靴店で買ったスニーカーだ。買ったときはきれいなクリーム色だった靴は、すっかり薄汚れてしまっていた。いつのまに、こんな汚れたんだろう。

「さあ、引き揚げな」

一周したところで、亜希子さんが言った。

「病室に戻って寝なよ」

「いや、それが」

「どうしたんさ。なに突っ立っとんのさ」

「ええと」

「ほら、早う帰りないって」

僕はうつむいたまま、薄汚れたスニーカーを見つめていた。なあ、いつから、そんなに汚れちまったんだよ。でもさ、新品のときより、ずっといい感じだぞ。新しい靴って妙に恥ずかしいからさ。

「亜希子さん、見逃してください」

「見逃す？」

「家に戻りたいんです。一時間……いや、四十分で戻ってきます」

「なんで？」

いきなり怒鳴られるかと思ったのに、亜希子さんの声は意外と静かだった。ポケットから煙草を取りだし、口に咥える。火はつけないまま。

「カメラを取りにいきたいんです」

「カメラ？　写真撮る奴？」

「はい」

「そうか」

なにを考えているのかわからないけれど、亜希子さんはしばらく黙っていた。僕たちの周囲には、ちょっとばかり呑気に感じられる春めいた日射しが降り注いでいる。里香の病室を探したけれど、ここからは見えなかった。

「わかったわ。待っとんない」

亜希子さんがそう言ったのは、たぶん一分か二分……もしかすると三分くらいたったころだったと思う。

「今から車を取ってくるでさ」

「え？　車？」

「わたしがつれてったるよ」

6

亜希子さんの車は銀色のスポーツタイプだった。シルビアという車種らしい。ただ、どういうわけか、町で見かける同じ車種とは形が違うような気がする。羽みたいなものがテールの辺りについているし、フロントの下には雪かきみたいなものがはめこまれている。排気ガスが出るところなんて、やたらと大きな、まるで大砲みたいなものがぶら下がっていた。

絶対にノーマル仕様じゃないな。

そんなことを考えつつ、突っ立っていると、

「ほら、乗りない」

得意気に、亜希子さんがそう言ってきた。

「ええと」

「乗りなって」

なんだか、とても危険な気がする。命の危機というか。

「さっさと行くよ」

「はい」

せっかくの好意を無にするわけにもいかず、僕は車に乗り込んだ。シートに座った瞬間、背中がすっぽりとおさまった。まるでシートに抱きしめられているような感じだ。

「あの、亜希子さん」

「なに」

「このシートって」

「気づいたか。いいやろ、バケットシート。レカロやで。せっかくやから気張ったんさ。旧二十三号で思いっきりターンかましても平気やし。視点がぶれへんのが大事なんや。ベルトもちゃんと四点式やし」

　亜希子さんの解説を聞きながら、僕は戸惑っていた。いや、あの、その、シートベルトの締め方が全然わからないんですけど？　どこにどこをとめればいいんですか？

「そんなら、行くで」

　亜希子さんがキーを捻ると、凄まじい音がした。腰の下から振動が響いてくる。やっぱりエンジンもノーマルではないようだ。硬直する僕をよそに、亜希子さんは実に手慣れた仕草でシフトを入れ、アクセルを踏み込むと同時に、ハンドルを動かした。病院の駐車場に見事なブラックマークを残しつつシルビアは半回転したあと、優れたパワーウェイトレシオを発揮して飛びだした。とんでもない加速で、体がシートに押しつけられた。恐怖に駆られ、僕は精一杯の抗議を試みた。

「亜希子さん、俺は安全運転が好きです」

「わかっとるわかっとる」

　なんて言っているけれど、たかが一般道を走っているだけなのに、どうしてタイヤが悲鳴を上げているのだろう。

「あんたの家、吹上やったな」

「そうです」

　ものすごい勢いで車は加速してゆく。二速から三速。恐ろしく滑らかなシフトアップだった。無駄がまったくない。四速。はるか前方を走っていたはずの車がどんどん近づいてくる。その前走車が、赤信号で停まった。ぶつかると思った。本当に。

「亜希子さん！」

思わず声をあげていたけれど、直後、シルビアはあっさり停まった。前走車との距離はおよそ十センチ。

「え？　とまった？」

びっくりした。

亜希子さんが得意気に微笑む。

「パッドがハイパーカーボンタイプでさ、ローターの表面に皮膜を作るんさ。利き幅があるっていうか、慣れへんと踏み込みが浅くなりがちやけど、細かいコントロールができるんさ。あと大事なのはローターやな。お金はかかるけど、やっぱりスリット式がいいで。レスポンスが違ってくるんさ」

あの？　わけがわからないんですけど？

「シルビアはノーマルでもいいんやけど、やっぱターボやよね。知れば知るほどそう思うわ。絶対に六速マニュアルな。バランスがいいんやわ。S14が出たころにいいなって思って、今はS15やけどさ」

ほとんど独演会になりつつあった。しかも喋れば喋るほど、車のスピードが増していく気がする。なんだか、これはまずい。とてもまずい。本能が訴えてくる。他の話題はないだろうか。なんでもいい。車以外のことだ。

「そういや夏目……先生って、いつ若葉病院に来たんですか？」

焦りに焦った末、ようやく思いついたのが、それだった。気持ちよく喋っていた亜希子さんが、僕のほうを見た。いきなり不機嫌そうな顔になっている。怖かったけれど、車のスピードは落ちていた。ほっとするような、しないような。

「僕が入院したばかりのころはおらへんかったでしょう。その前から来とったんですよね」

「まあね」

今は普通のスピードで走っている。ああ、よかった。

「着任した途端、すぐに古巣っていうか、大学病院に研修で呼ばれたんや」

「そんなのありなんですか？」

「あらへんな、普通は。イレギュラーや」

「イレギュラー？」

「本当はうちみたいな地方病院に来る人と違うんさ」

「どういうことですか？」

「うちはさ、あんたも知っとるかもしれんけど、K大学の系列なんさ。田舎やから、序列的には低いわけ。言うたら悪いけど、うちに来る先生はみんな落ちこぼれ組ってこと。大学病院の医局に残れんかった負け組ばかり」

「そういうものなんですか」

「ところが夏目は本流なんさ。とにかく腕がいいんやわ。K大学の若手では飛び抜けとって、手術の技量に関しては教授クラスでもかなわへんって話やで。あいつが手術するときは、見学者がいっぱい押し寄せてきたって」

また車のスピードが上がりはじめた。前走車のテールがどんどん近づいてくる。車間距離が五メートルもない気がする。背中にじっとりと嫌な汗をかきながら、僕は亜希子さんの言ったことを理解しようとした。若葉病院は末端も末端。夏目は腕がいい。本流。なのに今、ここにいる。おかしな話だった。

「物好きなんですかね、夏目先生って。田舎暮らしとか、そういうの流行ってますもんね」

僕の言葉を聞いた亜希子さんが妙な顔をした。哀れんでいるような、あるいは困ってるような顔だ。

「あんた、それ、本気で言うとるん?」

「え？　おかしかったですか？」

「飛ばされたんや、夏目は。決まっとるやろ。だいたい妙な話なんさ。静岡におったこと自体がおかしいのに、うちみたいな小さい病院に来るなんてありえへん話やし。それで着任した途端、大学病院に戻されるなんて、さらにありえへんし。研修って言うとるけど、本当は夏目やないとできやん手術でもあったんと違うかな。研修は名目で。まあ、研修は研修やったんかも。受けるのは夏目と違うけど。わたしが知っとるのも、そこら辺までかな。婦長に聞いても、話を逸らされるし。とにかく、なんかあったんやろね」

「なんかって？」

「よくわからんけどな。噂やと学部長を殴——」

赤信号で停まった。僕の家は、この信号を左に曲がって、さらに数分走ったくらいのところにある。

「亜希子さん、ここ左です」

反応がない。

「左に曲がらんと」

やはり反応がない。

不思議に思い、亜希子さんを確かめたところ、彼女は右のほうを見ていた。そちらには亜希子さんと同じ車、シルビアが停まっていた。そして、同じように、いろいろなパーツが、いろいろな場所についている。隣の車から、派手なエンジン音が響いてきた。煽《あお》り返すように、亜希子さんがエンジンを吹かす。二台の車は赤信号を前に、ノーズをピタリと停止線に合わせ、その心臓であるエンジンを激しく震わせあっていた。もうすぐ信号が変わる。赤から青へ。これは、もしかして――。

「ちょっと、裕一」

「は、はい」

「シートベルト、きっちり締めときないな」

ああ、信号が変わる。ああ、神様。

7

「気持ち悪い」

車から降りると同時に、すぐさま道路脇にしゃがみこんだ。吐き気に耐えていると、ドアの閉まる音がした。亜希子さんが車から降りたのだろう。

「いや、いい勝負やったな」

背後から聞こえてきたのは、実に満足そうな声だった。

「ただ、しょせんは、わたしの敵やないな」

亜希子さんの話を聞きながら、僕は深呼吸を繰り返した。僕はジェットコースターが嫌いだ。あんなものに乗って喜んでいる奴らの気が知れない。そのジェットコースターのほうがましだと思える乗り物が、こんなそばにあったとは。

どうにか立ちあがれるようになると、僕は自分の家に向かった。亜希子さんの車は、家の前に停まっていたので、すぐ玄関にたどりつく。

亜希子さんが当たり前のようについてきた。

「あの、亜希子さん。ありがとうございました」

遠まわしに遠慮してくれと伝えたつもりだけれど、まったく伝わらなかった。

「帰りも送るよ」

「いや、いいですよ」

むしろ自分で歩いて帰ったほうが、ずっと安全な気がする。

「さすがに悪いし」

「大丈夫大丈夫。気にせんでいいで。ほら、行こや。早うしない。いちおう誤魔化してきたけど、婦長にばれんうちに戻らんといかんでさ」

逆らうこともできず、僕はコートのポケットから鍵を取りだし、玄関を開けた。母親は仕事中なので、家の中には誰もいなかった。ぎしぎしいう廊下を歩き、ぎしぎしいう階段を上り、自分の部屋へ。亜希子さんは煙草を吹かしながら、古いねと呟きつつ、あとをついてきた。

「もしかして煙草はまずい？　燃える？」

「薪やないですって」

「似たようなもんやん」

反論できない。もし火がついたら、それはもう盛大に燃えるだろう。階段を上がりきってすぐの襖《ふすま》を、僕を開けた。どうにか六畳の部屋。安物のパイプベッド、十四インチのテレビ、リサイクルショップで買ってきた三千六百円のコンポ、本棚はほとんどすべてが漫画で、だいたいどれも最終巻まで集めていない。入院前は雑誌やら服やらCDやらが畳を埋めつくすように散らばっているのが常だったけれど、今はきれいに片付いていた。母親がやってくれたのだろう。どうにか畳が二枚見える。すっかり傾いた太陽が、橙《だいだい》色の日射しを、そんな畳に投げかけていた。

「ちょっと待っといてください」

「あいよ」

頷き、亜希子さんが勉強机の椅子に腰かけた。ろくに座りもしないくせに、その椅子は背もたれが壊れ、ぐらぐらになっている。

「亜希子さん、それ、もたれかかるとひっくり返りますよ」

「ああ、本当や。危ないの使うとるな」

「それから、机の中、漁らんといてくださいね」

「了解」

「言うとるそばから、なんで引き出しを開けてるんですか」

「え？　なんのこと？」

「とにかく開けやんといてくださいよ」

「わかったわかった。そんな怒らんでもいいやん」

つい本気の声を出してしまったのがよかったのかもしれない。亜希子さんが珍しく、拗ねたような顔で言った。

亜希子さんの気配に注意しつつ、僕は押入れの中に頭を突っ込んだ。わけのわからないものが詰まっている。壊れているのを承知で貰ったレコードプレーヤー。直して使おうと思っていたんだった。ちっとも直してないや。かつて大好きだった歌手のＣＤが、プラスチックケースに詰まっていた。今では見るのも恥ずかしい。この歌手はどこに行ってしまったんだろう。最近は音沙汰も聞かない。中学卒業のときに貰ったアルバム、卒業文集。これらもやっぱり見たくない。どんどん奥に潜り込んでゆく。ようやく目当ての箱を見つけたのは、膝まで押入れに入ったころだった。金属製のボックス。あちこち瑕《きず》だらけで、錆びてしまっている。どうにか抱え、いい加減に積みあげた段ボール箱の隙間を縫いながら、ようやく押入れから脱出した。大変だったけれど、見つかってよかったと思っていたら、亜希子さんが引き出しを全開にして、中を吟味していた。

「なにしてるんですか」

慌てて駆け寄り、引き出しを閉める。

亜希子さんはつまらなさそうに言った。

「もう。まだ見はじめたばかりやのに」

「開けやんといてくださいって言いましたよね」

「そんな怒らんといてよ。わかっとるって。ところで、それ、なに」

「カメラです」

蓋を開けようとしたのだけれど、錆びついてしまっているせいか、うまくいかない。蓋の隙間に爪を差し込み、ぎしぎしという音をさせながら揺らし、少しずつ押しあげてゆく。最後は意外と簡単に、ぱかんという音とともに蓋は開いた。

　中には、一台のカメラと、三冊のアルバムが入っていた。

　僕はアルバムを取りだすと脇に置き、最後にカメラを手に取った。鈍く光るニコンの一眼レフだ。レンズキャップを開けると、少しカビが生えていた。押入れに放り込んでおいたんだから、しかたないか。それにしても、どうしてガラスにカビが生えるんだろうか。父親に理屈を聞かされたような気もするけれど、まったく覚えていなかった。

　僕はファインダーを覗き、レンズ越しに部屋を見まわした。なんとか大丈夫そうだ。亜希子さんをファインダーにおさめ、ピントを合わせたところ――。

　彼女はアルバムを開いていた。僕のアルバムだ。もちろん。

「なにしてるんですか」

　カメラを左手に持ったまま、右手を伸ばす。亜希子さんは、僕の手を軽く払い、アルバムを捲りつづけた。

「この赤ちゃん、もしかして裕一？」

「見やんといてくださいよ」

「可愛いやんか」

「だから見やんといてくださいって」

「本当に可愛いな」

「なんで笑っとるんですか」

「ああ、これ、散髪されて泣いとんのや。ぶさいくやな、あんた。鼻水が出とるに」

「返してくださいって」

どんなに喚いても、亜希子さんは返してくれなかった。足で僕の肩をぐいぐいと押し、大笑いしながら、ひたすらページを繰っている。

ところが、あるページにさしかかったところで、亜希子さんの目が急に細くなった。

「なあ、これ誰？」

僕はかなり拗ねながら、それでもアルバムを覗き込んだ。

「父親です」

「へえ、けっこうな男前やん。そんで、こっちはあんたってわけやな」

「そうですけど」

ふうん、と亜希子さんが言った。なにを突っ込まれるかわからなかったので、身も心も準備していたけれど、亜希子さんはしかし、なにも言うことなく、アルバムを閉じた。

僕はちょっと拍子抜けしてしまった。

「このアルバムを取りにきたんやなくて、そっちのカメラやよね」

「そうですよ」

「なんで急にそんなこと言いだしたんさ」

「写真を撮るんです」

「わかっとるわ。当たり前やろ。だから、なんでって聞いとんの」

迷った末、僕は正直に言うことにした。

「里香が写真を撮ってほしいって言ったんです」

「へえ？　里香が？」

「はい」

ふうん、と亜希子さんはさっきと同じように言った。黙ったまま、僕が持っているカメラを見つめている。変な間合いに、僕はどうしていいかわからなくなり、亜希子さんと同じようにカメラを見つめつづけた。それにしても、まったく古くさいカメラだ。時代遅れもいいところだった。一眼レフだからレンズはいいものだけれど、なにしろ古いのでオートフォーカスなんてついていない。ファインダーを覗き込んで、いちいちピントを合わせなければならないのだ。もちろん自動露出補正機能もなかった。シャッタースピードと、レンズの絞りを……まあ、カメラにはそういう機能があるのだけれど、いちいち自分で調整しなければならない。適当にファインダーを覗き込んで、適当にシャッターを押せばいいだけのインスタントカメラとは、扱い方がまったく違う。

「それ、あんたのなん？」

「元は父親のものですけどね」

「いいカメラやな」

「よく自慢してましたよ。二十万もすんやでって」

「高級品やん」

「まともな趣味って、これだけやったですよ。あとは競馬とか競艇とかで」

日射しはさっきより傾いていた。窓枠の影が長く長く伸び、畳を切り裂き、襖までも切り裂いている。まるで部屋中が橙色に染まったみたいだ。三年ぶりに持つカメラが、やけに重く感じられた。

「裕一、わたし、喉が渇いた」

「はい」

「だから、渇いたって言うとるやろ」

「はい」

いきなり蹴られた。

「なにすんですか」

「気をきかしない。まったく子供なんやから。喉が渇いたって言うたら、なにか飲み物でも持ってくるんのが普通やろ」

「そやからって、いきなり蹴らんでもいいじゃないですか！」

「ほらほら、すぐに持っておいない！　そやないと、三番目の引き出しに入っとったもんのこと、里香にばらすよ」

「あ……」

「いや、裕一も男やね。多田さんにはかなわんけど、あんだけのコレクションを――」

にやにや笑う亜希子さんの言葉を、僕は早口で遮った。

「亜希子さん、なにがいいですか？　コーラ？　サイダー？　牛乳？　それともビールでも持ってきましょか？」

「コーラでいいや。運転しやんといかんし」

「じゃあ、すぐに」

僕はカメラをベッドに放りだすと、全速力で階段を駆けおりた。ああ、しまった。やっぱり亜希子さんを部屋に入れるんじゃなかった。

オリジナルの戎崎コレクションがばれたということは、しばらくパシリ決定だった。亜希子さんは上機嫌で帰りの車を運転しており、僕のほうはカメラを手にしながら、これからどんな無理難題を押しつけられるのかということを想像して、ひたすらブルーになっていた。

人生は非情だ。

まったく、ひどいもんだ。

「ちょっと遅うなってしもたで飛ばすで」

そう言ったものの、意外と亜希子さんは飛ばさなかった。周りの車とたいして変わらないスピードで、伊勢市駅の前を走ってゆく。遠くに神宮の森が見えた。砲台山も見えた。亜希子さんの携帯電話が鳴りだしたのは、数分たったころだった。

「あ？　なに？　そこにおるんや？」

もちろん車を停めることなく、片手でハンドルを操りながら、片手で携帯電話を耳に当てている。亜希子さんの頭には道路交通法という言葉は存在しないらしい。

やがて亜希子さんは電話を切った。

「悪いけど、裕一、ちょっと寄り道してくで」

「いいですけど」

「昔の友達からでさ。こっちに戻ってきたばっかりで、まだ車を持ってへんのさ。いったん五十鈴川まで戻るで」

「戻ってきたって？　どこからですか？」

東京、と亜希子さんは言った。

へえ、と僕は言った。

少しスピードをあげたシルビアは、滑らかに道路を走ってゆく。まるで空を飛んでいるみたいだった。なにもない駅前で減速しはじめ、最後はいささか荒っぽく路肩に寄る。ロータリに、女の人がひとり、立っていた。

「後ろ、乗りないな」

窓を開け、亜希子さんが言った。

「後ろね、わかったわ」

聞こえてきた声は、やたらと艶っぽかった。少し鼻にかかってるような感じで、語尾が柔らかい。亜希子さんとは全然違う喋り方だった。後ろの扉が開き、閉まった。その途端、甘い匂いが車内に満ちた。香水だ。僕は男なので、女物の香水なんてよくわからないけれど、とてもいい匂いだった。バックミラーを見ると、ふっくらした胸が目に飛び込んできた。

「こいつ、裕一」

走りだすなり、亜希子さんが僕の頭を小突いた。

「入院患者で悪ガキ」

くすくすという笑い声が、後ろから聞こえてくる。

「よろしくね、裕一君」

そしてまた、あの柔らかい声。まるで僕に甘えてるような感じだった。僕はやたらと緊張して、頭をぺこぺこ下げた。

「どうも」

「こっちは与謝野美沙子《よさのみさこ》。わたしの中学からの友達」

紹介されたのをいいことに、僕は後部座席に顔をやった。まず目に入ってきたのは、白いシャツだった。襟元のボタンをふたつも外しているせいか、下着が見える寸前まで大きく開いており、胸元にはシルバーの細いネックレスが光っている。膝丈より少し短いスカートからは、ほっそりとした足が僕のほうに向かって伸びていた。膝とくるぶしをきっちり合わせ、優雅に折り曲げてる。

　伊勢だって、三重ではわりと大きな町だ。とはいえ、もちろん田舎町なわけで。シャネルだのグッチだのエルメスだのは簡単に買えない。専門店なんかない。だからみんな、それなりに田舎っぽい。いや普通なんだけどさ、それが。ただ、ものすごく色っぽい人とか、ものすごく格好いい奴とか、とにかくテレビに出てくるような人間は滅多にいない。

　美沙子さんはテレビに出てきてもおかしくなかった。

　体つきがほっそりしている上、ラインを強調するような服を着ており、一目見ただけで安物ではないとわかるものだ。持っているバッグも、いい革を使ってるらしく、艶々していた。確かに言えることはひとつだ。ここまで盛大に胸元が開いたシャツを着る女は、伊勢にはいない。顔だけでいったら、亜希子さんのほうがよほど美人だろう。間違いない。ただ美沙子さんには、そういうのとは違う〝なにか〟があった。その〝なにか〟のせいで、僕はぼんやりと美沙子さんの顔を見つめてしまった。まったく嫌がる素振りもなく、美沙子さんが笑う。体の奥底がむずむずするような笑みだった。

「裕一君、いくつ？」

「あ、十七です」

「高二？」

「今度、三年ですけど」

「勉強はしてる？」

「いや、あんまり」

美沙子さんがくすくすと笑う。

「駄目よ、ちゃんとしておかないと。あとで大変だもの。ああ、わたしがこんなこと言っても説得力ないか」

「ないね」

亜希子さんが一言。その声はやたらと低かった。

けれど美沙子さんは相変わらず笑っている。

「確かにね。裕一君は進学するんでしょう」

「いちおう」

「どこ？　県内？」

「まだはっきりとは決めてないんですけど。美沙子さんは東京にいたんでしたっけ」

「ええ、そうよ」

どうして帰ってきたんですか、という言葉は呑み込んでおいた。初対面の人にそういうことを聞くのはまずい気がしたからだ。それに、亜希子さんがいきなり加速したせいで、シートに体が押しつけられ、タイミングを逃してしまったというのもある。

車内には、いい匂いが満ちていた。

それは美沙子さんの首筋から、胸元から、スカートの裾から、発していた。

亜希子さんの煙草臭さとはえらい違いだ。

その匂いにぼんやりしているうち、車は病院の駐車場に着いていた。

「裕一、さっさと降りな」

亜希子さんの声は低いままだった。

「婦長に見つかるんやないよ」

8

なんだか、どうにも不可解だ。世の中にはいろいろ不可解なものがあるけどさ。たとえば司の料理好きとか、亜希子さんが一発で点滴を成功させたこととか。けれど、にこにこ笑っている里香というのは……なんというか、とてつもなく不可解だ。

いつもの散歩。

いつもの屋上。

機嫌よさそうに笑っている里香の顔を、僕はぼんやり見つめた。

「なによ」

視線に気づいた里香が尋ねてくる。

我に返り、慌てて言った。

「いや、なんでもないよ」

誤魔化したのは明らかなのに、彼女はまだ、同じように笑っている。

おかしい。絶対におかしい。

里香はとんでもない女なんだ。ちょっと見つめていただけで、裕一のエッチ、馬鹿とか言って、本を投げつけてきたりする。まあ邪なことを考えてたりもすることも、たまにはあるけどさ。いきなり怒らなくてもいいだろう。

なのに、だ。

今日の里香はずっと笑っていた。

「なんか、いいことでもあったん？」

「別に」

「朝ご飯がおいしかったとか？」

「おいしくなかった」

文句を言う声も弾んでいる。

わけがわからない。まったく。気味が悪い。というわけで、上機嫌な里香とは対照的に、僕はびくびくしながら、カメラをいじっていた。

「ええと、ここかな」

ツマミのようなものを捻ってみたけれど、カメラはまったく反応しない。どうなってるんだよ、おい。どこを動かしたら蓋が開くんだ。

「どうしたの？」

里香が手元を覗き込んできた。

「写真、撮れないの？」

「フィルムの入れ方がわからへんのさ」

「知らないの？」

「父親のカメラやったからさ。めっちゃ大事にしとって、滅多に触らせてもらえんかった。それで使い方とか、ようわからんのさ」

「ふうん、見せて」

　里香のほっそりとした肩が、僕の肩に触れる。彼女の息遣いを感じる。ぬくもりを感じる。僕は緊張して、思わず固まった。すぐ目の前に、里香の首筋があった。きれいなラインを描いて、顎へ、耳へ、伸びていた。瞬きができない。そんなもったいないこと、できるわけがない。息をすることさえもやめて、ただじっと、目前にある至福を見つめていた。

「いろいろボタンがあるんだね」

「う、うん」

「この数字はなに？」

「そ、それはシャッタースピード」

　春を感じさせる風に、里香の髪が揺れる。うなじのラインが、はっきり見える。ああ、なんて幸運だ。

「じゃあ、こっちの数字は？」

「フィルムの数字やったかな」

「数字って？」

「暗いところでも写せるフィルムとかあるんさ。数字が大きいほうが暗いとこで有利なんやけど、その代わりに画質が悪うなるから、どういう写真を撮るかでフィルムを選ぶんさ。普通は百とか四百のフィルムやけど」

「へえ、よく知ってるのね。なのに、蓋の開け方はわからないんだ」

「教えてもらわんかったんさ、それは」

「お父さんから？」

「うん」

里香の吐息を感じた。温かい。柔らかい。もし今、彼女を抱きしめたら、怒るかな。あるいは、もしかすると——。

「裕一のお父さんって、どんな人だったの？」

「下らん奴やったよ」

里香が顔を上げた。

変な表情だ。

怒っているような、戸惑っているような感じ。

「どうしてそういう言い方するの？」

「本当のことやから」

「ふうん」

怒っているような、戸惑っているような感じ。

里香の反応をどう扱っていいのかわからず、僕はカメラを見つめた。父親が遺していったもののなかで、たったひとつ、まっとうなもの。けれど、今となっては、どうしようもなく古くさくなってしまったもの。時代遅れの一眼レフ。

里香が手を伸ばして、小さなツマミを捻った。

「ねえ、これじゃない」

後ろの蓋が開いた。

びっくりした。

「え、どうやったん？」

「わからないけど、これを動かしてみたの」

「どれさ？」

「ほら、これ」

里香が指差したのは、銀色の小さなツマミだった。いったん蓋を閉めて、そのツマミを動かしてみると、さっきと同じように蓋が開いた。なるほど。

「すごいな、里香」

里香は得意そうだ。そんな彼女の笑顔はとても可愛かった。

「じゃあ、フィルムを入れるか」

「それで撮れるようになる？」

「なるよ。いっぱい撮ったるわ」

こういう里香もいいな。うん。ちょっとしたことで感心してくれたり、笑ってくれたり、得意気になったり。うん。こういう里香はちっとも悪くないぞ。

立ちあがると、彼女は屋上をぶらぶらと歩きはじめた。両手を後ろで組んで、長い髪を揺らしながら、体も揺らしながら、いかにも楽しげで軽やかな足取りだった。それにしても、どうして上機嫌なんだろう？　なにかいいことでもあったのかな？　日射しがやたらと眩しく感じられ、僕は目を細めていた。

「さてと――」

買ってあったフィルムを、上着のポケットから取りだし、填《は》め込《こ》む。ただ、そこから先がまた難しかった。舌のように伸びたフィルムの先端を、どこに固定すればいいのかわからなかった。この隙間みたいなとこかな。あれ、全然うまく入らないぞ。だいたい、フィルムの向き、あってるのかな。だんだん焦りが高まってゆく。しまった。ちょっとフィルムが曲がった。駄目にしてしまったら、どうしよう。すぐにフィルムを入れて、里香を撮る予定だったのに。おい、どうすればいいんだよ。

「あっとるで。そこでええ」

すぐそばで声がした。

息が酒臭い。

僕はむっとしながら言い返した。

「わかっとるわ」

「嘘つけ。わかっとらへんやろ。ほら、そこやに、そのスリット。フィルムのベロを一センチくらい入れたらええんや」

「そやから、わかっとるって」

「あとは、右側にギザギザの歯車があるやろ。そいつを巻け」

「やかましいな」

「巻き足らんって、おい、もうちょっと巻かへんと——」

「やかましわ、このクソ親父」

え？

僕は顔を上げた。もちろん、そこには誰もいなかった。穏やかな日射しが、コンクリートの上で、ただ揺れているだけだった。

今のは？

なんだったんだ？

幻聴？

なにもかもが急に遠ざかっていった。揺れる日射しも、薄汚れたコンクリートの床も、錆びた手すりも、空を流れていく雲も、眼下に広がる寂れた町並みも。まるで違う世界を覗き込んでいるような感覚。フィルムを買ってこい。さっき聞いたのとまったく同じ声が、頭の中で聞こえた。いいか、トライエックスやぞ、間違うなよ。そして幼い自分の声。うん、わかった。なにを買ってくるのか言ってみいや。とらいえっくす。よし、それでいい。とらいえっくすって名前、格好いいね。ああ、いいフィルムやぞ。安いし使いやすいしな。ほら、行ってこい。お釣りでアイスを買っていいぞ。好きなの買うてこい。

僕は目を閉じた。

上のまぶたと下のまぶたを合わせた。

なんなんだよ、おい。今のはなんなんだよ。誰が助けてくれたんだよ。

やがて別の声がした。里香だ。

「どうしたの、裕一」

目を開けると、彼女の顔があった。僕を覗き込んでいる。

少し情けない顔で、それでも精一杯笑った。

「準備ができたぞ」

「よかったね」

「写真、撮ったるよ」

「うん」

「ほら、なんかポーズを取んないな」

「嫌よ」

「なんで」

「恥ずかしい」

ファインダーの中、里香は本当に恥ずかしそうな顔をしていた。ちょっと唇が尖っている。僕は迷わずシャッターを切った。カシャン——。二十年前に造られたカメラが、父親の遺していった機械が、時間と至福を見事に切り取る。うまく撮れた。なぜか確信があった。ピントも露出もばっちりだ。

「え？　撮ったの？」

「撮った」

僕は得意気に言った。里香の恥ずかしそうな顔が今、フィルムに焼きつけられたんだ。プリントしたら、一万回くらい見てやろう。

「ほら、撮るから、笑えよ」

「でも……」

「撮ってくれって言うたの、おまえやん」

「そうだけど」

「とにかく笑えって」

強く言ったら、悔しかったのか、里香が悔しそうに〝イーだ〟をしたので、もちろん今度もまったく迷わずシャッターを切った。

「あ、また撮ったでしょう」

「撮ったさ」

「もう。裕一の馬鹿」

怒った顔も悪くない。シャッターを押す。これで照れた顔、イーだ、怒った顔……みっつも撮ったことになる。順調なスタートだった。僕は次々とシャッターを押した。いろんな顔をフィルムにおさめた。呆れた顔、拗ねた顔、楽しそうに笑う顔。やがてファインダーの中、彼女が寂しそうな表情を浮かべた。今度はシャッターを押せなかった。なぜか。僕はファインダーを覗くのをやめ、手すりにもたれかかっている里香に話しかけた。

「どうしたんさ?」

「ん――」

「なんかおるの?」

里香の隣に並び、視線の先を追う。

そこには下校途中の高校生の姿があった。男が三人。女が三人。グループらしく、楽しそうに騒いでいる。考えてみれば、そろそろ下校時間だ。あの制服は伊勢高《いせこう》の奴らかな。

彼らを見つめたまま、里香が尋ねてきた。

「あれ、裕一の学校の人?」

「違うと思うわ。伊勢高やないかな」

「裕一の学校はどこなの?」

「あそこ」

僕は指差した。小高い山の頂上、灰色の校舎がその頭だけを覗かせている。昔は伊勢高校と並ぶ名門だったけれど、今は面影もないとOBやOGが嘆いているらしい。

「もっと早く教えてくれたらよかったのに」

「なんでなん？　知っとっても、しかたがないやろ？」

「そんなことないよ」

上機嫌に、里香が言う。

どうにもよくわからない。僕が通ってる学校なんか知ったところで、まったく役にも立たないぞ。いったい、なにがおもしろいんだ。ああ、学校のレポート、まったくやってないんだった。まずい。本当にまずい。留年してしまう。

そんなことを思いつつ焦っていたら、意外なことを里香が口にした。

「行ってみたいな、裕一の学校」

「え？　学校に？」

僕はちょっと驚いて尋ねた。

「なんで学校なんか行きたいんさ？」

「わたし、行ったことないから。小学校のときに入院して、それからずっと病院だもの。中学校も卒業証書を貰っただけで、一回も登校してないんだよ。静岡の病院には、院内学級があったから、そこがわたしの学校だったの。普通の学校、行ってみたいな。制服とかも着てみたいし。裕一の学校ってセーラー服？　それともブレザー？」

「セーラー服やよ」

「いいな、セーラー服」

「ええと」

「どうしたの、裕一？」

「ちょっと待って」

「なにを考えてるの？」

なるほど。悪くないアイデアだった。里香は驚くかな。喜ぶかな。今日みたいに上機嫌に笑ってくれるかな。おい、親父、あんた言ってたよな。好きな女ができたら、大事にしろってさ。確かに言ってたよな。

9

とはいえ、実に無謀だった。

何度考えてもまずい。

あまりにも危険すぎる。

「どうしよう」

というわけで、怖じ気づいた僕は、立ちつくしていた。

どこに立ちつくしているかというと古ぼけた家の前で、これまた古ぼけた『水谷《みずたに》』という表札がかかってる。

ちなみに——。

表札のすぐ横には、しめ縄がぶら下がっていた。今はもう二月も末である。他の地方では、もうしめ縄なんて外しているらしいのだけれど、伊勢では一年中、しめ縄を玄関につけつづけるのだった。五月になっても、八月になっても、年の暮れまでぶら下がったままだ。そのしめ縄の、すっかり干涸らびた橙を見つめながら、僕は咳払いをした。言葉というのは、なにかを伝えるためにあるのだ。つまり話せばわかるということだ。

とはいえ、もちろん注意は必要だった。

ほんの少しでも対応を間違えると変態扱いだ。しかも、それを学校で言いふらされるかもしれないというオプションつき。ああ、最悪だ。学校中の白い視線を浴びて、残り一年間を過ごさなければいけなくなる。考えただけで脂汗が出てくる事態だった。

恐怖に引き返しそうになったものの、ありったけの勇気を、どうにか引っぱりだした。

「あの、こんにちは」

言いつつ、がらがらと音をさせながら、玄関の引き戸を開ける。

お洒落でもなんでもない風景が目に入ってきた。三和土《たたき》に靴が四足、乱雑に脱ぎ散らかされている。男物の革靴が二足。黒いエナメルのパンプスが一足。やたらと小さく感じられる女物のスニーカーが一足。右側に置かれた靴箱の扉は安っぽい合板で、その角はもうボロボロだった。テレビとか雑誌を見ていると、お洒落な家なんてものが存在するらしいけれど、本当だろうか。僕が知っている世の中は、こういう安っぽい合板チックなもので満ちている。その世界観を加速させるように、靴箱の天板にはすっかりくすんでしまったレース布が敷いてあって、なぜか大小のコケシがふたつ、穏やかに微笑みながら立っていた。コケシの横には大きな水槽が並んでおり、赤い金魚が三匹、なにを考えているのかわからない顔で泳いでいる。金魚といっても、かなり大きい。まるで鯉みたいだ。あまり掃除をしていないらしく、水槽の水はすっかり濁《にご》りきり、ガラスには緑色の苔がついていた。

「こんにちは」

いくらか大きな声を出すと、奥のほうから、応じる声がした。そして、ぱたぱたというスリッパの音。やがて顔を出したのは、四十くらいのおばさんだった。僕の顔を見るなり、嬉しそうに笑った。

「あら、裕一君。久しぶり。もう退院したん？」

「ええと、まあ」

言葉を濁しつつ、ぺこぺこ頭を下げる。

「それで、その」

「みゆきやろ。呼ぶわな」

「すみません」

おばさんはにっこり笑ったあと、そのままの場所で振り向き、背後の階段に向かって叫んだ。

みゆき、裕一君が来てくれたわ。ほら、早う下りておいない。裕一君やよ。早うしな。ものすごく大きな声だった。

ああ、なんでこういうのって、妙に恥ずかしいんだろう。

僕はとりあえず、へらへら笑いながら立っていた。おばさんが少なくとも七回は僕の名前を連呼したころ、階上からスリッパの音が近づいてきた。リズムだけで、足音の主が上機嫌ではないことがはっきりとわかった。

案の定、僕の顔を見るなり、水谷みゆきは面倒臭そうな顔をした。

「なによ？」

声も実に面倒臭そうである。

みゆきは美人というわけではない。愛らしいというタイプでもない。ただ一重の目は優しい感じだし、唇がふっくらしてるのも悪くなかった。にこにこしていれば、わりと可愛いと言われるほうかな。身長は里香より高い。だいたい百六十というところ。

「よう、久しぶり」

精一杯の笑みを浮かべてみたけれど、みゆきは面倒臭そうな顔のままだった。

微妙な空気。

その気まずさをまったく察することなく、おばさんが、

「裕一君、上がっていきない。朔日餅《ついたちもち》があるんよ。お茶をいれるで、食べてって」

と言った。

僕はまたもやぺこぺこ頭を下げた。

「いや、いいですよ。もったいないし」

「遠慮せんでいいんやに。今月の朔日餅、おいしいんよ。パート先の店長が買うてきたのをわけてもろたんやけど——」

「お母さん、わたし、外で話すで」

「せっかく裕一君が久しぶりに来てくれたんやで、上がってもらえばいいやないの。昔はしょっちゅう遊びにきとったんやし。なあ、裕一君」

「そうですね」

僕はひたすら笑いつづけていた。同じ筋肉をずっと使っているので、頬が疲れてきた。

ありがたいことに、みゆきはさっさとスニーカーを履くと、玄関を開けた。振り向き、すぐ帰ってくると母親に告げてから歩きだす。僕はおばさんに頭を下げ、みゆきの背中を慌てて追いかけた。

「裕ちゃん、どうしたん?」

前を向いたまま。

僕はようやく一息つきながら言った。

「いや、頼みがあるんさ」

「頼み？」

「ああ、頼みや」

僕は大きく息を吸った。さあ、いよいよだ。失敗すると、変態扱いの刑が待っている。学校中に言いふらされるというオプションつき。なんとしても、それは避けなければ。

「あのさ、セーラー服を貸してくれへんかな」

「セーラー服？」

みゆきが振り向いた。

「なに言うとん？」

思いっきり歪んだ表情が張りついていた。

どうもいきなり失敗したらしい。考えに考え、ここはそうだ、下手な策を弄するより率直に打ち明けるべきだと思ったのだけれど。策士、策に溺れるとはこのことだろうか。いや、策にもなってなかったかもしれない。

「だからセーラー服を借りたいんや。い、いや、別に変なことに使おうって思っとらんよ。そんなつもりはまったくないでな。本当やって。絶対にそんなつもりと違うから」

あれ、はっきり言えば言うほど、怪しくなってないか。

案の定、さらに顔を歪めながら、みゆきが尋ねてきた。

「変なことってなんなん」

「それは……」

つい言葉に詰まってしまった。また失敗した。今のは詰まる場所じゃなくて、むしろ見事な説明で乗り切るべきところだ。当然、みゆきの目は、まるで汚いものでも見るようなふうになっていた。絶対に誤解している。

みゆきの唇が少し動いた。きっと問い詰められるに違いない。目の輝きが尋常ではないのだ。怒っているというより、憤っているという感じだった。なにに使うのよなんて言われるんだろう。それどころか、いきなり変態と罵られる可能性だってある。

僕は思わず息を呑み込んだ。やけに大きな音がした。


水谷みゆきは三日前、十七歳になった。

英語でいうとセブンティーン。

そういうのは馬鹿らしいと思うんだけど、短大を出たあと百五銀行に勤めてるお姉ちゃんが、自分が十七になったとき、

「セブンティーンっていう響きがいいよね」

うっとりした口調で言っていたことがある。

特別だよね、なんて。

みゆきは姉のようには思えなかった。だって十七になったからといって、生活がいきなり変わるわけじゃないし、相変わらず子供扱いされたり大人扱いされたりだし、お小遣いだって三千五百円のままだし。

ちっとも特別じゃないよ。

とはいえ、十七の女の子に向かって、いきなりセーラー服を貸せだなんて、戎崎裕一は本当に馬鹿だと思う。なんにもわかってない。いくら十七年のつきあいだからといって、口にしていいことと悪いことがある。

追い返してやるつもりだった。

帰れって。

馬鹿じゃないのって。

けれど、みゆきは今、クローゼットの中を引っ掻きまわしていた。どうして、いらない服ばっかり入ってるんだろう。ずいぶんとたくさんだ。どれも子供っぽいデザインで嫌になる。今だったら、絶対に買わないだろう。試着さえしないはず。

ああ、どうかしてたんだ、わたし。

だけど、よくあるんだろう。そういうのは。人間なんて、あっちに行ったり、こっちに行ったりしてるだけで、しょっちゅう間違う。たとえ年を重ね、大人になっても、同じなのかもしれない。

今になってみると、去年まで裕ちゃんと仲良くしていたのが不思議に思える。家が近かったし、親が友達同士だったので、赤ん坊のころから、いつも一緒だった。お菓子を買いにいくときは当然のように裕ちゃんを誘ったし、縁日には手を繋いで出かけた。裕ちゃんはすっかり忘れてるみたいだけど、玄関の金魚は小学生のときに裕ちゃんが縁日ですくってきたものだ。小遣いを使い切り、たったの三匹。

古いアルバムを見ると嫌になる。裕ちゃんと一緒の写真ばっかりなんだもの。いつも裕ちゃんに寄り添っている。腕にしがみついてたり、袖を持っていたり。

たまにお母さんが写真を見ると、

「小さい夫婦みたいやな」

なんて嬉しそうに笑ったりする。

そういうときは、いちいち文句を言ったりせず、みゆきは二階の部屋に引き上げることにしていた。文句を言う自分も嫌だし、写真におさまっている自分も嫌だし、喜んでいるお母さんも嫌だった。みっともない。

要するに、気づくのが遅かったんだ。

あれは高校に入ってから三カ月くらいたったころだった。ようやく学校に慣れてきたばかりのころ。二百人も同学年がいて、六クラスもあるのに、なぜか裕ちゃんと同じクラスだった。腐れ縁という奴なのかもしれない。なぜ、ああいうことが起きたのか、今ではよくわからない。いきなりだった気もするけど、ちょっと前から裕ちゃんに苛々するようになってた気もする。消しゴムを勝手に持っていったりすることとか、みゆきって呼び捨てにすることとか、女扱いしてくれないこととか、後ろから追い抜いていくときに頭を叩いていくこととか……どれもつまらないことだけど、すべてが積み重なって、嫌で嫌でしかたなくなっていた。

気がついたら、なぜか喧嘩みたいになっていた。

教室の真ん中で。

昼休みだったので、周りにはクラスメートがたくさんいた。

もっとも怒ってたのはみゆき自身だけだ。裕ちゃんは戸惑い、目が泳いでいた。そういうのも気に食わなくて、裕ちゃんを突き飛ばした。裕ちゃんは机に足を引っかけて転びそうになり、反射的か、わざとなのかわからないけど、腕を掴んできた。一緒に転んだ。もちろん。派手に机を倒しながら。わけがわからなくて、肘の辺りがやたらと痛くて、とにかく情けなくて、泣きそうになりながら起きあがったら、とんでもないことになっていた。

裕ちゃんがこっちの胸を掴んでいたのだ。

わざとじゃないってわかってる。

混乱に乗じてそんなことができるほど、戎崎裕一は器用な男じゃない。

実際、裕ちゃん自身が、びっくりしていた。しまった、という顔。周りに集まっていたクラスメートたちから声があがった。みゆきにはもう、選択肢なんてなかった。裕ちゃんを殴った。平手で。そして逃げた。トイレに駆け込んだら、仲のいい女の子たちがすぐやってきて慰めてくれたけど、そういうのもたまらなかった。泣きそうになりながら大丈夫大丈夫と言ってて、無理に笑ってて、でも全然大丈夫じゃなくて、友達はそんなこと百も承知で、なのに大丈夫大丈夫と繰り返してる自分がなにより情けなかった。

やっぱり気づくのが遅かったんだろう。

クローゼットから半分くらい服を放りだしたところで、ようやく目当てのものを見つけた。クリーニング屋のビニールがかかったままの、予備の制服。元はみゆき自身のものじゃなくて、お姉ちゃんものだ。同じ学校だったから譲り受けたのだった。

自分の制服を貸す気はなかった。

理由はだいたいわかったから。

「絶対に嫌や」

そう思った。

お姉ちゃんの制服は、だから妥協点みたいなものなのだ。

寒い。冬の太陽は無情にもあっさりと傾き、周囲はもう暗くなろうとしていた。しかも強い風が吹きはじめ、やたらと冷たかった。コートのポケットに両手を突っ込み、体を揺すっているけれど、まったく温かくならない。

これは絶対、なにかの罰ゲームだ。とんでもないことを頼んだ僕を震えあがらせようという、みゆきの魂胆に違いない。

だいたい制服を持ってくるのに、さして時間がかかるわけがない。普段、使っているものなのだ。そんなことを思いながら、僕はコンクリートの堤防に寄りかかっていた。堤防の向こうには川があって、風が吹くたび、濁りきった水面にさざ波が立った。海が近いので、潮の匂いが漂ってくる。

ぽんぽんぽんと呑気な音を立てながら、小さな船が小さな川を遡《さかのぼ》っていった。

「ちょっと待っとって」

みゆきは言ったあと、走り去っていったっけ。

なにしろ、それしか言わなかったので、本当に制服を取りにいったのかどうかもわからない。怒っただけという可能性もある。そして罰ゲームの可能性も。

コートの前を合わせる。

「寒い……」

呟く声が震えていた。

みゆきに頼んだのは間違いだったんだろうか。胸を鷲掴みにしてしまったときから、なんとなく、彼女とは気まずくなっている。怒るのはわかるけどさ。許してくれると思っていた。なにしろ偶然なのだ。放課後、ごめんって謝ったし。うんってみゆきは頷いたし。

けれど許してくれてないらしい。

みゆきは相変わらず不機嫌なままだ。

まだ怒ってるのかな？

あるいは……気づかないうちに、他にもなにかやらかしたのだろうか？

考えてみたけれど、思い当たるようなことはなかった。いや、待てよ。もしかすると、昔のことを根に持っているのかもしれない。小学校三年のとき、スカートに顔を突っ込んだことだろうか。あのとき、泣きだしちゃったんだよな、みゆき。本気で焦った。まさか泣くとは思わなかったから。それとも縁日で買ってもらったラムネを、勝手に二本とも飲んでしまったことだろうか。借りたシャーペンをなくしたことかな。ああ、昔の話だったら、いくらでも思い当たる節がある。

ただ、こういうのは、よくあることなんだろう。

寒さに震えながら思った。たとえば、中学のころにつるんでいた小林《こばやし》とか伊沢《いざわ》とか吉村《よしむら》なんて、今は滅多に会わない。学校が変わったというのが理由だと勝手に思っているけど、本当はわかっているんだ。そうじゃないって。要するに、僕たちは変わっていくんだと思う。いいことも、悪いことも。僕たちは生きていて。生きるということは変わってくということで。大切ななにかも、忘れたくないことも、忘れてはいけないことも、いつかはきれいさっぱり忘れてしまうのだ。それはどうしようもないことだった。

同じことが、僕とみゆきのあいだでも起きたのだろう。

僕が気づかないうちに。

たぶん、みゆきは気づきつつ。

「しょうないよなあ」

僕はそう呟いていた。

心の奥底がかさかさする。空き缶でもあったら、踏みつぶしたい気持ちだった。冷たく乾いた風が吹く。運河の水が揺れる。さざ波が水面を走っていく。まあ、いいや。病院に戻ったら、里香の顔でも見にいこう。下らない冗談でも言って、彼女を笑わせてやろう。いや、里香は怒るかもしれないな。うん。その可能性のほうが圧倒的に高い。でもってミカンなんか投げてきたりする。病弱なくせに乱暴なんだよな。

そんなことを考えていたせいで、気づかなかった。

「裕ちゃん、これ」

いきなり背後から声。

振り向くと、みゆきが立っていた。

走ってきたのか、息が荒い。

「え――」

「持ってきたよ」

みゆきは紙袋を僕のほうに突きだしていた。しばらく意味がわからなくて混乱したけれど、やがてそれが頼んであったもの、つまり制服だとわかった。

「おお、ありがとうな」

戸惑いつつ、受け取る。

まさか本当に持ってきてくれるとは思わなかった。いや、待つように言って家に戻ったわけだから、普通に考えれば持ってきてくれるはずなのだ。ひとりでいるあいだに、僕の思考が勝手に暴走し、そう思えなくなっていただけだった。

僕はいろんなことを考えすぎるんだ。

どれもこれも考えなくてもいいことばかりなんだけどさ。

そして考えなきゃいけないことは考えないんだ。

「なあ、それ、どうするん？」

ようやく理由を聞かれた。

僕は用意してあった言葉を口にした。

「俺、入院しとるやろ。病院に同い年の子がおるんさ。彼女、体が弱いせいで、ずっと病院暮らしやったんやって。学校に行ったことないんさ。この前、行きたいって言いだして。わがまなんや。言いだしたら聞かんし。そやけど、つれてったろうって思って。ただ私服だと目立つやろ。生徒指導の近松《ちかまつ》とかに見つかったら、追いだされかねんし。だから――」

「制服を着せようってわけ？」

みゆきが尋ねてきたので、僕は頷いた。

「そういうこと。制服を着とったら、まあ、ばれやんやろ」

「里香ちゃんやったっけ？」

いきなりの攻撃だった。焦った。

「なんで知っとんさ？」

「山西君が学校中に言いふらしとるよ。裕ちゃん、病院で彼女を作ったって。同じ病院だし、好き勝手にいちゃついとるし、なんでもありや、あれは行くとこまで行っとるにって。裕ちゃんが学校につれてきたい子って、その子やろ」

山西、覚えてろよ。

僕は心に深く深く復讐を刻み込んだ。

絶対、覚えてろよ。

「そ、そやよ」

「美人なんやってね。めっちゃ可愛いって、山西君が言うとったけど」

山西め。尻を蹴りあげるくらいじゃ不足だ。また魔神風車固めをかけてやろう。ギブアップしてもやめてやるもんか。ところで……なぜみゆきは不機嫌なんだ？

「まあ、わりに」

「それで裕ちゃん、そんな必死なんや」

「必死と違うって」

僕は即座に否定した。さすがにそこまでせっぱ詰まってはいない……はずだ。だいたい、みゆきにそんなことを言われるのは、変な感じだった。心外とは違う。意外でもない。ああ、なんだろう。この感じは。

「別にいいけど」

僕は黙っていた。どう応じていいかわからなかったからだ。

「ところで裕ちゃん、こんなふうに遊び歩いとって大丈夫なん？　このままやったら、確実に留年やに？」

なんだよ。いいけどって言ったくせに、全然いいけどじゃないぞ。

「レポートを頑張るさ」

「それで追いつくん？　もう三年やし、受験もあるんやよ？」

「追いつくしかないやろ」

さすがに僕の言葉もちょっと尖りはじめていた。

「なんとかなるさ」

みゆきはまだなにか言いたそうだったけれど、やがて僕から視線を外し、堤防の脇を歩きだした。もう用事は済んだし、帰ってもよかった。ただ、僕は立ったままでいた。このまま去ってしまったら、大切なものを置きっぱなしにしてしまうように思えたからだ。

「裕ちゃん、よその学校行くんやよね」

よそのというのは、伊勢以外のという意味だ。なんとなく県外というニュアンスも含まれている。名古屋とか、大阪とか、東京とか。里香のことがあるので、いろいろなことが曖昧になっていたけれど、今までの気持ちを引きずったまま、僕は頷いた。

「たぶんな」

「伊勢以外のところへ行きたいん？」

「そういうわけと違うけどさ」

「だったら、なんでなん？　伊勢から通える学校もいっぱいあるよ？　名古屋くらいやったら、下宿するより安いんと違うの？」

答えに詰まった。

だって、本当は〝そういうわけ〟だったからだ。

僕は伊勢以外の場所に行きたかった。この町を出たかった。けれど、思いをそっくり、みゆきに吐きだすことはできなかった。

黙ったままでいると、みゆきが僕を見てきた。

「まあ、いいけど」

そう言って、すぐ目を逸らす。

なんだか、僕もみゆきも、さっきから同じことばっかり言っている気がする。

「学校、いつ行くん?」

「明後日かな」

「気をつけてね」

みゆきは最後まで目を合わせようとしなかった。怒っているのだろうか? いったい、なにに対して? まったく女という生き物はわけがわからない。

10

「ところでさ」

僕はできるだけ低い声でそう言った。

「なんでおまえらがおるんや」

僕が押している車椅子には里香が座っている。里香はダッフルコートを着て、さらにクリーム色の膝掛けを使っていた。小さな両手は僕の手袋に——三交百貨店のバーゲンで母親が買ってきた八百円の安物だけど——すっぽりとおさまっている。手袋を持ってないというので貸してあげたのだった。おかげで車椅子を押す僕の両手は、剥きだしのままだった。風が冷たいけれど、なんてことはない。

そう、たいしたことではないんだ。寒さなんて。

問題なのは、僕の右横にみゆきが立っていることだった。みゆきは学校指定の、紺色のコートを着ていた。襟元からセーラー服の襟が見えているので、制服を着ているらしい。そして僕の左横には山西がいた。山西も制服を着ている。上着はなしで、マフラーだけ巻いていた。でもって、山西の左横には司がのっそり立っていた。司もまた、山西と同様に制服姿である。この一年でさらに身長が五センチ伸びたため、制服はぱつんぱつんになっていた。今にもボタンが飛び散りそうだ。

改めて面子を確認してみる。

僕と。

里香と。

みゆきと。

山西と。

司と。

なぜ僕たちは五人で歩いているのだろう。

「まあ、いわば援軍って奴さ」

妙に押しつけがましい態度で、山西がそう言った。

「おまえひとりやと心配やからな」

「心配？　なにが心配なんさ？」

殺気とともに尋ねる。

答えたのは山西ではなく、みゆきだった。

「裕ちゃん、要領が悪いもん。先生とかに見つかりそうやし」

「いや、悪うないって」

「悪いよ」

「悪うないって」

「悪いよ」

押し問答になりそうだったので僕は黙った。意外にも、仲裁に入ってくれたのは司だった。

いや、仲裁というか、話を逸らすというか。

「手伝いたいんさ。僕たちにもなにかしたいって思ったっていうか」

気まずい雰囲気にどうにかしようと思ったのだろう。

調子のいい山西が、即座に同調する。

「おお、そういうことやって。俺たち友達やんか、戎崎」

嘘つけ。おまえは興味本位のくせに。山西はこういうイベントが好きなだけだ。観察して、冷やかして、あとでおもしろい話にできるネタを拾ってやろうと思っているに違いない。ひとりでは心細いから司を巻き込んだのだろう。だけど……みゆきはなぜついてきたんだ。山西が誘ったのだろうか。

まあ、いいや。

今さらなにを言っても無駄だと諦め、僕は里香に尋ねた。

「里香、寒うないか」

「大丈夫」

「なんかあったら、すぐに言うんやぞ」

「うん」

車椅子が進む。僕たちも進む。無言のまま進む。やがて道路の段差を越えたとき、肩にかけていたカメラが揺れ、里香の肩に当たってしまった。

「あ、ごめんな」

僕は慌てて謝った。

「痛なかったか」

「貸して、それ」

ようやく里香が口をきいてくれた。

「え？　それって？」

「カメラよ。持っててあげるから」

「頼むわ」

僕は肩からストラップを外し、里香にカメラを渡した。里香は両手で受け取ると、大切そうに、膝の上に乗せた。父親が遺していったカメラが、古くさい一眼レフが、里香の膝の上にある。なんだか不思議な気持ちだった。

「おまえ、そんないいカメラ、よく持っとったな」

呑気な声で、山西が言う。

僕はぶっきらぼうに答えた。

「親のや」

「親って……親父さんのか？」

「うん」

「い、いいカメラやな。ほ、本当に」

話に入ってきた司は、少し慌てていた。僕と父親の関係というか、いきさつを知っているからだろう。

またもや僕はぶっきらぼうに答えた。

「古くさいけどな」

「こういうの、マニアとかに売ればいい値段になるやろ。ネットのオークションとかに出して見ろよ。十万くらいの稼ぎになるかもしれんぞ」

山西が悲鳴をあげたのは直後だった。

すぐさま、みゆきが謝る。

「ごめん。足、踏んじゃった」

「おまえ、女のくせに重いな。めっちゃ痛かった」

また山西の悲鳴。

ただし踏んだのはみゆきではなく僕だった。

「ああ、ごめんごめん」

いちおう謝っておく。

「戎崎、おまえ、今のは絶対にわざとやろ」

「そんなわけないって」

「なんで踏むんさ」

山西を除く全員が、ため息をついた。自分の無神経さに気づけよ。ところで里香はどうだったかな。僕が押す車椅子に乗っているから、表情まではわからなかった。ただ、なんとなくだけど……笑っていた気がする。

　やがて僕たちは校門にたどりついた。

「あ、そうや」

　僕はふと思いついて、言った。

「里香、カメラ貸せよ」

「うん」

「写真、撮ったるわ」

　桜が咲いてないのが残念だけれど、おまえの初登校だもんな。制服だって着てるしさ。記念写真だ。――という言葉は、みんなが周りにいるので、もちろん言わないでおいた。恥ずかしいしさ。僕は無言のまま、三メートルくらい下がった。そしてファインダー越しに、里香を覗き込む。車椅子に座った里香は、両手を膝の上に並べていた。ちょっと緊張している。まるで小さな子供みたいだ。

「おい、おまえら、どけよ」

　僕は顔を上げ、里香の両脇に突っ立ったままのみゆきと山西と司に言った。

「邪魔やって」

「あ、そうやね」

　司が気をきかして、どこうとする。

　けれど里香が制した。

「いいよ、このままで」

「でもさ」

「このままでいいから」

里香は笑っていた。

なぜか。

その笑顔に戸惑いつつ、僕は頷いた。

「じゃあ、みんなで撮るぞ」

ファインダーの中の里香も、やっぱり笑ったままだった。

なあ、里香。

おまえ、どうして嬉しそうなんだ。


近松覚正《かくしょう》はその名から推察されるように、お寺の跡取り息子である。息子とはいっても実際は四十五歳のおじさんだ。齢七十八の父親が健康そのもので、いまだ覚正があとを継いでいないから、そう呼ばれるだけだった。出自と、顔が大仏に似ていることが合わさって、生徒たちからは、ほぼ必然的に鬼大仏という綽名を奉じられている。鬼と冠されるのは、覚正が生徒指導担当だからだ。覚正の認識するところによれば、学校というのは要するにジャングルであって、動物園の猿山に類する場所である。誰かが集団を統率しないと、あっという間に猿山そのものになってしまう。鬼と呼ばれようが、罵られようが、嫌われようが、自分が睨みをきかせなければならない。それが生徒指導の役割だ。

というわけで――。

使命感に燃えた近松覚正四十五歳（確定）円条寺《えんじようじ》十七代住職（予定）は、放課後の校内見まわりを行っていた。問題を起こすタイプの生徒は早々に帰ってしまったが、だからといって油断はできない。いきがって教室で煙草を吸う奴がいてもおかしくないし、それどころか一時の情熱に燃えた若き男女が不純異性交遊に及んでいることもある。

近松覚正は廊下の角を曲がったところで、足をとめた。生徒が五人ほど歩いている。それ自体は問題ないが、一団の中に車椅子の少女がいるのが、まず気になった。

「おや――」

はて、車椅子？　怪我でもしたのだろうか？

放課後であるからして、運動部がちょうど練習中だ。今もグラウンドのほうからカキーンという打球音が聞こえている。熱心にやれば怪我のひとつやふたつはするだろう。だから、それはいい。怪我も青春。挫折も青春。

ただ見過ごせない点があった。少女は腰まである黒髪を揺らしているのだ。校則第八条第三項によれば、肩より長い髪は編むなり束ねるなりしなければならない。この点において、少女はすでに校則違反である。さらに問題なのは、あそこまで長い髪の女子生徒が本校にいるという事実を、覚正がまったく認知していないことだった。

おかしい。まったくもっておかしい。あれだけ目立つ髪をしていれば、まず間違いなく覚えているはずだ。

ただし最大の興味というか関心は、一団の中に、やたらと大きな図体が混じっていることだった。間違いなく、あれは二年三組の世古口司だ。体は大きいがおとなしい性格で、勉強はあまりできないが熱心ではある。平凡という言葉にはおさまらないものの、おおむね良好な生徒だ。覚正はそう判断している。

ひとつ気に食わないことがあるとするならば、覚正が顧問を務める柔道部に世古口司が入部しないことだった。

なにしろあの体である。鍛えれば相当なものになる。骨格が柔道向きなのだ。一年のときから誘いつづけているのだが、煮え切らない返事をするばかりで、いっこうに入部するとは言わない。二十年前なら首根っこを掴んで武道場へつれていき、体落とし百回、一本背負い百回、払い腰百回を喰らわした上、袈裟固めで絞めあげて、むりやり入部届けに署名させるところだが、今はそういう時代ではない。ＰＴＡやら教育委員会やら人権ホットラインやら、とにかく面倒臭いことがあって、生徒の頭を小突いただけで校長に呼びだされたりする。

世古口司は柔道部に入部しないまま、素晴らしい才能を腐らせている。みっちり鍛えあげれば、国体は間違いなく狙える。大学に進んで練習を積めば、オリンピック候補でさえも夢ではない。ところが覚正の期待に反し、世古口司の姿を見かけるのは、武道場ではなく調理室だった。たくさんの女子生徒に囲まれ、どうやら尊敬されているふうだ。

覚正にとって世古口司は不可思議な存在だった。理解できない。理解できないのはどうにも困る。可愛さ余って憎さ百倍。

思いのまま、覚正は一団に向かって声を発していた。

「おい、そこの！　ちょっと待ちなさい！」

彼らが立ちどまった。こちらを見ている。やはり世古口司だ。問題なし。二年四組の水谷みゆきもいる。図書委員を務めており、よく言えば真面目な、悪く言えば地味な生徒だ。問題なし。あとふたりの男子生徒は……名前は思いだせないが、顔は知っている。問題なし。けれど車椅子の少女に覚えはなかった。僧籍に入っていようと、四十五であろうと、覚正もまた男であることに変わりはない。あれほどの美少女を一度でも見たら、まず忘れるわけがなかった。

「おまえら、なにしとるんや？」

相手を警戒させないよう、穏やかに話しかけたつもりではあったが、元々の気性の荒さ、そして読経で鍛えた喉から出た声は廊下に響き渡り、彼らを怯えさせてしまった。名前を思いだせない男子生徒がなにか言った途端、一団がくるりと背を向け、走りだした。明らかな逃亡である。もはや怪しいというレベルではない。

「待て！　こら！　待ちなさい！」

叫びつつ、覚正もまた、走りだした。


なにがなんだかよくわからなかった。裕ちゃんが逃げろと言い、その選択は間違ってると思いながらも、反射的に走りだしてしまった。走っているうち、みんなとはばらばらになった。気がつくと、裕ちゃんが病院からつれてきた秋庭里香の車椅子を、みゆきが押していた。

なんでこんなことになっちゃったんだろう。

いきさつを思いだしてみる。裕ちゃんが廊下を曲がったところでこけて、先に行けと悲壮感たっぷりに叫び、先生に事情を話せばきっと許してくれるのに、でも一度逃げちゃったら先生は……特に鬼大仏は許してくれないだろうから、やっぱり逃げるしかないと思って、車椅子を引き継いだんだった。

ずいぶんと走った。

胸の奥が焼けるようで。息ができなくなりそうで。みゆきは立ちどまった。振り返ると、そこには、がらんとした廊下があるだけだった。鬼大仏が追いかけてきそうな気配はない。足音も聞こえてこない。どうやら振り切ったらしい。

今まで話したこともない女の子とふたりきりになってしまった。

黙って歩いているうち、彼女の後ろ姿が、髪が、目に入ってきた。なんてきれいなんだろう。まったく癖がなくて、すとんと腰の辺りまで落ちている。みゆきは癖毛だから、こんなふうには伸ばせない。うらやましいと思ったけど、そう思いたくない自分もいた。なぜかはわからない。裕ちゃんがずっと彼女に気を遣ってるせいかもしれないし、彼女がお姉ちゃんの制服を着てるせいかもしれない。

ああ、どうして、こんなにブルーなんだろう。

「みんな、大丈夫かな？」

長く続く沈黙に耐えきれなくなって、独り言のように呟いていた。

「捕まってしもたんかな？」

「裕一、馬鹿だから」

「まあ、うん」

「捕まってるかも」

腹が立った。

裕一――。

呼び捨てにされた。

「捕まったほうがいいと思っとるん？」

つい、そんなことを言ってしまう。秋庭里香がこちらを見た。きれいな顔に、瞳に、圧倒された。どうして嫌味を言った自分のほうが、情けない気持ちになってるんだろう。やがて秋庭里香が尋ねてきた。

「捕まるとまずい？」

「まあね」

「じゃあ、行こう」

「どこへ？」

「あの先生のところ」

「行ってどうするん？」

「話す」

「だけど……」

「裕一が悪いわけじゃないから。わたしが悪いから」

きっぱりとした口調だった。怖いものなんてないみたいな感じ。世界にはたくさんの矛盾があると、みゆきは知ってる。下らないことばっかり。特に学校はそういう場所だ。スカートが一センチ長いとか短いとか。爪が切ってあるとかないとか。なのに、この子は、秋庭里香は、自分が動けば世界がひれ伏すと思ってるようだった。

「そんな簡単と違うよ」

否定するつもりの言葉。けれど弱々しい声。

「鬼大仏やし、相手は」

「だけど、わたしたちが行かないと、裕一は怒られるんでしょう」

「うん」

「じゃあ、行かなきゃ」

その日にはまったく迷いがなくて。反論のしようもなくて。頷くしかなくて。でも職員室とは違う方向に車椅子を押している自分がいて。

無言のまま、足を動かしつづけた。

なんでこんな子に制服を貸しちゃったんだろう？　なんで泣きそうになってるんだろう？

11

走って走って、走りまくった。やがて右の脇腹が痛くなってきた。右の脇腹には肝臓がある。これでまた入院が延びたらどうするんだよ、鬼大仏。人気のない階段を駆けあがり、やたらと足音が響く廊下を突っ切り、ようやく逃げ切ったことを確信すると、僕と山西は立ちどまった。里香にみゆき、司とは、はぐれてしまった。

「鬼大仏め」

「まったくだ」

「最悪」

息を切らしながら、それでも悪態をつきつつ、廊下の隅に座り込む。もたれかかった壁も、床もひどく冷たかったけれど、走ったせいで熱くなった体には気持ちよかった。

「戎崎、こけるなよな」

「しょうないやろ」

好きでこけたわけではない。ただ、そのおかげというか、怪我の功名というか、鬼大仏が僕に気を取られているうちに、里香とみゆきは助かったみたいだった。もっとも、そのあと、鬼大仏から逃げ切るのに死ぬほど走らなければいけなかったけれど。

「あいつ、ひどいよな」

「確かに」

「普段からうるさいし、あんなの地獄行きや」

「そやけど坊さんやん」

「坊主なんて一番汚い職業やろ」

「まあな」

「鬼大仏なんて屑坊主や。生臭《なまぐさ》や、あんなの。屑坊主や」

ひどい調子で山西が罵りつづけるので、僕はちょっと引いてしまった。鬼大仏がろくな奴ではないということくらい知っている。ただ、鬼大仏は鬼大仏で仕事をこなしてるわけで、中間管理職という奴なわけで、どちらが悪いかというと、僕たちにも非があるというか……いや、圧倒的に僕たちが悪いわけで。そこまで罵るのはやりすぎのように思えた。

「鬼大仏！　くたばれ！」

山西の声にはしかし、まったく容赦がない。注意するほどのことでもなかったので、僕は黙っていた。同調もせず、反論もせず。いつもの、実に僕らしい態度だ。それにしても、山西の奴、どうしたんだろう。どうして、こんな苛々しているのか。やがて山西も黙り込み、僕たちは廊下に座り込んだままになった。放課後の校舎は静まり返り、時折、どこかひどく遠いところから、誰かの走る足音が響いてくる。司だろうか。それともみゆきだろうか。里香はどうなったんだろう。みゆきがついていれば大丈夫だと思うけれど。

息がおさまるとともに、寒さを感じるようになってきた。そろそろ立ちあがって、里香を捜しにいこう。

そういうことを伝えようとしたら、山西のほうから話しかけてきた。

「なあ、戎崎」

「なんだよ?」

「おまえさ、自分の未来になんかあると思うとんの?」

「未来ってなんなん? なんかってなんなん?」

「将来とか出世とか、いつか偉なるとか、金持ちになるとか……ああ、そんな下らんことやないわ。この先、すごいことがあるような気がするかって聞いとるんや」

もしかして、なにかのギャグだろうか。

普通ならば、こんなわけのわかんないギャグなんて飛ばさないものだけれど、なにしろ山西は正真正銘の馬鹿なので、やたらと間を外したことを言ったりするのだった。

しばらく山西の反応を待ってみた。

山西は宙のどこかを……いや、どこでもない場所をただじっと見つめていた。

僕はうつむき、言った。

「わからへんよ、そんなん」

「この前さ、深夜に映画やっとてさ。ケビン・コスナーが出とって。すごい下らん映画やなって思ったんやけどさ。コスナーって屑映画ばっかり出とるやろ。ただ、これが案外とおもろかったんさ。映画の中で、コスナーの友達がさ、コスナーに言ったんさ」

そこで言葉が切れる。少し待ってみたけれど、山西は黙ったままだった。どうやら僕に尋ねてほしいらしい。

僕は応じることにした。

「なんて言ったんさ?」

「Remember when you were sixteen, seventeen. Looking ahead? How you know the next couple of years...they'd be great. Just knew it. I don't feel that way no more.」

「え――」

途方に暮れる僕を見ながら、山西はようやく笑った。

「おまえはどうしようもない馬鹿やな。俺さまの見事な英語を聞き取れんなんて、ヒヤリング能力ゼロや」

「やかましいな。おまえの発音が悪いんやわ」

山西に馬鹿にされたのが悔しくて、僕は早口でそう言ってやった。

しかし山西はさらに生意気な感じで笑った。

「俺の発音がよくても聞き取れんくせに」

「それは……おまえも同じやろ」

「BとVを聞き分けるとか絶対できへんな」

「確かに」

「RとLも喋るのはどうにかなるけど、聞き取りはできへんし」

「LICEとRICEじゃ意味とか全然違うからまずいらしいで」

「おい、どっちも一緒に聞こえたで」

「おまえはどうしようもない馬鹿や。ヒヤリング能力ゼロや」

「やかましいわ」

僕たちは笑いながら、そんなことを言い合った。そういや、昔はよく、こんなふうに話したものだ。小学校のころとか、山西とはほとんど毎日つるんでいたっけ。意味のない悪戯をしたり、ゲームに一日中没頭して親に叱られたり。そんな程度だったけどさ。いつから、こいつと話さなくなってしまったのかな。

「たぶん二十年くらい前の映画やけど。そのころの十七歳って、希望とか夢とか、あったんかな。俺は……俺はそんなふうに思えへんわ。頭悪いし、要領も悪いし、どうせ下らん人生やろなって。めっちゃいいことがあるなんて信じられんよ。時代の違いなんかな」

僕は山西の丸い背中に言ってやりたかった。そんなことないだろう。時代なんて関係ないだろう。下らない人生だなんて決まってないだろう。けれど言えなかった。なぜかはわからない。僕が臆病者だからかもしれないし、つまらない自尊心でがんじがらめになってるからかもしれないし、山西と同じようなことをたまに考えたりするせいかもしれない。未来が光り輝いてるなんて、確かに思えなかった。僕たちの未来には曖昧な薄闇があるだけだ。

僕は未来のことをできるだけ考えないようにしてきた。いくら考えたって、どうせろくなアイデアは浮かんでこないんだ。だいたい、今を凌《しの》ぐのに精一杯で、先のことに気がまわったことなんてないしさ。

「ケビン・コスナーが主演なんやろ。三流の屑映画に決まっとる」

だから吐き捨ててやった。

「あいつの映画にまともな台詞なんてあるわけないいし」

「まあ、そうやけどさ」

「しみじみ語っとんやないわ。どうせ模試の結果が悪かったんやろ」

場の雰囲気を変えようと思い、冗談半分でそう言ってやった途端、山西がぎくりとした。

「なんでわかったん？」

僕は頭を抱えたくなった。

こいつは馬鹿だ。

どうしようもない馬鹿だ。

「志望校、どこにしたんさ？」

「――やよ」

山西が口にしたのは、見事なまでの三流馬鹿大学だった。

「C判定とか？」

「いや、Dやった」

「おまえ、それはひどいやろ。あそこでD判定？　洒落なん？　適当に答えを書いてもB判定くらいやろ？」

罵ると、山西がむっとした顔になった。さすがに傷ついたらしい。僕はもちろん、まったく容赦しなかった。

「だってさ、あそこでD判定やったら馬鹿って額に書かれたに等しいで。うん。お墨つきや。正真正銘の馬鹿ってことや」

「じゃあ、おまえはどうなんさ？」

反撃された途端、言葉に詰まった。ざまあみろという感じで、山西が笑った。ああ、こいつも容赦なしだ。

「おまえ、このままやと留年やろ？　もう一回、二年か？　今の一年坊主と同じ教室？　もうすぐ俺の後輩に格下げやな。これから俺と話すときは敬語にせえよ。山西とか呼ぶんちゃうぞ。

山西さんって呼べ。わかったな」

「あのな――」

「痛い痛い。図星やからって叩くな」

「おまえこそ」

僕たちは小さなガキみたいに喚き合い、床を転がりながら、取っ組み合った。僕が魔神風車固めを決めると、今度は山西が懐かしい四の字固めに挑んできた。冗談でかけさせてやったところ、意外にもこれが痛くて、僕は本気で悲鳴をあげた。

「痛い痛い。足が折れる」

「どうや。参ったか」

「マジで痛いって」

「ここで必殺四の字裏返し！」

「待て。それは待ってくれ」

僕たちは思いっきり喚きつづけた。さっきまでの湿っぽい雰囲気を、きれいさっぱり拭い去るために。

Remember when you were sixteen, seventeen.
思い出してみろよ。十六とか十七のころを。
Looking ahead?
前ばかり見てただろう?
How you know the next couple of years...they'd be great.

二、三年もしたら、すごいことがあると思ってたよ。
Just knew it.
ちゃんとわかってたんだ。
I don't feel that way no more.
だけどさ、今はもう、そんなふうには思えないんだよ。

しかし、どんなに喚いても、騒いでも、僕の頭の中ではそんな台詞が繰り返されていた。山西もきっと、同じだったんだろう。

12

見失った。

しまった。

大失態だ。

というわけで鬼大仏こと近松覚正四十五歳は校舎をうろうろ歩きまわっていた。まさか連中があれほど速く逃げるとは。男子生徒がこけたので掴まえようとしたが、こちらも足がつってしまい——ああ、本当に年は取りたくない——チャンスを逃してしまった。

だが、逃がすまい。

絶対に掴まえてやる。

ヘビのような執念で、犬のような嗅覚で、覚正は歩きつづけていた。

うん？

話し声がするぞ？

この声は……確か……。

里香とみゆきを探しつつ、山西と歩いていたら、司とばったり会ってしまった。しかし、その司だが……司ではなかった。

スペル・ソラールだった。

ルチャ・リブレ、すなわちメキシコ式プロレスは、ラテンの気質を反映して、本気の勝負よりも、むしろ美しさを最上としている。勝つのは正しい。しかし美しいことは、より正しい。美しく、なおかつ強いことは、もっと正しい。華麗にして流麗なルチャ・リブレのスターといえば千の仮面を持つ男、すなわちミル・マスカラスであるが、このミル・マスカラスの師匠こそ、ルチャの黎明期を支え、真の聖帝、創世の神とマニアに評されるスペル・ソラールである。スペル・ソラールがトップロープから飛ぶとき、その姿は輝かしさに満ち、あまりの眩しさゆえ対戦相手はなすすべもなく彼の必殺技、ソル・デ・レイ・ケブラーダ《太陽光線式体落とし》の直撃を受けたと言われている。あまりに古い時代ゆえ、その大技を記録したフィルムは残っていないけれど、彼の愛弟子であるミル・マスカラスが後生語るところによれば「師が飛ぶとき、世界はあまねく至福の光に包まれた」そうである。特に有名なのはワールドカップのために建設されたアステカスタジアムで行われた一九七一年のカルニバル・デ・ルチャである。当時のスターを集めたルチャの大祭典には、ワールドカップを上回る十二万人の観衆が押し寄せ、興奮のせいで七十四人が心臓麻痺を起こし、迷子は三百四十一人、恋に落ち結婚したカップルが百二十三組という、まさしく文字どおりの祭典であったわけだけれど、十二万の観衆が熱気とともに見守る中、スペル・ソラールが繰りだしたソル・デ・レイ・ケブラーダは今もメキシコ民衆の伝説として語り継がれている。メキシコ人に彼のことを尋ねれば、必ずやその人は瞳を潤ませながらスペル・ソラールの伝説を語りだすだろう。

そのスペル・ソラールが、メキシコの英雄が、僕たちの前に現れたのだった。僕は立ちつくし、山西も立ちつくした。それにしても、実に大きな体だ。首の太さは頭と変わらず、がっしりした肩に繋がり、さらに肩からぶら下がる両腕は丸太のようである。胸板はとにかく厚い。勢いをつけてぶつかっても、あっさり弾き返されそうだ。腰も太い。脚も太い。尻は大きい。ちなみに靴のサイズは三十一センチである。あまりのすばらしい体格に、同じ男として見惚れてしまったくらいだ。

「や、やあ」

しかし司、というかスペル・ソラールの、実に間の抜けた声で、現実に戻った。

「なにやっとんや、おまえは」

僕はため息とともに言った。

「そやけど、だって」

「ばれるわけにはいかんし」

もぞもぞと、大きな体を司が……いやスペル・ソラールが動かした。

「思いっきりばれるわ」

「少しは誤魔化せるかなって」

「無理や」

僕は叫んだ。憤った。もしなにか持っていたら、床に叩きつけただろう。

「だいたい、なんでスペル・ソラールなんさ。普通はマスカラスやろ」

「あっちは有名やから」

「裏狙いか」

「渋いやろ」

得意気に言った司……いやスペル・ソラールの瞳は、きらきらと光っている。ああ、確かに渋い。とんでもなく渋いよ。

「そのマスク、どこで売っとんさ。インターネットの通販でも見たことないで」

「自分で作ったんやわ」

「本当に？　自分で？」

「資料が足らんだから、右側のクモの模様が少し違う気がするんやけど、どうかな」

「知らんわ」

と、そこで山西が話しかけてきた。

「あの、おまえら、なに言い合っとん？　俺にはなにがなんだか……。もしかしてさ、おまえら、プロレスオタク？」

僕と司はもちろん、即座に否定した。

「ち、違うよ」

「違うに決まっとるやろ」

しかし山西はまったく信じていないらしく、細い目で僕たちを見ている。僕は司と一緒にされたくなくて、慌てて司から離れた。――と思ったら、すぐに司が近づいてきた。あっちに行けよ、司。一緒にされてしまうじゃないか。

　山西の目は細いままである。

「怪しいよな」

「そ、そんなことないって」

「そ、そやで」

「なんか、めっちゃ詳しいやん、おまえら」

「つ、司には負けるで」

「ゆ、裕一も詳しいやん」

「おまえら、絶対、プロレスオタクやろ？」

「ち、違うよ」

「そ、そうだ。ち、違うぞ」

「前から不思議やったけど、なんで、オタクは指摘されると必死になって否定するんさ？　おまえら、どう考えても――」

　絶体絶命のピンチだった。僕と司はひたすら固まったままでいた。ああ、司の馬鹿野郎。こんなとこでスペル・ソラールとは。確かに渋いよ。すごい。よく作ったよ。そのマスク、僕だって欲しいさ。五千円……いや、一万円までなら出すな。でもさ、こんなところで、かぶらなくてもいいだろう。むしろ思いっきり目立つじゃないか。

　救いは意外なところから現れた。

「おまえら、待て」

　叫びつつ、鬼大仏が廊下を駆けてきたのだった。

「まずい！　逃げろ！」

僕は安堵しつつ、恐れつつ、叫んだ。

「ばらばらになるぞ！」


太宰《だざい》先生は女子に人気がある。格好いいわけじゃないけど、なんだか褪《あ》せた感じで、その褪せっぷりが母性本能を刺激するのかもしれない。たとえ校舎の中にいても、風に吹かれて体が傾いてる感じだった。そんな様子で「やあ、君たち」なんて気障っぽい言い方をする。みゆきにはまったくわからない。あんな人のどこがいいんだろう。わたしはむしろ嫌いだけどな。

太宰先生と秋庭里香は意気投合してしまった。

「川端《かわばた》はねえ、嫌な人やよ」

やはり褪せた感じで、でも妙に艶っぽい感じで、太宰先生が言う。

「人の頼みをなかなか聞かんかったらしいよ」

「文章はきれいですよね」

「そうやね」

「前に桜が出てくる話を読んだんですけど、あれはすごくよかったし」

古い日本文学のことを、ふたりで話している。今、わたしと里香は……それに太宰先生は、職員室に向かっていた。廊下を歩いていたら、職員室に戻る途中だった太宰先生と一緒になってしまったのだった。しかたなく、そろって歩きだした。

太宰先生はすぐに、秋庭里香が持っていた本に気づいた。

「おや？　川端かい？」

「はい、そうです」

先生の問いに、秋庭里香が即答した。

「よくわかりますね。カバーがちょっと見えてただけなのに」

「なんとなくね」

「読んだことありますか？」

「もちろん」

スムーズに進む会話に、みゆきは複雑な気持ちになった。まるで自分がいないようではないか。ふたりで話してばかりいる。ああ、どうして惨めなんだろう。この子はひとりで歩くこともできないのに。わたしが車椅子を押すのをやめたら、どこにも行けない。いったい、どういう病気なのか。よほど重いんだろうか。裕ちゃんはどうして、彼女のために必死なんだろう。わたしのために必死になってくれたことなんてあったかな。

「ところで」

含み笑いをしながら、太宰先生が言った。

「君はうちの生徒やないね」

心臓が口から飛びでるかと思った。

思わず立ちどまってしまう。

秋庭里香は落ち着いた感じで頷いた。

「はい、違います」

先生が笑って、里香も笑った。なぜ、この子は動じないんだろう。わたしばかりが慌てている。笑えないでいる。

僕と山西はそろって駆けだした。さっきの追跡劇で、こちらが必死になって逃げれば、鬼大仏を振り切ることができるとわかっていた。とにかく走って走って走りまくるのだ。あとのことは知ったことか。

しかし振り返って様子を見た僕は、慌てて立ちどまった。

「待て、山西」

「な、なんや」

同じように立ちどまった山西の目が、大きく見開かれた。

僕はそして、呟いていた。

「あれは……スペル・ソラールだ」

鬼大仏こと近松覚正は戸惑っていた。今度こそは逃がすまいと走りだしたところ、奇怪なマスクをかぶった巨漢が立ちはだかったのだ。反射的にその手を取り、足払いを放った。かわされた。見事な反応だった。懐に飛び込み、投げようとした。だが、できなかった。とんでもない腰の重さであった。学生のころ、全盛期だった山下泰裕《やましたやすひろ》八段と乱取りさせてもらったことがある。そのときのことを思いだした。山下八段は岩のようだった。押しても動かない。引いても動かない。気がつくと自分が畳に転がされている。

「お、おまえ、世古口やろう」

「ち、違います。ス、スペル・ソラールです」

「なに、わけのわからんことを」

怒りのまま全身に力をこめ、今度こそ相手の巨体を腰に担ぎあげる。同じように柔道家であった父から習った払い腰だ。いいか、覚正、仏の道も柔の道も同じこと、腰をもって、すなわち己をもって投げればよい——。まさしく至言であった。

「ああっ」

謎のマスク男が叫びをあげた。左肩に奴の手がかかる。どうやら抵抗するつもりらしい。なにを小癪な。体勢は万全。手応えは十分。このまま床に叩きのめしてやるわ。だが、一気に体を捻ろうとしたところ、できなかった。まるで万力で締めつけられたような感覚。掴まれた左肩が痛くてたまらない。気がつくと謎のマスク男は、腕や足を大蛇のごとく、覚正に巻きつけていた。わずかな身動きすらできない。

「なんだと」

駄目だ。動かない。なんという締め技だ、これは。

「離せ。離さんか」

「嫌です」

「なんやと。離せ」

「嫌です」

「おまえ、世古口やろう」

「違います」

「嘘つけ」

「嘘じゃありません」

「声が一緒だ」

「そんなことないです」

「急に高い声を出すな」

「地声です」

「その喋り方をやめんか。気持ち悪いやろうが」

「地声ですから」

絡み合ったまま下らないやりとりをしているうちに、怒りのエネルギーが腹の奥底に溜まってきた。そのエネルギーのまま、全身にふたたび力をこめる。

「南無《なむ》！」

覚正は叫んだ。

「釈迦牟尼仏《しやかむにぶつ》！」

仏のご加護ゆえか、謎のマスク男の体がバランスを崩した。いける。確かな手応えがある。相手の体が宙へと浮きあがった。あとは叩きつければよい。この硬い廊下では、相当のダメージを受けるだろうが、かまうものか。倒して、押さえ込んで、袈裟固めで締めあげて、そのまま職員室につれていき、入部届けに拇印《ぼいん》を押させてやろう。しかし、覚正の夢想はまさしく、一瞬の幻であった。

「なに――」

きれいに投げたはずの巨漢が、空中で身を回転させ、見事に着地したのである。しかも天与の才なのか、着地した直後には腰を落とし、戦闘態勢を整えていた。飛びかかろうにも、隙がない。覚正の脳裏に、疑問が芽生えた。これほどの腰の重さ、これほどの身のこなし、これほどの隙のなさ。とても素人とは思えない。体格や声は明らかに世古口司だが、彼は格闘技の経験などいっさいないはずである。未経験者が自分の投げをかわせるだろうか。否。断じて否。膝の怪我で現役を諦めねばならなかったとはいえ、かつて覚正は伊勢の虎と称されたこともある。もしかすると、この巨漢は世古口司ではないのかもしれない。

　では？　いったい誰なのだ？

　そんなことを考えながら、じりじりと間合いを詰めていく。空気がぴんと張りつめていた。学生相手では味わうことのない緊張感。覚正の胸底に眠っていた格闘者の血が滾《たぎ》った。暑い武道場。飛び散る汗。畳に叩きつけられ、叩きつけ、技を磨き、心を鍛え、体を鍛えた青春の日々。覚正は笑った。楽しさのあまり、唇の両端が上がっていた。

「名はなんといったか」

「スペル・ソラール」

「礼を言おう。この技でな」

　まるで弾んだゴム鞠のように飛びだした。相手の懐にふたたび入り、同時に腕を取り、襟を取り、体を反転させ、今度こそ会心の払い腰をしかけた。一連の動きはまさしく無の境地から生まれたものであった。巨漢の体が高々と宙に舞った。決まったと思った。確信した。しかし一瞬ののち、違和感に襲われた。なぜあそこまで高く飛んでいくのだろう。確かに投げた。渾身の力だった。完璧だった。しかし払い腰とは床に叩きつける技であって、高々と宙を舞うはずがない。呆然とする覚正の視界を、巨漢が横切ってゆく。身を丸め、一回二回と回転したあと、宙の一点で静止した。いや、違う。宙の一点ではない。巨漢の両足が、廊下の壁を捉えたのだ。覚正はようやく悟った。自分が投げたのではなかった。投げさせられたのだ。こちらが投げようとした瞬間、向こうは床を蹴っていたのだろう。蹴った力と、自分の投げた力を利用し、宙を飛んだ。

なんのために？

柔道家である覚正にはわからなかったが、答えを直後に知ることになった。壁を蹴った巨漢が、長く逞《たくま》しい両手両足を広げ、こちらに落ちて……いや跳んできたのだ。窓からの光を受けた体は神々しく輝き、あたかも光の塊が、太陽の光そのものが、世界と自分に祝福を与えるために降ってくるかのような光景だった。

覚正が感じたのは、恐怖ではなかった。

あまねく至福の光であった。

ソル・デ・レイ・ケブラーダ《太陽光線式体落とし》であった。

13

太宰先生が立ち去ってしまうと、みゆきはまた、秋庭里香とふたりきりになった。途端、会話が途切れた。無言のまま、車椅子を押すしかない。目の前で里香の髪が揺れる。ふわふわと、さらさらと、揺れる。

この子が裕ちゃんの好きな子なんだ……。

不思議な気持ちだった。ずっと前は、みゆき自身が隣に立っていた。当たり前のことだった。なのに、裕ちゃんの隣にいるのは、この子なんだ。嫉妬だろうかと考えてみたけど、ちょっと違う気がした。だいたい、今はもう、裕ちゃんのことが好きというわけじゃない。前は……もしかするとそうだったのかもしれないけど。今は他に好きな人がいるし。なのに、どうして、こんな気持ちになるんだろう。

「あんた、どこ悪いん？」

言葉が口から漏れていた。

すぐに後悔した。

病気のことなんて、どうして聞いてるんだろう。こんなふうに大胆になったことなんて、今までなかった。いつも一歩下がってばかりで。無難な道ばっかり選んで。人の心に触れるのが怖くて。

それなのに相手が嫌がることを聞いている。

「死ぬん？」

少し嗜虐的な快感さえ味わいながら、そう言っていた。

秋庭里香が振り返った。向こうは座ってるので、見上げられる感じになる。肝が据わったのか、開き直ったのか、今度は視線をまっすぐ受けとめられた。それにしても、なんて黒い瞳なんだろう。感情が見えない。怒ってるようにも悲しんでるようにも、あるいは笑ってるようにも思える。

彼女はあっさり頷いた。

「たぶんだけど」

さすがにショックだった。半分くらい嫌味で、残りの半分は……なにかわからないけど、とにかく本気で尋ねたわけじゃなかったのに。まさかそのとおりだったとは。しかし勢いのついてしまった気持ちはすぐにはとまらなくて、言葉を続けていた。

「なんで？」

嗜虐的な感じが残っていた。

秋庭里香はまったく揺るがない。

「心臓が悪いの。もうすぐ手術することになってるけど、失敗する確率のほうが高いから。たぶん駄目だと思う」

「裕ちゃん、それ知っとんの？」

そこで意外なことが起きた。

秋庭里香の顔に戸惑いが浮かんだのだ。

「気づいてると思うけど」

少しの間。

「でも。どうかな。わからない」

切れ切れの言葉に苛立った。馬鹿じゃないのと思った。もちろん裕ちゃんは気づいている。そんなの態度を見ていれば、ばればれだ。馬鹿みたいに気を遣ってるじゃない。慌てふためいてばかりで。泣きそうな顔になってて。そのくせ笑おうとしてて。なのに笑いきれなくて。どうしてわからないんだろう。

ああ、そうか。

少ししてから答えが閃いた。秋庭里香は当事者だ。近すぎる。だから、わからないんだ。あと気づいてほしくないんだ。なのに気づいてほしいんだ。なかなか複雑だった。

死んじゃうんだ、この子。

考えてみたけれど、死というものが実感できない。想像しても触れられない。お祖父ちゃんが死んだのは子供のころだったし、お祖母ちゃんは生きている。お父さんもお母さんも当たり前のように元気で、お姉ちゃんはうるさいくらい。死を身近に感じたことはなかった。同情の気持ちはだから、わいてこなかった。

「——なんでしょう」

「え？」

考え事をしていたので、なにを聞かれたのかわからなかった。

「なに？」

「裕一と幼馴染みなんでしょう？」

「あ、うん」

「裕一、小さいときはどんな感じだったか教えて」

教えて、だって。

この子が。

裕ちゃんには命令ばっかりしてるのに。

「別に。普通やったよ。弱虫で泣き虫やった。強がりばっかり言うとるくせに、いざとなると真っ先に逃げとった。近所で大きな犬を飼っとったんやけど、門扉があるから大丈夫やって思って、からかっとったんよ。裕ちゃんと一緒に。そしたら、門扉が音を立てたの」

開いてる。叫んだのはみゆきだった。そう思えたのだ。犬が飛びだしてきて噛まれる。迫ってくる。大きく開く口、そんなものが。まざまざと頭に浮かんだ。もちろん逃げた。走った。だけど自分の前を走ってる奴がいた。戎崎裕一だった。女の子を置きっぱなしにして、見捨てて、真っ先に逃げだしたのだ。妙に白けてしまい、なんだかどうでもよくなり、立ちどまってしまった。覚悟しつつ振り返ると、しかし追いかけてくる犬の姿はなかった。犬は門扉の向こうにいた。開いてなかったのだ。音を立てて揺れただけだ。夏だった。熱かった。日射しが強くて、ブロック塀も、走り去る戎崎裕一の後ろ姿も、すべて黄色に染まっていた。アスファルトに落ちる影はまるでカッターで切ったみたいにくっきりとした輪郭を持っていた。

「中学に入ったころはお父さんと喧嘩ばっかりしとった。裕ちゃんのお父さん、あんまり評判のいい人と違うた。こんなこと言うと悪いけど、本当にそうやったから。裕ちゃんがお父さんのこと嫌うの、わかる気がする。そやけどね、小さいころは、ものすごいお父さん子やったんやに。いつもお父さんに引っついて歩いとった」

「知ってる、それ」

嬉しそうな声。

秋庭里香はっていた。

「知っとんの？」

「うん」

「なんで？」

少し慌てた様子。この子は裕ちゃんのことになると雰囲気が変わる。まるで小さな子供みたいだ。裕ちゃんはこのこと知ってるのかな？　知るわけないか。なにしろ戎崎裕一だし。

「そうなんや。知っとんのや」

しつこく問いただす気持ちにはなれなかった。なぜだろう。

「あと、しょっちゅうヘマしとったかな」

「ヘマ？」

「小学校に行くとき、待ち合わせ場所に集合するやろ。集団登校やったで、うちの学校」

「集団登校……」

「あんたんとこは違ったん？」

「学校、行ったことない」

　予想外の返事。

「一度、集まるのね」

「そ、そう。そんでな、待ち合わせ場所が神社の前やったん。神社のすぐ近くに上り坂があって、脇に水路が通っとんのさ。坂やから最初は同じ高さなんやけど、坂を上りきったところやと落差になっとるん。そんでな、裕ちゃん、坂の縁をふらふら歩いとって、上のとこで水路に落ちてしもうた」

「え？　大丈夫だったの？」

「大丈夫と違うよ。真っ逆さま。あちこち擦り傷だらけやし、肘は切れてたし。そのまま病院直行で、肘は三針縫ったんさ。それで馬鹿みたいなんやけど、自慢すんの。三針縫ったんやでって。なんで男の子って怪我を自慢するんやろ」

　当時のことを思いだし、いつのまにかみゆきは本気で憤っていた。落ちたすぐあとは泣いてたくせに、病院から戻ったら、妙に得意気なのだ。実際、男の子たちのあいだでは、裕ちゃんは英雄扱いだった。三針縫った傷のせいで。水路に落ちたという情けない事実は、どこかに行ってしまったらしい。

　憤りながら前を見ると、秋庭里香が笑っていた。

「おもしろい？」

「うん」

素直に頷いている。

「裕一らしい」

すごく幸せそうだった。

みゆきの体から、なにかが抜けていった。心からも。妙にぐったりしたような感じになって、口を閉ざしたまま、車椅子を押しつづけた。もうすぐ職員室だ。早く着けばいいと思う一方、着きたくないという気持ちもあった。どういうことなのか自分でもわからない。秋庭里香は相変わらず笑っていた。

もうすぐ死ぬ子。

自分よりもきれいな子。

裕ちゃんが好きな子。

どちらが恵まれているんだろう。わたしと、秋庭里香と。冷静に判断すると、自分だと思う。なにしろ未来がある。輝かしいかどうかはわからないけど。今までかかった病気なんて、せいぜいインフルエンザくらい。あとは三歳のときの水疱瘡。なのに自分だとは言い切れない。だって、わたしは彼女のように笑えない。こんなに幸せそうな顔はできない。

もし、この子と一緒にいるとき犬が追いかけてきたら、裕ちゃんは立ちどまるんだろうな。全力で守ろうとするんだろう。

あ、待って、と秋庭里香が言った。

「どないしたん？」

「ここ、入っていい？」

彼女が指差したのは教室だった。

「いいけど、なんで？」

「教室って入ったことないから。怒られないかな」

「大丈夫やに、そんなん」

上級生の教室だとまずいけれど、ここは下級生の教室だ。車椅子で入り口の段差を越えるのに気を遣った。どうにかなることはないと思うけど、なにしろ病気のことなんてよくわからないから、つい慎重になってしまう。

教室に入ると、秋庭里香はきょろきょろ辺りを見まわした。なんだか楽しそうだ。とはいっても、みゆきの目から見ると、珍しいものなんてなにもない。いい加減に並んだ机、乱雑にものが詰めこまれたロッカー、さまざまなプリントが張ってある掲示板、黒板にはなにも書かれていなくて、その上の壁にかかっている時計は四時十五分を指している。

「あ、ちょっと――」

いきなり秋庭里香が立ちあがったのでびっくりした。つい両手を伸ばして支えようとしてしまう。彼女は案外、しっかりした足取りで歩きだすと、教壇の脇に立った。腰の後ろで両手を組み、あちこち見まわす。彼女が顔を動かすたび、長い髪が左右にふわふわ揺れた。ああ、本当にきれいな髪。彼女が教壇に触った。そんなもの、触ってもつまらないだろうに。やがて、ふたたび歩きだすと、席から椅子を引っぱりだして腰かけた。まるで授業を受けている最中の生徒のようだった。なんとなく、みゆきは隣の席に腰かけた。

「学校って楽しいかな」

「全然。規則ばっかりで嫌になってくるわ。変な先生も多いし。馬鹿みたいな決まりとかさ、校則とは別に、いっぱいあるんやよ。あのね、うちの学校だと、一年生と二年生は制服の下にジャージを着たらいかんの」

「え？　どういうこと？」

「ほら、寒いから、下にジャージとか着るんさ。ジャージやと着とっても先生に怒られへんし。そやけど一年生とか二年生がやると、三年に目をつけられる」

「馬鹿みたい、そんなの」

「ずっとそうなんやって。お姉ちゃんもこの学校なんやけど、同じやって言うとった。校則を押しつけられて、みんな苛々しるのに、その苛々しとるわたしらが下らん規則を作って、下級生に押しつけとるわけ。おかしいよね。病院にそういうのあるん？」

「手を洗うとか、食事は時間までに片付けるとかはあるけど、それくらいかな」

「いいな、病院」

「ご飯がおいしくないよ」

「それは嫌やな」

放課後の静かな教室で、下らないことを話している。なんだか不思議な気持ちだった。少しだけ彼女のことが理解できた気がした。なにが理解できたのか、言葉にしようと思っても、絶対に無理だけど。

「ねえ、嫌なこと聞いていい？」

「いいよ」

「死ぬのって怖いん？」

秋庭里香が少し首を傾げる。

言葉を探している。

少ししてから話しだした。

「前は怖くなかった。わかってたことだし。それに、体がきついとね、生きてるのが嫌になっちゃうの。疲れるっていうか。もういいやって。そう思えてくるの。死ってそんな遠くにあるわけじゃないし。手を伸ばしたら、きっと触れるわ」

「ふうん」

「だけどね、最近はちょっと怖い」

「え、なんで？」

秋庭里香は黙り込んだ。さっきみたいに、言葉を探しているわけではない。なんとなく、わかった。

前は、と彼女は言った。つまり、最近、なにかが変わったのだ。

「ああ、ここおったんか」

いきなり男の子の声がした。見ると、そこに裕ちゃんと山西君と世古口君が立っていた。裕ちゃんはすぐ、秋庭里香に駆け寄った。

「里香、大丈夫か？　なんで椅子に座っとん？」

やけにうろたえた様子で、尋ねている。あまりの慌てぶりは、みっともなかったけど、当の秋庭里香も同じように感じたらしく、顔が曇った。

「裕一、うるさい」

「でもさ、里香――」

「ああ、もう。声が大きい」

「そやけど、里香――」

なんだか修羅場になりそうだったので、

「なあ、鬼大仏は？」

気をきかして、割り込んでみた。

すると、なぜか裕ちゃんと山西君が目を輝かせた。

「問題なし」

そろって断言する。

よくわからない。

世古口君の目が泳いでるのも、よくわからない。

やがて咳払いをしつつ、山西君が教壇に登った。威張った態度で、一同を見まわし、おごそかに言った。

「さあ授業を始めるで」

裕ちゃんがすぐさま、机の中から引っぱりだした教科書を投げつけた。

「おまえに教師が務まるわけないやろ」

「いやいや、あるで。こう見えても俺はある分野に関してはなかなかの知識を持っとるんや。たとえば、そやな。よし。おまらに列車について教えたろ。キハとモハの違いとか――」

「鉄ちゃんの自己満足なんか興味ないって」

「ああ、投げんなよ。当たったぞ。おい、やめろって。サンマン、やめろって」

「早く下りろよ、タイシ」

完全に子供の喧嘩だったので笑ってしまったけど、横を見ると秋庭里香が不思議そうな顔をしていた。

「どしたん？」

「サンマン？　裕一のこと？」

「ええと、それは――」

「みゆき、やめろって」

慌てて裕ちゃんが割り込んできた。

「言うなよ。言うたら絶交や」

まさしく必死の形相という奴だった。実におもしろい。人の不幸は蜜の味。少し違うか。でも、いいや。秋庭里香は興味津々という顔をしている。山西君は笑っていた。喋っちまえと笑っていた。もちろん、そのつもりだった。

「タイシ、離せよ。おまえ、なに羽交い締めにしとんさ。司まで。離せ、離せって」

「まあまあ、サンマン。諦めろ」

「離せよ。離せって」

暴れまわる裕ちゃんを世古口君と山西君が羽交い締めにしてくれたので、ゆっくりと秋庭里香に教えてあげることができた。放課後の校舎は静けさをいっぱいに孕んでいた。グラウンドのほうから野球部の野太い声が聞こえてくるだけだ。そんな校舎の空気を、わたしたちの笑い声が大きく震わせた。

14

たった一日のスクールライフは、意外と大きな波紋を生みだしてしまった。ばれないように気を遣ったつもりだったけれど、もちろんばれてしまい、僕と里香はこっぴどく怒られた。まず里香がいないことに看護師さんが気づき、続いて僕もいないことも発覚し……どこをどうしたらそうなるかわからないのだけれど、駆け落ち説が病院中を駆けまわったらしい。なにしろ里香は手術を目前にしてるわけで、そういう状況に置かれた多感な少女が、少年と一緒に病院を逃げだすというのは、思いつきやすいドラマチックなシナリオなんだろう。

ああ、駆け落ちか。してみたいよ。できるものなら、本当にしてみたいよ。

そんなことを思いながら、僕はひたすら足の痛みに耐えていた。ナースステーションの前に正座させられてから、すでに二時間がたつ。病院はいちおう全館暖房されているけれど、開けた空間である廊下は、さすがに寒い。床は冷たい。僕の体もすっかり冷たい。

なぜこんなことになっているかというと、要するに病院抜けだしの罰である。

目を吊りあげた亜希子さんが、

「ここに座んな！　正座やよ、正座！　ほら、早くしな！」

と言って、僕を蹴倒したのだった。

それにしても駆け落ちというのは、頭になかった。実に素晴らしい響きではないか。里香の手を握って、どこまでもどこまでも行くのだ。北海道とか九州とか、遠くの、そうだな、あまり大きくない町にたどりついたら、古いアパートでも借りよう。里香はずっとアパートにいればいい。僕が働くんだ。レンタルビデオ屋とかＣＤ屋かな。書店も悪くない。おもしろそうな本を毎日、里香に買っていくのだ。

仕事を終えてからアパートに帰ると、里香が待っている。

「おかえりなさい。疲れてるでしょう」

なんて笑顔で言ってくれてさ。

もちろん僕は笑う。

「うん。ちょっと疲れたかな」

「お疲れさま。ご飯、できてるよ」

「おかずは？」

「ブリの照り焼き。おいしそうなのがスーパーにあったの」

「お、ええな」

なんてすばらしい。最高だ。下らない妄想に励んでいると、惨めな状況と足の痛みを忘れることができた。妄想の続きを、ありったけの想像力を駆使して、僕は思い浮かべた。まあ、あいうことや、こういうことだ。

そして、思わず笑っていると、

「気持ち悪い」

すぐそばで声がした。

妄想に半分くらい浸ったまま、前を見る。

「あれ、里香」

「どうして笑ってるの？」

「そ、それは……」

「もしかしてマゾ？　正座が趣味とか？」

「そ、そうやなくて……」

「どうして顔が赤いの？」

よからぬ妄想をしていたからです、とは言えなかった。そんなことを口走ったら、まず間違いなく、張り倒されるだろう。

僕はむりやり、話を変えた。

「足が痛くてさ」

「ふうん」

「もう限界や」

実際、ふと素に戻ってみると、足の痛みはひどかった。膝が軋み、足首は今にも折れそうだ。僕は自分の顔が青くなっていくのを感じた。慌てて立ちあがろうとしたけれど、それがいけなかった。痺れきった足がまともに動くはずはなく、次の瞬間、頭から床に突っ込んだ。

「裕一、大丈夫？」

そんなふうに里香が心配してくれるかと思ったけれど、しょせんは願望に過ぎず、彼女は大声で笑った。

「裕一、すごいね。体を張ったギャグだね」

「ギャグやないわ」

「鼻の頭が赤いよ」

「めっちゃ痛いって。それに、なんでおまえが笑っとんや。おまえかって同罪なんやで。そやのに、なんで俺だけ正座なんさ。理不尽やろ」

床にへたりこみ、すっかり痺れてしまった両足をさすりながら、僕は叫んだ。里香は相変わらず笑っている。ああ、どうして、こんなに性格が悪いんだろう。だいたい病院を抜けだしたのだって、里香が学校に行きたいって言ったからじゃないか。だからこそ、僕はあんなことをしたんだ。まあ、僕だけが罰ゲームというのはいいさ。里香には体のことがあるし。ただ、感謝の言葉くらい、あってもいいはずだ。罰に苦しむ僕を笑うとは。なんて女なんだ。

「おまえも座れ。そこに座って謝れ。俺の足と腰と鼻の痛みを償え」

悔し紛れの言葉だった。里香のほうが言葉が達者なので、とんでもない理屈で言い負かされるんだろう。

ところが違った。意外な展開になった。

「うん」

頷くと同時に、里香は僕の脇にすとんと腰を下ろした。

心の底からびっくりした。亜希子さんが点滴を一発で成功させたときの、だいたい七十倍くらい驚いた。

口を半開きのまま、里香の顔を見ていると、

「なによ」

里香がそう言った。

ちょっと照れた感じだ。

「あ、いや、その」

「裕一が座れって言ったから、座ったんじゃない」

「そ、そやけど」

「邪魔？」

「そ、そんなことないって」

断言していた。

「ちっとも邪魔やないで」

動転しきってしまい、ふたたび正座体勢に戻った。ふたり並んで正座をしていると思うと、まったく艶っぽい状況ではないのに、胸がどきどきしてきた。それにしても、いったいどうしたんだろう。里香の機嫌のよさは、まだ続いてるみたいだ。僕の感覚的統計によると、里香の上機嫌と不機嫌の割合は、おおむね一対十だった。一日機嫌がいいと、十日くらいは機嫌が悪い。なのに、だ。ここのところ、里香はずっと上機嫌だった。今日も、昨日も、その前も。

いったい、いつからだっけ？

よく思いだせなかった。たぶん一週間かそれくらいだ。ちょうど写真を撮りはじめたころだった気もする。僕は横に置かれたカメラに目をやった。肌身離さず、このカメラを持ちつづけている。どんなときでも里香を撮るために。

あ、そうだ。

ふと思いついて、僕は辺りを見まわした。

「どうしたの？」

「いや、ちょっと考えが」

「考えって？」

廊下の向こうに、おじいちゃんの姿が見えた。少し恥ずかしかったけれど、いつまでも里香を座らせておくわけにはいかない。体に障る。早くアイデアを実行して、病室に帰さなければならない。

「あの、すいません」

「ねえ？　なに？」

戸惑う里香をそのままに、僕はおじいちゃんに叫びつづけた。

「あの、ちょっといいですか」

おじいちゃんが僕の声に気づいた。僕は大袈裟に頷き、それから手招きをした。おじいちゃんは、わけがわからないみたいだったけれど、それでもこちらにやってきてくれた。

「なんや？」

「お願いがあるんです」


お年寄りに機械の扱い方を教えるのは、かなり大変だった。絞りだのシャッタースピードだのを言っても、まるでわかってもらえない。しかたないので、自分でだいたい調整して、ピントも合わせてから、カメラを渡した。


「もう少し下がってください！　あ、それくらいで！　はい！　シャッターを……ああ、そっちじゃなくて、右側です！　右側！　そう！　それです！」

「これを押すんか？」

「はい！　お願いします！」

僕は里香のほうに顔を向けた。

「おい、笑って――」

必要のない言葉だった。

里香は笑っていた。

「チ、チチ、チ、チーズ！」

おじいちゃんの震える声に、だから反応できなかった。

カシャン――。

里香の笑顔に見とれているところを撮られてしまった。

15

笑いながら、僕はカメラを撫でた。ここにはいろんな里香がおさまっている。最初は照れた顔だろう。それから〝イーだ〟だろう。あと拗ねた顔だろう。笑ってる顔もある。校門の前で、嬉しそうにしてる顔とか。

そして、ふたり並んで正座してるのも。

早く見たかった。

さっさとフィルムを使い切って、現像に出そう。楽しみでしかたない。考えてみれば、僕は里香の写真を一枚も持っていないのだ。

もうひとつ、嬉しいこともあった。

写真の中には、僕が写っているものもある。里香に写真をあげれば、当然、彼女はその何枚かを手に入れることになるわけだ。僕の写真を、里香が持っていてくれるなんて、嬉しかった。変な話だけどさ。もしかすると、彼女は時々、僕の写真をわざわざ見たりするかもしれない。

そんなことがあったら最高だ。

ほとんど妄想……というか完全に妄想以外のなにものでもないことを考えながら、僕は廊下を歩いていた。里香の病室に行くためである。いよいよ手術の日程が決まり、里香は毎日、屋上への散歩を続けていた。その付き添いをしなければいけないのだ。

「里香、入るで」

　病室のドアを開けると、里香はすでにカーディガンを羽織り、ベッドに腰かけていた。顔色がすごくいい。白く透き通った肌が、まるで輝いているみたいだった。僕はそれだけで嬉しくなってきて、明るい声をかけた。

「行こうか」

「うん」

　素直に頷き、里香が手を出してくる。

　僕はものすごく誇らしい気持ちで、その手を取った。

「無理せんと、ゆっくり行くぞ」

「わかってるよ、サンマン」

　顔が真っ赤になっていくのが、自分でもわかった。

「どうしたの、サンマン」

「あのさ」

「サンマン、どうしたの？　ねえ、サンマン？」

「いや、その」

「顔が赤いよ？　サンマン？」

　なんて性格の悪い女なんだ。僕がその綽名を大嫌いだって知ってるくせに連呼するとは。いっそ置き去りにしようと思ったけれど、もちろんそんなことをする意気地があるわけもなく、僕は無言のまま里香の手を引いて歩きだした。

「ねえ、サンマン」

答えない。

「手、痛いよ」

答えるものか。

「だから痛いって。サンマン」

答えない。


誰にだって、嫌な思い出はあるものだ。そうだろう。嫌な思い出っていうか、情けない思い出っていうかさ。もちろん僕にもいろいろあるけれど、特に記憶から消し去りたいことのひとつが、小学校三年のときの、アイスリンク事件だ。

伊勢神宮のそばに池がある。

どこにでもあるような小さな池で、いつも濁っていて、いろんな魚がいて、近所の子供たちの釣り場になっていて――。

もちろん僕や山西もよく出かけた。大きな鯉が釣れるのはそれこそ、年に一回か二回くらいで、たいていは小魚ばっかりだった。ただ、あのころは釣りがものすごく流行っていたので、僕たちは毎日のように竿を担いで池に向かった。

あれは、そう、冬休みのことだった。

僕と山西、それに谷口《たにぐち》と大西《おおにし》と坂村《さかむら》の五人で、池に向かったところ……とても釣りをできるような状態ではなかった。池の表面が凍りついていたのだ。大陸から下りてきた、記録的な寒気のせいだった。僕たちは最初、釣りができないことに文句を言い合った。

けれど、そのうち誰かが、

「おい、この氷、乗れるんとちゃう？」

と言いだした。

水面は凍りついていて、試しに大きな石を投げてみたところ、大きな音がしただけで、氷はびくともしなかった。それでも僕たちはためらっていたけれど、五人もいればひとりくらいは馬鹿が混じってるもので——それは坂村だったのだけれど——氷の上に足を乗せた。

立てた。

歩けた。

滑れた。

僕たちは競うように氷へ進み、何度かこけたり、尻を打ったりしながら、やがて見事な運動靴滑りをマスターした。意外にも山西が一番うまく、まるでスケート選手のようなフォームですいすいと滑り、谷口と大西もうまく滑れるようになった。

僕と坂村だけが、まるで駄目だった。立っているのが精一杯で、ちょっとでも動くと、転んでしまう。僕と坂村は、一番下手くその称号を受けまいと、ライバル心を燃やしながら、氷上を歩きつづけた。そして、気がつくと、僕は池の真ん中にまで達していた。まったく馬鹿な話だ。氷が薄くなってることに気づかなかった。氷にヒビが入ったことに気づかなかった。気づいたときには、池に落ちていた。なにしろ水面が凍りつくような寒さである。水は冷たくて、しかも池の真ん中という状況に、僕はパニックに陥った。本気で死ぬと思った。

慌てて駆け寄ってきた山西たちに、僕は無我夢中で叫んだ。

「助けて！　なんでもやるで！　山西、三万やるで助けてくれ！　三万や！」

ああ、情けなくてしかたがない。

よりにもよって三万円で自分の命を救おうとしたなんて。よっぽど動転していたんだろう。命がかかってたわけだから、動転するのも当然なんだけれど、それにしても三万円とは。ちょうどお年玉を貰ったばかりで、その総額だった。今も思いだすだけで泣けてくる。山西たちが持ってきてくれた棒に捕まって、僕はどうにか這いあがった。助かったというわけだ。しかし、僕を待っていたのは死んだほうがましという現実だった。山西たちは僕が落ちたときの様子を、笑い話にしつづけたのだ。なにしろ五人もいたので、クラス替えがあっても、そのうちの誰かとは必ず同じクラスになる。でもって、クラス替えあとの自己紹介で、僕の伝説をおもしろおかしく語るのだった。

というわけで。

僕はいつまでたっても、サンマンのままなのだった。


サンマンサンマン、と里香は楽しそうに繰り返した。

妙な節をつけて歌っている。

僕はもちろん不機嫌なオーラを全身から発しつつ、まったく口を開かず、とにかく屋上まで里香をつれていった。軟弱な僕にしては精一杯の抵抗である。

屋上には、春を感じさせる陽光が溜まっていた。

わりと暖かい。

僕と里香はいつものように屋上を横切り、町を見渡せる手すりに体を預けた。

「学校、楽しかったな」

里香が言った。

まだ拗ねつつ、僕は愚痴った。

「おかげでひどい目にあったんやで」

なにしろナースステーション前の正座は三時間に達し、最後に土下座までして、どうにか亜希子さんに許してもらったのだ。鬼大仏と熱闘を繰り広げた司に至っては、生徒指導室に呼びだされ、戦前の特攻警察なみの取り調べを受けたそうだ。ただ、さすがは司である。あれは自分やないですと言い張り、誤魔化しきったらしい（あまりの強情さに、鬼大仏が根をあげたそうだ）。司はいざとなると、鉄のような意志を見せることができるのだった。

「裕一、正座してたね」

「足、折れるかと思うたわ」

「病院だから、大丈夫。すぐ治してくれるよ」

「洒落になってへん」

不機嫌に言いつつ、自然と僕は笑っていた。上機嫌の里香の笑顔と声に接していると、拗ねていた気持ちが溶けてしまった。不思議なものだった。どうして嬉しいんだろうか。ひとりの女の子が笑ってるだけじゃないか。

「ねえ、裕一」

「うん？」

「もう『銀河鉄道の夜』は読んだ？」

「読んだで」

そっか、と里香が呟いた。

うん、と僕は頷いた。

僕たちはそのことについて、あまり言葉を交わさなかった。言いたいことはたくさんあったけれど、同時に言いたくないこともたくさんあった。そしておそらく、すべてが言うべきことではなかった。里香はわかっている。僕もわかっている。里香がわかっていることを、僕はわかっている。僕がわかっていることを、里香はわかっている。

手すりに置かれた里香の手が、目に入ってきた。少し視線を上げると、そこには肘があり、ほっそりとした肩へ続いていた。十分だ。

恐ろしく強い衝動が、僕の胸で暴れだした。里香を抱きしめたい。小さな体を腕の中におさめれば、言葉では伝えられないことを、伝えられる気がした。里香の気持ちがもっとわかる気がした。ほとんど本気で、僕は手を伸ばそうかと思った。簡単なことだ。同じように手すりに置いている自分の手を、ほんの十五センチくらいずらせばいい。手を重ね、握りしめ、引き寄せる。たったそれだけなんだ。

情けないことに、僕の手は一センチたりとも動かなかった。僕はどうしようもない臆病者だった。なにも手に入れてないくせに、もう失うことを考えてしまっている。

こつん、という衝撃が来たのは、そのときだった。

「痛いって」

里香がなにかで僕の頭をつついたのだ。

「なにすんのさ」

「はい、これ」

「え――」

「次の本」

見れば、里香の手には、やけに立派な本があった。ちぇっ、痛いはずだ。函入りじゃないか。あの角でつつかれたら、そりゃ痛いよ。恐ろしく古い本だった。函はすっかり日に焼け、隅のほうが変色してしまっている。函を逆さにし、二、三回振って、中の本を取りだす。へえ、きれいな本だな。真っ黄色の装丁だ。日本語のタイトルは書いてなくて、アルファベットが並んでいた。LES　THIBAULT。ええと、なんて読むんだろう。

里香が答えを教えてくれた。

「デュ・ガールの『チボー家の人々』だよ」

「あ、ああ。チボー家ね。そっか、うん」

よく見れば、函のほうに、日本語のタイトルが書いてあった。『チボー家の人々』。マルタン・デュ・ガール。タイトルも作者名も、まったく知らない。

あれ？

第一巻って書いてあるぞ。

「これ、全部で何巻なん？」

「五巻だよ」

「そんなにあるんか」

僕は悲鳴をあげた。本を捲ってみると、なんと二段組だった。これで五巻。普通の文庫なら、たぶん二十冊分くらいになるんじゃないか。とにかく、ものすごいボリュームだった。

「ゆっくり読めばいいじゃない」

いつ読み終わるんだろう？　一カ月後？　二カ月後？　半年くらいかかりそうだ。

「だけど、まだ読まないでね」

「なんで？　どういうことなん？」

「わたしがいいって言うまで、読んじゃ駄目」

わけがわからない。もっとも、里香のわがままに理由を求めるのが、どうかしてるのだけれど。すっかり振りまわされることに慣れてしまった僕は、素直に頷いた。

「わかった。なあ、これも親父さんのなん？」

「違うよ。わたしが古本を買ったの」

「へえ？　わざわざ？」

「うん」

里香が笑いながら、僕の顔をじっと見てきた。やけに幸せそうな顔だった。どうして、こんな顔をするんだろう？　尋ねてみたかったけれど、もちろんできるわけがなく、それどころか妙に気恥ずかしくなってきて、僕は本に目をやる振りをしてうつむいた。くすんだ黄色。この本の中には、いったいなにが詰まってるのだろう。

「いい天気だね、裕一」

呑気な里香の声。

だから僕も呑気に言った。

「そやな」

「春が来るねえ」

「桜、見にいこうな」

「うん」

いろいろなことがあって、僕はまったく背負いきれていなかったけれど、里香が上機嫌であれば、笑顔を見せてくれれば、ただそれだけで幸せだった。ろくに手をつけてないレポートも、いまだ怒り狂ったままの亜希子さんも、永遠の外出禁止令も、たいした問題ではない。

そうさ。

とにかく、もう、たまらなく幸せだったんだ。

「そろそろ戻ろうか」

言って、僕は立ちあがった。

肩にカメラをかけ、里香から渡された本を左手に持ち、里香に右手を差しだした。うんと頷いて、里香が僕の手を取る。引っ張りあげるようにして立たせてやった。視線が重なると、里香が微笑んだ。ひどく眩しかった。やっぱり抱きしめておけばよかった。里香が怒ったら、適当なことを言って、なんとか誤魔化せばいい。里香が嫌がらなかったら、そっと髪を撫で、それから――。

胸が弾む。なにかが暴れている。

「行こう、裕一」

「あ、ああ、そやな」

「あのね」

「うん？　なに？」

「えっとね」

僕を見て、すぐに目を逸らした。なんなんだろう。里香がこんなに曖昧な態度を取るのは珍しかった。それに頬が少し赤いような。気のせいかもしれないけれど。

「今度ね」

その次の瞬間に起きたことを、僕はいつまでもいつまでも覚えていた。

すとん——。

里香の膝がいきなり落ちたのだ。僕の手の中から、彼女の手が滑り落ちていった。そして小さな体が薄汚れたコンクリートに投げだされた。ひどい倒れ方だった。受け身を取ることもなく、ただそのまま、里香は崩れた。

なにが起きたのかわからなかった。僕の瞳には、さっきまでの里香の笑顔が、まだ残っていた。少し赤くなった頬。僕のほうをちらちら見ていた。開きかけた唇。けれど言葉は途切れた。続かなかった。

「里香？」

反応がない。ようやくなにが起きたのか悟った。しゃがみこみ、里香の体を抱える。小さいくせに、やけに重く感じられた。体にまったく力が入っていないのだ。細い肩を抱きしめると、腕の中で体がだらんと垂れた。長い髪に隠され、顔が見えない。里香、おい里香と叫びながら、髪を掻きあげた。彼女の顔は真っ青だった。

僕は辺りを見まわした。誰もいない。声も聞こえない。薄汚れたコンクリート。錆の浮いた手すり。風に舞うシーツ。呑気な青空。少し春めいた太陽の光。さっきまでは幸に満ちていた世界。抱きしめようと思ったんだ。抱きしめたかったんだ。

里香に目を戻すと、そのまぶたが少し震えた。

「大丈夫か！　里香！」

「う、ううん」

「おい！　里香！」

　少しだけまぶたが開いた。里香は笑った。僕を見ながら精一杯笑った。けれど、その笑みはすぐに消え去り、ふたたび閉じられたまぶたが開くことはなかった。僕は里香の体を抱えあげて走ろうとしたけれど、情けないことに、よたよたと進むことしかできなかった。下手に走ろうものなら、倒れてしまいそうだ。僕は泣きそうになりながら思った。なんでこんなこともできないんだよ。

　里香を床に下ろし、僕は叫んだ。

「待っとってな！　誰か呼んでくるから！」

　まったく反応がなかった。聞こえているのかどうかさえ、わからない。僕はひとりで走りだした。里香を薄汚いコンクリートの上に置き去りにして。ちくしょう。心の中で叫んだ。ちくしょうちくしょうちくしょう……。

16

　ここのところ、里香の体調は安定していた。手術を前にして、いい方向に気持ちが充実してるみたいだぞと夏目は言っていた。そういう気持ちの部分が体に影響するんだよ、と。夏目は悔しそうだった。僕は得意気だった。だから誰もが安心していた。気が緩んでいた。もちろん僕も緩んでいた。里香もそうだったのかもしれない。

そして足元をすくわれた。

里香は担架で処置室に運ばれた。黒いベッドに横たわった彼女は、ずっと目を閉じたままだった。僕は立ちつくし、夏目や亜希子さんが急がしそうに動きまわる様子をただ眺めていることしかできなかった。いったい、なにが起きているんだろう。そこに寝ているのは誰なんだろう。里香じゃない。そんなこと、あるはずがない。さっきまで一緒に話していたんだぞ。すごく元気そうだったんだ。

誰かにぶつかられた。

「出ていけ！」

夏目だった。殺気だった声。

「邪魔だ！」

僕は動けなかった。

やがて亜希子さんがやってきて、僕の背中に手を置いた。

「外で待っとんな。なんかあったら、すぐに教えるよって」

僕は慌てて顔を上げた。

「なんかって、なんですか？」

亜希子さんは無言のままだった。そのまま背中を押され、処置室から追いだされた。ドアが音を立てて閉まる。僕はひとり、廊下に立ちつくしていた。時折、ドアの向こうから、怒声が聞こえてくる。夏目の声だった。ただ、なにを言ってるのか聞き取れない。僕は辺りを見まわした。ここがどこなのか、わからなくなった。ああ、病院だ。そして処置室の前だ。振り返り、ドアを見る。銀色のノブが鈍い光を放っていた。思いっきり蹴飛ばせば破れそうなドアだった。

第二処置室という札がかかっていた。僕にはなにもできない。中に入ることさえできない。

そうしてぼんやりしていると、

「裕一君」

すぐ横で声がした。

看護師の吉田《よしだ》さんだった。

「これ、君のやんな」

ふたつのものを渡された。

本と。

カメラと。


夏目が処置室から出てきたのは一時間くらいしてからだった。僕はようやく、少しだけ落ち着きを取り戻し、廊下の長椅子に腰かけていた。心の中が空っぽで、ぽっかりとあいた洞のようなところに、いろいろな声が満ちていた。どれも聞きたくない声だった。僕の脇には、カメラと本が寄り添うように置かれていた。父親が残していったカメラだ。

ぼんやり眺めていると、処置室の扉が開き、夏目が出てきた。

反射的に僕は立ちあがっていた。

夏目は顔をしかめた。

無言のまま、僕を無視して歩きだす。

「里香は？」

その背中に、僕は叫んだ。

夏目が立ちどまる。

ふたたび僕は叫んだ。

「里香はどうなったんですか?」

夏目はなかなか答えてくれなかった。立ちつくしている。こちらを見ようとしないのはなぜだろう? その肩が震えているように思えるのはなぜだろう? ああ……震えているのは僕なのか?

「どうにか落ち着いたよ」

だから夏目の声も震えているように聞こえるのか?

「あんな発作は久しぶりだったんだ」

「助かったんですか?」

「まあな」

そこで夏目の言葉が切れた。なにか説明があるのかと思って待ってみたけれど、しかし夏目は黙り込んだままだった。背後でドアが開き、看護師が出てきた。ぺたぺたという足音が廊下に響いた。続いて、また別の看護師が出てくる。入れ替わりに、最初に出て行った看護師が戻ってきた。ふたりとも思いつめたような顔をしていた。僕たちと同じように。

「おい、戎崎」

「はい」

「なんでここにいるんだ?」

「え?」

「おまえみたいな奴がなんでここにいるんだ?」

ていった。

「嫌がらせかよ？　おい？　嫌がらせなのかよ？」

なにを言っているのか、さっぱりわからなかった。当然、答えることなんて、できるわけがない。やがて夏目は早足で歩きだした。なんの説明もなく、あやふやな言葉だけを残し、去っていった。


里香に会うことはできなかった。彼女の病室には『面会謝絶』の札がかけられ、関係者以外の出入りがいっさい禁止されたのだ。家族でも医者でも看護師でもない僕は、そのドアを開けることはできなかった。

そうして一日が過ぎた。

二日が過ぎた。

当初抱いていた希望……すぐに快復するという楽観的な考えは、ゆっくりと色褪せていった。あれだけ大きな発作を起こせば、簡単には体調は戻らない。わかってはいたけれど、僕は信じたかった。

だから毎日、亜希子さんに尋ねた。

「あの、里香の具合はどうですか？」

亜希子さんはまったく表情を変えず、

「まあ相変わらずやな」

と言った。

そしてもちろん、今日も僕は、朝一番の検温のとき、亜希子さんに尋ねた。

「里香は?」

同じ言葉が繰り返された。

「変わりなしやよ」

「そうですか」

体温計を確認した亜希子さんは、六度三分問題なしと言って立ち去る——かと思ったけれど、急に足をとめた。

「裕一、ちょっとおいない」

「え?」

「早く来なって」

ものすごい剣幕だった。僕は慌ててベッドから飛び降りた。亜希子さんは後ろも見ずに病室を出ていったので、そのあとに続いた。どんどんどんどん、亜希子さんは歩いていく。いっさい喋らない。真後ろにいるので、両肩に力が入っているのがわかった。とても声をかけることなんてできない。やがて亜希子さんは西病棟と東病棟を繋ぐ渡り廊下にさしかかった。胸がどきどきしてきた。足の動きが速くなる。思ったとおり、亜希子さんは里香の病室の前で立ちどまった。辺りを素早く見まわすと、僕の肩を掴んだ。

「きっかり一分やに」

早口で言った。

「一分だけ時間をとめたるから」

「とめる……」

「ばれたら、わたしやって怒られるんや。ほら、行き」

ドアを開け、中へ。何度も何度も通った病室だった。長期入院している女の子の病室とは思えないくらい、素っ気ない。キャラクターグッズなんてひとつもないし、そもそもほとんど物がない。ポットやらカップやらがあるだけ。あと何十冊かの本。里香はこの世になにも残していかないつもりなのかもしれなかった。

「裕一、来たんだ」

ベッドに埋もれた里香がそう言った。

すぐさま頷いた。

「亜希子さんが一分だけ時間をとめたるって」

ふふ、と里香が笑う。

「短いね、一分」

「そやな」

「でもよかった」

微笑む里香の顔を見ながら、僕は泣きそうになった。里香が優しい言葉を口にしたことに打ちのめされた。いつもの里香なら、絶対にそんなことは言わない。だいたい、こんな感じだ。

なんで来なかったのよ。だって面会謝絶やったし。それがなによ。ねえ、ピーターラビットの絵本を借りてきて。ええ、またか。俺、外出禁止なんやで。亜希子さんの監視がものすごくてさ。だからなによ。借りてきてって言ってるの。見つかったら亜希子さんに怒られるんや。いいから、行ってきて。なによ。行かないつもりなの。わかったわかった。行ってくるわ。

僕は里香に怒鳴ってほしかった。いつものように喚いてほしかった。そうすれば、なにもかもが……日常が戻ってくるように思えた。

けれど里香は笑っていた。

優しく僕を見つめていた。

僕はもう、とても喋れなくて、ただ里香のベッドに歩み寄った。病院特有の大きなベッドにおさまった里香が、いつもよりずっと小さく見えた。顔色がよくない。真っ青だ。唇の色も薄かった。自分がなにを考えていたのか、僕にはよくわからない。気がつくと、右手を伸ばし、里香の頬に触れていた。里香はまったく嫌がらなかった。初めて触った彼女の頬はひんやりしていた。まるで陶器のようだった。やがて里香が少し体を動かして、布団から手を出した。そして僕の右手を、人差し指の先を、子供みたいに握った。まるでお父さんの手に捕まる幼女みたいだ。里香は嬉しそうに笑っていた。

人差し指を摘まれたまま、僕はうつむいた。

なあ、里香。ずいぶん前にさ、死神がいつもそばにいるって言っただろう。今もここにいるのか？　どこにいるかわかるか？　だったら教えてくれよ。今すぐぼこぼこにしてやるからさ。殴って殴って殴りまくって、おまえに近寄らないようにしてやるからさ。だから教えてくれよ、里香。どうすればいいのか教えてくれよ。

ごほん、と咳が聞こえた。

亜希子さんだ。

「もう終わりだね」

なに言ってるんだよ、里香。

そんなことない。

全然終わりじゃないぞ。

「うん」

馬鹿野郎。なに頷いてるんだ、僕は。早く喋れよ。なんか言えよ。おまえ、ろくに話してないだろう。そばにいただけじゃないか。口を動かせよ。ほら、喋れよ。喋れって。

里香が僕の人差し指を離した。

「またね、裕一」

「うん」

「早くしないと、谷崎さんに悪いよ」

「うん」

ごほんごほん、と咳が聞こえる。僕は背を向け、歩きだした。ようやく言葉が出てきたのは、ノブに手をかけたときだった。

「里香」

「なに」

「今度、ピーターラビットの絵本持ってくるでな」

「本当に？」

「ああ、図書館からごっそり盗んで……いや借りてくるな」

「駄目だよ、盗むのは」

ちょっと怒ったような顔。

僕はあえて生意気な感じで言った。

「わかっとるって。長期で借りるだけやって」

「それならいいかな」

「うん。いつか返すから、問題なしや」

病室を出ると、亜希子さんが辺りをきょろきょろ見まわしながら立っていた。亜希子さんと声をかけたところ、ひどく慌てた様子で行こうと言われた。

ふたり並んで、東病棟の廊下を歩いてゆく。

「話せた?」

「はい」

僕は歩きながら、ぺこりと頭を下げた。

「ありがとうございました」

そして頭を下げたまま、不自然な格好で歩きつづけた。亜希子さんにこんな顔を見られたくなかった。

17

消灯時間を五分ほど過ぎた途端、病院を抜けだした。急に春めいてきたせいで、空気が生暖かく感じられた。息を吐いても、まったく白くならない。コートがやたらと重く、暑苦しく感じるほどだった。それでも僕はコートのポケットに両手を突っ込み、夜の街を歩いた。なにもかもが憎らしくてたまらなかった。呑気な気候に腹が立ってしかたなかった。そばを走り抜けていった原付バイクの爆音に殺意を覚えた。点滅する赤信号を蹴倒したかった。店のガラスを一枚一枚割って歩いてやりたかった。

そしてなによりも自分をブチのめしたかった。

あんなに優しくて弱々しい里香を見たのは初めてだ。なのに僕は本当に大切な言葉をひとつも口にできなかった。ピーターラビットの絵本だって？　それがなんなんだよ？　里香を勇気づける言葉はなかったのか？　どうしていつもそうなんだ？　大事なときになにもできなくて。言葉に詰まって。行動も移せなくて。ただ口ばっかりで。自信さえもなくて。里香を抱きしめる機会さえ逃して。

最低じゃないか。僕はなにもしていない。

ところで僕はどこに行こうとしてるんだろう。そんなことさえもわからず、ただ歩きつづけた。なぜか火見台のある宇治山田《うじやまだ》駅の前を通りすぎ、神宮の前を通りすぎ、寂れきってしまった商店街を通りすぎ、運河にかかる橋を何本も何本も渡り、まるで馬鹿な回遊魚みたいに伊勢の町を歩きまわった。里香があんな目にあっているというのに、世界はなにも変わっていなかった。いつもと同じように存在していた。深夜営業のファミレスの店内はガラガラだった。漫画を読んでいる若い男がひとり、深刻そうな顔で向き合っている女がふたり……客はそれだけだ。よほど暇らしく、カウンターの中に店員がふたり並んで、お喋りに夢中になっている。男と女の店員だった。赤と白のストライプが入った制服で、頭には船みたいな形の帽子をかぶっている。普段は気にしたことなんてないけれど、こうして見ると、本当におかしな制服だ。滑稽《こっけい》で無様だ。男の店員がなにかを言うと、女の店員が大きく口を開けて笑った。女が馴れ馴れしい感じで、男の肩を叩く。まるで子犬がじゃれあっているみたいだった。ふたりのあいだには、ただの店員同士とは違う、親密な雰囲気ができつつあるらしい。穏やかで退屈で平凡で温かいなにかが、その風景には宿っていた。もしかすると僕には決して戻ってこない風景なのかもしれなかった。途端、指先を握った里香の手を、柔らかい感触を思いだし、僕は頭を抱えてしゃがみこみたくなった。情けないことに喉の奥からヒッという声が漏れた。なにかが溢れだしそうだった。だから僕は精一杯の勇気を振り絞って、ふたたび歩きはじめた。足を早めた。温かい風景を遠ざけた。

そして気がつくと、司の家の前にいた。

「まだ起きとるな」

部屋は明かりがついていた。

きっと僕が来ることを予想して、窓に鍵をかけてないんだろう。いきなり開けて、中に押し入ってやろう。下らない冗談でも言おう。ゲームをしよう。勉強の邪魔をしてやろう。ああ、そうだ。そうしよう。

けれど、またもや僕はくるりと体の向きを変え、歩きだしていた。背後に司の部屋の明かりを感じながら、うつむき、コートのポケットに両手を突っ込み、まるで子供みたいに足を投げだしながら進んだ。どこか遠くのほうで犬が吠えていた。空には冬の星々が輝いていた。月はどこにもなかった。僕と里香の月は失われたままだった。もう取り戻せないのかもしれない。月はいつか屋上からつれもどされるときに聞いた亜希子さんの声が蘇ってきた。月はのぼらない。のぼらないんだよ、月は。

どれくらい歩いていたのかわからない。

気がつくと、僕はまた、宇治山田駅の前に立っていた。どこをどう歩いて戻ってきたのか、まったく記憶になかった。勢田川《せたがわ》の堤防に登ったのは、なんとなく覚えている。堤防の上を、ふらふらと歩いた。ただ、どこで堤防を下りたんだろう。あれ、右手の甲を擦りむいている。堤防を上ったときかな。下りたときかな。どこかで転んだのかな。確か小田橋を渡ったっけ。欄干にもたれかかり、闇の貯蔵庫みたいな水面をしばらく覗き込んでた。それにしても、なぜ火見台があるんだろう、この駅。

駅を見上げていると、背後に車がとまった。

「裕一君？」

名前を呼ばれたのでびっくりして振り返る。

「裕一君でしょう？」

車の窓が開き、ほっそりとした白い顔が闇に現れた。

美沙子さんだった。

夜勤というのは、けっこう大変だったりするのだ。なにしろ病院であるからには病人ばかりがいるわけで、弱っている人間というのはとかく人を頼りたがる。やれ背中がかゆいだの、腹が空いただの、下らない用事で立てつづけにナースコールが鳴ったりする。しかしながら世界というのは実に不均衡なもので、まったくナースコールが鳴らない夜もあるのだった。入院患者が全員死んでしまったのではないかと思えるほどだ。これはこれで、かえって気持ちが悪い。谷崎亜希子にしてみれば、どちらがいいかと問われれば……まだ鳴りっぱなしのほうが落ち着くかもしれない。気持ち的には。体は疲れるけれど。

「暇やな」

ナースステーションの中、谷崎亜希子は机に両足を投げだし、傾けた椅子で微妙なバランスを取っていた。転んで頭を打って血でも流そうものなら笑い者だけれど、小さいころから、その手のヘマをしたことは一度もない。バイク乗りにとって、バランス感覚こそが一番大切なのだ。原付バイクでのウィリーくらいなら、今でも平気で決められるだろう。

　やがて実にむさい雰囲気が漂ってきた。

「よう、谷崎」

　同じく夜勤の夏目である。

　亜希子は実に嫌味ったらしく言ってみた。

「先生、お眠りになっていて結構ですよ」

　ものすごく丁寧に言ってみる。

　要するに暇つぶしである。

　起き抜けの夏目が――よれよれのボタンダウン・シャツ、ゆるゆるの紺ネクタイ、くしゃくしゃのズボン、ぼさぼさの髪――その顔をしかめた。

「なんだか起きちまったんだよ」

「どうなさったのかしら」

「おい、その喋り方やめろ」

「だって医師と看護師では立場が違いますし」

　いきなり椅子を蹴られた。

　危うく転ぶところだった。

「なにするんさ」

「先に喧嘩を売ってきたのはおまえだろうが」

「わたしは喋っとっただけやろ」

「おまえね、すごいね、笑えるね」

頬をぴくぴくさせながら、笑う夏目。

亜希子も思いっきり笑ってやった。

「あんたもたいしたもんやで」

「楽しい奴だな」

「お互いさまや」

「どうして伊勢の女はどいつもこいつも気が荒いんだ。いやいや、他の伊勢の女に比べたら失礼だな」

「なにが言いたいんさ」

「そうだろうが」

血が滾る。荒事は嫌いじゃない。というか大好きである。伊勢の南に新宮《しんぐう》という町があり、そこでは毎年火祭りという行事が行われている。しめこみ姿の男たちが、赤々と燃える松明を掲げ、山を駆けおりるという勇壮な祭りである。まあ勇壮というより、むちゃくちゃというほうが近い。昨今はだいぶおとなしくなったらしいが、亜希子が子供のころ、父親は毎年のように血ダルマになって帰ってきた。燃える松明は武器にもなりうるわけで、港町の男たちは気が荒いわけで、武器を持ってると振ってみたくなったりするわけで……それでつい血ダルマになってしまったりするわけである。母親はそんな父親を見て卒倒しそうになっていたが、亜希子は「わたしも早う祭りに参加したい」と思っていた。祭りの夜は血が騒いで、明け方近くまで眠れなかったほどである。しかしながら、いざ大きくなってみれば、火祭りは女人禁制なのだった。つまらないと思う。本当につまらない。夏目もどうやら、血の気が多いようである。笑いながら睨み合った。狙いはネクタイだ。あれを取れば、相手は自由がきかなくなる。あるいは太股に蹴りをぶちこむか。ただ、それは一回やってしまっている。向こうも警戒してくるだろう。となれば、やはりネクタイだろう。

「お待たせしました」

いきなり場の雰囲気が崩れた。甲高い声をあげ、ナースステーションに飛び込んできたのは、夜食を買いだしにいっていた新人看護師、金子《かねこ》まなみであった。看護学校を出たばかりの二十三歳、ピンクのマシュマロとミッフィーが大好きという女である。

「あ、先輩、戎崎君ってまた抜けだしてませんか？」

「裕一？　なんで？」

「旧二十三号ですれ違った車の助手席に、似た子が乗っとったんですよ。見間違いですかね。女の人が運転しとったし。あの子、年上と遊べるタイプやないですもんね。もたもたしてるっていうか」

悪い予感がする。

車？

女？

自らの弁当を机に放り投げ、亜希子は尋ねた。

「車はなんやった？」

なぜ乗ってしまったのかよくわからない。なぜ乗れと言われたのかもよくわからない。とにかく、僕は今、美沙子さんが運転する自動車の助手席におさまっていた。まだ新車らしく、新しい匂いが車内に満ちている。亜希子さんの車と違って、やけに柔らかい乗り心地だった。

深夜のドライブというのは、不思議な感じだった。

異次元を滑っているかのようだ。

「病院、抜けだしていいの？」

甘い声。

甘い匂い。

「駄目です」

笑いながら答える。

ふふ、と美沙子さんが笑みを返してきた。体の芯がくすぐったくなるような笑い方だった。思わず座席で身を竦めてしまう。

今日の彼女も、実に大胆な服を着ていた。オリーブグリーンのタートルネックなのだけれど、体のラインがくっきりと出るタイプで、肩の下辺り……つまり胸の形がはっきりとわかった。思っていたよりもさらに豊かで、それに反してウエストはほっそりとしており、直視するのがためらわれる。肩までの髪はきれいにカットしてあって、彼女がなにか話したり首を傾げたりするたび、挑発するように毛先が揺れる。僕は息を呑み、うつむいた。

「亜希子に怒られる？」

「めっちゃ怒られます」

「怖いよね、亜希子」

「はい」

「わたし、三回くらい叩かれたことあるもの」

「本当ですか？」

「しかも本気で。体が吹っ飛んだし」

亜希子さん、女も殴るんだ。

「捕まったら、ふたりとも怒られるね」

「はい」

想像し、恐怖に怯えながら、ひたすら頷く。

美沙子さんが僕のほうを見て、悪戯っぽく笑った。

「逃げちゃおうか？」

ふっくらしたピンクの唇が、そういう言葉を形作る。直後、車が左折した。病院に向かう道からは外れる。病院に送っていってあげると言われて車に乗ったはずなのに。

慌てていると、美沙子さんが、今度は声を出して笑った。

「冗談よ」

「はい」

「ちょっと家に寄っていくだけだから」

「家ですか」

「うん。ちょっとだけね」

18

「なんだよ。どこ行くんだよ」

　夏目の問いに答えず、亜希子はさしてスピードを落とさないまま信号を右折した。必然的に後輪が滑り、アスファルトに見事なブラックマークが残った。信号は赤く点滅していたが、ちゃんと確認したので大丈夫だ。少なくとも谷崎亜希子の基準においては問題ない。

「友達のところ」

「おまえのか？」

「うん」

　今度は左折。細い脇道に入り込む。いきなりの侵入に驚いた猫が、道路を慌てて横切っていった。さすがにこの辺りは危ない。飛びだしてきたら避けられない。スピードを落としつつ、くねくね曲がる道を進む。

「プジョーなんやわ」

「話が見えないんだが」

「裕一が乗っとったって車のこと。友達が買ったんさ、最近。プジョーなんて、この辺りやと珍しいやん」

「そういうことか。戎崎もやるな。年上のお姉ちゃんかよ。年、おまえと一緒か」

「幼馴染みだから」

「たまらないよな。十七のガキにとっては」

　五秒ほどあいだを置いてから、夏目は言葉を続けた。

「里香は怒るだろうけどな」

「やろな」

外宮を右に見ながら、緩い坂道を上ってゆく。皇室の祖を祭る内宮と違い、外宮は食物を生みだす神が主である。豊受大御神《とようけのおおみかみ》。死んだ体から五穀、ええと、米と麦と稗《ひえ》と粟と……あとはなんだったか、とにかく、そういうのが生えてきたのだそうだ。神話というのは、まったくおかしなものだ。

「東京から帰ってきたばっかなんさ」

「うん？」

「その子」

「なるほど。おまえさ、話に脈絡がないとか言われないか。いきなり切りだされてもわけがわからないんだが」

「モデルとかしとったんさ」

「すごいじゃないか」

「たいしたことなかったらしいけどな。まだまだ駆けだしでさ。雑誌の広告に載っとんの一回だけ見たことあるわ。腰に手を添えて、上半身捻ってさ。見とるこっちが恥ずかしなるような色っぽいポーズやった。きれいやったよ。昔から、そういうのが好きな子やったな。わたしらの学校やと、東京へ行く女って少ないんさ。だいたい名古屋か大阪でさ。あの子は最初から東京に行きたかったみたい。馬鹿みたいやろ。都会に憧れる田舎女なんて」

思わず毒が混じる。

まったくの他人だけあって、夏目の声は穏やかだった。

「でもさ、そんなもんだろ。俺も同じだったし」

「あんたもか」

「大学ってのは言いわけみたいなもんで、どこか遠くまで行ってみたかったんだよ。そのどこかってのが、外国とかじゃなくて、東京ってのが今になってみると情けないんだけどさ。もっともっと遠くに行けるのに、なんでそんな近いところを選んじまうんだろうな」

一瞬だけ夏目の顔を見る。

無表情だった。

この男にもなにか抱え込んでるものがあるのかもしれない。

「ふらふらした女なんやけどさ、こっちに帰ってきてから、前より危なっかしいんやよね」

家だというから普通の一軒家だと思っていたら、車が停まったのは洒落たアパートだった。マンションと呼ぶほどではないけれど、きれいで新しい。

「行こう」

そう言って、美沙子さんは車から降りた。

「はい」

頷いて、僕も車から降りた。

急に自分の足で立ったせいか、少し頭がくらくらした。自分が今、なにをしてるのかうまく認識できない。こんな時間に、どうして僕は美沙子さんと一緒にいるのだろう。なにをしているのだろう。

空を見上げたけれど、やはり月はなかった。

「裕一君」

「あ、はい」

「こっち」

二階の端。角部屋。二〇五号。ドアの脇にあるスリットにカードを差し込むと、鍵が開いた。最新のカード式なの、と得意気に美沙子さんが言った。こんな深夜、女の人の部屋へ入るということに、なぜか僕は違和感を持たなかった。麻痺していた。なにも考えなかった。導かれるまま進んだ。

部屋の中はこざっぱりしていたけれど、里香の病室に比べると、いろんなものが溢れていた。真っ白な棚にソニーのミニコンポと液晶テレビが乗っており、十枚くらいのCDが並べられている。どれも最近流行った曲ばかりだった。壁には何枚か映画のポスターが貼ってあった。カーテンはピンクと白のボーダーで、部屋は全体的にその二色で色調が統一されている。僕の部屋とはまったく違う。女の人の部屋という感じだった。

座って、と美沙子さんが言った。

見まわしてみたけれど、椅子はなかった。六畳かそこらのワンルームだから、椅子なんて、いくつも置けるわけがない。

しかたないので床に座り、ベッドにもたれかかった。

「なにか飲む？」

「あ、いえ、別に」

「コーラでいい？」

「はい」

やがて美佐子さんが戻ってきた。グラスではなく、カップを持っている。『Afternoon tea』というロゴが入っていた。ちょっとお洒落な感じがする琺瑯《ほうろう》のカップだ。

「まだ引っ越してきたばかりだから食器がそろってないの。ごめんね」

「いや……」

「はい、どうぞ」

渡される。

受け取った直後、当たり前のように、美沙子さんがすぐ隣に座った。

ものすごくいい匂いがした。

「裕一君、進学するんだよね」

「いちおう」

「東京?」

「いや、まだわからへんですけど、たぶん」

「わたしも東京にいたんだよ」

肩が触れた。

心が揺らいだ。

里香のことを、ほんの一瞬だけ思いだした。

「その子、どうしてこっちに帰ってきたんだよ」

「お父さんが病気でさ。一人娘やったから、そんでね」

「なるほどな」

「子供が親の面倒を見るのは、この辺やと、当たり前なんさ」

対向車がハイビームのまま通りすぎていった。目の奥に光が射し込んできて、残像がちらちらする。すれ違うときは光を落とせって。もし急いでなければ追いかけまわしてハイビーム攻撃を浴びせまくってやるのに。ああ、どうしてこんなに苛々するんだろう。

「本人は帰ってきたくなかったらしいんやけどな」

「ふむ」

「まあ、そういうさ、よくある話」

「確かによくあるな」

ぎゅーとら、というスーパーの前を通りすぎる。看板には、笑う虎の絵。この絵がまた、やけにコミカルだ。伊勢みたいな田舎町でも、最近は深夜営業の店がだいぶ増えた。ちょっと前はコンビニさえもなかったのに。

「下らない話やったね」

「世の中ってのは下らないもんだけどな」

「そやね」

美沙子は今も、都会にいたころの雰囲気を手放していない。前から好きな女じゃなかったけど、今は一緒にいると腹が立ってくる。どこかに未練を残し、諦めを漂わせ、この町を恨み、そして状況を打開できない自分を蔑んでいる。下らないと思う。まったく下らない。生きていれば、是非もなしという状況に陥ることが一度や二度はあるのだ。そうなったら心を決めるしかない。できない奴は馬鹿だ。けれど、そういう馬鹿が多いのも事実だった。高二のとき、クラスメートだった柿崎冴子《かきざきさえこ》。美容師になるため大阪に出て、二年で帰ってきた。体質的に薬品を扱えなかったのだ。大阪に戻りたいといつも言っている。戻りたければ戻ればいいのに。いつだったか酔っぱらったときに「そんなに戻りたいなら戻んな」と言ってやったら、「いろいろあったのよ」なんて哀愁たっぷりに返された。あれは絶対に演技が入ってた。そういうことを言う自分に酔ってた。はっきりわかったから、呆れて萎えて、なにか言う気さえ失った。あと部活で一緒だった沢口有理《さわぐちゆり》。東京に三年住んでから帰ってきた。今でも喋っていると、渋谷とか青山とか六本木が出てくる。道玄坂を歩いてたらね、渋谷の映画館でね、六本木のバーで飲んでたらね、青山に感じのいいカフェがあってね——。渋谷だの六本木だの青山だのが偉いのか。そういう場所にいた自分が格好いいと思っているのか。冗談じゃない。ああ、もう、まったく下らない。自分は伊勢だって悪くないと思ってる。田舎だけどさ。いいじゃないか、田舎で。わたしはここが好きだし、都会にも行ってみたいとは思うけど、天秤にかけたら、こっちに傾くんだよ。是非もなし。そういうこと。

「——だろうな?」

「え?　なに?」

頭が熱くなっていたせいで、夏目の声がちゃんと耳に入ってこなかった。

夏目は車窓の向こうを見つめていた。

「なんであいつが……戎崎がいるんだろうな?」

「なんでって?　どういうことなん?」

「知ってるんだよ、ああいう奴をさ。よく知ってんだ。馬鹿で、阿呆で、女の尻ばっかり追いかけてさ。なんにも見えてなくて。見えてないことに気づいてるつもりのくせに、実は全然気づいてないのさ」

「子供やで。しょうがないやん」

そういう類のことは、自分にもたっぷりとあったからよくわかる。なにもかも見えてる子供なんて、かえって気持ち悪いし。

夏目は窓の外に顔を向けたままだった。

「そうだよな。子供なんだよな」

車内に射し込んできた対向車のライトのせいで、夏目の顔が窓ガラスに映った。本当に一瞬だったので、どういう表情をしているのかはわからなかったけど。

「どうしたん?」

「いや、なんでもないんだ」

声が少しかすれていた。

「たいしたことじゃないんだ」

「そう」

「ほら、飛ばせよ」

「わかっとる」

心のどこかに妙なものがつっかえたような感じだったけど、かといってそれを問いただす気にもなれず、亜希子はアクセルを深く踏み込んだ。生きていれば、いろんなものを拾う。拾いたくないものも拾う。そういうものだ。是非もなし。

慰めてほしかったんだと思う。誰でもよかったんだ。夏目でも、亜希子さんでも、他の誰かでも。優しい言葉に飢えていた。心が折れそうだった。だから。そう。誰でもよかったんだ。慰めてほしかっただけだったんだ。自分が誘ったのではないと思う。そういう根性も甲斐性もテクニックも持っていない。しかし美沙子さんに誘われた覚えもなかった。自然だったとしか言いようがない。けれど、それが言いわけでしかないことも承知していた。

気がつくと、僕はベッドの上に寝転がっていた。右横に美沙子さんの温かい体があった。彼女の唇が、僕の頬を撫でるように下りてゆく。体の芯が痺れる。もう抵抗する気もなく、ただされるがままになっている。やめたい。でもやめられない。快感に震える自分の浅ましさが、馬鹿みたいに弾んでる心臓が、やけに哀しい。美沙子さんが髪を撫でてきた。そして耳元に唇を寄せる。温かい吐息になにもわからなくなった。

それにしても、いつ上着とシャツを脱いだんだろう。

まったく覚えがない。

美沙子さんはオリーブグリーンのタートルネックをいつ脱いだんだろう。

まったく覚えがない。

彼女が脱いだんだろうか、僕が脱がせたんだろうか。

薄い青色のブラジャーを、美沙子さんは身につけていた。カップの上半分がレースになっていて、小さな花の模様がついている。右と左に五つずつ、全部で十個の花。白い肌に、その模様がよく映えた。右の肩紐がズレて、肘の辺りにぶらんと垂れている。彼女は僕の肌を撫でた。

胸を、腹を。他の部分を。増幅された快感に促され、彼女を抱きしめた。ああ、と彼女の口から甘い声が漏れた。今や衝動が僕を支配していた。なにも考えてはいなかった。なのに体が動いた。本能だ。僕はオモチャの人形を思い浮かべた。スイッチを押すと必ず動きはじめる人形。僕も同じだった。どこかわからないけれど、とにかくスイッチがあって、押すと自動的に動く人形だった。

そしてスイッチが押された。

美沙子さんの細い腰に手をまわし、そのまま体の上下を入れ替える。小さなベッドから落ちそうになりながら、僕は彼女を見下ろした。美沙子さんは楽しそうに、けれど寂しそうに、笑っていた。

「裕一君、つまらないことばかりだね。でも、しかたがないよね」

美沙子さんは喋りながら、僕の背中を撫でまわしている。彼女の、ほっそりした首筋が、視界に入ってくる。僕は自然と、そこに口をつけていた。やだ、と美沙子さんが言う。誘うように言う。僕は誘いに乗った。左側の肩紐をずらし、彼女の背中に手をまわして、ブラジャーのホックを外した。鎖骨のラインをなぞり、かつての肩紐のラインをなぞる。美沙子さんの声が徐々に大きくなった。僕の中のなにかが刺激された。

「本当、つまんないよね、伊勢って」

荒い息をしつつ、美沙子さんが言った。

「わたし、ここ、大嫌いだった」

彼女の手は、いつか僕のベルトを外していた。ズボンのボタンも。続いてチャックを下ろし、それから――。

「まだ温かい」

谷崎亜希子はプジョーのボンネットに手を置き、そう言った。そして見上げると、二階の端の部屋に明かりがついていた。間違いない。直感した。

「なあ、谷崎」

歩きだそうとしたら、夏目が話しかけてきた。

「行くのか」

「うん」

「なんでだよ」

問われてみれば、確かに不思議だった。これは男と女の問題だ。自分がかまうことじゃない。自分は美沙子の行動を邪魔したいだけなのかも……いや、違う。裕一が、そして里香が絡んでるからだ。確かにお節介だろう。無意味で無駄かもしれない。だけど放っておけない。

「行くよ」

「わかった」

納得したのか、してないのか、夏目もついてきた。それにしても、なんだろう。夏目の奴。さっきから、うじうじしやがって。小さなアパートなので、すぐ部屋の前に着いた。ドアの脇にあるチャイムを押した。鳴った。中で誰かが動いた気配がした。また鳴らした。

なんの音なのか、最初はわからなかった。夢中になっていたからだ。快感に震えていたからだ。最初に醒めたのは美沙子さんのほうだった。顔を上げ、ドアのほうを面倒臭そうに見つめている。それで気づいた。チャイムが鳴っているんだ。しつこく鳴りつづけたあと、今度は荒っぽくドアが叩かれた。美沙子、と声が聞こえる。亜希子さんの声だった。僕はびっくりして起きあがった。逆に美沙子さんがベッドに倒れ込む。彼女はシーツに顔を埋め、くすくす笑っていた。

「ばれちゃった」

「なんで亜希子さんが」

「勘がいいんだよね、亜希子って。ねえ、どうしようか」

甘えるような声で尋ねられた。

意味がわからなかった。

「え？　どうするって？」

「このまま続ける？」

「でも……」

「鍵がかかってるから入ってこれないよ。亜希子だと、そのうちドアを蹴破るかもしれないけど、そのあいだにしちゃおうか。だって、まだ始めたばかりだし」

甘ったるい声。

大人の女の声。

急速に視界が歪む。いろいろなものが目に入ってきた。くしゃくしゃになったシーツ、ベッドの脇に落ちた服や下着、掛け布団は足元で盛りあがっており、音が消されたテレビでは生真面目なニュースキャスターがぱくぱくと口を動かしていた。

ようやく醒めた——。

僕はもう、ほとんど裸だった。身につけているものはたった一枚だけだ。美沙子さんのほうも同じようなものだった。なにをしてるのだろう、僕は。ここはどこなんだ。僕の表情で終わりを悟ったのか、ため息をついたあと、美沙子さんがベッドから下りた。そこら辺に落ちていた下着やら服やらを手早く身につけると玄関に向かう。僕と違って、美沙子さんはずっと醒めていたんだと悟った。我を忘れていたのは僕だけだったんだ。

今の僕は、なにもできず、考えられず、ベッドに座ったままだった。

「裕一、おるんやろ?」

ドアが開いたらしく、はっきりとした声が聞こえてきた。

そのあと、大きな足音。近づいてくる。もうすぐそこだ。でも見られない。動けない。亜希子さんが来る。怒り狂ってる。

いきなり張り飛ばされた。

ものすごい衝撃がこめかみの辺りに来て、そのまま壁に叩きつけられ、体が回転し、亜希子さんの姿が目に入ってきた。返す手で、また張り飛ばされた。生まれて初めての往復ビンタ。そして蹴られた。髪を引っ張られた。

「このクソガキ」

ベッドから引きずり落とされ、肩と顔を思いっきり打った。視界が真っ白になって、頭の中心で衝撃が響いた。さらに一回、肩を蹴られたた。それで腹の虫がおさまったのか、亜希子さんが、こいつを車につれてきなと誰かに命じた。

誰かの手が僕の肩を掴んだ。

「戎崎、帰るぞ」

え？　なんで夏目がいるんだ？

「ほら、立てよ」

立ちあがると、すべての光景が目に入ってきた。

狭いワンルームに、僕と美沙子さんと亜希子さんと夏目がいた。ひどく惨めで情けない光景だった。亜希子さんは怒り狂い、夏目は無表情で、そして美沙子さんは大声で笑っていた。亜希子さんが美沙子さんを殴った。それでも美沙子さんは笑いつづけた。美沙子さんの泣き声みたいな笑い声を聞きながら、僕はシャツをかぶり、ズボンをはいた。夏目に腕を掴まれ、部屋を出た。背後で誰かが誰かを罵る声が聞こえた。この馬鹿女、ガキで遊ぶな。

外階段を下りると、すぐそこに亜希子さんの車がとまっていた。

「後ろに乗れ」

夏目に命じられるまま、後部座席に乗り込む。薄暗い場所の中、僕はなにが起きたのか、はっきり悟った。いや思い知らされた。ヒッ――。声が漏れた。頭を抱えて呻いた。僕は下らない男だ。屑だ。里香が苦しんでいる今、こんなことをしているなんて。もし亜希子さんたちが来なかったら、僕は最後まで続けていただろう。間違いない。僕は里香を裏切ろうとしたのだ。いや裏切ったのだ。世界よりも自分よりも大事だと思いながら、あっさりと欲望に負けてしまったのだ。里香。銀河鉄道の夜。日溜まりの中。すべての幸を感じた瞬間。人差し指を掴んだ手。幼い子供のような瞳。今はそのすべてが遠い。届かない。僕は最低だ。屑だ。亜希子さんに殴られて当然だ。ヒッヒッという声が喉から漏れつづける。もう抑えられなかった。闇の中、溢れてくる涙を袖でごしごし拭くうことしかできなかった。ごめん、里香。呟いた瞬間、胸が熱くなった。恐ろしく偽善的な言葉ではないか。自分自身を許すためだけの謝罪。この期に及んでも、僕は僕を救おうとしている。いったいどこまで落ちればいいんだろう。どこまで落ちれば底があるんだろう。

20

喋んなよ、クソガキ。帰りの車内で、亜希子さんに言われた。絶対、里香には悟られるんじゃないよ。僕は無言のまま頷いた。

「おるんや、けっこう。自分に言いわけしたくて、なんもかも喋ってしまう奴が。女にとったら迷惑なんやわ。騙すんなら、最後まできっちり騙しな」

亜希子さんは静かに怒り狂っていた。

「知ったところでどうにもならんし、傷つくだけや。今の里香にとって、なんもいいことあらへん。むかつくけど、あんたは黙っとき。絶対、言うたらあかんよ」

「はい」

僕は何度も頷いた。

「はい」

本当は殴られたかった。

そのほうがましだった。

けれど世の中は実に強固なもので、あんなことがあった翌日も、当たり前のように太陽がのぼり、当たり前のように朝がやってきた。いつもどおりの風景。五時前には起きているお爺ちゃんとお婆ちゃんの雑談、まったくおいしくない食事、検温、診察、点滴——。なにもかもが寸分の狂いもなく同じだった。美沙子さんのぬくもりも、十個の花も、湿った吐息も、この世界を変えはしなかった。

現実とは、こういうものだ。

つまらなくて。

当たり前で。

変わらなくて。

ただただ退屈に強固に繰り返される。

朝の光をぼんやり見つめながら、僕は自らの世界を取り戻そうと足掻いた。里香と一緒にいたときの気持ちを思いだそうとした。なにもかもうまくいくって思えたんだ。どこまでもどこまでも歩いていけるって。里香と一緒ならできるって感じたんだ。

けれど今は無理だった。

すべては僕の手から滑り落ちてしまっていた。

自らの馬鹿な行いで、愚かな迷走で、それは失われてしまったのだった。床を這いずりまわって掻き集めても、かつて持っていたものの百分の一も拾いあげることはできなかった。僕はシーツに顔を埋め、呻いた。なあ、誰か助けてくれよ。誰でもいいよ。夏目でも、亜希子さんでも、神様でも、なんでもいいよ。

どうしてこんなことになるんだよ。

ふらふらと、僕は病室を出た。もうすっかり馴染んでしまった病院の風景の中を、まるで幽霊のように進んでいく。ふと気づくと、僕は東病棟に向かっていた。無意識のうちに里香の病室に行こうとしていた。目の端が熱くなり、同時に僕はきびすを返した。僕には彼女に会う資格も権利もなかった。どうしていいかわからず、ただぐるぐると歩きまわり、やがて屋上にたどりついていた。

「おう、戎崎か」

屋上には、なぜか夏目がいた。

「どうしたんだ」

「いや、別に。散歩です」

「そうか」

夏目は錆びた手すりにもたれかかり、変なことをやっていた。目の粗い生地に、細い糸で刺繍をしているのだ。妙な道具を使っていた。小さな釣り針みたいなものを、ふたつのピンセットで器用に操っている。

「まあ、座れよ」

「はい」

言われるまま、隣に腰かける。

「昨日は大変だったな」

「はい……」

「おまえがなにをどうしようが勝手だけどな、谷崎の言ったことだけは守れ。里香には悟られるな。絶対、体に影響が出る。なにがあっても騙せ。それがおまえの責務だ」

責務。

滅多に聞かない言葉だけれど、だからこそ伝わってくるものがあった。

僕は頷いた。

「わかってます」

情けない辛い苦しい。

「嘘つけ」

睨まれた。

「わかってねえくせに」

そのとおりだ。

「おまえなんて虫みたいなもんだからな。小さな頭でせいぜい考えろ」

まったく反論できないのが悔しい。それにしても、夏目はなにをやっているのだろう。喋ってるあいだも、ずっと手を動かしつづけている。よほど慣れているのか、見事なものだった。機械のように正確なリズムで、針が出てきたり、引っ込んだりする。そしてそのあとに、きれいなラインができあがっていた。

「なにをやってるんですか」

「訓練だ」

「え？　訓練って？」

「刺繍じゃねえぞ。手術のだよ。こうやって指が動くようにしておかないと、すぐに錆びついちまうんだ」

針は、手術用の針だった。

糸は、手術用の糸だった。

僕はようやく気づいた。近づきつつある里香の手術のために、こうして訓練をしてるんだ。

里香を助けるためなんだ。

一瞬だけ、夏目が僕の顔を見た。

「里香な、手術を受けるんだと。この前の発作がきつかったから、延期も検討したんだ。体が負担に耐えられるかどうかわからなくなっちまったからさ。ただ延期したらしたで、今度はもっと大きな発作のリスクがある。手術を強行するのがいいのか、延期するのがいいのか、俺たち専門家でも判断できないくらい微妙なんだ。だから里香のお母さんに預けたんだよ。どうするか決めてくれってな。そうしたらお母さん、里香に聞くんだ。あんたはどうしたいって。里香、やるって言ったよ。生きたいから、やるって。長いつきあいなんだ。昔からああいう性格で、強がりで、本音はまったく言わなくてさ。本当に強情な子だったよ。俺もずいぶん泣かされたもんだ。それだけ長いつきあいなんだが、実のところ、初めて聞いたよ。あの子が生きたいなんて言うのは」

そしてまた、一瞬だけ僕の顔を見た。夏目が視線を外すと同時に、僕はうつむいた。生きたい。里香はそう言ったのだ。人が生きたいと思うのは当たり前のことだけれど、里香が口にしたという事実は、僕の胸を否応なしに締めつけた。あの瞳が、あの唇が、あの声が、言ったのだ。生きたいと。

機械のように動きつづけている夏目の手を、僕は見た。こいつだけが里香を救える。その手だけが里香の心臓を蘇らせることができる。僕は夏目が大嫌いだった。理屈とかではなく、とにかく顔を見るだけで腹が立ってくるのだ。けれど今、僕は大嫌いな奴の前に這いつくばりたかった。そして懇願したかった。

里香を助けてくださいお願いします里香の命を救ってくださいお願いしますお願いしますお願いします――。

声が嗄れるまで叫びたかった。

もちろん、できなかった。

膝を抱え、うつむいたまま。

なぜできないのか、自分でもよくわからなかった。夏目に対するライバル心ゆえかもしれないし、みっともないことをする覚悟が足りないのかもしれないし、意気地がないだけなのかもしれない。

おい、と言って、夏目が手を伸ばしてきた。

「いいカメラじゃないか」

始終持ち歩くことが習慣になっていたので、ほとんど無意識のうち、カメラを持ってきてしまっていた。

「ニコンか」

「はい」

「おい？　なんだ？」

夏目が顔をしかめる。

「フィルムが巻けないぞ？」

「そんなことないですよ。ちょっと貸してください。あれ――」

確かに巻けなかった。

途中までレバーが動くのだけれど、もう少しで巻ききれるというところで、なにかに引っかかる。

「変やな。どうしたんやろ」

ひどく焦った。

僕の手元を覗き込んでいた夏目が、

「おまえ、ちゃんとフィルムを入れたか？」

と尋ねてきた。

「入れましたよ」

「嘘つけ。いい加減にやっただろう。最初の巻き込みが足らないと、フィルムが斜めになって、こんなふうに噛んじまうんだよ」

覚えがあった。やかましいわ、このクソ親父。自分の言葉が蘇ってくる。指図されるのが嫌で、さっさと蓋を閉じた。ギザギザの歯車を二回くらいしかまわさなかった。ああ、やってしまった。里香の写真がおさまったフィルム。イーだの顔。拗ねた顔。照れた顔。校門の前での記念写真。一緒の正座。

もうフィルムは巻けない。写真は撮れない。里香の期待に応えられない。どうしていつも、こうなんだ。失敗ばかりなんだ。自分の馬鹿さ加減に頭が熱くなる。目の端が熱くなる。夏目が顔を覗き込んできたけれど、まるで反応できない。夏目がなにか言いかける。やめてくれ。なにも言わないでくれ。慰めの言葉も、馬鹿にする言葉も、どちらも耐えられない。

そして救われた。

「裕一君」

風に乗って、そんな声が聞こえてきたのだ。

どうにか顔を上げると、屋上の鉄扉を必死になって押さえている看護師さんの姿が目に入ってきた。

手招きされる。

「お客さんよ」

21

お客さんという言い方に違和感を覚えた。みゆきの姿を見た瞬間。たいそうな相手ではない。ただの幼馴染み。近所の友達。

「みゆき、なんや？」

ぼんやりしたまま、そう言った。

一階のロビー。周囲には、外来患者が溢れていた。なにしろ病院という奴は、ひたすら待ち時間が長く、誰も彼もが不機嫌そうに押し黙っている。そんなロビーの隅で、僕はみゆきと向かい合っていた。

「うるさいね、ここ」

みゆきは落ち着かない様子で辺りを見まわした。

「そやな」

言いつつも、意識はカメラにのみ向かっている。どうすればいいんだろう。直せるんだろうか。馬鹿野郎。馬鹿裕一。おまえみたいな間抜けはくたばれ。そんなことしか頭に浮かばない。そしてカメラを見つめつづけるばかり。対処法はさっぱりわからなかった。せめてフィルムだけでも取りだし、現像できないだろうか。

「裕ちゃん」

「あ、ああ」

「どうしたん」

「なにが」

「さっきから呼んどったんよ。聞こえてなかったん」

「あ、うん。ごめん」

みゆきの顔はこわばっていた。怒っているし、戸惑っている。どうすればいいのか迷っていると、近くを通っていった老人が、僕とみゆきを微笑ましそうに見つめ、去っていった。痴話喧嘩でもしていると思ったのかもしれない。

「裕ちゃん、大丈夫？」

尋ねられた。言葉の意味がよくわからない。自分はただの肝炎だ。放っておいても治る病気。とりあえず必要なのは静養。しっかりした栄養補給。食べて寝て。また食べて寝て。それだけで治ってしまう。命の危険はまったくない。風邪に毛が生えた程度。盲腸以下の病気。大丈夫に決まっているではないか。

「うん」

だから頷く。

みゆきはしかし、憐れむような目で、顔を覗き込んできた。

「裕ちゃん、変な顔しとるんよ」

それは……惨めだからだ。

惨めな思いなんて、いくらでもしたことがある。それこそ数限りない。まともに思いだしたら、顔が三日三晩、真っ赤になるだろう。そう、珍しくもなんともない。あれはもう、十年以上前だった。はっきりとは覚えてないけれど、自動販売機の一番上のボタンが押せないくらい背が低かったころだ。自動販売機は寿司屋の前にあって、なんでそんなところにいたかといえば、酔っぱらった父親の迎えだった。

父親は茹で蛸みたいに真っ赤で、上機嫌だった。

「裕一、なんか飲むか」

ろれつのまわらない口で、そう言った。

もちろん頷いた。

夏で。

暑くて。

喉が渇いていた。

「よし、俺のおごりや」

父親はそう言うと、ふらふらしながら、ポケットから百円玉と十円玉を取りだした。あのころ、消費税はまだ、三パーセントだったんだ。缶ジュースは百十円だった。ちゃりん。十円玉をスロットに入れた。ちゃりん。百円玉を地面に落とした。地面を転がり、円を描きつつ、自動販売機の下へ向かった。慌てて押さえつけ、拾った。酔っぱらってお金を入れられない父親が滑稽に思えた。

「僕、コーラがいい」

そう言いながら、百円玉を自分で入れた。一番上のボタンに手が届かなかったので、父親が押してくれた。コーラの隣はドクターペッパーで、そちらを父親が押すんじゃないかと心配だったけれど、ちゃんとしたボタンを押してくれた。コーラの缶が受け取り口に落ちた。途端、ピピピと電子音が鳴りだした。それで気づいた。当たりつきの自動販売機だったのだ。見ると自動販売機の真ん中に野球場の絵があり、マウンドからホームベースに向かって、赤い光が走っていた。バッターボックスにボタンがひとつ。どうやら光がボールで、ボタンがバットを振ることを意味するらしい。

「ボタンや、ボタン」

飛び跳ねて叫んだ。光はゆっくりとホームベースに向かっている。だいたい一秒で一センチくらいか。マウンドからホームベースまでは五センチなので、およそ五秒の勝負。大丈夫、こんなゆっくりのボールなんて簡単に当てられる。

「そういう仕組みか」

阪神タイガースのファンだった父親も、すぐゲームの意味を悟ったらしく、ボタンに人差し指を置いた。さあ、いよいよ勝負だ。赤い光が迫ってくる。実に遅いボールだった。楽勝だろう。ホームランになったら、もう一本貰える。

よし！　今だ！

けれどボールはキャッチャーミットに吸いこまれ、父親はそれからボタンを押した。完全にタイミングが外れていた。あんな遅いボールを打てなかった。酔っぱらっていたから。立っているのさえ危なっかしいくらい、ふらふらだから。

「ああ？　おかしいぞ？」

壊れてるんじゃないのか。ボロい機械置きやがって。父親が不満の声を漏らす。それに怯えたわけではないのだろうけれど、ふたたびマウンドから赤い光が飛びだし、ホームベースに向かって動きだした。見れば、野球場の上にストライクという文字があり、ランプが三つ並んでいた。ひとつ、赤い光が灯っている。なるほど。三回勝負というわけだ。あと二回、チャンスがある。よし任せておけと言いながら、父親が光を睨んだ。馬鹿みたいに顔を近づけている。酒臭い。ふらついた。また睨んだ。光が近づいてくる。振った。早かった。少ししてから、キャッチャーミットにおさまってからボタンを押したのだ。ピー。これも結局、見事にしくじった。キャッチャーミットにおさまってからボタンを押したのだ。

ピー、ピー、ピー。僕はそばで立ちつくしていた。あんな遅い光さえ捉えられない父親のことが哀しかった。そんな男の息子であることが哀しかった。父親がこれ難しいなと酒臭い息で照れたように言うのが哀しかった。

帰り道、コーラを飲みながら歩いた。

胸が苦しくて飲みきれなかった。

あのころはまだ、ひとりでコーラを全部飲めなかったんだ。

なにも言えないでいると、

みゆきが紙袋を差しだしてきた。

「これ――」

三交百貨店の紙袋だった。

なんにも考えず、ぼんやりしたまま受け取る。父親と一緒に夜道を歩いたときの胸の熱さを、夜の甘い匂いを、どこかに感じながら。

袋は軽かった。

「あの子にあげて」

「え？」

「渡してあげて」

里香のことだろう。それでようやく現実に戻り、袋の中を覗き込んだ。紺と白がまず、目に入ってきた。

「制服なんよ」

「あげてしもうていいんか？」

「どうせお姉ちゃんのお古やから。予備で持っとったけど、ほとんど使わんし。あの子のサイズにぴったりやったしね」

そういう約束でもしたのだろうか。学校に行ったとき、三十分くらい里香とみゆきとは離ればなれになっていた。そのあいだに、ふたりのあいだで、どういうやりとりがあったのだろう。里香のことだから、簡単に仲良くなるなんてことはないはずだ。むしろみゆきを怒らせてしまった可能性のほうが高い。なのに、なぜ。

「里香が欲しいって言うたん？」

「ううん」

「じゃあ、なんで？」

みゆきは答えず、顔を伏せた。そのとき、彼女が見せた表情で悟った。知っているのだ、みゆきは。里香の命が長くないと。里香に聞いたのかもしれないし、他の誰かに教えてもらったのかもしれない。なんとなく悟ったのかもしれない。なにかみゆきに言うべきだとは思ったけれど、なにを言いたいのかよくわからなかった。

僕たちは無言のまま、里香の命という現実をあいだに挟み、ただ立ちつくしていた。僕と同様に、みゆきもまた無力だった。

22

一分だけだよ。同じことを亜希子さんは言った。毎日毎日、繰り返した。ただ、どうやら主治医の夏目も知っているらしく、一度病室に入ろうとしたところを通りかかったけれど、急に用事があるような振りをして去っていった。実にわざとらしかった。

その、一分だけの面会で、里香に制服を渡した。

「え？　いいの？」

ベッドの中、里香は目を丸くした。

もちろん僕は笑った。

「元々お姉さんので、使ってなかったんやってさ」

「でも……」

「貰っときない。返すの悪いしさ。それとも、いらんのか」

大きなベッドの中に埋もれた里香は、前よりもさらに小さく見えた。まるで五歳とか六歳の子供みたいだった。僕には彼女がどんどん幼くなっているように思えた。痛みが、苦しみが、里香のなにかを削っているのかもしれない。幼なすぎる微笑みを見るたび、僕は泣きそうになった。だからこそ僕は笑った。つまらない冗談を連発した。里香は「裕一の馬鹿」とか「もう、つまんない」と顔をしかめた。僕はもっとひどいことを言ってほしかった。強気な彼女が戻ってきてほしかった。

　布団に潜り込んだ里香は、上目遣いで僕を見ながら、

「欲しいけど」

　と小さな声で言った。

　紙袋をベッドに置き、中から制服を取りだす。ちゃんと夏服と冬服の両方が入っていた。僕は白い夏服を、肩の高さで広げ、里香に見せた。

「こっちは着てへんのやんな」

「うん」

「元気になったら、着てみろよ」

　里香の目が細くなる。

「なんで変な顔しとんのさ」

「裕一のエッチ」

「なんで？」

「そういう顔をしてるんだもん」

「違うって。そんなわけないやん」

　いや、まあ、ちょっとは想像したけどさ。袖から伸びる細い腕とか、スカートから覗く足とか、風に揺れるスカートとか。だけど、そんな不健全な妄想じゃなかった……と思う。

「ふうん」

　もちろん里香はまったく信じていないらしく、まだ細い目で僕を見ていた。そんな彼女の様子に、僕は少し嬉しくなった。以前の里香みたいだったからだ。優しい里香も悪くはない。最

高だ。だけど今は怒ってほしいんだ。でないと、本当に終わりが来そうで嫌なんだ。

「裕一、写真はどうなったの？」

「あ、ええと、それは」

「もう現像したの？」

できるわけがない。まだフィルムは絡まったままだった。どうしていいのかわからなくて、とりあえず放ってある。

「まだやけどさ。そろそろ現像に出そうかと思うとる。できたら見せるわ。ちょっと時間がかかるかもしれんけど」

「あとでいいよ」

「え？」

「手術のあとで見る」

輪郭がはっきりとした声。

僕は頷いた。

「わかった」

午後の光が病室に射し込んでいた。こうして見ると、世界にはもう、春が訪れているように思えた。雲の形が曖昧で、冬のそれではなくなっていた。あと少しで本当に春が来る。季節は確かに進んでゆく。僕たちが足掻こうが、喚こうが、世界にはなんの影響も与えられない。

「手術、もうすぐやな」

「うん」

「成功するといいな」

「うん」

「元気になったら、どっか行こうな」

「うん」

里香は笑っていた。幸せそうに笑っていた。

今すぐ、僕は里香に気持ちを伝えたかった。好きだと言いたかった。チャンスはもう、あまりない。手術がすぐそばまで迫っている。今は亜希子さんの好意で会わせてもらっているけれど、いつ面会が中止されるかわからなかった。そもそも家族でもなんでもない僕には、里香に面会する権利なんてないからだ。

でも言えなかった。

言ったら、本当に里香を失ってしまう気がした。

もし僕たちに未来があるのならば、気持ちを伝えるチャンスなんていくらでも来るだろう。ここで言ってしまうのは、未来を、可能性を、自ら否定してしまうことだ。諦めてどうするんだよ。これからなんだ。まだ始まってもいない。なあ、そうだろう。

どうしていいかわからなくて、僕も笑った。

すぐ目の前に鏡があればいいのに。

切実に思った。

自分が本当に笑えているのかどうか確認したかった。

やがてドアの向こうから、ごほんごほんと咳が聞こえた。とまっていた一分間が、動きだしたのだ。

僕は手を伸ばした。

「また明日な」

里香がその手を、人差し指を、そっと握る。

「うん」

なあ、里香、どうしてそんなに笑えるんだよ？

「あ、裕一」

ドアノブに手をかけたところで声がした。

「なに」

「本、読んでいいよ」

里香はなぜか、布団に顔を半分埋めていた。

「ゆっくり読んでね」

23

一日二日三日……当たり前のように時は過ぎていき、やがて里香の手術の日が訪れた。手術は昼すぎからだと亜希子さんが教えてくれた。大変な手術になるから、終わるのは夜だろうとも告げられた。数日前から、病院内で何人か見知らぬ医者を見かけるようになった。里香の手術を手伝うため、大学病院からやってきたのだそうだ。

「夏目はさ、外科医としての腕は一流なんよ」

点滴のスピードを調節しながら、亜希子さんが言った。

「あの人ら、手伝いっていうより、見学やな」

調節を終えても、亜希子さんは立ち去らなかった。僕は不思議に思い、亜希子さんの視線の先を追った。窓の外だ。そこにはなんでもない風景が広がっていた。スレート拭きの倉庫、車が何台もとまっている駐車場、いつ潰れてもおかしくない和菓子屋、少し芽が膨らんできた街路樹。見慣れた田舎町の風景だった。けれど。亜希子さんが見ているのは、そんなものではなかった。僕の目にも違うものが映っていた。

「いよいよやな」

「はい」

頷き、尋ねる。

「里香はなにしとんのですか」

「そろそろ手術室に入るころやないかな」

点滴が終わると、僕は『チボー家の人々』とカメラを持って、すぐに手術室へ向かった。もちろん中には入れない。わかっている。少しでも近くにいたかったのだ。大きな病院だと家族用の待合室があるらしいけれど、なにしろここは地方の小さな病院なので、そんなものはなく、無機質な廊下に古くさい長椅子が置いてあるだけだった。その長椅子に、里香の母親がひとりで座っていた。目元が少し里香に似ている。僕がぺこりと頭を下げると、おばさんもぺこりと頭を下げた。少し迷った末、僕は彼女の一メートルくらい横に腰かけた。僕たちは天気のことや、病院の食事のことを話したけれど、すぐに黙り込んでしまった。言葉は今、あまりにも無意味だった。ふたりとも黙り込んでしまうと、空間は完全な沈黙に包まれた。おばさんが僕のことをあまりよく思っていないのは知っていた。会えば普通に挨拶をするし、さっきみたいに世間話も交わすけれど、その目はいつも笑っていなかった。砲台山事件や、ちょっと前の駆け落ち騒動のせいで、おばさんは僕のことを〝よけいなことをする奴〟として認識してしまったのだった。そして実際、僕は〝よけいなことをする奴〟なのかもしれなかった。僕がそばにいるのを、おばさんが嫌がってるのがわかったので、手術室があるのとは逆方向へ歩きだした。もちろん遠くへ行くつもりはなかった。おばさんから見えない位置、廊下の曲がり角に移動しただけだ。リノリウムの床に腰を下ろした。さすが冬だけあって、ものすごく寒かった。部屋に戻り、コートを持ってきた。やたらと重いダッフルコートを身にまとい、さっきと同じ場所に座り込む。ここなら、なにかあったらすぐにわかるはずだ。おばさんに誰かが話しかければ、その声も聞こえるだろう。床に座り込んだまま、僕は空間を見つめた。今、里香はまだ生きている。この世界はただそれだけで意味のある場所だった。けれど手術が失敗し、里香がいなくなってしまったら、その輝きはすべて失われてしまうだろう。世界が滅ぶ。滅んで、消え去る。

そうして数時間が過ぎた。手術はまだ終わらなかった。やがて食事の時間が近づき、騒がしい声があちこちから聞こえてくるようになった。僕の食事も準備されただろう。けれど僕は同じ場所に腰かけていた。さらに一時間が過ぎ、騒がしい声はすっかりおさまってしまい、前よりも深い沈黙が空間を覆いつくした。日はとっくの前に落ち、蛍光灯の白っぽい明かりがすべてのものから色を奪ってしまっていた。それにしても長い手術だった。始まってから、すでに五時間はたつだろう。長くかかるだろうと亜希子さんは言った。大変な手術だからと。しかし、こんなにも長いんだろうか。なにかハプニングがあったんだろうか。不安が胸を埋めつくしたとき、亜希子さんがやってきた。

「あんた、そこにおったんか」

　僕を見下ろし、そう言う。

「食事はもう、片付けてしもたわ」

「亜希子さん、こんなにかかるんですか？」

　僕は早口で尋ねた。

　うん、と亜希子さんが頷く。

「まだかかるに」

　そうか。なにか大変なことが起きたわけではないのだ。安心したけれど、しかし次の瞬間、意味するところに打ちのめされた。こんなにもかかる手術をして大丈夫なのか。発作で体力の落ちた里香が、長時間を戦いきることができるんだろうか。やめさせればよかったと思った。長く生きられなくてもいいじゃないか。残された時は一年か二年かもしれないけれど、たった今、失うよりはましじゃないか。なぜあやふやな希望にすがったりしたんだろう。亜希子さんの前だというのに、僕はあからさまにうろたえた。立ちあがりかけ、しかし膝から力が抜け、そのままへたりこんだ。壁で頭を打ち、こつんという音がした。まったく痛くなかった。鈍く痺れる頭に、白いセーラー服を着た里香の姿が、なぜか一瞬だけ浮かんだ。想像とは思えないほどくっきりしており、白い背中で揺れる髪や、セーラー服のカラーに入った二本の赤いラインや、細い首筋や……なにもかもが鮮やかに感じられた。里香があのセーラー服を着ることはないかもしれない。それから僕は、父親が遺していったカメラのことを思いだした。フィルムが絡まってしまったことが、ひどく不吉に思えた。そのことで里香に嘘をついたことを悔やんだ。里香は僕の嘘を信じたまま死んでしまうかもしれないのだ。

亜希子さんは僕の横にぺたりと座り込んだ。ポケットを探ると、煙草を取りだした。まずいだろうとは思ったけれど、口にする気にはなれなかった。そんな余裕はなかった。亜希子さんは煙草に火をつけた。

「ごめんな。悪かったわ」

紫煙を揺らしながら、亜希子さんが言った。

謝られる理由がさっぱりわからなかった。

「なんのことですか？」

「写真、一枚、貰うたんさ」

「え？　写真？」

「あんたの家に行ったやろ。そんとき、一枚だけ失敬したんさ。あんたが飲み物を取りにいっとるあいだにさ」

ああ、そんなこともあったっけ。部屋に戻るまで、しばらくかかったから、写真を抜き取る時間は十分あっただろう。それにしても、どうして亜希子さんは写真を持っていったのか。あんなもの、他人には――いや、僕にも――なんの意味もない。

「あんた、里香の小さいころの写真見たい？」

「見たいです」

僕は即答した。

「そういうもんやよね。里香やって、同じやでさ」

「え？」

「あの写真、里香にあげたくてさ。あんた、笑うてたやろ。お父さんの足にへばりついてさ。

思いっきり笑っとったやん。これを里香にあげたら喜ぶやろなと思うたら、手が勝手に動いてしもてさ。里香な、すごく喜んどったよ。ずっと写真を見て、笑っとるん。あの子があんなに嬉しそうな顔すんの、初めてかもしれん。いつまでも見とるでさ、ほら、からかったるつもりで、顔が赤くなっとるよとか言うたったんさ。いや、実際、赤くなっとったんやけどさ。そしたら、うんって頷いたんや。そこは恥ずかしがるとこやろって突っ込みたかったんやけど、突っ込めへんかった。だって本当に幸せそうやったんやもん。頷きながら、写真を見つづけとった。なんかさ、やっぱ特別なんやな。そういう気持ちって。誰にでもあることやし、ありふれとんのかもしれんけど、やっぱ特別なんやよね。なんていうか、ほら、どう言うたらいいかわからんけど、その、つまり……特別なんや」

　僕は必死になって、亜希子さんが話した内容を理解しようとした。うまく捉えられなかったのだ。僕と父親が写っている写真を、亜希子さんが盗んでいった。そして里香に渡した。それを見た里香は嬉しそうに笑った。

　ああ、そういえば。

「里香にその写真を渡したの、いつですか」

「確か次の日やに。あんたの家に行ったあと」

　あの日だ。里香の機嫌がよかった日だ。僕の顔を見ては、なんだか嬉しそうに、にこにこ笑っていたっけ。あの里香があんなに笑ったのなんて、確かに初めてだった。里香の笑顔がはっきりと脳裏に蘇ってきた。瞬間、心の奥底がぶるりと揺れた。手の中の本を握りしめた。

　卑怯だよ、里香。

　そうだろう。

勝手に僕の写真を勝手に見て、それでにこにこ笑って、どうして機嫌がいいんだよと尋ねても、ちっとも教えてくれなくて。

ずっと思いだしてたのか？　僕と父親が写ってる写真を思いだして、笑ってたのか？

僕も亜希子さんも黙り込んだままだった。僕はいろいろなことを考えて黙っていたのだけれど、なぜ亜希子さんが黙っていたのかはわからない。きっと煙草を楽しんでいたんだろう。ゆっくりと時間だけが過ぎていった。

やがて、亜希子さんが言った。

「里香、持っていっとるんや」

「え？」

「あんたの写真。雑菌が入るとまずいから、ビニールパックに密封して、消毒して……手術の邪魔にならへんように、右足に張りつけてったよ。お守りみたいなもんなんかな。まだまだ手術は終わらんで、眠れるんやったら眠ときない。終わったら、起こしたるでさ。あんた、ぶっ倒れそうな顔しとんに」

携帯用の灰皿を取りだすと、亜希子さんは吸い終わった煙草を入れ、立ちあがった。そして歩きだした。静まりきった病院の廊下に、亜希子さんの足音が響く。足音がだんだん遠ざかっていき、やがて完全に聞こえなくなるまで、僕はうつむいていた。震えそうになる手に力をこめながら。

里香を失いたくなかった。

絶対に失いたくなかった。

24

確かに手術はなかなか終わらなかった。僕は手元にあったカメラと本に目をやった。カメラのレバーをいじってみたけれど、やはり動かなかった。強引に巻いたら、カメラが壊れるか、フィルムが切れるか、どちらかだろう。カメラ屋に持っていけばどうにかなるかもしれない。今すぐそうしたい衝動に駆られたけれど、もう店は閉まっているし、ここを離れているあいだに手術が終わるかもしれない。しかたなく、僕は残された唯一のもの、『チボー家の人々』を開いた。それにしても古くさい本だ。傷みきった紙は、強く引っ張ったら、ばらばらになりそうだった。端はすっかり黄ばんでいる。読み進むと、主人公の名がジャック・チボーであることがわかった。だがジャック・チボーは物語冒頭でいきなり失踪してしまっていた。彼がいなくなったことを、周囲の大人たちが話し合っているシーンばかりが続いた。

「ろくでなしめが！」

ジャック・チボーの父親は、息子をそう罵った。ところでジャックには友人がいた。ダニエル。ダニエル・ドゥ・フォンタナン。厳格な寄宿舎の中、規則だらけの生活に押し込められながらも、彼らは互いの心だけは通じ合わせた。周囲の大人たちから見れば、それは許し難いことだった。なぜなら規範に反していたからだ。

おかしな話だった。その規範とは、恐ろしく狭義な宗教であり、道徳だった。ヴィクトル・ユゴーを読むのがどうしていけないんだ？　確か小説家だろ？　小説を読むのが罪なのか？

この時代では、そうだったらしい。

僕はページを捲った。破れそうな紙に気をつけながら、少しずつ読み進んでいった。やがて事情がわかってきた。ダニエルもまた、姿を消していたのだ。同時に姿を消したふたり。慌てる大人たち。それはどこかで誰かが繰り返してきたこと。
　僕は本を床に置いた。辺りを見まわす。なにも目に入ってこなかった。世界と僕のあいだには、なにかわからないけれど、超えられないものができていた。僕はふたたび、本に視線を戻した。
　物語の中ではいくつかのことが起きた。親同士の争い。身分。宗教。確執。けれど、そんなことはどうでもよかった。僕はただ、ジャック・チボーとダニエル・ドゥ・フォンタナンのことだけを追い求めた。ふたりがどうなったのか知りたかった。どこに逃げたんだろう。どうなったんだろう。親の不貞や、家族の病気が語られたあと、ジャック・チボーとダニエル・ドゥ・フォンタナンが交わしていた灰色のノートの中身に焦点が移った。僕は貪《むさぼ》るように彼らの言葉を読んだ。

「きみの精神状態は、無感覚か、肉欲か、恋愛か、そのいずれにありや？　ぼくをして言わせると、むしろ第三の状態にありと思う。前二者にくらべて、ずっときみらしいから」

　次のページへ――。

「このごろのぼくの陰気さをゆるしてほしい。ぼくはたしかに、生成途上にあるにちがいないのだ」
「友よ、きみは苦しいのか？」

次のページへ――。

「ぼくらはあまりにも考えすぎる」

そこに綴《つづ》られているのは、あまりにもあからさまな言葉だった。僕はひたすら読みつづけた。語っているのはジャックではなかった。ダニエルでもなかった。僕のよく知っている人だった。あるいは……僕自身だった。夢中になって次々とページを捲っていくうち、小さな紙片が床に落ちた。

しおりだった。

僕はそれを拾った。可愛らしい花の模様が描いてある。五十六ページと五十七ページのあいだに挟んであったらしい。僕は開いたページをぼんやりと眺めた。心が定まらなかった。僕たちは……僕と里香はどこに行くのだろう。僕はふたたび読みはじめた。そしてそれは、五十七ページの終わりに、失踪したジャックの最後の言葉として綴られていた。

「卑怯な振舞いはぜったいやめよう！　嵐に向かって突進するのだ！　むしろ進んで死をえらぼう！

われらの愛は、誹謗、威嚇《いかく》の上にある！

ふたりでそれを証明しよう！」

そのあとに――。

「命をかけてきみのものになる」

ジャックの署名である〝J〟という文字に、なぜか二本の線が引かれていた。印刷された線ではなかった。あとから万年筆で引いたんだ。そしてその脇に、小さな、実に恥ずかしそうな字で〝R〟と書いてあった。

なにもかもが遠ざかっていった。その文字が目に入ってきた瞬間、すべてが消え失せた。どこでもない場所に、僕はひとり、座り込んでいた。僕と、本と、里香と。たったそれだけが残された。ゆっくりと立ちあがる。相変わらず周りの景色が目に入ってこない。入ってこなくていい。ふらふらと足を進める。十メートル歩いたところで右に曲がる。さらに三メートル。左へ。スロープがある。恐怖の十メートル。ここを駆けた。司と、里香と、僕で。亜希子さんに追いかけられた。手を繋いで逃げた。今はスロープをのろのろと上った。車椅子のお婆ちゃんとすれ違った。お婆ちゃんが不思議そうな顔で見てきたけれど、愛想笑いさえ、返すことができなかった。スロープを上りきったところにあるナースステーションで、亜希子さんが動きまわっていた。気づかれることなく前を通りすぎ、二〇七号室の前を過ぎ、二〇六号室の前を通りすぎ、用具室とトイレも過ぎ、ようやく階段にたどりつくと、それを一段一段上った。躓《つまず》いた。転んだ。立ちあがった。ふたたび上った。踊り場で本を落とした。拾った。胸に抱きしめた。ヒッ――。声が漏れる。それでも足を動かしつづける。全部で三十五段。上りきったところに鉄の扉。ノブをまわす。肩で押し開ける。屋上に出た。いつも里香を送ってきたところ。

その真ん中で跪《ひざまず》いた。

そして――。

僕はコンクリートに額を押しつけ、本を抱きしめたまま、呻いた。薄汚いコンクリートに這いつくばり、頭をこすりつけ、里香が座っていた場所を撫でながら、泣きつづけた。自分が今、失おうとしているものを思うと耐えられなかった。僕の心は折れてしまっていた。里香、なんでだよ。どうして話してくれなかったんだよ。臭い台詞をいっぱい吐いてさ、一生おまえを守るとか、大切にするとか、僕は言いたかったんだ。本当はそうしたかったんだ。おまえだってそうだろう。なのに、こんなもの残していきやがって。最後の最後まで読むなとか言いやがって。このままなんてないだろう。そうだろう、里香。なんでだよ。言い逃げなんて。泣きすぎて声が出なくなってきた。喉が鳴るように、ヒッヒッという音しか出てこない。鼻水が垂れる。涙が垂れる。薄汚いコンクリートをさらに汚してゆく。僕は祈った。助けてください。里香の命をこの世界に置いてください。神なんて信じたことないくせに祈りつづけた。もし今、胡散臭い祈祷師が現れて、下らないお告げをしたら、それで里香が助かると言ったら、僕はきっとなんでもするだろう。どんなちっぽけな藁にさえもすがっただろう。

どれくらい時間がたったのかわからない。涙が出なくなり、声も嗄れ、体からすっかり力が抜けてしまった。僕はぐったりして、薄汚いコンクリートにへたりこんでいた。夜の甘い空気が辺りに満ちていて、吸い込むたびに胸の奥底に冷たさを感じた。そして顔を上げた僕は、そこに白銀の輝きを見つけた。

半分の月だ。

それはかつて、里香とともに砲台山に行ったときと同じような、ちょうど半分が欠けた月だった。たった二カ月かそこらしかたっていないのに、あの冒険行が遠い昔のように思えた。里香のことをなにも知らず、わかろうともせず、ただ浮かれてばかりだったとき。こんな光を浴びながら、台座の上で里香といろんなことを話したっけ。

僕は自分でも意識しないうちに、手を伸ばしていた。

掴もう。

あの月を。

僕と里香のために掴もう。


手術が終わったのは、それからさらに二時間後のことだった。僕は廊下の隅に戻っていた。看護師さんが里香の母親に駆け寄り、なにか言った。おばさんは頷くと、看護師さんにつれられ、手術室のほうへ歩いていった。僕は立ちあがって、背中を追った。しかし家族ではない僕は、手術室の前までしか行けなかった。立ちつくしていると、ドアが開き、夏目が出てきた。

「なんだ、いたのか」

夏目はひどく疲れている様子だった。

「終わったぞ」

しばらく言葉が出てこなかった。

探して探して、ようやく見つかった。

「里香は……里香はどうなったんですか？」

夏目が僕の顔をじっと見つめてきた。

ひどく真剣な顔だった。

脆いんだよ、その口から震える言葉が漏れ出てくる。

「元々の組織が駄目なんだ、あいつは。父親もそうだったらしいがな。だから予想はしてた。対策も練ったつもりだった。ありとあらゆる文献を漁ったさ。だが、ひどすぎる。外科医にとっては悪夢だ。糸を通しても通しても、すぐに組織が切れちまう。わかるか、戎崎。まるで豆腐を縫ってるみたいなんだ。あんなのは俺も初めてだ。悪夢だ」

では、失敗したのか。それでこんなにかかったのか。夏目の目に浮かんだものは、しかし絶望でも希望でもなかった。少なくとも、僕にはそう思えた。

たぶん……哀れみだった。

「おまえにとっては、たぶん最悪の結末だよ」

夏目はそう言ったのだった。

橋本 紡
Tsumugu Hashimoto

三重県伊勢市出身。第4回電撃ゲーム小説大賞にて金賞を受賞しデビュー。恋愛小説の旗手として人気を博す。代表作は『流れ星が消えないうちに』(新潮社)、『ひかりをすくう』(光文社)、『月光スイッチ』(角川書店)、『彩乃ちゃんのお告げ』(講談社)、『九つの、物語』(集英社)、『橋をめぐる いつかのきみへ、いつかのぼくへ』(文藝春秋)など。09年に発表した『もうすぐ』(新潮社)は第22回山本周五郎賞の候補作となった。

半分の月がのぼる空〈上〉

2010年4月3日　初版発行

著　者　橋本 紡
発行者　髙野 潔
発行所　株式会社アスキー・メディアワークス
〒160-8326　東京都新宿区西新宿4-34-7
電話03-6866-7311(編集)
発売元　株式会社角川グループパブリッシング
〒102-8177　東京都千代田区富士見2-13-3
電話03-3238-8605(営業)
装丁・デザイン　カマベヨシヒコ
印刷・製本　図書印刷株式会社

ISBN978-4-04-868519-1 C0093

カバー線画&口絵イラスト　山本ケイジ

伊勢弁監修　山口麻衣
伊勢弁監修協力　玉田 功

◆この作品は電撃文庫『半分の月がのぼる空』1〜3巻を大幅改稿し刊行したものです◆